U0746880

晚清桐城派文学教育研究

WANQING TONGCHENG PAI WENXUE JIAOYU YANJIU

吴微 等◎著

安徽师范大学出版社
ANHUI NORMAL UNIVERSITY PRESS

·芜湖·

图书在版编目(CIP)数据

晚清桐城派文学教育研究 / 吴微等著. -- 芜湖：
安徽师范大学出版社, 2024.10
ISBN 978-7-5676-6606-1

Ⅰ.①晚… Ⅱ.①吴… Ⅲ.①桐城派—文学流派研究
Ⅳ.①I207.62

中国国家版本馆CIP数据核字(2023)第247665号

晚清桐城派文学教育研究   吴微 等◎著

责任编辑：李克非   责任校对：平韵冉
装帧设计：王晴晴 冯君君   责任印制：桑国磊
出版发行：安徽师范大学出版社
　　　　芜湖市北京中路2号安徽师范大学赭山校区   邮政编码：241000
网　　址：http://www.ahnupress.com/
发 行 部：0553-3883578   5910327   5910310(传真)
印　　刷：苏州市古得堡数码印刷有限公司
版　　次：2024年10月第1版
印　　次：2024年10月第1次印刷
规　　格：700 mm×1000 mm   1/16
印　　张：20.75
字　　数：300千字
书　　号：978-7-5676-6606-1
定　　价：59.00元

凡发现图书有质量问题,请与我社联系(联系电话:0553-5910315)

本著系安徽省社科规划重点项目"桐城派文学教育研究"成果，
项目号：AHSKZ2019D024

安徽师范大学中国语言文学(诗学)高峰学科资助出版

目　录

晚清桐城派文学教育研究

导　言
文学教育：桐城派的当行本色

　　桐城派何以成派？又何以绵亘二百余年，流风余韵传播至今？前贤时俊，各有申论。而深究之，我以为两点至关重要。一是，桐城派有一套行之有效的作文方法；一是，桐城派要员大都职为教师，传道授业，如此一以贯之，标举文统，形成文派。从教，其实是桐城派"成功"的核心；文学教育，应该是桐城派的当行本色。因此，将桐城派与教育相钩连加以观照，是一个不错的选择。

　　其一，桐城派实乃教育家群体。二百多年间，他们或设席于各地书院，传道授业，弘扬桐城家法。方苞早年四方授徒为业，中年以后，虽然受到康、雍、乾三代皇帝恩宠，成为其文学侍从，但终其身非文化教育之职不就。刘大櫆一生布衣；奔走大江南北，设馆授徒则是他唯一的选择。其门人姚鼐虽科场顺利，但年逾不惑又辞官主讲于梅花、敬敷、紫阳、钟山各大书院，凡四十余年，"门下著籍者众"（《清史稿·文苑传》）。尤其是担任钟山书院山长二十余年，天下翕然，号为正宗。故金天翮《皖志列传稿》云："桐城家法，至是乃立，流风余韵，南极湘桂，北被燕赵"。秉承师风，姚门四弟子方东树、梅曾亮、管同、刘开（从姚莹说）无一不授徒为生。晚清桐城后贤大都亦长期从教。戴钧衡创办桐乡书院，力守桐城文脉；吴汝纶则执掌莲池书院十余年，名重晚清朝野。桐城派晚期要员：马其昶、姚永朴、姚永概及严复、林纾等云集于京师大学堂和北京大学，并先后入据要津。甚至桐城旁支阳湖派、岭西五大家等诸多要员亦多职为教师，终身不倦。如此薪火相递的职业教育家群体，在中外文化教育史上，可谓独一无二。由此而言，兴学从教维系着桐城派的文化生命之纽带。因此，桐城文人与教育、与学校有一种天然的融合与亲近，较学界他人有着更深、更具体的渴求和关切。

其二，桐城派以古文见长。吾国数千年传统文化素以诗文为雅文学之正宗。清代以降，桐城文章以清真雅洁为一时之冠。故郭绍虞《中国文学批评史》云："由清代的文学史言，由清代的文学批评言，都不能不以桐城派为中心。"在我看来，桐城派之所以影响闳深，与其文法简明易学大有干系。其"义法说""雅洁说""神气说""义理考据辞章说""格律声色神理气味说"等，既是理论又是方法，体系完整，切实可行。桐城派主张并传授的写作方法，能很好地接通"古文"与"时文"（应试作文），讲究在尺幅之中，言有序，言有物，剪裁得体，抑扬顿挫；语词表达气清词洁，平易畅达，文从字顺。尤其是普通"中材"学子，借力其训练既有利于科举考试，容易获取功名；又可涵养情操，其立言之作，擅于叙事状物，表情达意，雅洁清通，进而荣身士林。陈衍曰"方姚之后，文法大明，作文甚易"，绝非虚言。桐城文章因此风靡一时，影响深远。

其三，桐城派善于编选教科书。就教育诸要素而言，教科书（教材）的社会关注度最高。它既是知识技能的载体，也是时代思想文化的映射；积淀了编撰者独特的文学趣味和文化意识。于此桐城派可谓业界翘楚。方苞《古文约选》、姚鼐《古文辞类纂》、曾国藩《经史百家杂钞》以及晚清民初桐城派诸家古文选本、国文读本，名传遐迩，代代相传。尤其是《古文辞类纂》，吴汝纶认为"二千年高文略具于此"，号称"天下第一选本"。桐城选本的主要特色是：选文文体纯粹，导学路径正宗，摹拟易学实用。前述之著名选本自不待言，晚清民初桐城文人吴芝瑛编选的《俗语注解小学古文读本》，亦可佐证之。此教材选录古文72篇。不仅短小精悍，合于

"古文法式"；而且情趣盎然，易于学童领悟义法，便于其作文模仿。严钅刂序言云"不独令学子乐而爱读，且资长其智慧"，可谓一语中的。

其四，与上述内容相关联，桐城派突出以学生为本的教育理念，着力文学"童子功"的培养和训练。其文法不着意高深的理论阐释，而讲求学子接受的"纯正"与"易行"。其选本在追求技能与适用的同时，突出审美功能的揣摩与掌握；其文学教育的基本目标是让学子学有所成，学有所得。因此，在具体的文学教育活动中，强化"读"与"写"的文学"童子功"训练。通过具体的范文、精当的评点，启沃门生，将自家学术追求、古文创作感受与文章选录义旨，融入授徒课文的文学、文化教育活动之中，摒弃高大上，杜绝假大空。这样的老师当然是负责任、有情怀、有担当的导师；由此而培养的学子，自然也能成为基础扎实、技能娴熟、人格健全的文化传承者。著籍桐城的朱光潜在《我与文学及其他》《谈文学》中，回忆儿时家塾教育，不无感慨地写道："四书五经、唐诗、古文，全得背诵"；幼年的起承转合写作训练，"逐渐养成一种纯正的趣味，学得一副文学家体验人情物态的眼光和同情"；"这训练造成我的思想的定型，注定我的写作的命运"。

要之，桐城派的文学教育，强调正宗正派，讲求文道合一、兼济兼美。既对天才无害，为其成长与成熟，预留了足够空间；同时，更着意于"大众"教育，为"中材"之人明确了循序渐进的路径，有益于普通人的启蒙与成长。怎样写好文章？怎样写得文从字顺、清通雅洁？桐城派先贤通过精心编选的教材（选本、读本）提供恰当范文，标示正确涂辙，便于学子模仿，循循善诱，导引其进步。由此"端正有规矩"（姚鼐语）的文学训练，"中材"学子拥有了较强的读写能力，积淀了文学、文化修养，也涵养了正义、信念与良知。抛弃了高深莫测，更没有大言欺人；桐城派的文学教育，对学子，尤其对"中材"之人的文学教育，很实在，很管用，也很有效。三百年来，桐城派名师辈出，个中缘由，不言自明。不仅如此，其诸多教学教育举措，对当代文学教育若干方面的苍白、软弱之沉疴，亦可提供一种可资借鉴的变革思路与疗治药方，值得珍视。

　　本著以晚清桐城派代表人物为中心，分章探讨其文学教育的诸多"故事"，千里走单骑，试图以此串联起桐城派之于教育的文学传承图景。

晚清桐城派文学教育研究

第一章

兼容并包：
吴汝纶对桐城派古文的坚守与扩容

作为晚清桐城派领军人物，吴汝纶在晚清学界素享盛名，被视为硕学鸿儒，其自谓"幸生桐城"①，少年时期得到桐城文化熏陶，功底深厚；青年中举后又获曾国藩赏识，得其悉心教导。游走于桐城与湘乡之间，使得吴汝纶文化胸襟宽广，学术理念通达，由此而在古文创作与文学教育上，表现出守正与变通，应该说顺理成章。

第一节　会通中西：古文创作的接续与转化

晚清以降，中学和西学之间的碰撞和互动，使中国文学的整体格局产生了很大变化。古文在裂变的时代中如何生存？作为一名思想趋新的旧派文人，吴汝纶采取了新的文化策略，他既热情拥抱新学，又念念不忘传统文化。一方面，对于"纯粹"古文，他更加强化文体意识，注重审美性，坚守文章体式之雅；另一方面，对于扩容后的桐城文章，则注重实用性，其文法和义理，由此而有不同程度的改变。

---

① 吴汝纶：《孔叙仲文集序》，《吴汝纶全集》第一册，施培毅、徐寿凯校点，黄山书社，2002年版，第56页。

一、反俚求雅：古文与新文体的较量

报刊发行，媒体趣味对于文学创作的深层渗透，必然导致文章体式发生改变。代圣贤立言已不适应时代要求，新文体应运而生。

与传统古文相比，新文体摆脱了文统和道统的束缚，以形式之通俗、词汇之丰富、句法之灵活、思想之新颖受到时人好评。郑振铎说："像那样不守家法，非桐城，亦非六朝，信笔取之而又舒卷自如，雄辩惊人的崭新文笔，在当时文坛上，耳目实为之一新"①。但也引起了许多旧派文人的不满，如王先谦在《与陈宝箴书》中言："自《时务报》馆开，遂至文不成体，如脑筋，起点，压、爱、热、涨、抵、阻诸力，及支那，黄种，四万万人等字，纷纭满纸，尘起污人"②。

新文体不再拘泥于古文的体式，不再以温柔敦厚、含蓄蕴藉为审美标准，而是大声疾呼，务求痛快淋漓，颇多偏激之词，这引起桐城派文人的普遍不满。姚永概在日记中道："看《清议报》，多过分语，可骇。"③在传统文人心目中，中国数千年来的"基业"不可轻举妄动，报刊固然有存在的必要，但是诋毁和妄议朝廷，就是报刊的"出轨"。康梁等人的"鲁莽"之举虽激荡了人心，但动摇了士大夫的安身立命根基。

同样，吴汝纶作为一位古文家，对古文文体价值的坚守从未动摇。首先是对"纵笔不知检束，笔锋常带情感"④的反感。梁启超不喜桐城古文，经其解放之后的新文体也与桐城义法背道而驰，"自报章兴，吾国之文体为之一变，汪洋恣肆，畅所欲言，所谓宗派、家法，无复问者"⑤，正是这带情感的笔锋却令吴汝纶感到不安："至报纸议论，下走颇嫌南中诸报

① 郑振铎：《梁任公先生》，转引自夏晓虹编《追忆梁启超》，中国广播电视大学出版社，1997年版，第67页。

② 王先谦：《与陈宝箴》，汪叔子、张求会编：《陈宝箴集》，中华书局，2005年版，第1754页。

③ 姚永概：《慎宜轩日记（下）》，黄山书社，2010年版，第750页。

④ 梁启超：《清代学术概论》，夏晓虹点校，中国人民大学出版社，2004年版，第206页。

⑤ 梁启超：《中国各报存佚表》，《清议报》第一百号。

客气叫嚣，于宫廷枢府肆口谩骂，此非本朝臣子所宜；但令见地不谬，立言不妨和婉，全在笔端深浅耳。"①

单从文辞角度，以吴汝纶的审美观，虽主不平之气，但形诸笔端的绝不是偏宕之词。吴汝纶长期受儒家中庸之道的影响，关于时政的议论绝不敢越雷池一步，收敛笔锋，流露出的更多是沉重的叹息，因而他的古文中绝无妄语和嚣谩，所承载和传递的仍然是正统价值观念。尺牍中即使有不满之词，也千叮万嘱不要示人，对于公开发表的报章有如此激烈的言论他自然嗤之以鼻。报章在晚清成为文人接触西学的重要途径，但是新文体的叫嚣躁进之风是被传统文人所"鄙弃"的。

其次，吴汝纶对新文体"务为平易畅达，常杂俚语俗语外来语"也颇有微词。他对古文的要求是笃雅可诵，他评价郭嵩焘、薛福成的古文时说道："郭、薛长于议论，经涉殊域矣……无笃雅可诵之作"②。视其自身创作，行文高洁简练，整饬雅致，不似俗文文辞华艳，芜蔓庸杂。

作为古文至上的传统文人，吴汝纶的立场和身份使他无法承受新文体对古文的冲击。他在《与薛南溟》信中痛斥道："如梁启超等欲改经史为白话，是谓化雅为俗，中文何由通哉！"③正因为他将古文看作中学的精华，因此更将古文之雅作为达意的唯一方式："言皆俚浅，中学必亡。"④他不仅极力反对化雅为俗，还提倡化俗为雅。俗语俚语为古文所忌，但是有时又不可避免要涉及俚语，所幸古文家自有处理办法。《史记》让吴汝纶倾心不已正在于史公之妙笔可以化俗为雅，所以《史记》中从不见俚鄙之事：

> 若范书所载铁胫、尤来、大枪、五楼、五蟠等名目，窃料太史公

① 吴汝纶：《答严几道》，《吴汝纶全集》第三册，施培毅、徐寿凯校点，黄山书社，2002年版，第349页。

② 吴汝纶：《答黎纯斋》，《吴汝纶全集》第三册，第100页。

③ 吴汝纶：《与薛南溟》，《吴汝纶全集》第三册，第369页。

④ 吴汝纶：《吴汝纶全集》第四册，第674页。

执笔，必皆芟薙不书，不然胜、广、项氏时，必多有俚鄙不经之事，何以史记中绝不一见。①

如今时鸦片馆等语，自难入文，削之似不为过。倘令为林文忠传，则烧鸦片之事，固当大书特书，但必叙明原委，如史公之记平淮，班氏之叙盐铁论耳，亦非一切割弃，至失事实耳。②

由此可见，吴汝纶没有主动接受外来语。在他看来，"鸦片馆"之类的词汇是无法入文的。因而即便是偏离雅洁轨道的经世之文，吴汝纶也尽量保持其古色古香，化俗为雅。如其《送曾袭侯入觐序》，虽然在思想上与传统古文承载的正统价值观不尽相同，不太赞同中国至尊外国至卑的观点。然而从语言上看，仍然是古雅的文言，并未偏离古文文体的轨道，虽言西学，却并不具体到器物，因外来词汇必然会有损古文的雅洁。这样看来，吴汝纶虽然以广阔的胸怀接纳西学，但他的文体意识甚至比桐城先祖更为强烈，对古文义法的要求更为严苛。除了传统文人所排斥的之外，他还强调经学话语不可入古文，不可掺杂公牍和笔记体裁，认为时文、公牍、说部"不足与于文学之事"，"有识者方鄙夷而不顾"③。以这样的文学理念创作，吴汝纶之古文不仅雅洁，而且古奥。张裕钊称其文"深邈古懿"，郭立志在《桐城吴先生年谱》卷三《文集笺证》中也言："先生诗文渊奥，初学苦难窥寻"④，诸家评点也皆言其文古奥似先秦西汉之文。观其文集，从文章体式而言，吴汝纶擅长写四言体，尤其碑文、铭文，足见其文之古奥。他不仅在创作中恪守古雅字句和文法，追怀古风，也以此标准要求他人。他在对张裕钊《莫子思墓志铭》评价时曰："授子弟读，四字不古"⑤。古文承载新学本就是对自身文体的极大挑战，而吴汝纶却"所致

① 吴汝纶：《答严几道》，《吴汝纶全集》第三册，第235页。
② 吴汝纶：《答严几道》，《吴汝纶全集》第三册，第235页。
③ 吴汝纶：《天演论序》，《吴汝纶全集》第一册，第148页。
④ 郭立志：《桐城吴先生年谱》，文海出版社，1972年版，第211页。
⑤ 张裕钊：《张裕钊诗文集》，王达敏校点，上海古籍出版社，2007年版，第145页。

力皆周秦书"①，为文也似秦汉文，瓶之"旧"与酒之"新"的固有矛盾在吴汝纶这里又被放大了。

吴汝纶对新文体的强烈反感正从侧面印证了他内心的畏惧，"世人乃欲编造俚文，以便初学，此废弃中学之渐，某所私忧而大恐者也"②。一方面，吴汝纶不遗余力地坚守古文，维护文统，力求古文文体形式的古色古香；另一方面，道统已经发生了质的变化，古文所承载的孔孟之道、程朱理学已经无法适应时代的发展，外来事物和思想必然带来外来语言和词汇，在中国固有的话语系统中无法找到符合古文家审美标准的词语代替。在此悖论下，吴汝纶又该何去何从？

二、与时升降：古文的扩容与应用

吴汝纶的通变人格使他很快意识到古文要生存和发展，必须提高自身的适应能力。于是他提出"文章与时升降"③这一命题，道出了文变染乎世情这一永恒真理。据施培毅统计，吴汝纶笔下出现的西书书目有60余部，的确是"无古今，无中外，唯是之求"④，然而古文却有严格的义法要求，就像他自己也困惑的那样，若叙写林则徐的功绩，就无法对"鸦片馆"只字不提，而提及必会伤及雅洁。他的生活圈子中随时随地可见新思想新事物，新语新词也随之而来。古文文体的局限性使得古文在面对新事物新思想时有些无所适从，吴汝纶自知古文已不可能保持文体的纯粹和古雅，他虽鄙弃外来词，却无法拒绝。酒愈新，瓶愈旧，戴着镣铐跳舞的拘束感让他意识到传统意义上的古文并非西学的最佳载体，文统与道统的矛盾使得他不得不另寻他途。于是，吴汝纶将桐城笔法渗透到尺牍、日记、著述等应用文体中。古文辞与西学的互动使得桐城古文扩容为桐城文章，也最终导致其边际游走的命运。

---

① 马其昶：《桐城耆旧传》，毛伯舟点注，黄山书社，1990年版，第446页。

② 吴汝纶：《答严几道》，《吴汝纶全集》第三册，第235页。

③ 吴汝纶：《记写本尚书后》，《吴汝纶全集》第一册，第52页。

④ 徐世昌纂，周骏富编：《清儒学案小传 学林类》，明文书局，1985年版，第493页。

古文文体内部戒备森严，于是他另辟蹊径，以尺牍、日记、著述等形式大谈西洋之学，桐城古文发展为桐城文章。正如吴微所言：

> 在吴汝纶心目中，古文文体的写作有其特别的要求，必须固守桐城家法。而其他文体，尤其是诸如笔受、日记、尺牍等应用文体，则可以放宽"雅洁"尺度，以言能达意为尚。①

桐城古文家历来钟爱日记体式，吴汝纶更是如此，其日记相当驳杂，其中有不少承载的是西洋新知。摆脱了孔孟之道与程朱理学的桎梏，也不再以审美的眼光加以审视，西洋新知如同活水注入，应用文体因此而大放异彩。相对于传统古文"经月不得一字，涉旬始成一篇"的生产方式，吴汝纶的日记则自由随意得多：

> 外国新法甚盛益兴，纺线有机器，霎时可数百缕；缝纫有机器，一人可兼数人之工，俗号之曰"铁裁缝"；织布有火轮机器，炊爨用煤气，或用火油，或用电火；收储熟食用光铁瓴，数年不变。欧洲少肉食，皆取之阿美利加、澳大利亚二州，杀牲而运其肉，渡海数万里，经赤道之热，用机器作冰，封肉于冰坞，数月不变。耕种不用马牛驴，用火轮机器，一行可耕数垅；收获以马曳刀，谓之自来刀。日行轨道，有热，有温，有凉，凉道之地，禾稼岁一熟，今借火力使一岁数熟。碾稼有轧场机器，视用碌碡者可速十倍。磨谷机器，出米面亦速十倍。作小食有机器，若面若水若糖若油，为物具备，机器一动则自调、自作，自用模、自烤，至其物出，则已熟矣。播种粪不足，用化学制物入田，使田加肥沃。作油，用化学，油出不待榨而速十倍。作屋，有木屋、铁屋、玻璃屋。作钢，有白司嗹者，能借空气以吹生铁，顷刻为钢。各国铁路旧皆铁轨，今用白司嗹钢轨，岁省银三

---

① 吴微：《"旧学"的延伸与"新学"的尝试——吴汝纶〈东游丛录〉"教育之学"的文学书写》，《桐城文章与教育》，安徽大学出版社，2012年版，第138页。

千万两。起重机器用轮盘滑车螺蛳。作电匣曰佛哪加，能封闭人言语于匣，远道远年欲听此语，则言从匣出。又有德律风，能千里传语。①

这则日记写于甲午年（1894），吴汝纶对西学器物的熟悉程度令人惊讶。通观全篇，无一句可入古文，除现代话语之外，更有直译的外来词"德律风"（telephone）。这些言语出现在古文中自然是不伦不类，但若出现在日记中则合情合理，一是文体标准不同，二是日记的私密性很强，不必供人观赏，无需顾虑。

"西学以新为贵，中学以古为贵"②，无法直接相融，于是吴汝纶以标准和尺度放宽的日记作为经济匡时的最佳工具将二者接榫，矛盾迎刃而解。

另一方面，无论是何种应用文体，吴汝纶都有一定的底线和标准。比如编写《深州风土记》，他的原则是"字字有本，篇篇成文"，"考证详博，载事分明，文词美茂"③，有力地反击了章学诚文人不可修志的观点。李刚己著《西教纪略》，吴汝纶评价曰："所撰西教源流至为简净，其奉旨开禁一章叙次亦极明赡，此为儒家文字，不似近时谈西学满纸报章气也。"④即便是与纯粹古文迥异、标准已经大大降低的应用型文体，雅洁尺度只是适当放宽，吴汝纶仍然不愿掺杂新文体的报章习气。另外，马其昶作《桐城耆旧传》之初曾欲用阮元《儒林传》的体例，采掇旧文注明出处。而吴汝纶极力反对："夫著述者之行远与否，亦视其文好丑耳。徇俗以败吾意，无为也！"⑤

可见，在只需辞达的应用文体中，吴汝纶也并没有完全放弃雅洁的标

---

① 吴汝纶：《吴汝纶全集》第四册，第516页。
② 吴汝纶：《答严几道》，《吴汝纶全集》第三册，第174页。
③ 中国科学院图书馆整理：《续修四库全书总目提要》，齐鲁书社，1996年版，第310页。
④ 李刚己：《西教纪程》，《李刚己遗集》，《近代中国史料丛刊》，文海出版社，1972年版，第279页。
⑤ 马其昶：《桐城耆旧传》自序，第6页。

第一章　兼容并包：吴汝纶对桐城派古文的坚守与扩容

准，桐城笔法的这种穿插和渗透使得尺牍、日记等也焕发生机。

古文修养的高低影响着应用文体的高下，清通畅达的境界亦不是人人皆可达到，尤其是对日记这种文学性与应用性兼而有之的文体而言更是如此。试比较严修与吴汝纶同在日本考察时的日记，对比就会发现清通雅驯的文字仍然得益于古文家桐城笔法的训练和养成。

严修日记：

> 同伯颜至挚师处，同往庆应义塾，张星五从焉，塾长镰田荣吉、教头门野几之进、事务员某同导观，记所见如下：
>
> 大学部：一室讲心理学，一讲海商，一讲货币，一讲历史，一讲英文，一讲德文。
>
> 中学：第一室未见，第二室英读本，第三室国史，补习科空无人，七室英文，八室未见，九室算学，十室物理（列座层累而上，旁有理化机械室，所储器械颇不多，唯见一形星轨道之雏形，甚便讲授。又蒸汽机雏形），十一室英文，十二室空，十三室空，十四室英文（闻晚课商业），十五、十六皆代数，十七、十八、十九皆英文（十八室师系英人），每室设二十四桌，每桌二人。中学自修舍，每室三人，三人中推一人为室长。中学寝室，每室六榻。食堂可容二百余人，当每人座位之上悬番号小牌于椽。
>
> 小学：第一学年以杂色绒缠果实（如吾津所谓喜果），一美国女师以英语教之，而日本男师为之译解。第二学年日本师教寻常国语读本（有美国一童附学）。第三学年日师按琴教唱歌。第四年空室。高中一年生日师教高等读本（室以书板为顶），高等二年生日本国史，小学内室运动场，小学寄宿舍，有保姆照顾，小学寝室、漱洗室。
>
> 人数：大学约五百人，商业科三百余人，中学八百余人，小学二百余人，小学毕入中学、中学毕入商学。其由小学径入商学者听。中

学寄宿舍约二百人。

学费：大学部每年纳三十六元，中学部每年纳三十元（以上两项俱分三季收），中学寄舍料每月八元五角，小学内宿者，每月纳十五元。外宿者纳两元。中小学所收费敷用，大学部岁亏约二万元。

此外有书籍馆（书六千部）、演说室、新闻杂志纵览室、应接所。别有类俱乐部者，为学生游戏之所。其中有理发处、有浴室（浴一次收二文钱）、卖食品处，俨若设市，亦别开生面之一事也。

操铳每周一次，但演式不射的。三君殷殷解说，星五为之译，当游览及半时留午饭，饭毕复观，观毕复谈，三时半乃散。答拜南洋监督、海宁姚文甫理问。访小村辞行，闻其赴院养病。塚谷来，眼镜商关谷佐吉来。致瀛洲函。①

吴汝纶日记：

九月丙寅，与严范孙游庆应义塾。此塾维新前所开，福泽谕吉一手所成。其筹措艰窘，卒成伟烈，吾曹愧服。此塾小学幼生亦有寄宿舍，每舍一保姆同起止，幼生衣履，保姆经理之。又有理发处，补缀处，皆他处所无者。塾中留饭，为言沿革大略。归寓，料简行李。②

对比这两篇日记，正如吴闿生所言："先公日记体裁不纪日常细故，不载琐尾末节，必有关天下古今之大而后著笔"③，篇幅的长短并非表象，隐藏其中的是桐城笔法向日记的渗透和转换。同为晚清的士大夫，同在日本考察教育，同样的景象在二人笔下却千差万别。不可否认，严修日记有其自身的价值，事无巨细均一一记录在案，秉持实录原则更有利于加快西学

---

① 严修：《严修东游日记》，武安隆、刘玉敏点注，天津人民出版社，1995年版，第110—113页。
② 吴汝纶：日记卷第十，《吴汝纶全集》第四册，第715页。
③ 吴闿生：《跋先大夫日记》，《吴汝纶全集》第四册，第1172页。

东渐的进程。但是从文章学角度而言，严修所叙，不仅违背简而有序的桐城家法，而且如流水账一般堆积见闻，显得枯燥板滞。相反，吴汝纶对西学的接触由来已久，平常事物无需耗时耗力一一记录，仅将给他留下深刻印象而"他处所无"的独特之处点出，有详有略，以简驭繁，不仅突出重点，而且生动可观，不仅有所见所闻，更有所思所想。

桐城古文家善于裁剪的功力在此时得以显露，虽然与纯粹古文相比，美感逊色不少，然而与"局外人"对同一文体的处理相比，高下立见。作为桐城正宗嫡派的吴汝纶舍弃其在纯粹古文领域中对审美的执着坚守，所叙有序有物，剪裁得体，平易畅达，完全是桐城古文笔意。"综括精到，不为肤词碎语"①可谓是对吴汝纶日记清通雅洁特点的最好概括。

第二节　"温故知新"：文学教育的因循与超越

吴汝纶守正与变通的复合型人格并非仅仅诉诸笔端，更贯通于文学教育的始末，表现出一位古文教育家的情怀。作为近代教育转型的强力推动者，他是如何实现文学教育的革故鼎新与传承新变的呢？

一、于士人群体，坚守传统的古文讲诵

作为桐城古文的最后宗师，吴汝纶认为日后西学在中国必会兴盛，中学除古文之外皆可全弃。理智与情感的交织使他虽对古文存有忧虑伤逝之情，感慨"吾县文脉，于今殆息焉"②，但是仍抱一丝希望，致力于古文教育，表现出一位古文家的坚守。

在文学教育领域，通俗文学难以入其法眼。他在己丑年（1889）刚主讲莲池书院时就在与李鸿章的书信中表达了对书院藏书比例的不满：

① 籍忠寅：《桐城吴先生日记序》，《吴汝纶全集》第四册，第1170页。
② 吴汝纶：《答张廉卿》，《吴汝纶全集》第三册，第560页。

书院藏书颇富，尚恨说部多而集部少，古今名集流传益稀，良由高才竞尚口耳之学，述作之才渐少故也。①

另外，他点勘书目众多，涉及经史子集，唯独没有点勘小说戏曲。可见，作为生于桐城长于桐城的正统文人，从小接受经史之学的正宗教育，只有儒家著述才可奉为经典，通俗文学在清季士大夫阶层看来仍是旁门左道。吴汝纶教育弟子"必使根柢经史，兼通古学"②，但是无论是群经子史还是百家之言，吴汝纶以文为衡量一切经史的视角，"以文之醇疵高下，裁决千秋作者"③。经史、诗赋与骈文虽也是他教学的内容之一，但并不作为教学重点，而对古文教育则情有独钟，着力为之。

在他的影响下，其弟子专门致力于经史者极少，刘声木在《桐城文学渊源考》中曰："门人从游者争为诗、古文之学。"④。在诗与古文之中，吴汝纶也以古文为教学的重心，莲池学子虽工文亦能诗，但是在诗名为文名所掩的桐城文人吴汝纶的影响下，他们多致力于古文，专注于诗者极少。所记的105位弟子中，明确提及能诗者仅6人。邓毓怡、王宾基、刘春堂、廉泉、步以绅均是古文精通，兼工诗，专门致力于诗者仅李谐韺一人，其余皆致力于古文法。至于骈文，吴汝纶有自己独到的见解。在与吴闿生的书信中吴汝纶表达了对袁枚、庾信、李商隐骈体文的喜爱，但同时指出"汝视心所善者读之可也"，"浏览可矣，无庸熟也"⑤，还是希望吴闿生以古文与时文的学习为主。从王树枏为文兴趣的转变即可看出吴汝纶的倾向性。

王树枏虽不在吴门弟子籍，但吴汝纶对其潜移默化的影响是不可忽视的。在到信都书院任教之前他是黄彭年的学生，自然受到其师的影响，他

---

① 吴汝纶：《上李相》，《吴汝纶全集》第三册，第644页。

② 刘声木：《桐城文学渊源撰述考》，徐天祥点校，黄山书社，1989年版，第309页。

③ 李景濂：《吴挚甫先生传》，《吴汝纶全集》第四册，第1131页。

④ 刘声木：《桐城文学渊源撰述考》，第308页。

⑤ 吴汝纶：《谕儿书》，《吴汝纶全集》第三册，第579页。

多次描述自己在与吴汝纶交游前后为文的转变过程：

> 余少时从黄贵筑师受古文之学，每出所作辄见推奖，而同人又往往过为逾量之美，而余亦窃窃自喜，以为庶乎其于古之作者稍有合也。及桐城吴挚甫先生守冀州，聘余主讲信都书院，朝夕过从，聆其绪论，始疑而不敢自信，久之，益怃然自惭其不类，乃尽弃向所为者，而更以近作质之挚甫，则曰："余固疑向者非君之文，今观于此，而益知君之文固在此而不在彼也。"①

黄彭年推崇阮元，认为有韵为文，无韵为笔，继承和发扬了阮元的以骈文为文体正宗的文学思想。王树枏师从黄彭年期间以写作骈偶之文为主，吴汝纶认为王树枏的才气与古文造诣并不相称，果然王树枏在经过一段时间的训练后再次提笔作文便得到吴汝纶的充分肯定。吴汝纶通过自己的影响力改变了王树枏的为文兴趣，"自是专工古文，不复为骈俪文字"②。王树枏也将吴汝纶的指点看作是"启之门而导之路"③，日后古文日益精进，对桐城义法尤其是阴阳刚柔之说尤为服膺。他后来的文学观念及古文风格与后期桐城派有许多趋同之处，这与吴汝纶的影响密不可分，他的为文经历足以证明吴汝纶以古文为主的教学理念。

黄彭年是张裕钊和吴汝纶之前主讲莲池书院的山长，吴汝纶与黄彭年在教学倾向上存在不同，莲池书院诸生的兴趣也就从朴学转向了文学。正如邢赞亭所言：

> 两先生于学，自无所不究；于书固无所不读。惟上自群经、子、史，下逮百家之言，一以文章衡之，易使人萌偏重之念。当时及门之士，以词章蜚声者居多数，而专门经、史考据之学者，十无二三，此

① 王树枏：《故旧文存序》，《故旧文存》，陶庐丛刻第三十三，民国十六年刊。
② 王树枏：《陶庐老人随年录》，中华书局，2007年版，第25页。
③ 王树枏：《故旧文存》卷首小传。

亦原因之一也。①

桐城文派在直隶地区的传播实应归功于张吴二人，钟广生曰："自张吴两先生主讲保定之莲池书院先后十余载，北方学者多出于其门，此两先生者皆尝亲承绪论于曾氏，于是燕蓟之间始有桐城之学。"②张吴主讲莲池书院后，直隶地区逐渐形成了一个古文群体。

那么，吴汝纶是如何进行古文教学的呢？概言之，他就是秉承中国传统的教学方法，以讲授和诵读为主。

第一，古文义法的讲授。吴汝纶在莲池书院具体的教学情形，我们通过姚永概的回忆可略知一二。他在《吴挚甫先生评选汉魏六朝百三家集序》中有言：

> 吾乡先辈评点，望溪主义法其失或隘，海峰主文藻其失或宽，惜抱持乎中矣。先生合三家之长，断以己意，吾所得《三国志》近惜抱，《五代史》似海峰，而《史记》乃先生精神专注之书，实有过归方处，非阿好也。尝游保定，先生馆我于莲池书院二年，每晨则相从出郭三四里乃归，午饭后先生必出，坐大石荫高树纵论文史，不觉日影之移，故先生之学得窥一二焉。③

由此可见，吴汝纶的教学方式既有规律又相当自由，他注重养生，素有晨练之习，午饭后则常常汇集院内诸生于池北老藤下讲授经史④，培养了一大批擅长古文之士。这不仅延续了莲池书院教学相长、自由讲习的学风，而且从姚永概的言论中可知，这种轻松活跃的教学方式很有效果，使从学

① 邢赞亭：《莲池书院忆旧》，《河北文史集粹》（教育卷），河北人民出版社，1992年版，第8页。
② 钟广生：《陶庐文集序》，《陶庐文集》，民国四年新城王氏刻本。
③ 姚永概：《吴挚甫先生评选汉魏六朝百三家集序》，《汉魏六朝百三家集选》，丁巳八月，都门书局校印。
④ 邢赞亭：《莲池书院忆旧》，《河北文史集粹》（教育卷），河北人民出版社，1992年版，第7页。

者受益匪浅。

第二，注重诵读法在古文教学中的运用。这与刘大櫆、姚鼐、梅曾亮等桐城古文家一脉相承。古文家们指导学生学习文法时非常注重从声音入手，认为读起来朗朗上口才可称为佳作。反之，佶屈聱牙，闻之刺耳，自然不算上乘之作。诵读是他们对古文义法长期探索以来的可行理论，也是自身创作实践的真切体会。

吴汝纶自小受桐城古文的熏陶，诵读是长久以来的习惯，真正引起他对古文声韵重视和思考的是曾国藩。如果说方、刘、姚给他带来的是感性意识，是他汲取的间接经验，那么曾国藩给他带来的则是直接的教导和真切的体验。从学吴汝纶最久的贺涛曾说：

> 古之论文者，以气为主，桐城姚氏创为因声求气之说。曾文正论为文，以声调为本。吾师张、吴两先生，亦主其说以教人。①

吴汝纶在曾国藩对张裕钊的教学过程中感受到了诵读法的重要性。他在评价王安石《泰州海陵县主薄许君墓志铭》时提及一则关于曾国藩对张裕钊进行古文训练的细节，"张廉卿初见曾公，公为引声读此文，抑扬抗坠，声之敛侈，无不中节，使文字精神意态尽出"。张裕钊在读完这篇文章之后，"言下顿悟，不待讲说而明，自此研讨王文，笔端日益精进"。这件事情给吴汝纶留下了极深的印象，他在与唐文治探讨古文时再次提到，并且转述了曾国藩教导张裕钊的原话："子文学《南丰类稿》，筋脉太缓，宜读介甫文以遒炼之"②此外，他以唐文治所作《奉使日本国记》示范，对诵读古文之法进行了更深入和具体的阐释和解读：

> 读文之法，不求之于心，而求之于气，不听之以气，而听之以神。大抵盘空处如雷霆之旋太虚，顿挫处如钟磬之扬余韵；精神团结

---

① 贺涛：《答宗端甫书》，《贺涛文集》，华东师范大学出版社，2011年版，第43页。

② 唐文治：《唐文治文选》，王桐荪、胡邦彦、冯俊森等选注，上海交通大学出版社，2005年版，第344页。

处则高以侈，叙事繁密处，则抑以敛；而其要者，纯如绎如，其音翔翔于虚无之表，则言外意无不传。《乐记》师乙所谓"上如抗，下如坠，曲如折，止如槁木，累累乎端如贯珠"，皆其精理也。知此则通乎神矣。①

感悟文章的神妙需熟读成诵，吴汝纶将诵读文章与探求文气相统一，提倡因声求气，并且对诵读之法很有独到见解，读文之法要求之于气，听之以神。声音有一定的节奏，应根据文辞音节的短长高下选择不同的诵读方式，通过诵读的急缓理解古人行文的行气遣辞，在或纡徐、或急促、或高扬、或低沉的语调中体悟古人的文章技巧和气势，体会文章之精妙，从而感受文中的情思。

正是在吴汝纶的引导下，唐文治不但精通经学、文学，还十分擅长吟诵。他在无锡担任校长期间，教学生以传统的吟诵方式读古诗文，唐调感情充沛，苍劲有力，抑扬顿挫。他在1948年道其学吟诵的历程时说："近世读文方法，莫善于湘乡曾文正，谓要读得字字着实，而其气翔于虚无之表。得其传者，为桐城吴挚甫先生。鄙人曾与吴先生详细研究。"

此外，姚永朴在《答方伦叔》中也提道："永朴自少好为文章，然求之太迫，所真得胸中无一成熟书，去年春来天津，奉教吴挚甫先生。始知精诵为学问始事，因取古人之文悉读之，久之乃涣然微觉有得。"②吴汝纶不仅告诫学生要将诵读作为古文的起点，甚至视诵读为"学问始事"，而姚永朴久读之后受益匪浅更可作为吴汝纶诵读理论可行性和合理性的旁证。

在吴汝纶的教学下，莲池诸生如获指路明灯，训练出良好的古文技能，所为之文足以振荡一时。这足以证明吴汝纶古文教学的效果。

① 唐文治：《唐文治文选》，第344页。
② 姚永朴：《蜕私轩集》，北京共和印书局1917年排印本。

二、于庶民群体，力主切音字普及

吴汝纶在为教时力主以古文为教育的中心内容，然而有趣的是，他在日本考察教育时明确提出要简化汉字，统一国语，推广切音字运动。黎锦熙更认为吴汝纶则是提倡国语统一的第一人。切音字也就意味着口语与书面语在文字形式上的言文一致，这对于古文而言，无疑是致命的一击。那么吴汝纶为何如此呢？

在日本考察时，吴汝纶参观了三四十所各式学校，访问了日本各界名流上百人，他们不仅对吴汝纶提出的问题一一作答，并且给予了十分有益的建议，其中就包括统一国语和简省汉字的问题。据《东游丛录》记载，壬寅年（1902）五月，吴汝纶来到东京大学与总长山川健次郎交谈，山川曰：

> 凡国家之所以存立，以统一为第一要义。教育亦统一国家之一端，故欲谋国家之统一，当先谋教育之统一。教育之必须统一有三大端：（一）精神；（二）制度；（三）国语。……国语似与教育无直接之关系，然语言者，所以代表思想，语言不齐，思想因此亦多窒碍，而教育之精神，亦必大受其影响。此事于他国无甚重要，以贵国今日之情形视之，则宜大加改良，而得一整齐划一之道，则教育始易着手。[1]

山川将国语统一看做教育统一的一部分，而教育统一又关乎国家存亡，因而至关重要。尤其是中国，方言众多，"言文不一致"的书写体系严重窒碍思想之自由，造成近代文化的落伍，需要整齐划一。

之后，日本国字改良部干事小岛一腾寄《言文一致》一书，受山川与小岛的影响，吴汝纶开始认识到言文一致对普及国民教育的重要性：

---

[1] 吴汝纶：《大学总长山川谈片》，《吴汝纶全集》第三册，第788页。

吾国文字深邃，不能使妇孺通知，今学堂中须研习外国公学，无暇讲求汉文。执事此书，大可携回敝国，与教育家商酌改用，使中国妇孺知文，即国民教育进步也。①

古文之所以不同于白话就在于言文分离，无论是在字体形式还是文体形式上皆是如此。而吴汝纶却要推行《言文一致》一书，其目的已显而易见，要在中国妇孺中普及国民教育。然而吴汝纶也忧虑，在西学之外增加语言科目，学童精力又要再次分散。正是在以日本教育为模式的基础上，中日文化教育关系逐渐深入，吴汝纶在这一过程中坚定了统一国语的信念。

古代的语文教育向来重文轻语，吴汝纶在迷恋古文的同时，不忘"语"的亲民特征。切音字在晚清又称"拼音字""合声字""简字"等，晚清切音字的鼓吹者无一不是出于拯救民族危机的使命感，中西差距带来的心理冲击促使他们从文字的变革上寻求救国良方。将口头语言进行切音形成书面语言，以切音为字，直接呈现口头语，比方块字要简省易学得多。1892年卢戆章发表《一目了然初阶》拉开了切音字方案的帷幕，此后，各类拼音字方案层出不穷，一直持续到1910年郑东湖的《切音字说明书》，近二十年间出现了27种②切音字方案。而王照的《官话合声字母》是其中影响最大的方案，也得到了吴汝纶的青睐。

王照受日本假名字母的启发，于1900年制定了假名式拼音汉字方案——《官话合声字母》。王照认为我国文字有相当的难度，"钝者或读书半生而不能作一书"③，因而提出用简便的拼音文字代替繁难的汉字，以普及教育，"因文言一致，字母简便，虽极钝之童能言之"④，与吴汝纶的教育宗旨不谋而合。切音字使得学习难度大大降低，满足了新式教育所要

---

① 吴汝纶：《答国字改良部干事小岛一腾》，《吴汝纶全集》第三册，第398页。

② 王东杰：《"声入心通"：清末切音字运动和"国语统一"思潮的纠结》，《近代史研究》，2010年第5期。

③ 王照：《官话合声字母》，文字改革出版社，1957年版，第1—2页。

④ 王照：《官话合声字母》，第1页。

求的时效性，目不识丁的妇孺也可以看书阅报，在短时间内掌握基础的读写能力。

在日本教育名家对统一语言文字的反复强调下，吴汝纶参照日本与欧美各国无论妇孺皆能识字的情形，在与张百熙书信中明确提出需普及义务教育，"普国人而尽教之，不入学者有罚"①。他特别强调普及教育首先应该统一国语，简省汉字（即切音字）：

> 今日本车马夫役，旅舍佣婢，人人能读书阅报……中国书文渊懿，幼童不能通晓，不似外国言文一致。若小学尽教国人，似宜求捷速途径。近天津有省笔字书，自编修严范孙家传出，其法用支微鱼虞等字为母，益以喉音字十五、字母四十九，皆损笔写之，略如日本之假名字，妇孺学之兼旬，即能自拼字画，彼此通书。此音尽是京城声口，尤可使天下语音一律。今教育名家，率谓一国之民，不可使语言参差不同，此为国民团体最要之义。日本学校必有国文读本，吾若效之，则省笔字不可不仿办矣。②

吴汝纶将古文视为国粹，而在游历日本时触目所及的一切却让他发出这样的感慨："吾国非废汉文，无以普及文明教育。盖汉文过于艰深，人自幼而学之，非经数十年寒暑，不能斐然可观，而人已垂老无用矣。吾国不及东西洋之进步，实由此云云"③，国语统一势在必行，所见所闻所思所想均迫使他成为切音字运动的支持者，因而他要将《官话合音字母》作为国语课本。正是在吴汝纶的影响下，张百熙等人奏定的《学堂章程》中将官话列入师范及高等小学堂的国文一科。

一向坚守古文反对浅近俚俗之文的吴汝纶竟然为了国民教育而退让，自己也怀疑起中国文字的艰深渊懿来，并且将王照《官话合声字母》带回乡里，宣传易识易写的切音字，统一并普及官话，"取京音为准，以俗言代文字"①，在小学设国语课。王照在吴汝纶死后挽道：

> 　挚甫先生生平谓古文外必无经济，自游日本顿悟普通教育之意……夫能以文章名世者，莫挚甫先生若也。而先生独能虚心折节，以倡俗话之学。盖先生心地纯挚，目睹日本得力之端，在人人用其片假名之国语，而顿悟各国莫不以字母传国语为普通教育至要之原，故为四万万愚蠢痛心，而不暇计己之高名也。②

王照指出吴汝纶晚年的游日经历令他顿悟普及教育的重要性，为此他舍弃了古文家的立场和身份，开始致力于"俗话之学"。

此时吴汝纶的复合型人格又再次凸显，一方面十分欣羡日本统一语言的功效，看到国民的无知无识，便想必须用一种便民文字让他们可以看书读报。另一方面却又迷恋古文字，表现出抱残守缺的一面，不无自信地宣扬"文字之学，则中国故特胜，万国莫有能逮及者"③。他虽然也清醒地意识到只有废汉字，切音字运动才能成功，但是他始终没有这个勇气，最终目的仍然是"由省笔字移换认汉字"④。其实，他并没有舍弃古文教育，而是采取了一种上下有别的现实策略。此时，他的文学教育理念需分而治之，一为在士大夫阶层实行古文教育，二为普教全国人民。正如土屋弘所言"幼童及贫人，则主用五十音，至中流以上，则用象形文字"⑤。作为古文大家，吴汝纶从内心深处还是倾慕古文的，"若文字之学，则中国固特胜，万国莫有能逮及之者"⑥。然而就转变风气、开瀹民智而言，后者

① 王照：《字母书》序，转引自黄振萍：《晚清白话问题研究》，《清华汉学研究第三辑》，清华大学出版社，2000年版，第207页。
② 王照：《挽吴挚甫先生联语并序》，《官话合声字母》，第37—40页。
③ 吴汝纶：《高田忠周古籀篇序》，《吴汝纶全集》第一册，第207页。
④ 吴汝纶：《与东京府中学校长胜浦鞆雄书》，《清末文字改革文集》，文字改革出版社，1958年版，第29页。
⑤ 吴汝纶：《土屋弘来书》，《吴汝纶全集》第三册，第750页。
⑥ 吴汝纶：《高田忠周古籀篇序》，《吴汝纶全集》第一册，第207页。

更为重要。吴汝纶希望通过统一国语、简省汉字来达到言文一致的目的，使普通民众能够获得最基本的识认与书写能力，而他所在的士大夫阶层却"故我依然"，继续学作古文。中国文化中固有的雅俗格局，促使吴汝纶将语言文字变革，塑造成一个上下有别的双层图景而存留于历史影像之中。

三、于教科书选择，传承求新因时而变

吴汝纶在教科书的选择上鲜明地表现出通变的思维，主要体现在两个方面。

第一，减损求约。每个时代的文学教育都受各个时代社会政治、经济以及生产力发展水平的制约，同时也受各个时代教育思想的制约。晚清提倡中体西用者面临一个难以化解的矛盾，即中国亟待富强，局势危迫已呈现出时不我待之势，讲求西学已然成为新式教育的主流，而不论是有识之士所认同的西学还是被诟病以为无用的中学均以繁难著称，学子精力实难兼顾。中学所涵盖的领域如此广阔，需要从幼年时期学习经史，这一训练是一个日积月累的漫长过程，绝不是凭一时之功即可了解和掌握的，"吾国文至繁奥，习之尤费日时"①，而西学的知识体系往往又是国人未知的甚至是未接触过的领域，大量的新知需要从零开始学习。正如张之洞所言："不讲新学则势不行，兼讲西学则力不给。"②

在教育转型如火如荼之时，吴汝纶对未来新式学堂中学与西学的配置更能体现出他中西合璧的教育理念。"吾国事势岌岌，即从今实力兴学，五年速成，已有鞭长不及之势"③，此时中国的局势显然已无法允许教育模式按照正常程序循序渐进，学制不宜过长，只能追求速效。在新式教育的设想上，权宜之策即在保障西学为主的同时，以削减中学来存其学，尽力缩短培养人才的周期，化解学生学习时间和精力有限与中西学内容繁杂

---

① 姚永概：《范肯堂墓志铭》，《慎宜轩集》，清光绪三十四年灵谡室校印。

② 张之洞：《劝学篇·守约》，《张文襄公全集》第四册，中国书店，1990年版，第560页。

③ 吴汝纶：《与李伯行季皋兄弟》，《吴汝纶全集》第三册，第473页。

的矛盾，以解决新旧二学不可并存的问题。在这种情况下，学生得以迅速掌握中学精华，稍具中学基础便可专攻西学，中学在西学的挤压下日趋狭窄。

吴汝纶的新式学堂立足于救亡图存所需人才的知识结构，中学与西学兼顾，但并非全盘兼收，而是有所侧重。就实用之学而言自然以西学为要，于是他提出缩减中学课程数量及学时，并选择重要的课程进行讲授，有详有略，以达到节省学子精力，在最短的时间内掌握中西二学精华的目的。

在新式学堂书目的设置上，与简化课程相对应，吴汝纶对书目也进行了一定的精简，而且对于不同阶段的必读书目有不同的规定，对先后次序的安排也匠心独运。其中经学内容较少，小学只需读《论语》《孟子》，中学读《左传》《公羊传》《谷梁传》《礼记》，而且《左传》也不要求全读，只需读曾国藩《经史百家杂钞》中所选录的几篇，《礼记》选读全篇成文的篇目。至于大学堂，虽然要求读《诗》《书》《易》《周礼》《仪礼》，但是明确表明可根据资性慧钝酌情增减，因材施教，并不强制。到了中国专门学也就是具有学术性的研究领域出现后书目才大大增加，但是也并不要求尽通各类书籍，强调术业有专攻，精通一门即可。

无论是中学堂、大学堂还是中国专门学，在已经精选到不能再简的情况下，姚鼐《古文辞类纂》成为每个年龄段学生的必读书目。《古文辞类纂》是桐城古文传承已久的选本，受到历代文人的推崇，吴汝纶将其作为教科书不足为奇。然而，在西学对本土文化的冲击下，吴汝纶已不再将《古文辞类纂》视为一部单纯的教科书，而是赋予它新的使命，将之作为与西学抗衡的工具抵抗外界压力，这是历代古文教育家未曾提出的：

> 来示谓新旧二学，当并存具列，且将假自它之耀以祛蔽揭翳，最为卓识。某前书未能自达所见，语辄过当，本意谓中国书籍猥杂，多不足行远，西学行，则学人日力夺去大半，益无暇浏览向时无足轻重

之书，而姚选古文则万不能废，以此为学堂必用之书，当与六经并传不朽也。……独姚选古文，即西学堂中，亦不能弃去不习，不习，则中学绝矣。世人乃欲编造俚文，以便初学，此废弃中学之渐，某所私忧而大恐者也。①

因思《古文辞类纂》一书，二千年高文略具于此，以为六经后之第一书。此后必应改习西学，中国浩如烟海之书，行当废去，独留此书，可令周孔遗文绵延不绝。②

吴汝纶认为姚鼐的《古文辞类纂》不仅是古文的最佳选本，也是中学的最精华处，他甚至将之提升至比六经更重要的地位，"后日西学盛行，六经不必尽读，此书决不能废。"③他一针见血地指出中国书籍种类繁杂的弊病，经史子集书目浩如烟海，如何去在中学与西学之间寻求一种平衡是吴汝纶时刻不忘思考的问题。在现实面前，再继续按照传统模式不加选择地阅读经典缺乏可行性，吴汝纶深知轻重缓急，在当时的时代背景下对西学的接受是第一要务，学习西学的同时兼顾中学实属不易，用有限的时间和精力去接受近乎无穷的中学和西学，最终的结果很可能是博而不专，因此对中学体系中无足轻重的书目必须舍弃。他虽对传统经典已进行了精简，但是学子的精力还是力不足赴，长此以往，中西之间还是无法平衡，新旧二学依然不能自处，于是吴汝纶提出了最后的方案——姚选古文。

吴汝纶在传统与趋新之间挣扎之后选择了在他心目中与六经并存不朽的《古文辞类纂》作为中学的最后一道防线，为古文争夺文学教育的领地。这种唯一的坚守并非是一味抵制革新的守旧，反而是为了实现中西二学可以更迅速更有效的接榫和转化所做出的现实决策。这一文化现象看似守正，而精简和取舍中所蕴含的深层文化选择及意义实则暗藏密谛。

---

① 吴汝纶：《吴汝纶全集》第三册，第234—235页。
② 吴汝纶：《答严几道》，《吴汝纶全集》第三册，第231页。
③ 吴汝纶：《答姚慕庭》，《吴汝纶全集》第三册，第186页。

第二，编定启蒙读本。古文选本有利有弊，正如陈平原所言："选本既扩大了我们的知识面，又相对缩小了我们的眼界。"①伴随着中学课程的压缩，此时再去追求汗牛充栋的全集自然是收效甚微。学子需以最短的时间掌握中学的精华，就不能不借助前贤时俊的眼光和识见，教科书的精简在所难免，古文读本的重要性超越了以往任何时期。在新旧文化交替过渡时期，选本功能的充分发挥是利大于弊的，因此吴汝纶也加入编选古文读本的阵营。

据《桐城文学渊源撰述考》记载，以吴汝纶冠名的古文读本现存有两种，一为《古文读本》十三卷（即《桐城吴氏古文读本》），另一种为《古文读本前后编》二卷（即《桐城吴氏点定古文读本》）。后人往往顾名思义认为《桐城吴氏古文读本》为吴汝纶所选，其实不然。《桐城文选撰述渊源考》中提及吴汝纶撰述中的确记录了《古文读本》十三卷，但后用小字标识："常堉璋私加增损"②，常堉璋也在光绪三十年本中称自己"取先生手定之本编校而印行之"③。吴闿生也并不认可《桐城吴氏古文读本》，而自行出版了《桐城吴先生点定古文读本》二卷，并且在《重印古文读本弁言》中对常堉璋的私自编订颇有微词：

> 近时饶阳常君堉璋取先君评选姚氏类纂印行，亦名古文读本，与此本绝殊，彼书宜名姚选古文简本乃符事实，而常君等校印颇以私意去取，如原道与孟尚书书皆弃不载，其他割截尚多，则非先君之旧矣。④

他在此力证《桐城吴氏古文读本》的"非法性"与《桐城吴氏点定古文读本》的"合法性"，这两种读本都是在吴汝纶去世后出版印行，《桐城吴氏

---

① 陈平原：《从文人之文到学者之文》，生活·读书·新知三联书店，2004年版，第222页。
② 刘声木：《桐城文学撰述渊源考》，第504页。
③ 常堉璋：《桐城吴氏古文读本》，清光绪三十年，上海文明书局排印本。
④ 吴闿生：《重印古文读本弁言》，《桐城吴先生点定古文读本》，排印局铅印。

古文读本》实际上是姚选古文的简本，而且简化篇目的过程并非吴汝纶完成，而是常堉璋所为。冠以吴氏之名，是因这个简本是在吴汝纶评点古文辞类纂的基础上编定，各篇均有吴汝纶的圈点和评语，准确地说常氏仅对吴汝纶《古文辞类纂评点》（附诸家）进行编定，因而除评点的价值外，无法体现吴汝纶的选本意图。

至于《桐城吴氏点定古文读本》，确为吴汝纶亲自编定，其编纂及重印的过程，胡景桂在序言中详细地予以说明：

> 古文读本二卷，桐城吴先生课儿本也，初印行于日本。……又以原书圈识未完拟俟重印，时请先生校补，未及为而先生殁。……文字驯雅，机趣横生，足以开睿智，启辟轨途者莫逾此书。此书托始周末讫乎近世曾张，由简短而渐及深长，以后来诣极之作于古文零篇只义相衡文字变迁源流具在，自来选家中亦别立一派，洵初学不可不读之书也。……北洋大臣袁宫保方广建学堂以造英俊，学堂兼采欧美，科目纷繁，尚拟次第，改良以臻完备，而国文教科书独无善本，庸非颠乎？[①]

由此可知，《桐城吴氏点定古文读本》为吴汝纶课儿本，即吴阎生儿时所用读本，是吴汝纶亲自编选，最初由吴阎生在日本印行。初印本对评点的录入并不详尽，李景濂根据吴汝纶家藏的点评诸书将各篇散落的评点录入。据吴阎生所言，在他的学文过程中，这部书的启蒙作用是相当可观的，"八九岁能把笔为文皆此书发之"[②]，"童蒙欲求文学盖莫逾是书者"[③]，是非常难得的蒙学读物。

全书分前篇与后篇，共215首，与方苞的《古文约选》收文357篇及

---

① 胡景桂：《重印古文读本序》，《桐城吴先生点定古文读本》。
② 胡景桂：《重印古文读本序》，《桐城吴先生点定古文读本》。
③ 吴阎生：《重印古文读本弁言》，《桐城吴先生点定古文读本》。

姚鼐的《古文辞类纂》收文770篇相比，篇幅大大缩减。前篇共126首①，总体而言是按照时代顺序编选，从战国一直到晚清，从各家篇目的次序而言，的确是由浅到深，由短及长。与方苞的《古文约选》只选两汉与唐宋八家之文相比，取径相对广泛，而与姚鼐的《古文辞类纂》相比，则相形见绌。从取径而言，姚鼐所选的770篇中，还是以两汉与唐宋八家之文为主（639篇），而吴汝纶所选的215篇之中，先秦90篇，两汉与唐宋八家之文95篇，明清文30篇，与姚选相比，吴选中先秦之文占有相当的比重，而且吴汝纶所选取的皆为大家经典，而姚选旁及诸家，路径更广。

究其原因，首先在于编选之初的用意不同。《古文辞类纂》适合于各个年龄段，无论中学堂、大学堂还是中国专门学都作为必读书目列出，只是每个阶段所读文体类别因难易而有别。《桐城吴氏点定古文读本》作为一次新的尝试，吴汝纶将之定位为课儿本，是启蒙读本。最初编选目的不同，阅读对象不同，体例自然有别。作为启蒙教材，此书文意较为显豁，选文韵律和谐，易于习诵。选本、评点的确是此时以减损之法教学的最佳方式，吴选作为童蒙读物可以引导幼儿略窥古文门径，但是其所选之文篇目太少，很多古文家之文只选了若干篇，若作为教科书，只可达到普及的效果，而无法专业化，吴汝纶清醒地认识到这一点，因而并未将之用于书院，即使到科举废除学堂兴起之后，它也无法满足学堂的古文教授。然而在时任直隶总督袁世凯广建学堂之际，直隶学校司督办廉访胡景桂苦于没有国文教科书而欲将其广泛运用于学堂，古文褪去往日神圣色彩的命运也由此昭显。

另外，姚鼐选本的文体意识很强，将古文文体分为十三类，并逐一阐明来源、特点、功用及选录标准，条分缕析，举重若轻。姚永朴曰："欲学文章，必先辨门类。门者，其纲也；类者，其目也"②，对于古文学习者而言，文体意识极其重要，每种文体都有自身的特点，习作方法也不

---

① 延用原本量词。
② 姚永朴：《文学研究法》，许振轩校点，黄山书社，1989年版，第29页。

同，评价标准也存在差异，难度也有高下之别，比如吴认为"传状碑版与骚赋铭颂之文，皆非小学浅学所能遽入"①，因而在设置课程时按照不同的学段安排学生阅读各类文体，皆是用意深远。而吴汝纶在《桐城吴氏点定古文读本》中则没有辨明文体，杂记、序跋、书说、碑铭参差交错，只有难易程度上的层次感，学子的文体意识难以形成，习作时也难有规律可寻，此选本也就只能充当启蒙读本来发挥余热，而吴闿生在序言中说"今是编之出途，辄较然可识者专心于此，不烦日力，可坐窥吾国之精华"②，未免太过乐观。

以《古文辞类纂》为读本已是简省之法，常堉璋编定的《桐城吴氏古文读本》作为《古文辞类纂》的节本更为精简，仅摘录诸家评点辅助阅读，吴汝纶亲自点定的《桐城吴氏点定古文读本》则以启蒙为宗旨，如《邹忌修八尺有余》即现今语文课本中脍炙人口的《邹忌讽齐王纳谏》，难度并不大。全文用口语化的形式写成，被誉为"后世俗体赋的开山之作"③，由此可见吴氏选本较为浅易。吴闿生在光绪甲辰年编定的《桐城吴氏文法教科书》的编定有过之而无不及，只取吴氏选本（笔者按：指《桐城吴氏点定古文读本》）中《韩非子》的《难》（十五首），又自行增加了《史记》中序赞若干首组合而成，唐宋八大家之文竟无一篇，更勿谈明清之文。为了简省学子脑力，吴氏父子可谓煞费苦心，然而古文的从属与辅助地位也在不经意中成为不刊之论，"苟文事不知，则其才智不开，而莫由责校于实用"④，古文被迫降格，逐渐向国文演变，其对文统道统的传承逐渐转化为人文素质的培养，逐渐接近现代意义上的语文，基础性和工具性大大增强。

然而这些已简省到极致的读本竟被时人指摘不能全懂，冯友兰回忆起十二岁时（光绪三十三年）在湖北崇阳县衙的学习经历时说道：

① 吴汝纶：《驳议两湖张制军变法三疏》，《吴汝纶全集》第四册，第454页。
② 吴闿生：《重印古文读本弁言》，《桐城吴先生点定古文读本》。
③ 赵逵夫主编：《历代赋评注（汉代卷）》，巴蜀书社，2010年版，第223页。
④ 吴闿生：《桐城吴氏文法教科书序》，《桐城吴氏文法教科书》，光绪甲辰年版。

自从教读师爷（即我们的先生）到衙门以后，我们读书就上了轨道了。功课有四门：古文，算术，写字，作文。经书不读了，只读古文，读本是吴汝纶所选的《桐城吴氏古文读本》，一开头就是贾谊的《过秦论》。读古文虽然还不能全懂，但是比经书容易懂多了；并且有声调，有气势，读起来觉得很有意思。算术是加减乘除从头学起。此外是写大字，每星期作文一次。功课不紧，往往一个上午就上完了。①

在近代教育的转型过程中，科举制度的废除不仅使得时文失去仕途敲门砖的功能而成为时代弃履，也给古文带来了厄运。古文越来越不受学子的重视。正如关爱和所言："废除科举，兴办学堂，古文不再与仕途结缘，其使用范围及在青年学子中的号召力与影响也便大打折扣。"②学习古文在此时并不出于使命和责任感，读古文只是出于"有意思"，读起来朗朗上口，与吴汝纶时期士子们将其作为人生志向的心态截然不同。古文的日薄西山绝非偶然。

小　结

保守但不顽固，趋新但不激进，构成了吴汝纶的复合型人格，新旧思想的杂糅与共生也代表了晚清士大夫群体的典型心态。

一方面，作为旧派文人，吴汝纶却对西学毫无排斥，且表现出极大的热情和主动的态度。另一方面，作为传统士大夫，吴汝纶有着浓郁的传统文化情结，不愿意抛弃古文。古文至上的观念使得他在情感与理智的交织中力延古文一线，坚守古文的价值。这里所表露出的感情并非顽固守旧抑

① 冯友兰：《三松堂自序》，人民出版社，1998年版，第19页。

② 关爱和：《二十世纪初文学变革中的新旧之争——以后期桐城派与"五四"新文学的冲突与交锋为例》，《文学评论》，2004年第4期。

或抱残守缺，更多的是作为一位古文家、一位晚清士大夫的民族使命感和责任感。

古文创作上，吴汝纶将文章体式分而治之，旨在保持古文之古雅，这是他的创作追求，也是他的审美选择。同时，他将雅洁尺度适度放宽，使应用文体化解了西学转载的矛盾。文学教育上，吴汝纶更是秉持开放博雅通识的教育观，在教学理念和教学书目选择上，兼通新旧、融会中西，寻求能够润泽新旧文化转换的最佳方式。"得欧美富强之具，而以吾圣贤之精神驱使之"①，这就是吴汝纶心目中治中西二学的最上之法。在继承发扬传统文化方面，时至今日，吴汝纶阔通的文化情怀和深邃的历史眼光，仍令人称誉。

① 吴汝纶:《复斋藤木》,《吴汝纶全集》第三册,第416页。

第二章

困境坚守：戴钧衡对桐城派的传承与担当

戴钧衡，字存庄，号蓉洲，安徽桐城孔城人。安徽桐城，戴姓有仓前戴氏和香山戴氏，均为桐城望族。戴钧衡为香山戴氏家族后裔。据《香山戴氏宗谱》记载，吴汝纶曾为戴氏续修宗谱作序，序中点出了戴钧衡私淑桐城三家之学，赞赏其诗文，感叹英年早逝，"每以未识其人为憾"①。戴钧衡受学方东树，虽命运坎坷，但有着强烈的用世之心，他以积极进取的姿态来坚守传统，传承文派。

第一节　整理乡贤文集，力挽文派式微

桐城派后学尤其是籍贯为桐城的文人学者，乐此不疲地搜集、汇编桐城先贤的文集，不仅是出于崇敬缅怀的心理，更是借此来发扬壮大文派影响力。戴钧衡等人整理了众多的桐城派大家作品以及地方文献，包括《望溪文集》《桐城文录》《古桐乡诗选》《潜虚先生文集》。方苞是桐城派三祖之一，戴钧衡作为桐城派弟子编选其文集自是无可厚非。而戴名世因文字狱一案，桐城派文人迫于政治形势并不敢公开承认其桐城派先驱的地位。而戴钧衡却能以身犯险，无畏无惧，将其散佚的作品尽可能搜集，汇编成《潜虚先生文集》，并依据文集编写戴名世年谱。《潜虚先生文集》也被推

---

① 吴汝纶：《戴氏续修宗谱序》，载《皖桐香山戴氏宗谱》卷首，同治戊辰年续修。

举为祖本，"戴钧衡是编，先生集之祖本也"[1]，当之无愧为研究戴名世提供了珍贵的传世资料，也为传承桐城文派立下了汗马功劳。

一、整理戴名世文集的内在原因

（一）同为邑里，乡情所系

戴名世（1536—1713），字田有，或作田友，一字褐夫，或作褐甫，号药身，又号忧菴，晚号栲栲，世其为称南山先生。戴名世与戴钧衡都是桐城孔城镇人，虽姓氏一致，然其族谱中记载的始迁祖并不一致，隶属于各自的宗祠。基于此，戴钧衡在《南山集目录序》中自称"宗后学钧衡"，是较为准确的。

虽然戴钧衡并非戴名世嫡裔，然而因同为桐城文人，两人均受到桐城地域文化的浸润，且之间也是有所联络。关于这一点，在戴钧衡《钟淑墓志铭》一文中有相关叙写：

> 吾宗有笃行。君子曰：西林先世与予族同祖婺源，迨迁桐各主其始迁之祖而昭穆不可以序，以其尊甫尝弟呼予父，故予即以兄事西林。西林承其父芸轩先生之教，读书务在淑身，常克己省愆于幽独之地，其治生以躬耕授徒为业，曰此外所获皆非义也。自其族祖潜虚先生以鸿文高第发声海内，天下皆知有桐城之戴。其后潜虚以罪死而族中读书者虽有英俊遇往之才率不得一为学官弟子，盖其冤抑之气郁塞盘结而不得伸者，且百四十余年西林既以穷困老其身而天乃复夺其贤子锺淑……[2]

此篇墓志铭透露出三个信息，其一肯定两戴同祖婺源，无形中拉近了距

---

[1] 戴廷杰：《戴名世年谱》，中华书局，2004年版，第1004页。

[2] 戴钧衡：《钟淑墓志铭》，《味经山馆文钞》卷四，清咸丰三年刻本。

离。戴西林为仓前戴氏第十四世子孙，由于年代久远，后世子孙显然无法排序论辈，戴钧衡尊其为兄长，也是出于一种敬意。二是赞扬戴名世的功绩。正是因为其过人的才气，一时声名大噪，成为戴氏家族引以为傲、首屈一指的显赫人物，从而奠定了戴氏家族的地位。后因戴名世获罪入狱，戴氏家族备受摧残，迅速走向衰微。三是对西林痛失爱子锺淑深表同情，惋惜戴氏子孙英年早逝。

在戴名世逝世一百余年，戴钧衡能传其文，扬起名，也许正如戴钧衡在《南山集目录序》注明"宗后学钧衡"，其中的宗族之情、乡里之谊，表露无遗。

（二）时代动荡，文网松弛

（清代文字狱）"持续时间之长，文网之密，案件之多，打击面之广，罗织罪名之阴毒，手段之狠，都是超越前代的"[①]。康熙年间，戴名世因《南山集》案发获罪并处以极刑，其所著《南山集》《孑遗录》均被查缴毁板。人人惶恐不安，不仅其著作无人敢收藏，即使是戴名世称谓都忌讳，以"宋潜虚"代之，自此文人学士"再也不敢谈国家大事，写野史笔记的风气日渐消沉"[②]，缄默不语。

然而，时间的推移、政治环境的松弛以及社会文化风气的变迁，人们对戴名世《南山集》案虽仍有阴影，却显然有了改观。在距离案发时隔较短时间内，世人恐惧紧张的政治形势不敢以身犯险，仅在雍正七年（1729）王文烜《殖学集》收录时文一篇、乾隆八年（1743）唐惟懋《发蒙小品二集》收录制义一篇，此后编修家谱，征用文章渐渐兴起，然而乾隆帝给予严惩，于1768年"故学士李绂以集中有与先生同饮诗，几乎牵连削秩"[③]。其后更是严厉打击，寄谕各省"况明季末，造野史者甚多，期

---

① 胡奇光:《中国文祸史》,上海人民出版社,2006年版,第125页。
② 谢国桢:《明末清初的学风》,上海书店出版社,1982年版,第99页。
③ 戴廷杰:《戴名世年谱》,第984页。

间毁誉任意，传闻异词，必有抵触本朝之语，正当及此一番查办，尽行销毁，杜遏邪言，以正人心而厚风俗"①。如此，各地纷纷响应，在全国范围内搜罗禁书，戴名世的著作难逃厄运，其《戴田有全集》《意园文集》《忧患集偶抄》《戴田有四书文》《南山集》等书由各省巡抚上交，查禁230余部②。上述史料记录表明康熙、乾隆年间，统治者对思想控制极为严苛，致使人心动荡。因而世人对戴名世一案仍心有余悸，并不敢直言戴名世，其文集自然无人问津。直到乾隆后期，思想风气较为开化，文字狱才得以适度放宽。

至道光年间，清朝统治进入了封建社会的末期阶段，渐渐呈现衰颓的势头。道光帝面对内忧外患的形势，为挽救日益衰弱的政权做出了一系列行之有效的举措，然而其注意力多集中在整顿吏治、打击鸦片流毒、整治盐政等问题，对文化领域的掌控力度就会有所放松，如此便为思想解放提供了一个突破的契机。正是由于当时列强入侵，中国被迫沦为欺凌的对象，统治者无暇于文化学术领域施以高压。第一次鸦片战争爆发，政局动荡不安，而次年戴钧衡于十二月二十九日为《潜虚先生文集》作书跋。当朝忙于战事，自顾不暇，对民间禁书翻刻听之任之，时代动荡之下出现了学术界一个相对和谐稳定的态势。这样的时间节点显然有利于戴钧衡整理戴名世文集，为其提供了绝佳的时机。

二、情怀共振，传扬戴名世古文

戴名世虽因《南山集》案，长期被桐城派文人"排除"于文派之外。但是，继方苞之后，桐城派后期文人对戴名世的古文成就给予充分肯定，尤其是道光前后尤为突出。戴钧衡之师方东树晚年推举戴名世，在感叹其悲惨遭遇的同时，评价其文章"超妙灵奇，生气郁勃，实得左丘明、庄

---

① 戴廷杰：《戴名世年谱》，第986页。
② 此处统计数据参考法国学者戴廷杰《戴名世年谱·戴名世先生后谱稿》，中华书局，2004年版，第987—993页。

周、司马子长、昌黎、六一之神。彼自言为文之术，在置身埃壒之表，用想于空旷之间，游神于文字之外，率其自然而行所无事。虽未必至，要其才有天授焉。惟愤时嫉俗之作，蕴畜渊懿逊三家，而其记事之文，固复乎不可尚矣"①。

方东树门下弟子，诸如戴钧衡、方宗诚等对戴名世文章均多赞赏。二人曾共同编撰《桐城文录》，收录戴名世文六卷，其中卷数量与方东树等同，同为六卷，仅次于方苞、刘大櫆、姚鼐，共收录了八十三篇文章。戴钧衡等将其与其师方东树比肩，足以看出对其文章的重视与青睐。从戴钧衡编《潜虚先生文集目录序》则更为清晰地展现这种振兴文派的强烈意图与用心。在《潜虚先生文集目录序》一文中，戴钧衡感叹写文章之艰苦，引出司马迁的不幸经历，称赞其能处于困厄之中仍能以立言著述为己任，通晓古今史书，成就非凡，名垂千古，成为后世文人探究文章大义要旨的圭臬。戴钧衡认为戴名世的文章"见其境象如太空之浮云，变化无迹；又如飞仙御风，莫窥行止"，具有一种高远飘逸的神韵，深得司马迁文章之境界。

戴名世是有济世情怀的文人，他坚信古文为救世良方，遂致力于古文创作，"余虽学殖荒落，而文章之事与有责焉，方将理其旧业，而与世学之者左提右挈，共维挽风气于日盛也"②。身处不平之世的戴钧衡亦如此。他作为桐城派文人，自然清楚地认识到戴名世对于促进桐城派发展的意义所在。戴钧衡整理戴名世文集，不仅出于对桐城文化的发展，也是出于扩大文派影响力的考虑。

虽然戴名世与戴钧衡相距时代较远，身份地位不同，戴名世入朝为官，活跃于政治文化舞台。而戴钧衡1849年才中举，后因战乱，流离失所，于1855年因病去世，其身份定位为"乡野绅士"恰如其分。戴名世以

---

① 方宗诚：《记张皋文（茗柯文）后》，《柏堂集·前编》卷三，引戴廷杰：《戴名世年谱》，第1006—1007页。

② 戴名世：《庆历文读本序》，《戴名世集》，王树民编校，中华书局，1986年版，第107页。

修缮明史为志向，古文写作多歌颂明朝故将，传达对现实的不平愤慨，注重文章的批判性。随着时代的变迁，明末清初夷夏之防的思想已经淡化，戴钧衡没有延续戴名世这样的固有观念，其古文多次以书论的形式为统治集团献言，关注民生，重视教育，传记类总体上来说更注重对生活场景的临摹，对象以室友亲朋为对象，文章温情脉脉，生活气息浓厚。古文作为时代环境的一个小缩影，反映了民俗世风的变迁。从戴名世到戴钧衡，古文内容的不同，审美观念的转变，反映的是一种文化现象。戴钧衡身处清中叶，清朝统治已然根基松动，其发展态势正由从巅峰鼎盛渐渐走向衰微颓败，在这样的困境中，古文作为文人抒发情怀的重要载体，成为我们探析戴氏文化坚守的依据。本节将比较其古文与戴名世古文，着重分析在时代的风云变化之下戴钧衡的古文风貌。

（一）因文见道，兼善天下

戴名世坚守儒家正统思想，尤为重视文章的思想性。戴名世处处以此为准则，讽喻现实，教化意味浓厚，或歌颂豪杰义士、或劝人向善，具有一种深切的人文关怀，其文章取材立足现实情境，济世特征表露无遗。

针对古文衰颓，士林攀附时文，戴名世曾多次表明心迹，厌恶科举时文，如《狄向涛稿序》《送蒋玉度还毘陵序》等文章。戴钧衡对此进行了更为深入的思考，认为世人夸尚时文，在于圣人之道未能很好地倡扬，"多荒经废古，悖理干义，自外于圣人之道者"①。

同时，戴钧衡作为传统文人，对此有着更为深刻的感悟。无论治学还是为文，都围绕着伦理道德，注重理学正风俗促教化的功能。在抨击当下的同时，又对那些埋头苦读，深受科举制艺荼毒的文人表示痛心：

> 辞父母别弟昆，告贷于姻娅乡党，裹粮就道。远者万里数千里山径险隘，骡马颠踣。长江风起震荡魂魄，中原以北沙高接天蒙面塞口

① 戴钧衡：《海客受经图跋》，《味经山馆文钞》卷二，清咸丰三年刻本。

鼻，气不能出。野店箫寂，朝饥不得餐；夕卧土床，虫蚤满被，日未出既落，盗贼窥伺于途，骇汗奔走，以来赴京师，提筐操瓢贮米炭，三出三入，矮屋九昼，夜如乌，在箧盖亦极天下艰难困苦者矣。[①]

这些求取功名的学子饱受摧残，可悲可叹。戴名世《李学士》通过刻画人物面对揭榜前、中榜后不同的行为反应，由原先的惶恐不安、度日如年，到喜形于色、忘乎所以，生动而形象地揭露了科举对学子精神上的桎梏。

此外，《味经山馆文钞》以程朱理学为道德评判标准，记载了一些人的嘉言懿行，例如感人至深的孝子节妇、勤勉刻苦的文人雅士、乐善好施的乡绅贤人等。戴钧衡认为"夫天地之大，亦纲常所维系耳。纲常绝则天地息"[②]，其文章思想核心即是弘扬儒家传统伦理道德规范。这与桐城派坚守的道统思想一致，桐城派文人也乐于写一些名人轶事，孝子节妇，通过对其言行的肯定从而在社会形成良好和谐的氛围，以期达到维持社会秩序，推行教化的作用。

戴钧衡文集中有相当一部分论史之作，借史料来达到讽喻现实政治的作用。如《书王文肃公密奏草稿后》一文就明朝清议为对象，展开论述，见解独到，令人耳目一新，说明其有政治眼光与魄力：

> 余观明中叶后，朝廷有一失，诸君子环起争之。一人开其先，随之者动数十百计，而大臣畏清议亦往往力争上前其事以寝。夫小臣畏清讲而后敢争于大臣，大臣畏清议而后敢争于天子，迨小人不畏清议而天下事遂不可为，又其甚者从而仇之而明之天下亡矣。
>
> 世之论者辄谓亡明之天下者清议也，而不知天下之亡非亡于清议，亡于小人之不畏清议而仇清议也。[③]

---

① 戴钧衡：《书殷子征会试落卷后》，《味经山馆文钞》卷二。
② 戴钧衡：《戴氏节妇总录序》，《味经山馆文钞》卷二。
③ 戴钧衡：《书王文肃公密奏草稿后》，《味经山馆文钞》卷二。

戴钧衡品评明朝清议,直指明朝灭亡的原因并不是士人对政事评头论足,干涉朝政,而是小人不惧惮清议,扰乱朝纲,残害忠义进言之士。他心怀民生疾苦,写有《桐城县护城石堤记代》《南岳观城图跋》《与唐明府言灾事书》《答徐懿甫书》等文章。

作为一名底层文人,自然不可能像戴名世一样曾跻身上层,傲视一切,具有更为宽广的气魄与胸襟。戴钧衡的文章意象境界狭小,称不上宏丰。然而戴钧衡能立足现实,做到因文见道,当属不易,其文人气节值得肯定。从方宗诚为其文集作序称"存庄姑因其所已能而勉其所未至,以力挽巧伪之风,则其可以不朽者,将必不止在于言也矣"①,也可看出戴钧衡文章的价值所在。

(二)细节刻画,真情缱绻

桐城派文人尊崇《左传》《史记》,古文创作上承秦汉韵致,又借鉴唐宋八大家古文,并将明代散文大家归有光尊崇为文派先导。同时,戴名世也欣赏归有光的古文创作,"余愚陋,于时事皆不所通晓,惟好学问文章,时时访求先辈所为古文,而怪明氏亦三百年太平远过前代,而著述之家不能有矫矫如古人者,何其难也!其真当世无才耶?抑无乃弹精于科举之业,而遂不暇及与?久之得一人焉,曰震川归氏"②。戴名世的古文显然颇得归氏之神韵,自然平淡,不事雕琢,认为文章写作应当修辞立诚,不追求绚烂之华章,而应"淡焉,泊焉,略其町畦,去其铅华"③,因而其传记类文章能做到忠实于生活本真,尤为注意细节描写,营造场景,突显人物性情。如《杨维岳传》注重对材料的取舍,先写杨维岳秉公执法,刚正不阿,谢绝百金,继而写其读书志忠孝大节之处,悲痛欲绝,后写时事突变,杨维岳响应史可法传檄天下捐资救国的举动,慷慨激愤,"泣曰:

---

① 方宗诚:《味经山馆文钞序》,载《味经山馆文钞》,清咸丰三年刻本。
② 戴名世:《书归震川文集后》,《戴名世集》卷十五,第419页。
③ 戴名世:《书归震川文集后》,《戴名世集》卷十五,第419页。

'国事如此,吾何以家为。'"[1]至兵败城破,史可法殉国,他感叹史可法为国事英勇就义,决心效仿之,遂绝食抗议,没有选择临危而逃,而是以一种坚韧不屈的精神作最后的挣扎。这些细节的刻画,使得人物形象顿时饱满生动起来,杨维岳的几次流涕落泪,恰是一条勾连全文的线索,足见其性情。

戴钧衡文章能做到对义理的坚守,践行"言必有裨于世教",这主要是从思想内容入手。通观其文章,尤其是传记类文章能通过细节的刻画,挖掘人性的光辉,行文自然,用词雅洁精准,富有人情味。《味经山馆文钞》卷四收录了传状、墓志铭、墓表、哀词、杂文,共计19篇,以人物为线索,细节先行,选取最具代表性的生活场景。具体而言,有以下三个特色:用词简洁,错落有致;构思奇巧,选材得当;自然天成,蕴蓄绵长。下文将结合文本进行分析。

其一,用词简洁,错落有致。桐城派古文历来以雅洁著称,方苞认为"古文中不可入语录中语,魏晋六朝人藻丽徘语,汉赋中板重字眼,诗歌中隽语,南北史佻巧语"[2]。戴钧衡的古文写作延续了雅洁的传统,文章语言精练,力避赘语俗言,文章句法整齐,清深俊朗。

其二,构思奇巧,选材得当。

材料的运用对文章写作来说至关重要,加之古文写作追求"形散而神不散",这便对执笔者的文字功底有一个更高层次的要求,要求其既能灵巧构思,不落俗套,又能明断暗续,章法井然。

两篇杂文《书戈照邻事》和《书张秀才事》在构思技法上的使用更为明显。首先因为其文体为杂文,特点是短小精悍,虚实相结合,以虚统实,以实带虚,说理性较强。诚然,戴名世的记叙类古文也存在大量的虚构,使得古文呈现出别样的风采与趣味。试以《一壶先生传》一文为例:

---

① 戴名世:《杨维岳传》,《戴名世集》卷六,第160页。
② 沈廷芳:《书方望溪先生传后》引,《隐拙轩集》卷四十一,清乾隆二十二年刻本。

　　一壶先生者，不知其姓名，亦不知何许人。衣破衣，戴角巾，佯狂自放。尝往来登莱之间，爱劳山山水，辄居数载。去，久之复来，其踪迹皆不可得而知也。好饮酒，每行，以酒一壶自随，故人称之曰"一壶先生"。知之者饮以酒，留宿其家。间一读书，唏嘘流涕而罢，往往不能竟读也。……先生踪迹既无定，或留久之乃去，去不知所之，已而又来。①

　　戴名世的这篇古文构思新奇，行文简洁。首先引出主人公一壶先生，然而却不知其姓氏，无名无姓，因其嗜酒如命，常常携带一壶酒而代指。在叙写其生活常态时，着力表现其性格的古怪，行为上的狂放不羁，如读书时常常痛哭流涕，不能自已，加之其行踪飘忽不定，俨然犹如一个超脱凡尘俗世的隐士。然而在这样看似虚拟清新的笔调之下，却蕴含着作者深深的情愫，字字句句力透纸背，将一个有志复明而不得的遗民典型刻画得淋漓尽致。尽管一壶先生无法明确到个体，然而其身上却带有遗民普遍的矛盾心理，只能借酒以自哀。正所谓"史家追述真人真事，每须遥体人情，悬想事势，设身局中，潜心腔内，忖之度之，以揣以摩，庶几人情合理"②。戴名世文史兼备，在古文中借鉴了史家叙事记人的技巧。

　　戴钧衡的《书戈照邻事》与戴名世的《一壶先生传》在行文技法上存在相通之处。试观《书戈照邻事》一文：

　　戈照邻者，不知何许人也。白驴皂帽踔寿州李翁门，告阍者曰："为我报主人。戈照邻来见也。"李翁者故好客重武，四方勇士来无不见者。阍者以告翁，遂出，与语多骇人，叩其技不答。翁知其异人也，延入为上客。夜则独卧一室，帐中置小筒，光彩照人。翁之从者，欲乘其睡，窃视之，每入室则照邻叱呼："何人"？屡试皆然，遂

---

① 戴名世：《一壶先生传》，《戴名世集》卷六，第165页。
② 钱钟书：《管锥编》卷一，中华书局，1986年版，第163页。

不敢复入。照邻善饮，翁叩其量，照邻曰："无酒不思，有酒不知醉也。"翁他日约善饮者数人，陪照邻饮以次酬酢自辰薄酉数人者皆醉，而照邻如故。乃取壶独酌，渐至酒酣，谓翁曰："仆阅人多矣。未有如翁之好客者。翁平生所接客有能飞者乎"翁曰："未也。""有能只手当百人者乎"，翁曰；"未也"。照邻曰："仆无他长，能斯二者而已。"言毕，入翁后园正立而跃，去地尺许徐徐腾上，瞥然失所在。久之，自空来，下立于墙，墙下列巨瓮，贮水蓄鱼，照邻下立水中，越十数瓮乃下，履不濡也。翁赞叹良久，谓照邻曰："君言只手当百人，能为我小试乎"。照邻曰："诺"。次日，翁选勇士五十人各持所善械，拥立堂上，启中扉，令照邻出，诸勇士大呼击照邻，照邻以两手左右挥之，士皆倒械自击，张目大叱持械者十八九失手堕地，有踣不能起者。[1]

开篇即说"戈照邻者，不知何许人也"，传奇性意味浓厚，与《一壶先生传》得开篇有异曲同工之妙。戈照邻可以说是一个隐士，既为隐士，其行为自然异于常人，"语多骇人"，后投靠好客重武的李翁门下，"白驴皂帽踬寿州李翁门，告阍者曰：'为我报主人。戈照邻来见也。'"，独具个性化的语言，颇有侠客之风，从而起到让读者如见其人，如闻其声的效果。其举止放诞，豪饮而不醉，身怀绝技，让人称奇，李翁尊为上宾。戈照邻并不驻留一处，而是四处飘荡，遂辞别李翁，与寿州好客者何某相交。文末戴钧衡解开了谜团，交代了戈照邻为何到处游历的原因：

照邻曰："仆有友，昔年谋逆，仆固阻不能。将起事，以书招仆，仆走，避至此。今夕被擒就戮矣。仆是以悲也。"是夜，照邻跨白驴遁去。[2]

① 戴钧衡：《书戈照邻事》，《味经山馆文钞》卷四。
② 戴钧衡：《书戈照邻事》，《味经山馆文钞》卷四。

另一篇杂文《书张秀才事》总括人物的性格特征，称其"性任侠重义气，好交结当世奇士"①。其子不幸丧命，张秀才并不多加斥责，而是镇定自若，反省自身，"安知非我行不德天降之罚杀吾子以报吾邪"②。其死之时将金财以及亲眷托付好友，友人重信誉守诚信，竭力抚育其遗孤。戴钧衡写此文重在赞赏朋友之间贵在以诚交往。

其三，自然天成，以情动人。桐城派三祖之一方苞认为文之工致，不在辞繁言冗，而在于"情辞动人心目"，即以真情来打动人心。戴钧衡传记类文章最大的特色即是以情取胜，尤其是在与之有着密切联系的亲友，更是充满温情。

《舒伯鲁哀词》以词作结语，"嗟伟材之盖世兮乃竟不得于天，知百禅其终化兮君乃几夫壮年，悲老亲之遥远兮羁监司于海埏，忧故乡之不靖兮诸弟方奔走乎，烽烟岂恂极而不顾兮遂一瞑而长捐，汝既死其亦已兮哀生者之多遭，余思君其若结兮将尺素之拳拳，鸿雁去而不复兮泪霡落于风前，秋气入而北地寒兮魂无滞于幽燕，聊往止于东海兮随白发以周旋"③，借鉴了骚体楚辞之意蕴，使得全文深曲缠绵，苍凉悲凄。《书戈照邻事》中的隐士戈照邻"跨白驴遁去"，道教意味十足，既能表现戈照邻散漫随性的性情与逍遥自由的生活状态，同时又具有一种情趣，读罢仍觉思绪飘渺，蕴蓄悠长。

第二节　躬行力践，倡办书院教育

道光以降，经世学风的浪潮席卷，戴钧衡颇受感染，以经世致用思想治学办学，创建桐乡书院。可以说，桐乡书院的创建为其短暂的生命画上了浓墨重彩的一笔，更是其致用思想的一次重要实践。对此，清廷褒扬有

---

① 戴钧衡：《书张秀才事》，《味经山馆文钞》卷四。
② 戴钧衡：《书张秀才事》，《味经山馆文钞》卷四。
③ 戴钧衡：《舒伯鲁哀词》，《味经山馆文钞》卷四。

嘉，曾谕令全国书院以桐乡书院为范例，参考其教学与管理，并将戴钧衡编写的《桐乡书院四议》载入《皇朝政典类纂》，自此声名远扬。①

　　桐乡书院创建于道光二十年（1840）年。据邓洪波《中国书院史》，清代书院的发展大致划分为四个阶段，历经恢复、全面大发展、相对低落期、高速发展并顺应时代环境最终改制。②。桐乡书院可归到第三阶段。第三阶段的书院又有着此时期的特点，第一，汉学旗帜高扬书院……第二，朝廷屡颁诏令，整顿书院，试图重振其势力。……第三，民间力量参与书院管理。③桐乡书院由戴钧衡等有识之士提议，依靠民间力量筹措而成。其教学内容重视经学，强调通经致用，有汉学之风，体现了汉宋的交融。在书院运营体制上，响应朝廷整顿书院，制定了严格的管理体例。

一、倡扬桐城之学，倾力桑梓教育

　　据《桐乡县志》记载："桐乡书院位于县东孔城镇中街（今孔镇学校址）。清道光二十年（1840），北乡诸生文聚奎、戴钧衡、程恩绥等倡议募捐创建"④。桐乡书院历时一年完工，其内部构造合理，设房屋五重，教学授课、后勤保障、教辅设置一应俱全。教学授课的地方称之为漱芳精舍，分设诸生课试之所和生童课试之所。后勤包括门房、仓房、账房、庖廪、寝居等，各司其职，运作正常。教辅机构设有藏书阁、朝阳楼、旷怀园等。朝阳楼正对桐子山，风景秀丽，其后楣祭祀乡贤；旷怀远，顾名思义，意在心志高大旷达，园内植木石花草，陶冶性情。桐乡书院于道光二十一年九月初五请期开课。

　　文人雅士纷纷执笔记录，喜悦之情溢于言表。《桐乡书院志》卷六收录了大量唱和的文章，现选取部分诗句如下：

　　① 席裕福：《学校十四·书院》，《皇朝政典类纂》卷226，转引自沈云龙主编：《近代中国史料丛刊》第二编，台湾文海出版社，1966年版。
　　② 邓洪波：《中国书院史》，东方出版中心，2006年版，第439页。
　　③ 邓洪波：《中国书院史》，第444—445页。
　　④ 桐城县地方志编纂委员会：《桐城县志》，黄山书社，1995年版，第657页。

膠庠歘起汉桐乡，淳朴山川自一方。峻宇遥峰通一气，秋阴暝色暖周堂。

今来偶共壶觞聚，后会难凭筋力强。信识斯人多俊杰，不因兴没待文王。①

——方东树《辛丑九月桐乡书院落成偕文生聚奎戴生钧衡信宿于此作并示程莘民刘元佐》

金台首善万方宗，课启桐乡秀特钟。三载功成前大令，千秋地属汉司农。

西河风味先弦诵，东道师资仗率从。安得龙眠如虎踞，卅年教授接鸡笼。②

——马瑞辰《寄题桐乡书院》

方东树有感于弟子创建桐乡书院，不禁感慨万千。首联遥想到桐乡之名起至汉，民风淳朴，后讴歌桐乡山川，极力渲染其秀美之景。马瑞辰诗中"东道师资仗率从"以及光聪谐笔下"一时连壁又超群"暗自戴钧衡、文聚奎，二人皆为桐乡书院创办的关键人物。

"咸丰三年（1853），书院遭兵燹。同治六年（1867），同里买程姓屋宇重建书院，清末停办。"③戴钧衡任桐乡书院主讲，历时13年之久，致力于桑梓教育事业，直至太平天国运动，战事连连，被迫中断。而后重建，桐乡书院历经战乱，焕发生机。

桐乡书院的创建首先得益于桐城深厚的文化底蕴，成为其顺利建成的有利土壤。桐城"山川奇杰之气有蕴而属之"④，人杰地灵，翰墨飘香。

---

① 戴钧衡：《桐乡书院志》卷六，清道光刊本。

② 戴钧衡：《桐乡书院志》卷六。

③ 桐城县地方志编纂委员会：《桐城县志》，第657页。

④ 姚鼐：《刘海峰先生八十寿序》，《惜抱轩诗文集》，刘季高校注，上海古籍出版社，1992年版，第114页。

方宗诚对桐城文学颇多溢美之词谓："桐城文学之兴，自唐曹孟徵，宋李伯时兄弟，以诗词翰墨，名播千载。及明三百年，科第、仕宦、名臣、循吏、忠节、儒林，彪炳史志者，不可胜书。然是时风气初开，人心醇古朴茂，士之以文名者，大都尚经济，矜气节，穷理博物，而于文则未尽雅驯，以复于古。"①此番言词略带自我标榜的意味，不过也并非言过其实。方宗诚对桐城文学进行了溯源，追溯到唐宋，至桐乡书院创始可谓是历经悠悠岁月。论及桐城文化，桐城派自是不可回避的，对地域文化的影响不可小觑。从桐城的广阔视角进一步缩小到孔城，可知孔城也是人才辈出，首屈一指当属戴名世，而后出现刘开、戴钧衡等桐城后学。姚莹在《中复堂全集》谓："孔城于近代有南山戴先生、枞阳则海峰刘先生，实其故里。吾桐言文章者，于二乡必称二先生。兹乡之人，景仰前哲，将欲振兴文风，乃酿金为书院，名之曰："桐乡书院"②，可知桐乡书院的创办是对先贤的崇敬与追随，也是发展桑梓教育，教化民风的应有之举。

再次桐城民风淳朴，重视教育。"子弟无贫富，皆教之读，通衢曲巷书声夜半不绝"③，说明其以读书为尚的社会风气。桐乡书院属于集资办学，募捐而促成。《桐乡书院志》中《劝捐示》写于道光二十年八月十四日："尔等须知书院为振兴文教之要务，所需工费浩繁，不能不作集腋成裘之举。务个踊跃捐输，共襄善举，毋负本县之厚望焉"。④其地保绅庶民乐善好施，不遗余力，慷慨解囊，戴钧衡有感于乡人的善行，还写文称赞捐献资产数额重大者，《味经山馆文钞》卷四《王殿襄墓志铭》专门记载了王殿襄的义举："岁己亥，里人议建桐乡书院，君之尊甫捐钱三十万，君以为歉，固请加十万焉。王氏以资雄乡邑君之从父从昆弟田产相将。"⑤

① 方宗诚：《桐城文录叙》，《柏堂集·次编》卷一，光绪刊本。
② 姚莹：《桐乡书院记》，《东溟文集》文集后卷九，清同治六年姚濬昌安福县署刻《中复堂全集本》。
③ 廖大闻等修：《学校志·风俗》，《道光续修桐城县志》卷三，清道光刻本。
④ 戴钧衡编：《劝捐示》，《桐乡书院记》，载《桐乡书院志》卷二，清道光刊本。
⑤ 戴钧衡：《王殿襄墓志铭》，《味经山馆文钞》卷四。

在这样的氛围之中,道光二十年七月倡议建设桐乡书院,八月即着手筹备款项,到该年十二月选址修建,可谓神速。次年夏,桐乡书院首事仍然奔波于筹措款项之中,不辞辛劳,为书院建设出力。

《桐乡书院志》卷四乐输更是将这些热心书院建设的人士募捐的详细情况进行了列举,虽数目之众多,数据之繁琐,皆可一一查询,清晰明朗。《乐输》按照年份进行编排,罗列了从道光二十一年到道光二十五年的捐款人及其数目,据笔者粗略统计,捐款人数依次为244位、370位、283位、134位、18位,道光二十五年之后又列举了17位,累计为1048位乡人捐助,捐款金额最少为五百,最多为四千,道光二十一年是兴建之始不仅人数多,各款项金额也较多,后来逐年捐款人数减少,也从一个侧面可知桐乡书院渐渐步入正轨,其经费运营正常,收支较为合理。这些捐款为桐乡书院的建成提供了物质保障,反映了当地群众的办学热情。

当然上述两个诱因并非直接因素,并不能促使桐乡书院的创建。桐城于明嘉靖初年创建桐溪书院,自此拉起了桐城书院发展的序幕,桐城有识之士遂倾心于书院建设。清朝初年,桐城仍然沿袭明朝的行政区域划分制度,"全县向分为城、东、南、西、北、五乡。自自治发生以来,划分区域。城乡独为一区,其他四乡,每乡划为三区,合计十三区。以此自治区之大概也。"①这样的乡镇区划一直延续到清朝末期。《清代晚期书院教育的范例——戴钧衡创办桐乡书院探析》一文中写到桐乡书院的建立的背景,"清道光年间,桐城的东乡、南乡、西乡相继建立书院。"②通过翻阅史料,可知此论断并未完全契合当时的情况。当时,道光六年西乡创建天城书院、南乡(枞阳)建有白鹤峰书院,东乡于道光二十年修筑天定堤,拟定修建书院,然而以水灾未成。

《桐城书院考》记:

---

① 徐国治:《桐城县志略》,民国二十五年排印,安徽省图书馆馆藏。

② 江小角:《清代晚期书院教育的范例——戴钧衡创办桐乡书院探析》,载《桐城派研究论文集》,中国文联出版社,2006年版,第213页。

"计自明嘉靖以来，书院轶废轶兴，今见存者城中三，西南乡各一，合桐乡书院凡五。东乡人士道光二十年修天定隄成，亦谋建书院，预名之曰天定，以水灾未遂。"①

许完寅《桐乡书院记》亦有相关记载：

西南两乡各立书院，东乡亦图建，以水灾隔并而止，惟北乡土厚民殷，士敦俗朴，原为此举者甚众，而所由倡此议者亦久。②

由上述两段文字记载可知桐乡书院的创办应该是基于西南两乡均有书院，东乡亦图建书院，且东乡创办书院的意图的时间点恰好与桐乡书院的创办契合，都是道光二十年。联系到桐乡所在的地理位置，也可以窥视出一二。桐乡地区山脉蜿蜒，与外界交流较为闭塞，文化教育发展滞后，因而当地的民俗文化传统相对淡薄。早在清朝初期，桐城的文化教育就呈现较为明显的格局，县城、南乡发展迅猛，注重文化的交流，东乡居中间地带，桐乡与西乡处于边缘状态。以此为背景，戴钧衡等人有感于桐乡在兴办书院、发展教育的步伐明显落后于其他三乡，不由地激起了兴办桐乡书院的热情，桐乡书院地域性意义也就昭然若揭，创建也即顺理成章。此外，刘宅俊《桐乡书院记》开篇写到了桐乡的久远的历史，风气古朴，在明朝建有社学，随着时间的推移，逐渐废止，不复存在。据《安徽省志》《教育志》，社学属于乡里设立的基础性学校，起到普及文化知识作用，处于教育管理体制的底层。康熙二十五年，因其社学弊病丛生，下令革废。刘宅俊此文清晰地指出桐乡教育事业发展的滞后，也进一步说明桐乡建设书院迫在眉睫。

戴钧衡深知教育对地方发展的重要性，"教化兴而后人心明，人心明而后风俗厚"③，因而自觉肩负起桑梓教育的重任。

---

① 戴钧衡编：《桐城书院考》，载《桐乡书院志》卷一，清道光刊本。
② 许完寅：《桐乡书院记》，载《桐乡书院志》卷六，清道光刊本。
③ 戴钧衡：《草茅一得》卷下，清抄本。

二、传衍学术之需，坚守文派传统

"桐城文人多以教师为业，授徒行文，讲求语言修辞，行文技巧，归雅求洁"①，"书院讲学、家学传授、私人授徒等传统教育方式使桐城派在人员构成上迅速扩展，成为一个超地域关系的文学派别。"②诚然，在其主盟清代文坛两百余年间，桐城派文人热衷于授徒讲学，在教学过程中精心编选古文选本，最具代表性的当首推姚鼐。姚鼐教学生涯长达四十年，历时之长，教学经验丰富自不言而喻，其编撰的《古文辞类纂》也伴随着教学活动不断趋于完善，起到了"为初学示范"③的功能。这样的经典之作，桐城派后继者将此奉为圭臬，认真钻研以提高古文写作能力和水平。戴钧衡在《味经三馆文抄》自序中记："二十七从游植之方先生，始知所作皆非，而后者更不如前，此之尤合义法，于是乃以姬传姚先生《古文辞类纂》为宗，久之略见。④"其师方东树作为姚门四弟子之一，恪守文派传统，讲学授课，以启迪后辈。可见，借助书院教育，桐城派得以传衍不息，巍然成为清代文坛之宗。

（一）秉承师道，经世致用

"道咸以来，国事日非。非讲求经世之学，不足以济时；非主张通变之道，不足以应用"。⑤济时应用成为当时士林所追求的目标。戴钧衡受此思潮影响颇深，"不甘为无用之学"⑥。其实在此之前，桐城派就注重经世致用，方宗诚谓"自石甫先生后，学者多务经济之学"。⑦由于戴钧衡受时

---

① 吴微：《桐城文章与教育》，安徽大学出版社，2012年版，第63页。
② 曾光光：《桐城派的传承与传统教育》，《清史研究》，2005年第3期。
③ 陈平原：《从文人之文到学者之文》，第223页。
④ 戴钧衡：《味经山馆文钞自序》，《味经山馆文钞》，清咸丰三年刻本。
⑤ 由云龙：《定庵诗话》，《民国诗话丛编》（三），上海书店出版社，2002年版，第563页。
⑥ 戴钧衡：《与方海龄书》，《味经山馆文钞》卷三，清咸丰三年刻本。
⑦ 方宗诚：《桐城文录序》，《桐城派文选》，漆绪邦、王凯符选注，安徽人民出版社，1984年版，第400页。

代环境影响，经世致用在其身上表现得更为明显。在《与方海舲书》一文中他具体阐述了文人应当如何致力于经世之学，在他看来：

> 虽然经世之学有本有末，穷理精义本也。不得其本，终无以善其末。愿足下从公之暇，日取《性理精义》《朱子全书》《大学衍义》三者，时加玩索，以立经世之本。然后参观《通鉴》《通考》，以善经世之用。他若《历代名臣奏疏》与夫《皇朝经世文编》，则亦当随事随时而考验之。[①]

戴钧衡认为经世之学重在穷精义本。这其实透露出处于当时社会背景下的桐城派文人由于知识、眼光的局限，仅仅将实现经世之学放在探求传统经典上。所列《性理精义》《朱子全书》《大学衍义》都属于理学经典之作，阐发理学大义，表明戴氏谨遵师道，坚守文派道统。戴氏曾在《上罗椒生先生书》中对科举应试进行了鞭辟入里的评说，并卓有见识地提出了改革的应对措施，其中批评策论中对史学的考察"于史，不问兴衰治乱，而举正史别史之名[②]"，称其"舍大而询细"[③]，应对的举措是"史则举某代君臣贤否、某代政治得失，或某代大事，某君臣始末二三条余"[④]。《历代名臣奏疏》是史料的补充，由此书可较为系统地获悉自商周至宋元历代名臣学士的奏章疏议。将其与《皇朝经世文编》并列，因为两者存在通性，即都具有"经世致用"的思想。

"经世致用"的新思潮如春风化雨，显然对戴钧衡的思想产生了作用，不仅影响着诗文创作，同时也影响着其办学理念。于是，戴钧衡将经世致用思想应用于桐乡书院的教学内容，"讲学之法不得空谈性命，惟日举忠孝廉耻之事，开导斯人，其才性各因所长，教以有用实学"[⑤]。

---

① 戴钧衡：《与方海舲书》，《味经山馆文钞》卷三。
② 戴钧衡：《上罗椒生先生书》，《味经山馆文钞》卷三。
③ 戴钧衡：《上罗椒生先生书》，《味经山馆文钞》卷三。
④ 戴钧衡：《上罗椒生先生书》，《味经山馆文钞》卷三。
⑤ 戴钧衡：《草茅一得》卷下，清抄本。

书院的教学内容主要为四书五经、诗词律赋和人伦纲常。据《安徽省志》《教育志》，"儒学的教学内容，一般规定为四书、五经、性理大全、资治通鉴纲目、大学衍义、历代名臣奏议、文章正宗"①，这里面所列的书籍与上述方东树《与方海舲书》所列书目大体一致，可见在戴钧衡看来，现下实施的科举制度纵使存在弊端，但仍有可取之处，"朝廷设科取士，试以四子书试以五经试以策论，所以取之者甚博，而惟恐隘也"②。作为传统文人，戴钧衡本人又是矛盾的，既承认其弊病，又肯定其价值。因而，对于社会上提出废除科举制度，他认为不应采取如此大刀阔斧的变动，"世之论者或欲废去时文或欲易八股，为论或欲于时文外广设多科。窃谓事既有所必不行，而其论亦未为尽得。今惟仍遵国家功令，因其流弊而略更张之，则事不难行，而人才即因以出"③。戴钧衡并不主张废除时文，而是仍遵守国家教育方针，不过可以稍加改革，更好地培养人才，以此缓解国家人才紧缺的情况。正是因为他并不反对书院从事科举教育，以此为前提，桐乡书院在教学讲义上仍然是以科举为中心环节，重视时文习作。

戴钧衡在《桐乡书院志》卷三课例对生童的授课内容进行了规定："生童大课四书文一首，试帖诗一首，律赋一首，经解一首"④。戴钧衡认为应当增加律赋经解，可惜桐乡当时的通习律赋经解的人很少，希望以后通习者多了就可以增设一场课考。"每年大课之外另设小课，四书文一首试帖，外经解律赋各一"⑤。《补议章程数则》中还规定："经解、诗赋最为士子要务，每月必请师于文题外更发此题，各士子务宜留心讲习"⑥。从课程安排上看，桐乡书院属于考课式书院，对提高时文写作，增加学子

---

① 安徽省地方志编纂委员会：《安徽省志·教育志》，方志出版社，1997年版，第8页。
② 戴钧衡：《书殷子征会试落卷后》，《味经山馆文钞》卷二。
③ 戴钧衡：《上罗椒生先生书》，《味经山馆文钞》卷三，清咸丰三年刻本。
④ 戴钧衡编：《章程·课例十二则》，《桐乡书院志》卷三，清道光刊本。
⑤ 戴钧衡编：《章程·课例十二则》，《桐乡书院志》卷三，清道光刊本。
⑥ 戴钧衡编：《章程·补议章程数则》，《桐乡书院志》卷三，清道光刊本。

应试砝码可谓是煞费苦心。时文要求对仗工整，讲究声律。试帖诗、律赋等训练，对于训练时文大有裨益。在他看来，时文应当是"议谕精辟，根抵经史去世俗"①，因而对"荒经废古，悖理千义，自外于圣人之道者"②，感到悲哀与心痛。另一方面，当时的社会风气每况愈下，学子不追求有用之学，埋头专攻时文，不钻研经史，"平日学术不求有体有用，父师之所教授，子弟之所学习，止是时文试帖馆阁字三者，以苟取功名富贵而已"③。由此，戴钧衡在对桐乡书院学子进行时文训练的同时，又不惟以时文。戴钧衡认为时文训练应当与经史之学相结合，如何能较好地协调两者之间的关系，使得课程教学内容更能达到治人治学的目的，是戴钧衡思考的主要问题。

戴钧衡的办学理念及教育思想，主要集中在《桐乡书院四议》，其中《课经学》是其对上述问题的解答。《课经学》从教学内容来阐述，既蕴含师道传统，又兼具时代特色，既是对传统经学的坚守，又是立足现实，推行有用之学。

> 方正学有言，立教有四：一曰道术、二曰政事、三曰治经、四曰文艺。四者，各就其才之所能，性之所近，以教之而底于成。余谓道术、政事、文艺，皆必由治经而入。何则，治经者，格物穷理之大端也。盖自尧舜以来相传之道，所以自治与所以治人之法，无不毕具于经。学者苟不能深穷其旨，求得古圣人之心，则凡所以行之于身，措之于世，发之为文章者，皆无其本。治经非徒通其训诂章句名物典章而已。陆行者，资乎车。水行者，资乎舟。然而水陆之行，必皆有所欲到之处，苟茫无定向。第飘摇转徙于天地之间，而靡所归止，则舟、车徒为苦人之具。训诂、章句、名物、典章者，治经之舟车也。治经而不求得圣人之心，

① 戴钧衡：《朱楚卿时文序》，《味经山馆文钞》卷二。
② 戴钧衡：《海客受经图跋》，《味经山馆文钞》卷二。
③ 戴钧衡：《草茅一得》卷下，清抄本。

亦何异飘摇、转徙于天地哉！虽然，舟车不具，无以行也。治经者，舍训诂、章句、名物、典章，亦无由以入。……①

戴钧衡开篇立意，充分肯定了经学的地位，认为它是开展道术、政事、文艺的基础，必须以此入门，而且是唯一的渠道。治经重在内在探究，而非止步于表层的考据。随后，戴钧衡以舟、车等具体而生动的物象，进一步论说考据与经学的关系。

戴钧衡提出治经学实际上也是出于经学地位的下降，社会忽略经学的价值与意义，"乃自科举之法行，人期速效，十五而不应试，父兄以为不才，二十而不与胶庠，乡里得而贱之。读经未毕，辄孜孜焉于讲章时文，迨其能文，则遂举群经而束之于高阁。师不以是教，弟子不以是学"②。治经学并非一朝一夕而成，是一个漫长的过程。而当时的社会环境受科举考试的影响，学子受外界环境左右，"竞逐于利禄声华"③，求功名之心十分迫切。加之讲师授课仅注重培养学子时文写作，根本无心留意于经学研究。基于这样的情况，戴钧衡试图以桐乡书院为试点，改善经学不振的局面，采取了一系列奖励制度，"今与诸生约，人各专治一经，以岁时会课书院，山长发问，每经举数事，各就所能言以对，对一事者，奖若干。数事倍之。通全经者，岁给膏火常金。通二经者，倍之。多者以次倍增"④，希望以此实现学与行合，通经致用的目的。为了更好地满足学子对知识的渴望，他主张书院应当增加藏书量，更好地服务于书院师生教学和学习。

总之，他认为桐乡书院的办学意义在于，"使来学者业其所业因以穷其所业之源，而渐以求夫古圣人修己治人之实行实效"。如此务实中肯的表述，可以看出戴钧衡办学确实以实用之学为指导。

---

① 戴钧衡：《课经学》，《味经山馆文钞》卷一，清咸丰三年刻本。
② 戴钧衡：《课经学》，《味经山馆文钞》卷一。
③ 戴钧衡：《朝阳楼记》，《桐乡书院志》卷六。
④ 戴钧衡：《课经学》，《味经山馆文钞》卷一。

（二）"学业"与"德行"并举

桐城派文人恪守程朱理学，认为文章写作应当有裨于世教风俗，即所谓的"文以载道"，从而达到道德教育的目的。戴钧衡始终坚持这一文道观，注重理学教化的功能。其创建的桐乡书院遵循文派传统，坚持"学业"与"德行"并举，既为学子提供时文训练的场所，又希望借此能端正学子行为操守，提高品德修养。

首先，学业上采取激励制度。这与书院服务于科举制度的教学方针有着莫大的关系。这种激励制度主要是利用钱财多寡来衡量学子的学业水平，将学子按照等级进行分类。《桐乡书院志》《课例》规定："生童奖赏每大课以钱十六千文为限，按照超等生监上取童生名数之多寡临时酌定，用红纸写明，附贴榜后。榜发之次日，各生童亲赴书院查阅课卷，领取奖赏"[①]，"取一名者奖赏纹银一两，二三名各八钱，四五名各六钱，七八九十名各四钱，以后无赏"[②]。发榜昭示名次及奖赏，其目的昭然若揭。一方面，起到表扬优等生的作用，"超等生监生上取童生前十名，领卷之时，将原卷发还外另与空卷一本，将原文并原评錄藁送交书院，日久彙采刊刻"，不仅获取的奖赏多于他人，其所写文章也被挑选出来，加以刊刻，真可谓名利双收。另一方面，这样的论资排辈，借助榜样的力量，督促后进者认识到自身的不足与欠缺点，能认真学习，潜心钻研，力争上游。

德行教育是书院教学的另一个关注点。桐乡书院的创办初衷就是教化民众，启迪民智。以戴钧衡为首的文人，自幼便接受儒家传统文化教育，十分重视德育建设。从桐乡书院建筑名称也可看出，例如漱芳精舍"盖取明洁之义[③]"、旷怀园"以喻学者宜高大其心志"[④]等。桐乡书院的德行教育分为两个方面：其一是以章程来规定，对学子的言行举止作出具体的要

---

① 戴钧衡编：《章程·课例十二则》，《桐乡书院志》卷三，清道光刊本。
② 戴钧衡编：《章程·课例十二则》，《桐乡书院志》卷三，清道光刊本。
③ 文聚奎：《漱芳精舍》，载《桐乡书院志》卷三，清道光刊本。
④ 李时溥：《旷怀园赞》，载《桐乡书院志》卷三六，清道光刊本。

求。戴钧衡编写的《桐乡书院志》规定学子必须严格遵守课堂纪律、考风考纪等，甚至对穿着也有明确的要求，并制定了相应的惩戒制度。

其二是"书院的祭祀活动着眼于教育功能"[①]，通过祭祀的方式来营造良好的学术氛围，潜移默化之中促使学子陶冶情操，修身养性，从而达到德行教育的目的。正因为戴钧衡认识到了祭祀的教育功能，为此他专门写了一篇《祀乡贤》：

> ……古者始立学，必释奠于先圣先师，其余各学，亦四时有释奠先师之典是非徒以尊德尚道也。其将使来学者，景仰先型，钦慕凤徽，以砥砺观摩而成德，而亦使教者，有所矜式，而不敢苟且于其间。今天下郡、州、县，莫不有书院，类莫不有崇祀之典，其大者祀孔子及七十二弟子。如各郡县学宫，故事其小者多，各祀其地先贤。……[②]

戴钧衡认为祭祀意义重大。首先他认为祭祀先圣先师古已有之，有着源远的历史，且当时的书院无不具备祭祀的仪式，理应保持和延续这种文化传统。同时，在他看来，书院祭祠先贤，可营造虔诚肃穆的氛围，无论是对讲师抑或学子，都大有裨益。于讲师而言，可使其常常自勉自省；于学子而言，使其在缅怀崇敬之中获得一种精神的洗礼，从而达到德育的目的。

求学于桐乡书院的数百名弟子通过这样的祭祀耳濡目染，不仅提升了修养，还强化了对桐城派的文派意识。正如邓洪波所言，"书院设祭的一个主要目的，是标举自己的学术追求，借所奉人物确立其学统，此即所谓'正道脉而定所宗'。书院祭祀的另一个重要目的，是对院中学生实施教育，此所谓"尊前贤励后学也"。[③]。

---

① 王炳照：《中国古代书院》，商务印书馆，1998年版，第6页。
② 戴钧衡：《祀乡贤》，《味经山馆文钞》卷一。
③ 邓洪波：《中国书院史》，第158页。

三、救偏补弊之举，规范书院管理

桐乡书院创建于道光年间，距离书院改制时间上相隔不远，已经处于书院发展的衰落期。戴钧衡与晚清桐城派传承人，如吴汝纶、姚永朴等不同，未能接受西方思想有更为开阔的视角。虽然受西方文化影响甚微，然而时代格局的变化，又使他不得不以经世思想来应对。作为传统文人，他关注国家命运，"揣度时势因弊"①，认为"救时之吏，在因其弊，而力矫之"②。基于这样的忧国之心，他面对国家教育事业自是责无旁贷。他创办桐乡书院，无疑也是其对挽救国家教育事业的努力开拓。

当时由于书院发展接近末路，书院官学化程度进一步深化。上述我们提到桐乡书院属于民间集资办学，虽相对自由，教学活动仍然要受朝廷管辖。书院谋建、首事任命、开课、募捐等无不需要请示批准。道光二十年七月初八，文聚奎、戴钧衡、程恩绶等写就《议举首事公禀陈邑候状》，上书县官陈邑候，奏请创建书院，后获得批准。七月十六日，安庆府桐城县正堂发布《论董事札》，公布首事名单，希望首事能不负重托，同心协力，为桐乡书院建设尽心竭力。后拟定书院章程也须获得邑候批准方能实施。可见，官方对桐乡书院的控制之深。戴钧衡等人不得不按照规矩行事。不过，戴钧衡认为书院管理并不能由官方一并操办，"夫亦以官长主之，终且有不能为官长所主者矣"③，书院也应当具备自主性，这体现出其对书院官学化有着清晰的认识，如书院山长的选拔应该是书院内部商议而定，认为"书院乃培养人才之地，不准地保借作官长公馆，"④"官长非因书院公事即至孔城，董事不得请临"⑤。正是出于对书院官学化的认识，面对当时书院普遍存在的问题，如书院管理体制日渐荒废松弛、教学质量日益下

---

① 戴钧衡：《上罗椒生先生书》，《味经山馆文钞》卷三。
② 戴钧衡：《答徐懿甫书》，《味经山馆文钞》卷三。
③ 戴钧衡：《择山长》，《味经山馆文钞》卷一。
④ 戴钧衡编：《章程·杂款八则》，《桐乡书院志》卷三，清道光刊本。
⑤ 戴钧衡编：《章程·杂款八则》，《桐乡书院志》卷三，清道光刊本。

滑等现状，戴钧衡在桐乡书院的管理中，从管理阶层入手，对首事的个人素养、书院收支作出具体的要求和规定，以此保障书院教学。

首先是响应朝廷号召，从书院管理者如山长、首事等入手。针对山长的选聘，朝廷先后发政令反复重申。道光二年（1822）上谕："各省府厅州县分设书院，原与学校相辅而行。近日废弛者多，整顿者少。如所称院长并不到馆及令教职兼充，且有并非科第出身之人觊居是席，流品更为冒滥，实去名存，于教化有何裨益。着通谕各直省督抚，于所属书院，务须认真稽查，延请品学兼优绅士，住院训课。其向不到馆支取干俸之弊，永行禁止。至各属教职，俱有本任课士之责，嗣后亦不得兼充，以责专成"[1]。戴钧衡也意识到了这个问题，在桐乡书院创办期间写了《择山长》。在《桐乡书院志》《章程》杂款八则中也对山长的选拔和要求做出了论述。首先他抨击以往选派山长的方式，"山长悉由大吏推荐，往往终岁弗得见，以束修奉之上官而已"[2]。他认为山长应当与学子保持密切的关系，做到"朝夕与居，亲承讲画"[3]，达到一种互动友好的相处模式，因此必须改革其选派方式，应当共议产生。这样就避免了由官员推举的弊端，一定程度上也削弱官府对书院的控制。其次，戴钧衡认为山长的学行对书院教学管理至关重要，因而对山长的品行、学识提出要求，应当具备"经明行修，老成硕德"的品德操守。"经明行修"与上文提到书院教学重视经学相契合。山长实际上起到了一个导向的作用，其学术思想对学子的影响极大，需做到通经明道，"必时本此意，为诸生恳恳言之，俾事事求之于实，则虽日取科举以课士，亦未尝不可以验心得而收实效"，承担起教导学子的职责。

桐乡书院的管理阶层，除了山长，还包括董事。董事制是桐乡书院管理的系统。董事分为值年董事、常董、副董，"书院董事议定多人，内以

---

① 《光绪大清会典事例》卷三九六，中华书局，1991年版。

② 戴钧衡：《择山长》，《味经山馆文钞》卷一。

③ 戴钧衡：《择山长》，《味经山馆文钞》卷一。

数人为常董；十六人值年，每年四人，轮流更换"①。副董并不是常设董事。在开课之际，书院学务繁琐庞杂，为更好地更快速地处理，增设副董二人。道光二十年七月十六日《论董事札》公布了桐乡书院的董事成员，包括许畹、戴纶济、方梦庚、伍钧、吴赓弼、王善怀、江世锦、王源、王盈、尹庆辅、郑志沂、光勳、李隆、吴庆、吴苾芬、程邦达十六人。戴钧衡等人在《议举首事公禀陈邑侯状》一文中称赞他们"志行廉介，品节方端"②。在这十六人中，廪生一人、增生两人、附生一人、拥有职衔或官方职员五人、监生七人。倘若书院出现董事因事情耽搁，无法及时处理工作，这时候就会出现补缺董事。补缺董事虽然是临时受命，亦要求"有名望且素日相信托心之人"③。桐乡书院《章程》还规定董事的日常工作，如"开课之日黎明时，董事齐集书院门首散卷随到随入，既入者不准复出"④，"每小课及乡试年决科之期，常董及值年董事与副董俱照大课先期至书院办理一切"⑤等等。除了日常工作，董事还肩负增加书院收益的职责，董事需要留意书院经费，审时度势，经费充足之时，需要"筹蓄积增产"⑥，倘若经费紧张，为了不影响书院的正常运行，需要"借贷補凑，逐年以存余偿还，但必须量事而行，恐防尾大不掉"⑦。此外，对董事吃住行都有具体的规格标准，"董事因公聚议书院，饮食毋得过四簋，一人只许携带仆从"⑧，起到开支节源的作用，同时能促进书院管理阶层的廉政建设。

通过翻阅和分析《章程》中有关董事制的论述，可以进一步归纳桐乡书院的董事制的特点，具体而言，可划分以下四个特点：第一，董事之

① 戴钧衡编：《章程·董事九则》，《桐乡书院志》卷三，清道光刊本。
② 戴钧衡编：《议举首事公禀陈邑侯状》，《桐乡书院志》卷二，清道光刊本。
③ 戴钧衡编：《章程·董事九则》，《桐乡书院志》卷三，清道光刊本。
④ 戴钧衡编：《章程·课规七则》，《桐乡书院志》卷三，清道光刊本。
⑤ 戴钧衡编：《章程·董事九则》，《桐乡书院志》卷三，清道光刊本。
⑥ 戴钧衡编：《章程·董事九则》，《桐乡书院志》卷三，清道光刊本。
⑦ 戴钧衡编：《章程·补议章程数则》，《桐乡书院志》卷三，清道光刊本。
⑧ 戴钧衡编：《章程·董事九则》，《桐乡书院志》卷三，清道光刊本。

间，存在管辖牵制，有上下级别，不能僭越。值年董事可以派遣其他董事，且其他董事无故不得推辞。这就体现了书院管理体制的纪律严明。第二，董事成员的设置具有稳定性。"常董二人、四人皆可，毋庸逐岁更换，非有弊端不必轻易，其或经病故衰老远出，则缺一人必更举一人，即会同各董事议之"①。第三，常董、值年董事的更换采取民主共议的形式。四、惩戒制度的实施。董事要保证工作的完成，"不得推诿，倘有遇事不到，罚银二两"②。由于当时的清朝腐败之风盛行，渗透到社会生活的方方面面，书院也难以幸免。针对这样的状况，必须有效地加以遏制，杜绝腐败之风。对于董事成员出现徇私舞弊，中饱私囊的情况，"察出即行革退"③，情结恶劣者将会通过榜文的形式昭告众人，警示后人。

除了惩戒制度的实施，为有效防止腐败之风，书院的收益开支均采取透明化的方式。收入与产出公开透明，规定了具体的赏罚金额以及教学系统之外的劳务及日常生活杂事开销费用，事无巨细。《桐乡书院志》卷四乐输罗列了捐款人以及捐款金额和卷五产业附刊各庄典契。"课所用经费若干分列数项，开明张贴，晓于大众以杜侵渔"④，"书院出入账簿，议立三本：一本存置书院账房，一本交常董二人收执，一本交值年董事收执。会课及聚议交账之时，各携账本至书院，誊清核对，每年总结，账目必须一手批明"⑤，"以正月十五日聚议交账，帐有分毫不清，接管者不得遽受。既经接受，倘若欠缺，接管者照数偿赔"⑥。正是这些举措使得桐乡书院能够运转正常，使教学手段行之有效，而兼具特色。

戴钧衡虽身在底层，位卑未敢忘忧国，兴办书院，健全书院管理体制，并试图通过书院建设，讲学授徒，坚守桐城门户。

---

① 戴钧衡编：《章程·董事九则》，《桐乡书院志》卷三，清道光刊本。
② 戴钧衡编：《章程·董事九则》，《桐乡书院志》卷三，清道光刊本。
③ 戴钧衡编：《章程·董事九则》，《桐乡书院志》卷三，清道光刊本。
④ 戴钧衡编：《章程·课规十二则》，《桐乡书院志》卷三，清道光刊本。
⑤ 戴钧衡编：《章程·董事九则》，《桐乡书院志》卷三，清道光刊本。
⑥ 戴钧衡编：《章程·董事九则》，《桐乡书院志》卷三，清道光刊本。

小　结

"振刷士风，激励士人先觉觉民，以天下为己任的承担精神，这是嘉道之际的知识群体的共识，也是这一时期经世致用思潮得以形成的共同思想基础。"①身处其间的戴钧衡有着拯道济溺的自信，不仅以传统文化为人生依归，坚守古文壁垒，更以桐城文学为傲，为重振乡邦文化而奋斗。

考察戴钧衡拜桐城大儒方东树为师的相关史实，有助于明瞭桐城派薪火相递的传承景况。桐城派的发展与振兴就在于其群体成员贯行教育的理念，使得桐城派的文统与道统不至于出现断层，而是代代相承。考察、钩稽戴钧衡编纂先贤文集的史料，能够更好地体悟戴钧衡的文派意识和文化用心。文献资料的整理与收集，不仅仅是对传统文化的保护，同时也是对门派发展脉络的梳理。其中值得一提的是，戴钧衡收集整理了戴名世的文集，并编写了年谱。他没有选择回避戴名世，而是在同时期文人避之不及的情况下，勇敢地站出来，勇于称誉其古文成就。在桐城派处于低潮的阶段，戴钧衡能用心整理戴名世等人的文集，积极倡扬优秀传统文化，这一文化活动更加证实了戴钧衡在困境中对传统文化的执着坚守。

而考察、叙述戴钧衡主办桐乡书院的文化旅历，则能把握和感知戴钧衡独树一帜的担当意识与教育情怀。戴钧衡创建桐乡书院，将自己的学术思考与文派传统相结合，在具体的教学过程中依据办学理念与宗旨制定切实可行的规章制度、授课讲义，并加以实施，使得桐乡书院名气远扬，成为当时的成功范例，对同时期的桐城派文人产生了或多或少的积极影响。统而言之，"以程朱为道统的桐城文派，主要依赖书院进行传衍，直至传统书院的终结"②。如此，戴钧衡主办桐乡书院之宗旨也就不言而喻，其良苦用心由此可见一斑。

---

① 关爱和：《古典主义的终结——桐城派与"五四"新文学》，上海文艺出版社，1998年版，第55页。
② 刘玉才：《清代书院与学术变迁研究》，北京大学出版社，2008年版，第3页。

第三章

古典的失落：桐城殿军马其昶的回归与坚守

马其昶作为晚清民初较有影响力的硕学通儒，不仅是桐城文派的"殿军"人物，亦代表着桐城马氏家族的最后辉煌。本章试图以马其昶为中心，从家学、文风及义理三个方面来展现桐城派的失落。

第一节　百年扶风成绝唱：桐城马氏家学的式微

一、马氏家学难为继

在桐城，马姓多宗，唯马其昶所在的扶风马氏较为兴旺。在世族林立的桐城，马氏与方、张、姚、左四姓望族，合称"桐城五大家族"，是著名的文化世家，家学源远流长。

桐城马氏自先祖明太仆马孟祯以科举起家后，代有名士，或以官绩名于世或以诗文名于时，绵延至马其昶已有十二世，前后相延近三百年，是典型的名门望族。在这过程中，其族人皆以诗礼传家，子弟皆受其家风影响，厉行于学。马其昶曾在《桐城耆旧传》中说道："盖自太仆起家为名臣，厥后遂以清白世守，文儒忠义之彦，往往而有也。"[1]马树华自嘉庆十四年起，用三十年时间编刻了马氏一家的诗歌总集——《桐城马氏诗钞》，

---

[1] 马其昶：《桐城耆旧传》，毛伯舟点注，黄山书社，1990年版，第56页。

借此来展现道光朝以前桐城马氏诗学的传承体系。其在卷首写道："吾家自四世祖（笔者按：马骕）肇兴文学，六世祖太仆府君（笔者按：马孟祯）为时名臣，一门群从，彬彬汇起，七世八世间遂有怡园六子，而八世伯祖兵部府君（笔者按：马之瑛）《秋庄集》尤为巨制。自是风雅代不乏人，……厥后儒素相承，著书满家。"①桐城马氏家族家学深厚可见一斑，不负桐城文学家族之盛名。

此外，世家间的联姻对马氏家族的发展和家学的延续亦有重要影响。世家大族在挑选联姻对象时，大都以门当户对为基础，他们家族自身有着良好的家风、家学，女儿在出嫁后，便会将自己家族的家学带入夫家，促使了家族间家学的相互侵染，从而给各自家族注入新的生机。早从马孟祯起，桐城马氏便开始与其他几大家族联姻②。舒芜在其《舒芜口述自传》中，也曾这样描述道：

> 我们那里世家的观念非常深，打不破的，结成一个关系网。最常见的是婚姻关系，互相串在一起，一环套一环。比如，以我的外祖父马其昶为中心，就可以画出一个网络图：外祖父自己是姚家的女婿，他的一个姐姐一个妹妹都嫁到了方家，另有一个妹妹嫁到姚家，还有一个妹妹嫁到左家。外祖父六个女婿，除了一个是湖北人之外，全是桐城的张、姚、方等名门大族。他的一个儿媳又是从姚家娶的。这样，以外祖父为中心，桐城张、姚、马、左、方五大家族就串得很紧了。③

桐城马氏历经十几世的发展，积累了深厚的家学、家风及显赫的声望，人才辈出，至马其昶，声望达至顶峰。然而马其昶死后，桐城马氏的

---

① 马树华：《桐城马氏诗钞·题识》，道光十六年刊本。转引徐雁平：《清代世家与文学传承》，生活·读书·新知三联书店，2012年版，第126页。

② 徐雁平：《清代文学世家姻亲谱系》，凤凰出版社，2010年版，第169、170、201、183页。

③ 舒芜：《舒芜口述自传》，中国社会科学出版社，2002年版，第18—19页。

辉煌难以为继，甚至出现了人才凋零、家学难继的衰败景象。

桐城马氏家族虽为桐城五大望族之一，人丁却并不兴旺。马其昶在《桐城耆旧传》中，就几次提到"吾族丁单，且无大官显秩"①，"以余家丁少，因加厚"②。甚至一段时间内，马树华一支竟出现无人继后的情况。据马其昶记载：在马树华、马树章这一世，他们分别都只有两子。马树华之子：起泰、起益；马树章之子：起升、起恒。其中，起泰以嫡长子身份"相承八世，于继别为宗子"③。但他在四十岁时不幸早逝，且无子嗣。当时，起益年幼还未娶，不能立为宗子，所以在咸丰五年，马其昶生下来便过继给起泰为后嗣。三十年后，其昶的其他三个亲兄弟皆殇，亲生父母也不幸相继过世，已无别子为继。这时，叔父起益已有四子，于是马其昶便主动上书巡抚，请达于朝，希望奏请同意还其本生，以叔父起益之子其昂嗣起泰后。

马其昶有四子八女。在四子之中，长子根硕生于马其昶不惑之年，且最有可能继其家学，十一岁时便作了《周易经世书》，读书"敏悟倍常"，"取古今体诗自汉魏以下数百篇授之，三月悉成诵。又读文献通考，序《大学衍义辑要》，退乃杂取政学诸条目，比传《易》义，成此二卷，名曰：《周易经世书》"，后"出充陆军部秘书，调奉军总司令部，再调西北边防筹备处秘书，随次长徐公树铮往来湘鄂津京间。"④按此发展，马根硕以后必有所成就，但根硕从小体弱多病，二十四岁时便因病逝世，只留下一子——马茂元。马其昶的其他三子：根伟、根蟠、根实，皆不成材，据舒芜回忆："舅父们'袭先人之余荫'，两个成为'纨绔子'，只知道吃鸦片，一个虽不吃鸦片，也只能如家乡俗语所说，'吃老米饭'。"⑤他们只会躺在房间里吞云吐雾，从不承担教子之责。马其昶生前他们皆依附马其昶

---

① 马其昶：《桐城耆旧传》，第56页。
② 马其昶：《桐城耆旧传》，第231页。
③ 马其昶：《桐城耆旧传》，第425页。
④ 马其昶：《周易经世书题辞》，《抱润轩文集》卷五。
⑤ 舒芜：《未免有情——舒芜随笔》，东方出版中心，1997年版，第245页。

过活，马其昶死后，他们也只能承祖荫生活。马其昶在北京参与编纂《清史稿》时，"以他为中心，他的几个儿子几个女婿，也就是我的几个舅父几个姨父以及我的父亲，先后集中到北京，有的在机关学校有个中等职务，有的似乎只是闲住"①。后南京政府成立，马其昶无意再留北京，"他的一些儿女，原先直接间接以他为中心而在北京的，都纷纷南下"②。

马其昶的儿孙中，唯马茂元，继承家学，成为著名的古典文学研究专家。因父马根硕早卒，马茂元从小跟随祖父马其昶学习古诗文和治学方法，受到十分严格的家教训练。马其昶将记诵作为首要工夫，手选前人诗集作为学习必修课，督促马茂元吟诵，使他从小养成勤于记诵的好习惯，加之他本身聪颖异常，故对诗文有很强的领悟能力。他在研究楚辞、古诗方面的成就，更令人瞩目。他的《楚辞选》作为中国古典文学读本，在学界很有影响。他被吴孟复称为"现代得桐城文派真传，继承并发扬桐城派文统的第一人"③。

马其昶兄弟行的马复震、马复恒、马复贲，三人皆为马瑞辰之孙，父亲为马三俊。马三俊，咸丰四年六月时"率练勇迫贼至周瑜城，力战死"④，死时，年仅三十五岁。其长子马复震，因祖父、父亲均死于贼手，"誓欲杀贼"，以诗投曾国藩行营，之后创淮勇，大破捻军。平捻后，回乡娶妻，可惜英年早逝。其子马振彪，自小师从马其昶，自幼承继桐城派传统，主要承继了马其昶的治《易》之学，并穷其一生都在教学、治《易》。"他在世时没有鲜花簇拥，掌声相伴，身后亦萧条冷落，其学业、家业承继乏人。"而且，他的"手稿《周易学说》，在马氏生前未能刊行于世，身后亦被弃之一隅，无人问津。"⑤福建师范大学易学研究所所长张善文教授曾经多方咨询、走访，寻找马振彪的后嗣，却终无所获。马复恒之子马君

---

① 舒芜：《未免有情——舒芜随笔》，第235—236页。

② 舒芜：《舒芜口述自传》，第7—8页。

③ 杨怀志：《皖籍名人马茂元》，《安徽日报》，1998年1月14日。

④ 徐世昌纂，周骏富编：《清儒学案小传》(二)卷十二，明文书局，1985年版，第524页。

⑤ 连镇标：《马振彪易学思想考》，《福建师范大学学报(哲学社会科学版)》，2003年第4期。

实，据《桐城县志》记载：

> （马君实）因受家学熏陶，成名较早。光绪二十八年（1902）中举人，二十九年成进士，选翰林院庶吉士，三十三年进士馆法政大学毕业，授检讨，充国史馆协修官、编书处协修官、法律馆纂修官。曾选派至日本考察政治，回国后撰《考察纪实》数十万言，出版传世，但因与慈禧政见不合，不为重用，仍留翰林院任编修。民国二年（1913）荐任京师地方审判推事，后任安徽高等审判厅厅长。民国六年，许世英任交通部长，受聘为京津铁路段段长。民国十一年，受聘为安徽财政厅厅长……民国十四年，任国务院参议、兼中国佛教协会会长、中国红十字会理长。
>
> 马君实工诗，才气俊逸，喜咏名山古寺。姚永概评述桐城诗人，谓："季野诗清，冀平（马君实）笔健"。[①]

可见马君实在当时有着一定的影响力，但他却在马其昶逝世前便去世了（1926），享年51岁。

由上所述，桐城马氏到了近代，其族人不是早卒就是不求上进，绵延了十几世的家学最终竟鲜有人承继，这无疑给已衰落的马氏以致命打击，直接加速了桐城马氏的衰落。再者，科举考试制度的废除，给以科举起家的桐城马氏家族又一冲击，无疑断了马氏重振、延续家族辉煌的又一条道路。"一时门才，于斯为盛"的岁月再不复见，曾经"著书满屋、人才群起"的盛况已成遗迹，独余马茂元一人勉强延续着先祖声誉。随着马其昶的逝世，曾显赫一时的桐城马氏文学家族最终被历史的洪流淹没，逐渐地淡出人们的视线。

马其昶之后，不仅他的后代难以继承家学，就连弟子也不能继承桐城家法，桐城"殿军"的谢幕，不可避免。

---

① 桐城县地方志编纂委员会编：《桐城县志》，黄山书社，1995年版，第828—829页。

二、通伯衣钵难再传

马其昶在当时社会有着很高的声誉，以硕学通儒著称，受到的士大夫阶层的推崇。马其昶在五十六岁应学部主事后，受到当政者的重用。民国三年，马其昶任参政院参政，因反对袁世凯复辟帝制弃官而归；民国五年，黎元洪任总统，国务院总理段祺瑞聘马其昶为顾问，同年清史馆馆长赵尔巽复聘请马其昶为总纂官，纂《儒林》《文苑》两传；民国六年，政府考试普通文官任，马其昶典试；民国十四年，段祺瑞复出执政，聘请马其昶为执政政府顾问。

关于马其昶在当时的影响，其外孙舒芜在《舒芜口述自传》中亦有很多描写，"我的外祖父马其昶，字通伯，在文章学问上的名气，清末和民初不论京城还是地方，都是叫得响的。"[①]"我的外祖父是桐城派最后一个代表人物，很有影响。"[②]在马其昶去世时，很多有名气的人都送来挽联。据舒芜回忆，当时章太炎、段祺瑞、张学良都送来了挽联，张学良还自署"弟子"，将自己视为马其昶门下。梁启超在《清代安徽的学风》中也说道："最近犹有吴挚甫（汝纶）姚叔节、马通伯（其昶）咸有撰述，为桐城守残烛焉。此外皖北学者无甚可记。"[③]梁启超于此虽表现出对马其昶守桐城之法的不满，但同时也肯定了他当时的地位。

在当时影响很大的马其昶，虽然弟子和问业者众多，但真正能称为高弟子，而又能传其衣钵的却少之又少。刘声木的《桐城文学渊源撰述考》中，师事马其昶的只有四人入录，他们分别是：

李国松，字键甫，合肥人，光绪丁酉举人。师事马其昶八年，受古文法。其为文，谋篇造言之法皆已得要领。采撷方婺如、姚鼐等诸家学说成《法言章义》十三卷。他师事马其昶最久，自少而壮请益不绝，其古文尔

---

① 舒芜：《舒芜口述自传》，第5页。
② 舒芜：《舒芜口述自传》，第6页。
③ 安徽省地方志编纂委员会编：《安徽省志丛书67·附》，方志出版社，1999年版，第394页。

雅，最能传其师学。撰有《肥遁庐文稿》《诗稿》。①

叶玉麟，字浦孙，桐城人，诸生，官湖北候补知县。师事马其昶，受古文法。其文沉挚疏宕，不矜才使气。传志叙致峻洁，虽琐事，以出雅词，感喟深至，风韵绝胜，性情笃挚；读之恻恻动人，往往逼视欧阳。撰《灵觃轩文钞》一卷。②

孙达宣，瑞安人，师事马其昶，受古文法，与叶玉麟、李国松并称高第弟子。③

洪寿华，安仁人，事母不字，世称孝女。好读书，笃嗜马其昶古文，自列私淑弟子。其为诗澹霭高秀，尝讲授八旗女校。④

此外较著名的还有：

李崇元，字续川，广东梅县人。曾任上海光华大学中文教授，著有《私省斋文集》《清代古文述传》。其"为文之澹霭深秀，洁简无素，最似其师"，从其昶学古文最久。⑤

李诚，原名泽宗，字敬夫，安徽贵池人。原安徽省文史研究馆图书管理员，被誉为"通晓国故的专家"。早年经姚永朴推荐，投身马其昶门下，他白天在马家教导马茂元、舒芜等人，晚上便成为马其昶的学生，得马氏之真传，受益匪浅。

陈祖壬，字君任，斋名病树，"自少即性近文学，执贽拜桐城古文家马其昶通伯努力学习桐城派古文，马门有三个名弟子：一病树；二李国松木公；三叶玉麟浦孙。"陈祖壬成为马其昶高足后，"即与当时北方名流日事盘桓，故文名大盛"⑥，但他一生并未为官，曾任教师多年，后以专业写作谋生。

---

① 刘声木：《桐城文学渊源撰述考》，徐天祥点校，黄山书社，1989年版，306—307页。
② 刘声木：《桐城文学渊源撰述考》，318页。
③ 刘声木：《桐城文学渊源撰述考》，318页。
④ 刘声木：《桐城文学渊源撰述考》，307页。
⑤ 陈光贻：《桐城派末代主要作家》，《江淮论坛》，1982年04期。
⑥ 陈巨来：《记陈病树》，《安庆人物琐忆》，上海书画出版社，2011年版，第141页。

周今觉，清两广总督周馥之孙，中国集邮家、邮学家，亦是马其昶弟子。

由上列举的诸人看来，他们其中一些人虽各有所长，但不管是为文、还是治学，成就远未及其师马其昶，尤其是在为文方面，真正继承马其昶衣钵的更是少之又少。如名列马其昶三大高足之一的叶玉麟，马其昶晚年生病卧床，其文章多由他代笔，"甚矜宠之"，但他的文章较马其昶却差之远矣。由此可见，马其昶的著作、文章终成一代绝学。

民国初年，徐树铮为韬光养晦，在北京创办正志中学，因请了当时著名文人林纾、姚永朴、马其昶、姚永概等任教授而名噪一时。正志中学的课程设置与政府颁定的章程有所不同，它以国文和体育为主，其他课程为次。当时正志中学的学生关懋德，记录了当时诸老先生上课的情形，令人感慨万分：

> 国文教师有林纾，字琴南，别号畏庐，"新文化运动"的死对头，自称是"七十老翁"。每星期好像是两小时，专讲解《史记》，闽侯口音极重，凝神谛听，听懂了非常有趣。因为林老翁学过拳脚"功夫"，讲到兴致淋漓的时候还露一露身手，表演"图穷而匕首见"，荆轲如何行刺秦王而不中的情形。
>
> 林老翁而外，就要数到"桐城派"嫡系的姚二先生永朴字仲实，三先生永概字叔节，马其昶字通伯三位主讲老师。姚三先生讲经学，自编的一本讲义名"我师录"，内容录些什么，而今毫无印象了。只记得他老人家一再告诫我们，不要作"饱食终日，无所用心，吾莫如之何也已！"不要作"群居终日，言不及义，好行小惠，难矣哉"喽！还有就是他一再辩白古文的源流，一脉相传，没有所谓"桐城派"的分别。
>
> 姚二先生双目失明未全盲，大概患的是"白内障"，当年还未发

明外科手术，行动极不方便，每星期至多讲课一次，需要人扶掖到课堂的讲台上，讲的是魏晋人物的书札，别具风格的小品文，……他老先生既不能看，也用不着油印的讲义，背诵原文，一字不遗，仍然引不起大部分同学的兴趣，前排伏案打瞌睡，后排看闲书、下象棋，有时候，前排的鼾声大作，老先生这才感觉到不对劲，扶着讲台，摩挲而下，和声和气地说："哎，不要睡哟。"偶尔摩到睡者的光头，也只轻轻拍几下。……真正教课而又教作文的主任导师是桐城马其昶先生。他的钟点也最多，几乎每天上午两小时，每周作文一次，两小时内当堂交卷，多半是历史题目。马先生身材颇高而跛一足，留八字须，年龄比林、姚小，约六十左右，讲授《左传》，选读长篇大文，解释文法训诂。每堂课黑板上密密麻麻写满了。①

看到这段描写，让人对传统文化在当时竟沦落到如斯境地感到惊讶和无奈。他们努力地传授传统文化知识，专心从教，可结果却是"无人理睬"，再也不能培养出中意的弟子继承其衣钵。令人更为惊叹的是这几位名满天下的国学大师，在年轻一辈人心中的影响甚微，由此可知，当时传统文化和代表传统文化的士大夫阶级在社会中地位的已经逐渐降低。晚清的学子已不再将中国传统文化知识视为圭臬，在与西方文化接触的过程中，他们对本民族的文化认同感和自豪感都在逐渐降低。马其昶自己也清醒地认识到了这一点，说："近时士风喜言新学，于老成人殆忽视焉"②。

最终，家学难继、衣钵难传，马其昶与桐城诸家只能"抱其陈朽之业，互慰寥寂"③，落寞而去。

---

① 陈思和：《写在子夜》，上海人民出版社，1996年版，第50—51页。
② 马其昶：《谦斋诗集序》，《抱润轩文集》卷三。
③ 马其昶：《陶庐文集序》，《抱润轩文集》卷四。

第二节　坚守桐城归醇雅：桐城文章的回归

　　马其昶二十岁时，开始跟从当时著名的桐城文人方宗诚和吴汝纶学习古文法，受吴汝纶教诲尤多。马其昶在《奉吴至父先生书》中开篇便说，"自其昶始学文时，受知爱莫夙于先生；开辟径途，不迷其源，不阻其修，其得力惟先生多"。之后，马其昶文章益工，每有所作，"劲悍矜练，力矫凡庸"，吴汝纶赞曰："某老朽，于文事已无可望。朋友中，范肯堂困于贫痛，贺松坡目已失明，惟吾通伯尚复精进不懈。"①吴汝纶在《马通伯出示所藏姚惜抱手迹属题一诗》中写道："天下高文归一县，先生晚出自千秋。"②在这里，吴汝纶认为马其昶虽是后辈晚出，但在文章写作、文献编辑等方面都有着突出的贡献。虽然马其昶在他的文集中并未明确提出为文要以桐城家法为规范，但"不言宗派，而实隐然有宗派之可寻"③。如果说，吴汝纶的观点在一定程度上算是对桐城派的复归，那马其昶的古文可称得上是向桐城古文回归的典范之作，故有"桐城派殿军"之称。

　　雅洁不仅是桐城派突出的特点之一，亦是桐城派区别于其他古文家之处。由此再看马其昶的文集，便会发现马其昶虽未明确系统地在文章中阐述有关桐城派的文学理论，但他对文集的厘定和文章的修改，无不以雅洁为标准，追求言简有序、清真雅洁的文章。与此同时，其文章的风格也开始向感喟幽深的阴柔之美回归。本节试图以宣统十卷本《抱润轩文集》和民国十二年本《抱润轩文集》为研究对象，通过两个版本的比较，探讨其向桐城文章的回归。

---

① 吴汝纶：《吴汝纶全集》第三册，施培毅、徐寿凯校点，黄山书社，2002年版，第248页。

② 吴汝纶：《吴汝纶全集》第一册，施培毅、徐寿凯校点，黄山书社，2002年版，第473页。

③ 王树枏：《抱润轩文集序二》，《抱润轩文集》。

一、厘定文集，追求"雅洁"之文

马其昶一生著述颇丰，其文章主要收集在《抱润轩文集》中。据《清人别集总目》记载，《抱润轩文集》主要有以下几个版本：

《抱润轩文》一卷，稿本；

《抱润轩文集》十卷，宣统元年安徽官纸印刷局石印本；

《抱润轩文集》二十二卷，光绪刻本；

《抱润轩文集》二十二卷，民国十二年北京刻本；

《抱润轩集外文稿》一卷，排印本；

《马其昶文稿》，抄本。①

因笔者能力有限，只找到了宣统元年安徽省官纸印刷局石印本《抱润轩文集》十卷（以下简称宣统十卷本）和民国十二年北京刻本《抱润轩文集》二十二卷（以下简称民国二十二卷本）。据孙维城考证，民国十二年的《抱润轩文集》是马其昶亲手厘定的本子②，收录了马其昶自光绪二年（1876）至民国十二年（1923）的主要文章。它既包括了宣统十卷本104篇文章，又增加了之后写的118篇文章，是目前最有价值的版本。另外，这个本子所收录的文章篇数是所有版本中最多，也是成书时间最晚的，故将它作为研究马其昶古文的底本是可行的。

此外，据宣统十卷本卷首所云："厘定体例，则嘉兴沈公，闵县李公；始稽校元文，复校字者，则合肥张介尊明经；襄校录之役者，则后学怀宁潘勖"③，马其昶本人并未参与此本的编校。但当时马其昶还在世，所以，这个本子必定是经过马其昶首肯之后才排印。且其中的104篇文章亦被收入民国二十二卷本，只是马其昶在收录之时，对大部分文章都做了或多或少的删改，由此可看出，对于其前期创作的文章，马其昶不太满意，故才

---

① 李灵年、杨忠编：《清人别集总目》上卷，安徽教育出版社，2000年版，第39页。

② 孙维城：《马其昶文集版本琐议》，《安庆师范学院学报（社会科学版）》，2006年第6期。

③ 马其昶：《抱润轩文集》，宣统元年安徽省官纸印刷局石印本。

会将其重新删改后，再进行收录。通过宣统十卷本和二十二卷本的比较，便可看出其为文的标准和要求。

对于宣统十卷本，马其昶对其编排体例还是比较满意的，宣统十卷本的卷首提到，它的编排"与姚先生《惜抱轩集》编次略同，而小别者。"其编排的标准主要是以《惜抱轩集》为摹本，在这点上，比较符合马其昶的心意。他对姚鼐将古文分为：论辩、序跋、奏议、书说、赠序、诏令、传状、碑志、杂记、箴铭、颂赞、辞赋、哀祭十三类的说法十分赞同。他《古文辞类纂标注序》中明确表示

姚、曾二家的文选虽"小别大同"，但在注重辞章的《古文辞类纂》和注重选文实用价值的《经史百家杂钞》之间，作者对姚氏所选更加膺服，"自吾乡姚先生书出，义例至精审矣"，赞其"平注至简"，选文慎重，"鉴别精""析类严""品藻当"。故在民国二十二卷本中，马其昶仍沿用了宣统十卷本的编排体例。这也间接点出，马其昶的后期创作便是以姚鼐所倡导的"雅洁""至简"为标准，追求文字的简练、简洁。这在其对文集的删改中表现得最为明显。

宣统十卷本中，共收录了文章118篇，有14篇未被民国二十二卷本收录。此外，十卷本中《姚叔节排印所著文诗五卷序》（卷三）与二十二卷本中的《慎宜轩文集序》（卷三）比对后发现，两篇文章其实是一篇，作于光绪三十四年（1908）。只是收入二十二卷本时，从题目到文辞，作者作了精心删改，现试作分析。宣统十卷本为：

> 余年廿一就婚姚氏，时外舅安福君方谢官，寓皖城，有三子：闲伯、仲实、叔节。叔节齿最穉栽，十岁有成人之度。余居一月归，其后姚氏旋里，两家过从益密。吾县先辈风教必兼治义理、辞章，姚氏自惜抱先主后尤人士所归向。外舅喜为诗，诗精颤且多，其论学戒炫鬻，吾郡硁硁守其轨辙无或轶。叔节学骤进，诗文并茂。余不能为诗，尝一为之不工遂弃去。已而外舅再出莅安福，通州范肯堂亦就婚

官舍，遂大为诗，父子、兄弟、甥舅、夫妇赓续和唱，袞然成编也。

余与肯堂始晤江宁，再晤天津，及外舅卒官，肯堂会丧桐城时，闲伯已前卒，肯堂亦被病清羸，感触身世之际，幽燕傲扰，天子蒙尘，凄然苦语穷朝暮。余所著书，平居不欲示人，即肯堂来亦第取观余文，未及半而去。今肯堂则既死矣，幸仲实、叔节及余为时所弃，假馆近县，岁时归聚，犹得各出所业，从容质问，然诚不意今便为逾五十人也。叔节当强仕之年，虽不出乃与仲实并主皖学教泽之覃，及者远其窳薄可愧报者，唯余独耳。

今年春，叔节见语郡守恽公季申录其文诗五卷将排印之，征序于余。余诺之未及为，先是皖中校印肯堂诗为《范伯子诗集》十九卷既成，叔节寄我，且评弟其诗为"国朝第一"。余复书，论肯堂才雄思深要自能不朽，顾诗家各有其性情体貌，正不容轩轾，且吾数人暗好世所闻也，称心而道，人疑其郡，因相约刻集彼此不相为序，叔节遂亦不余强也。

余既尽读肯堂诗，私念今世宁复有是诗，又宁复有斯人者乎？世岂尝无人有之而不与吾接，则等于无矣。幸而并生一域，又托为骨肉、亲爱，当其生，不知其难得。及其既逝，而乃与古人同致其慕想，而平生所诣或颇犹有未相倾写之慨，长此终古何为者耶？所谓戒炫鬻者又岂此之谓乎，然则叔节之检存所作用诒同志有以哉？余虽欲不言，乌得已也。肯堂之没，余未有纪述，叙叔节文诗感而思焉。若夫叔节才美不后肯堂，同为吴至父先生所激赏，其名声已自能显于世，余故不暇以详仍前志也。

民国二十二卷本全文则为：

外舅安福君谢官归，余为馆甥。时叔节偕其两兄方就外傅，三人者性质殊然，皆与余相善也。外舅工为诗，其论学戒炫鬻，吾郡硁硁一循其轨辙。叔节年少，学骤进，诗文并茂。余不能诗，尝一为之，不工遂弃去。外舅之重莅安福也，通州范肯堂亦就婚官舍，遂大为诗，父子、兄弟、甥舅、夫妇更迭和唱，裒然成编矣。其后改令竹山终于任所。闲伯已前卒，肯堂会丧桐城时，幽燕伬扰，天子蒙尘，肯堂被清赢感触身世之际，凄然苦语穷朝暮。索余文观，文观之未及半而去。今肯堂则既死矣，独余与仲实、叔节犹得假馆近县，岁时归聚，从容出所业相质正，然诚不意今便为逾五十人也。

顷叔节见语郡守恽公录其文，将为印行征余序。余未及为，先是叔节以皖中新刻肯堂诗寄我，评目其诗"国朝第一"。余复书，论肯堂所诣诚过绝人，顾诗家各有其性情体貌，正不容轩轾，且吾辈数人曙好世所闻也，称心而言，人疑其郜，因约刻集，不相为序，叔节遂亦不余强也。

余既尽读肯堂诗，私念今世宁复有是诗，又宁复有斯人乎？世曷尝无人有之而不与吾接，则等于无矣。幸而并生一域，又托为骨肉、亲爱，当其生不知其难得也。及其既逝，彼此志业所期或颇未倾写，犹不若后人，读吾书者之我知宁非憾邪？所谓戒炫鬻者，又岂此之谓乎？然则叔节之检存，所作用诒同志有以哉？余虽欲不言，乌得已也。肯堂殁，余未有纪述，叙叔节文感而思焉。若夫，叔节才美不后肯堂，同为吴先生所激赏，其名声已自能显于世，余故不暇以详仍前志也。（注：二十二卷本中画线部分为两个版本不同之处）

由上所录可知，这两篇文章所要表达的内容完全一致，只是在民国二十二卷本的末尾加上了王晋卿的评语。将两篇仔细对比后发现，马其昶对前者进行了较为全面的修改，使后一篇显得更加的简洁、准确、凝练。首先单从篇幅上看，二十二卷本就比十卷本减了三分之一还多。再看内容，作者直接删去了一些可有可无的文字——他与肯堂前两次的会晤，直奔主要内容，写其与肯堂最后的会面。"幽燕俶扰，天子蒙尘，肯堂被清羸感触身世之际，凄然苦语穷朝暮"的改写和顺序的调整使得句子的逻辑顺序更加清晰，也将肯堂当时的处境表达的更富有情感性。之后几句，马其昶尽量用简洁的文字将之前的内容进行概括和改写，用简雅的文字，将肯堂死后，他与仲实、永概的情况进行了叙述，发出垂暮孤寂的无奈之慨。接着叙其写序缘由及对姚永概评肯堂诗为"国朝第一"的说法表示不赞同。这部分的改写使得文章脉络更加清晰和流畅，文字也更显凝练。余文中，马其昶仍秉着删繁就简的原则删除了一些冗杂的语句，如，将"因相约刻集彼此不相为序"（十卷本）改为"不相为序"（二十二卷本），将"及其既逝，而乃与古人同致其慕想，而平生所诣或颇犹有未相倾写之慨，长此终古何为者耶？"（十卷本）改为"及其既逝，彼此志业所期或颇未倾写，犹不若后人，读吾书者之我知宁非憾邪？"（二十二卷本），删去"肯堂之没"（十卷本）中间的虚词"之"字，使得文章更加简练和通顺。在民国二十二卷本中，马其昶将一切不符合桐城古文简洁要求的内容一律删去，并以更为简练的语句代替，使文章更加通畅顺达，且情感仍能够"低徊欲绝"（王晋卿语）。

除此篇外，马其昶还对《读荀子》（卷二）、《读梓材》（卷二）、《许家君传》（卷八）、《沈石翁传》（卷八）、《龙泉老牧传》（卷八）、《大父怡轩府君行状》（卷八）、《徐州府知府江君墓志铭》（卷七）、《刑部奉天司主事孙君墓志铭》（卷七）、《方恭人苏氏祔葬志》（卷七）、《赠道衔原任工部员外郎马公墓表》（卷六）、《记程节妇事》（卷九）、《先太仆公逸事》（卷九）、《雪夜课经图记》（卷九）等都进行了较为大的删改，以"雅洁"为标准，使文章更为简练顺畅。其中《读梓材》一篇，马其昶可能对原文十分不满，故对原作进行了大段大段的重写。笔者在对比两个版本时发现，宣统十卷本和民国二十二卷本中皆有《读梓材》这篇文章，但这两篇文章虽题目相同，评语相同，内容却大不相同。经比对发现乃马其昶重写本。宣统十卷本的原文为：

先儒之说《梓材》错简不可读,其信然乎?曰:不然。昔者武王封康叔作《康诰》,周公相成王诛武庚以殷民,封建母弟,而康叔遂为方伯连率徙于卫,于是作《酒诰》。《梓材》《康诰》之与《酒诰》,非同时也,姚氏鼐谓:在昔武王所命成王不敢易焉?史臣庸是属三书而次之为一,虽然康诰教以明德慎罚,《酒诰》绝其乱源,所以戒康叔者详哉!其言矣《梓材》之作何为乎?曰:戒邦君也。以厥庶民暨厥臣,达大家以厥臣,达王惟邦君,邦君若是其重也,而皆于方伯连率乎,是责汝若恒越日者,教其戒邦君、达民、达王之说如此也。其达民奈何曰:至于敬寡,至于属妇,合由以容而已。其达王奈何曰:用怿先王受命而已。受命在明德,明德在保民,保民在鳏寡,此天人之机之至捷者也。诗云:斉矣。富人哀此茕独。呜乎,文王之受命基此矣。然则邦君者亦期至万年为王,子子孙孙永保民尔。阐王言,陈天命,达民隐,敕厉邦君而惩其残贼,是方伯连率之责也。其曰:《梓材》。奈何曰:稽田喻民事也,室家喻国基也。梓材者,喻臣职也。梁栋之资也,期之康叔者也,其诸命篇之意也与!

民国二十二卷本则为:

周书明堂解周公摄政六年,而天下大治,大朝诸侯明堂之位,制礼、作乐、颁度量,而天下大服,各致其方贿,七年致政成王《梓材》之作,必大朝诸侯明堂,时也。初武王克殷,封弟康叔于康,作《康诰》,成王诛武庚徙封康叔于卫,作《酒诰》。至是周公致太平城成周,诸侯来朝既诰殷多士,又以康叔为诸侯长也,故作《梓材》,诰康叔以戒邦君、史臣连属三诰而叙其缘起,曰:周公初基,作新大邑于东国,洛四方民大和。会至周公,咸勤,乃洪大诰治四十八言举。最后之成功为《梓材》书也。于是乃追述《康诰》,又追述《酒诰》,而及于《梓材》。《康诰》《酒诰》即人即事言之耳。若《梓材》

则普告诸侯，正所云乃洪大诰治也。太史公谓：作《梓材》示君子可法，则盖制礼作乐可为天下诸侯之法则矣。以厥庶民暨厥臣，达大家以厥臣，……呜乎，文王之受命基此矣。自《梓材》失其义，遂并篇首四十八言皆疑其错简，而史臣连属三诰之旨，及康叔治化之始终，举不得见甚矣。读经之不可不审也。（注：二十二卷本中画线部分为两个版本不同之处）

由上所录可知：这两篇文章除"以厥庶民暨厥臣，达大家以厥臣，达王惟邦君……呜乎，文王之受命基此矣"一段基本相同外，其他部分，马其昶在民国二十二卷本中全都作了重写。较之宣统十卷本，民国二十二卷本的重写，使文章思路更加清晰，条理更加分明。文章开头部分，十卷本较二十二卷本显得有些杂乱，不如二十二卷本叙述得清楚明白。二十二卷本中，马其昶一开始便将《梓材》《康诰》《酒诰》的由来做了清楚、简要的介绍。之后在将三者按内容分类，并揭示其主旨。全文脉络较十卷本更加畅达，对文章主旨的阐述也更加充分。最后一段，"自《梓材》失其义，遂并篇首四十八言皆疑其错简，而史臣连属三诰之旨，及康叔治化之始终，举不得见甚矣。读经之不可不审也。"较之十卷本，"然则邦君者亦期至万年为王，……梁栋之资也，期之康叔者也，其诸命篇之意也与！"更具有告诫之意，且不会给人反复说教之感，更显自然。另外，在文笔方面，民国本显得更加简洁、老练，全文用字质朴，毫无繁芜之病，亦无藻绘之弊，在用字上虽以"雅""洁"为标准，却不生僻，通俗易懂，是典型的桐城"雅洁"之文，无愧于陈伯严三立给予的"深湛"二字。

还有一些文章，马其昶并未做大的修改，只是增加或删去了一个或两个短语、短句。如《强赓廷先生墓志铭》中，马其昶只做了两处改动，其中一个是将"生四子，先生其次也，幼而英顾神采外流"中的"顾神采外流"以一"硕"字代替，使语言更加精炼、贴切。《慈竹居图记》中，马其昶将"今详庸书四方，稍其旨而老母病卧床"中的"老母"二字做了掉换变为"母老",使得文章的情感表达更加深厚,更富深情。《桐城耆旧传序》中,马其昶在"吾尝陟 岯投子之巅"改为"吾尝以暇日陟 岯投子之巅","以暇日"三个字的加入使作者悠然观景的心态立现。此外,在《奉吴至父先生书》(卷四)、《送阮仲勉序》(卷五)、《先母行略》(卷八)、《三公祠记》(卷九)等文章中,亦做了如这般细小的改动。由此可见,马其昶在后期对文章用字的要求之严。

综上所述,马其昶严格地以"雅洁"为标准,追求语言的简洁、凝练,以求能够使文章达到完美,力求一字一句无不典雅凝练。通过两版本比较可知,马其昶后期的古文创作是有意识的追求文章语言文字的雅洁,使文章更符合桐城古文的要求,陈三立便称"雅洁为作者本色"(陈三立评语)①。马其昶曾在《答金仲远书》中,"论立言"云:"论议今事,则利害所被,尤大言之甚易,行之实难,事机万变,匪可揣知,徒作快语,惊流俗耳。"在这里,马其昶明确地表明他反对"徒作快语,惊流俗耳"的创作态度,这既反映了其对语言雅洁的要求,也间接反映了在其师吴汝纶提倡老确、醇厚之后,马其昶最终还是回归了方、刘、姚的渊雅婉曲。

二、文随时变,劲悍回归渊雅

桐城派自立派开始便一直主张"文贵变",姚鼐曾训导其门生"有所法而后能,有所变而后大"②,其弟子秉承师风,面对清末的社会状况,大声直言:"文章之事,莫大乎因时""文之随时而变"③。至曾国藩时期,社会危机加深,曾国藩开始"以理学经济发为文章"④,强调文章与事功的融合,以往渊雅婉曲的桐城文风也开始向瑰伟雄奇转变,而吴汝纶和张

---

① 见马其昶:《直隶夏家君传》,《抱润轩文集》卷十二。
② 姚鼐:《刘海峰先生八十寿序》,《惜抱轩诗文集》,刘季高校注,上海古籍出版社,1992年版,第114页。
③ 梅曾亮:《答朱丹木书》,《柏枧山房诗文集》,彭国忠、胡晓明校点,上海古籍出版社,2005年版,第37页。
④ 薛福成:《寄龛文存序》,《庸庵文外编》(卷二),光绪刻本。

裕钊作为曾国藩的四大弟子之二，其文章受其师曾国藩影响，多追求铺张恣肆的文体风格，文章多呈现出一种阳刚之美。

马其昶早年受教于此二先生，吴汝纶教导他"戒作宋元人语"，"宜多读周秦两汉时古书"，张裕钊亦说："文之道至精，古之能者，义不苟立，词不苟措，陈义必取其最高。而尤雅者，造言必深古，不使片词杂乎凡近，其句调声响必在，在叶乎铿锵鼓舞之节。"①他们皆教导马其昶作宏肆雄放之文。在两先生的指导下，马其昶有些文章呈现出了阳刚之美。张裕钊在读过他的《上孙方伯书》后，对其文风十分满意，"往复再四不能已，不谓精进乃至于此，欧公所谓老夫当让此人出一头地者也。足下学介甫文已甚肖似，此后便可上窥昌黎、介甫之瘦硬精谨，诚为罕俦，恨意境少陋，更进以他家恢廓之使不窘于边幅，则善之善者已"②。张裕钊见其学王安石已小成，便指引他进一步学习韩愈之风，希望其能够扩大文章境界，在宏肆雄放的风格上有所成就。吴汝纶在1899年所作《答马通白》中亦称赞道："近作益复劲悍矜练，力矫凡庸，某既深心折"，③表示对马其昶雄劲文风的满意。

在马其昶前期的文章中，属于这类文风的文章有：《李泌论》（卷一）、《幸馀求定稿书后》（卷三）、《上姚静庵邑侯书》（卷四）、《请归宗改袭状》（卷四）、《答方伦叔书》（卷四）、《送阮仲勉序》（卷五）、《送教习早川东明君还日本序》（卷五）（以上所列篇章所属卷数，均出自宣统十卷本）等，在前期创作的108篇文章中占了不小比例。下举一文观之，如《幸馀求定稿书后》：

> 去年冬，叔节还自安福，持示新所刊外舅诗曰：《幸馀求定稿》者，十二卷。其昶既敬受读终卷，则作而言曰：外舅自始学到今，深自匿晦绝哗众表襮之行，独为其难于至隐，而不以学道自枸，淹贯群

① 马其昶：《书张廉卿先生手札后》，《抱润轩文集》卷三。

② 马其昶：《抱润轩文集·题辞》。

③ 吴汝纶：《吴汝纶全集》第三册，第248页。

集而退然若怯。夫之无所一能于人世争趋进取之途，颓然、泊然不以经其虑而益肆其力，以滂沛恣取于古人。盖其学无所不窥，而独晦之于诗。诗之工，至数十年之专且久，世或不知。世知其诗而要其冥冥乎，所自怡而得者，人不能知之也。晦之久则光益曜，今其时乎！于是徐椒岑丈归里乃相与推论吾邑文学之绪，自惜抱先生蔚出为大宗，海内群士归之。方植之先生于诗莫深焉，继是而振起者必首子外舅，他作者乃皆不能自具体貌，即无望其行远耳！其昶曰：士苟挟所业能自立于不朽者，彼其初必有所舍，群天下之物之可为名者，吾百涉之必不能以精乎其一，况心乎？荣利世俗之纷纷者哉？诗之道易而难成自竖，儒小生已粗解其声律而其事则一本乎性情之为，彼乃颇往往不能无所冀，特取径乎此，固无幸焉。然则真潜而罕营如吾外舅者，庶不波于物而有以澹其神明者邪？其神明澹者，其诗好也。其昶既尝举此诵于人，及来安福淹留数旬日，则益早暮从外舅讨论，所以自轨其身及学问利弊，闻言及此，外舅曰：是何敢望然至以学，市而薪价于人，世所竞取而不可必得者，予则耻之。汝知我者其可无言。其昶敬诺乃退而记其说如此。

文章以叙述其写跋之缘起开始，向世人介绍了外舅姚慕庭的诗歌风格——滂沛恣肆，之后叙述姚慕庭在诗歌创作上所取得的成就，及作好诗之不易，最后写其与姚慕庭的问学对话，突出姚慕庭的为学态度。文章语言简洁，用字典雅，起笔之后一脉而下，使整篇文章呈现出一种酣畅恣肆之美。文章完全按照起、承、转、合进行构造，每于平淡处又振而起之，有一种骏迈之气。此文是马其昶前期的代表作之一，吴汝纶对这篇文章很是欣赏，评曰："骏迈，每于语尽处再振笔收足，最是精神恣肆"。

马其昶早期为文受吴汝纶和张裕钊的影响极大。即使到了后期的写作亦不时流露出这种雄奇之风。如《壮陶阁书画录序》（卷四）、《送胡漱唐侍御南归序》（卷六）、《代常裕论新政疏》（卷八）、《复陈弢庵太傅书》（卷十）、《毛太夫人传》（卷十一）、《署兖州镇总兵方公祠碑文》（卷十四）、《胡侍御母漆太淑人墓志铭》（卷十八）、《观复堂记》（卷二十二）（以上所列篇章所属卷数，均出自宣统十卷本）等。其中，马其昶的三篇政论文：《宣统二年上皇帝疏》《代常裕论新政疏》《上大总统书》，皆有很强的内在逻辑性，文章气势充沛，有较强的感染力。

马其昶后期为文的主要风格已发生改变，前期文中展现的雄奇阳刚之美，正逐渐被渊雅婉曲、感喟幽怀的阴柔之美所代替。首先，从数量上说，后期选入文集的118篇文章中，具有宏肆之风的文章只达到了十分之一；其次，在这近十篇的文章中，这种阳刚的风格大多已占不了文章的主导风格。如吴闿之评《送胡漱唐侍御南归序》曰："后半喷薄之势，抑郁盘躏至为朴茂"；裴伯谦评《壮陶阁书画录序》曰："中后忽开异境，字字以喷薄跌宕出之，奄有昌黎恣肆矣"。有些文章虽精神洋溢，极具酣态，有奇绝之势，如他的三篇政论文，但这些都已被作者那目睹了国家内忧外患和民生凋敝所引发的浓烈的沉痛之感所笼罩。他后期的文章，就如王树枏在《抱润轩文集序》中所说的："其思深，其辞婉，其言虽简而意有余，往往幽怀微旨，感喟低徊，令人读之有不知涕泗之何自者"。

造成马其昶文章风格转变的原因，陈三立在《抱润轩文集·序》中提到时代和境遇对其的影响：

> 吴先生睹光绪甲午之败益，遭庚子八国会师，扰畿辅之难，流离困厄，不遑栖息已异于诸乡先辈，而莫能同也。然吴先生终光绪末叶，所谓革命军且未起，而吾通伯者则躬及宗社之迁移，万方之喋血，其与吴先生生同时而所遭又异。当吴先生之世，中外多故，改制之议寖昌，吴先生颇委输万国之学说，缘饰其文，文若为之一变；通伯不获安乡里，孤寂京师，厕抢攘嚣哄之场，危祸交乘，听睹皇惑，怏郁之极。辑费氏《易》、毛公《诗传》毕。遂浸淫于佛乘。通伯异

> 日之文，当不免更为之一变。审如是者，匪独远异诸老先生，即吴先
> 生恐莫得而尽同矣。

时代和境遇的不同，造成了吴汝纶和马其昶文风的不同，吴汝纶一变，开始"委输万国之学说，缘饰其文"，提倡西学，文风偏向宏肆；而马其昶一变，则又回到了桐城派方、刘、姚渊雅婉曲的道路上。除此之外，造成马其昶文章风格转变的主要原因是其心态的转变。

处在"身丁丧乱、蒿目瘵心，常岌焉若不克终日"的时代下，马其昶的心境可谓发生了翻天覆地的变化。马其昶早年曾多次应试，有着高涨的政治热情和远大的抱负。在《抱润轩记》（1887年作）中，他虽对自己未能专心于学业，"纵吾心力之所能至见，凡业之足以为名者"，往来"奔逐众好之场"的行为感到懊恼，认为"吾齿日盛，米盐凌杂之事日益纷，予方将有四方之志又安能长居此乎？吾惧学之终夺于外也"，但又以"潜龙"自喻，以为"潜龙勿用，不潜未有能用者也"，自己终有一天能够像"潜龙"一样有"上下云雨，开阖出没，御阴乘阳"的机遇，施展自己的远大抱负。在《答金仲远书》（1889年作）中他又全以文人自立，以"纯儒之学"自处，保持着有阐圣文，有裨世教的热情。由此可知，马其昶早期为文有着很高的热情，其创作心态处于积极、热情和高昂的状态，故其早期文章风格自然会按其老师的教导以"矜练劲悍"为主，偏向阳刚之美。

可惜时运不济，时代并未给马其昶提供"上下云雨"的机会，直至四十岁仍屡试不第，加之当时清政府腐败无能，积重难返，马其昶伤心时政，心灰意冷之下，绝意于仕途，刻苦锐进于学，从而转身投入到教书行业。光绪二十八年（1902），"朝廷惩甲午、庚子之败，锐意变法自强，求人才开经济特科，周尚书时抚山东以先生应诏，辞不赴试。"[1]宣统元年（1909），"安徽巡抚朱经田中丞家宝以硕学通儒荐，先生不起。"[2]宣统二

---

① 陈祖壬编：《桐城马先生年谱》，《北京图书馆藏珍本年谱丛刊》第184册，北京图书馆出版社，1999年版，第33页。

② 陈祖壬编：《桐城马先生年谱》，《北京图书馆藏珍本年谱丛刊》第184册，第37页。

年（1910），马其昶"应学部招，赴京师编《礼记节本》成"，后"不得已诣部奉旨以学部主事用，旋补总务司主事"。①宣统三年（1911），辛亥革命后，袁世凯逼宫逊位，马其昶遂归乡。马其昶面对腐败的政府，混乱的社会，他想要超脱于时局之外，从此袖手旁观，专心学术，但作为一个深受儒家思想文化影响的士人，内心中的责任感督使他继续关心国计民生和社会现实。他关心时政，时时为国家忧心不已，处于这三千年未有之大变局之下，虽有志于世用，却无力回天，所以他不愿再沉浮于宦海，而选择"沉隐下僚，坐观时事之迁变，愤忧太息，无聊不平之气，往往发见于文字"②，以一个纯儒的身份来抒发满腔的沉痛和幽郁之情。尤其在清政府灭亡进入民国后，国家并未实现民主、富强，反而出现了更多的社会问题：政府腐败，战乱不断，生灵涂炭，人民生活更加困苦。对此马其昶无可奈何，只能以婉曲之辞道尽心中的抑郁，一唱三叹，皆痛哭流涕之言。此时他的心态已完全没有了往日的积极、热情。如他在1914年作的《陶庐文集序》中论及古文的命运：

> 呜呼！文事之轻于天下久矣，况世变日亟。曾不能抒谟建议，乃抱其陈朽之业，互慰寥寂，召笑取辱而不知止者，何也？窃尝以谓人之命质于天也，各有所宜。善用之其长皆有以自见，或以德淑，或以才效，或以言牖，叔孙氏所谓三不朽者，不必强同，要归有益于世而已。世与世相续以至于无穷。有此一生，则有此一世之政典焉，人物焉，欲传载之以饷后世，则文尚矣。而或工或否相倍蓰焉。其传载之久暂晦显，一视其文工否以为之差。故世不能无赖以文，赖于文又不能不求其工，亦其理然也。

此时马其昶的观点已与《答金仲远书》大不相同，后者文中所体现的满腔热情已经冷却，"广大其德业"的愿望也随之缩小，只希望能够以文来传

① 陈祖壬编：《桐城马先生年谱》，《北京图书馆藏珍本年谱丛刊》第184册，第37—38页。
② 马其昶：《许编修诗集序》，《抱润轩文集》卷四。

晚清桐城派文学教育研究

载"一世之政典焉，人物焉"，以前的"无阐于圣文，无裨于世教，虽不言可也"也变为"不必强同，要归有益于世而已"。这时马其昶论文也只能以"陈朽之业，互慰寥寂，召笑取辱"来自嘲而已，其心态已渐入老境，文章中的气势必然不在。

而且在身经废科举、辛亥革命、清廷覆灭、袁世凯复辟等一系列事变之后，马其昶就如大多传统知识分子一样，在不能"济天下"之后，开始逃避现实寻求精神上的解脱，晚年浸淫于佛乘。所以到了晚年，马其昶的文章多呈现出一种渊雅雍容之态，如他1923年写作的《蓼园诗钞序》：

> 胶州柯凤生先生积学能文，名被海内外。年七十，著《新元史》，刊成详实，视旧史为胜。日本得其书，付文部评定，咸推服，以为不可及，赠以文学博士。先是东海徐公以总统得文学博士于邻邦，而先生继之。予谓是可以洒吾国群士失学之耻，要不足为先生道。先生之蕴非可以史学尽也。

> 光绪初，予游京师，因孙君佩兰、郑君东父获识先生，知其精小学而已。后十余年再见于京师，先生方与东父共治《春秋》，见予文论《丧服》诸篇而善之。别去，予归里，先生出都贵州、湖南学政。又十余年，而宣统改元，予官学部，孙、郑二君皆前卒，先生独巍然幸存。天下扰攘复十余载，予与先生浮湛燕市无所聊赖，日取先圣遗经发奋研诵，务明大道之原，存已坏之人纪，期至老死不悔。先生治《谷梁春秋》，予治《毛诗》，继治《易》、治《尚书》及《孝经》《大学》《中庸》以逮《老子》，皆赖先生得就其业。凡予之为说有创获，先生未尝不欣赏，有谬义亦未尝不纠也。盖学问之事，有本末焉。传云：正其本万事理，岂不信哉？六经者，学问之渊海也。先生之学，其深于经乎？本经术以制行，则行洁；以为词章，则其言立。先生耽道弃荣不以高节自矜，而独致勤于赈贷，所全济甚众。

性喜为诗，顾不苟作，廉君惠卿为录存五卷，将刻行。先生曰："子为我序之。"予不能诗，然能粗知先生之学行，故述其离合数十年之迹，后之读者不以诗求先生，而先生诗所由工可知也已。

文章一开始就介绍了柯凤生的名气之大，"名被海内外"，并被日本授予文学博士。之后以平淡自然的语调，将其与柯凤生相识相交的过程娓娓道来，高度赞扬了柯凤生学问之深厚，品行之高洁。最后点出作序之缘由。文章各段之间转换自然、流畅，呈现出"雍容闲雅"（吴闿生评语）之态。整篇文章选字典雅，造句平稳，全无"艰难劳苦"之词，可谓气清词洁，是典型的雅洁柔婉之文。文章看似平淡却"义蕴至多"，如"天下扰攘复十余载，予与先生浮湛燕市无所聊赖，日取先圣遗经发奋研诵，务明大道之原，存已坏之人纪，期至老死不悔"一句，既表达了自己在"天下扰攘"之时，只能寄情于先圣遗籍的无奈之情，又表明了自己要坚守传统文化，挽救已坏世风，至死不悔的决心。

综上，马其昶的文风，就如钱基博在《现代中国文学史》中所说，前期"其昶承汝纶斯文之传，与涛为南北两宗，皆由王安石以学韩愈，而衍湘乡一脉"，到了后期则"其思深，其辞婉，其言虽简而意有余，往往幽怀微旨，感喟低徊；令人读之，而靡曼之音、醇醲之味沁入心脾。"[1]马其昶最终未能达到张裕钊对其的祈盼——学王安石已峭似，可上窥昌黎，终其身止于介甫，而未臻浑化。

第三节　立言有裨于世教：对义理的坚守

桐城派为文多主张以义理为纲，强调文道合一。但至曾国藩及吴汝纶时期，他们认为"理"有妨于文体，反对以"理"入文，空谈义理。作为吴汝纶的弟子，马其昶却并未遵从师说，反而恪守义理。本节将从其对

---

① 钱基博：《现代中国文学史》，岳麓书社，1986年版，第170页。

"程朱"道统的秉承和言行有裨于世教的践行两方面来分析马其昶对义理的坚守。

一、秉承"学行程朱"之传统

桐城派开宗立派的方苞便以"学行继程、朱之后,文章介韩、欧之间"作为他的立身祈向,对程朱理学犹为服膺,以期其文之思想不背于理。姚鼐更是说道:"儒者生程、朱之后,得程、朱而明孔孟之旨,程、朱犹吾父师也。然程、朱言或有失,吾岂必曲从之哉……"[①]。他将孔孟之道、程朱理学作为"义理"之核心内容,并将"义理"视为作文之根本,认为"博学强识而善言德行者,固文之贵也"[②],"文者,艺也。道与艺合,天与人一,则为文之至"[③]。之后,嘉道年间的姚门弟子,谨遵师教,坚守"孔孟程朱"的道统壁垒,坚持文以载道。

至吴汝纶时期,随着时代危机的加深,他开始逐渐摆脱程朱理学的束缚,认为空谈义理于社会无用,并声称自己"向未涉猎宋明儒者之藩篱"[④],"仆生平于宋儒之书,独少浏览"[⑤]。更甚者,在面对盛行的西学时,他竟说:"《六经》不必尽读"[⑥]。不过,吴汝纶反对以理学入文,主要在于反对空谈理学。他不满马其昶和姚永概以"义理"入文,在看过姚永概的文章后,写道:

> 通白与执事皆讲宋儒之学,此吾县前辈家法,我岂敢不心折气夺,但必欲以义理之说施之文章,则其事至难,不善为之,但堕理障。程朱之文,尚不能尽餍众心,况余人乎!方侍郎学行程朱,文章韩欧,此两事也,欲并入文章之一途,志虽高而力不易赴,此不佞所

① 姚鼐:《再复简斋书》,《惜抱轩诗文集》,第102页。
② 姚鼐:《述庵文钞序》,《惜抱轩诗文集》,第61页。
③ 姚鼐:《敦拙堂诗集序》,《惜抱轩诗文集》,第49页。
④ 吴汝纶:《答马月樵》,《吴汝纶全集》第三册,第56页。
⑤ 吴汝纶:《答吴实甫》,《吴汝纶全集》第三册,第139页。
⑥ 吴汝纶:《答姚慕庭》,《吴汝纶全集》第三册,第186页。

亲闻之达人者。今以贡之左右，俾定为文之归趣，冀不入歧途也。①

马其昶并未因老师的批评而改正，坚持"文道合一"、以义理入文，在他的文章和著述中充满了程朱理学。

马其昶对"义理"的坚持，缘于家学的影响，马其昶的先辈皆笃于宋儒之学，他的父亲马起升，师从桐城先贤戴钧衡、方东树受古文法，力守方苞、姚鼐之绪论，笃守义法，认为"文与道可互通而不可离"。②马其昶自幼便受其家学的熏染，所以他对"文道合一"理念的坚持是不可轻易改变的。他在1889年所作的《答金仲远书》中，便直言"立言者，必使吾言世不可无，不必其皆古人所未有。切于事理虽源于古可也。伸吾所独见而无阐于圣文，无裨于世教，虽不言可也"。在马其昶看来，立言必是有阐于圣文和有裨于世教。马其昶谨守先辈之教，以程朱理学为依归，文以载道，他的治学和为文，注重理学正风俗、施教化的功能，富有浓厚的程朱理学色彩。

二、"言必有裨于世教"的践行

晚清社会，面对社会的大变革，世衰道微，礼崩乐坏，中国传统文化受到了来自多方面的威胁，传统的伦理道德观念对人们的约束力也相应减弱。当时社会上出现许多道德败坏现象，马其昶多次在文集中提到当时士人"趋利"之风大盛。"近来士习于功利猥琐以弋取势位，绝无砥节厉行之意"③，"天下所以脊脊大乱，皆始于士大夫之自营其私，而其末乃遂可无所不至"④。面对这种现象，重新树立传统文化，实施教化在马其昶等人看来就显得尤为重要。马其昶认为，当时中国极其孱弱的主要原因便在于"政与教分务，虚崇孔子而不实行其言故也"，他认为孔子的学说有

---

① 吴汝纶：《答姚叔节》，《吴汝纶全集》第三册，第138—139页。
② 刘声木：《桐城文学渊源撰述考》，第268页。
③ 马其昶：《上姚静庵邑侯书》，《抱润轩文集》卷九。
④ 马其昶：《答萧敬甫丈书》，《抱润轩文集》卷九。

"精微广大之蕴"①，并不输泰西诸国之文化，所以要救国图强，必定要重新确立传统文化，使政与教合，并实施教化，只有这样才能救中国和百姓于水火之中。

早年马其昶在写作《桐城耆旧传》时，便是以程朱理学作为道德评判的标准，收录、记载了许多明清末以降的名人轶事，有清正廉明的官员、忠勇的将士、温良忠贞的贞妇等。书中马其昶对那些割股治病、庐墓等一些愚孝行为大加赞扬，并对循吏给予了充分的肯定。

据笔者统计，《抱润轩文集》从卷一到卷十共有94篇文章，再加上卷二十一、二十二的26篇文章，共有120篇文章。这些文章中，作者阐述孔孟程朱或涉及宣扬孔孟程朱之道的文章共有67篇。剩下的卷十一至卷二十共有文章102篇，主要收录了作者所作的行状和墓志铭，描写了大量的名人轶事，如爱国的将领、廉洁清明的官员、知名的孝子、温良的贞妇等，思想与《桐城耆旧传》相呼应。像《赵编修墓表》中写赵曾重十六岁时为生病的母亲"私刲臂肉和药进"；《毛太夫人传》中，毛太夫人侍奉公婆如自己父母，"姑病至三年不瘳，夜焚香祷天，益姑寿，愿夺已算割臂肉寸许和汤进姑饮之"，丈夫病急，毛太夫人"复夜焚香祷天愿身代夫死"。

由以上数据可算出，马其昶文集中关于（和涉及）义理的文章竟超过总数的三分之二。马其昶之所以描写了众多看似愚昧、守旧的事迹，目的在于他想以这些人的事迹行为来转移风俗，教化人心。马其昶认为圣人之道可以治乱，挽救已坏乱的风教；名人贤士的忠义、纯孝行为，能够起到榜样作用，纯洁世风；传统礼制在维护社会秩序方面发挥着重要作用。他认为"天下之势涣则日离萃，则固人心风俗之异尚而国运随之"②。"外国既富且强，吾国既贫且弱，势已不支矣。犹赖圣贤忠孝之训可以维系万一，而诸人必欲仇视三纲蔑弃礼教，使天下荡然无复有尊卑之分，固结之

① 马其昶：《送教习早川东明君还日本序》，《抱润轩文集》卷六。
② 马其昶：《湖阳徐氏谱序》，《抱润轩文集》卷五。

情，臣城不解其何心也？人心风俗之忧，甚于敌国外患"①。所以，在当时的时代环境下，程朱理学、孔孟之道对于马其昶来说是医治和拯救国家的一剂良方。

此外，马其昶著书立说，亦以维护伦理和礼教为目的，如他作《毛诗学》的最终目的便是正风俗、实施教化。他在《诗毛氏学序》中开篇便说道："予读毛诗序至，诗者，志之所之也。先王以是经夫妇、成孝敬、厚人伦、美教化、移风俗，曰：'呜呼，尽之矣！'"并认为"王者所以观风俗、知得失、自考正、而翼奉言，诗有五际：君臣、父子、兄弟、夫妇、朋友，是皆有得于诗教。"他反对当时学校禁止读经，"学校之中至以读经为厉禁。乌乎，今天下风俗教化何如乎？所谓君臣、父子、兄弟、夫妇、朋友之伦犹有存焉者乎？言治而不本之性情则其发见于事，为者无不暴戾恣睢而卒归于坏乱。废经之说近起，自光宣一二十年来而深入人心，其效如此，尚未知其所终极也……"②。在马其昶看来，儒家经典的废除对社会来说后患无穷，会使社会风俗、人心性情趋于坏乱，民心不纯。所以，马其昶希望重新提倡诗教传统，纯洁民心，维护社会教化。

不止如此，马其昶亦以自己的言行维护着孔孟、程朱之道。首先，在教育子女方面，马其昶不满意于新式学校对传统文化的废弃，仍沿用传统的授受方式教导子孙，让其从小诵读儒家传统经典。其次，马其昶在当时是礼学专家，精通"三礼"，所以在一些社会礼仪制度方面，仍以传统礼制为准，对一些"新式"礼制表示不满。1913年6月，袁世凯通令各省尊孔祀孔，而这个提议深得马其昶的拥护。但当时一些从海外学成归来的少年学子"咸以用夷变夏为职志，至欲易天坛为礼拜堂"③，对此马其昶坚决反对，当下便写了《祀天配孔议》，文中马其昶将孔子抬到至高无上的地位，"与天一而已"，极力为孔子、为儒家学说张目，认为天下恣乱，唯

---

① 马其昶：《代常裕论新政疏》，《抱润轩文集》卷八。
② 马其昶：《抱润轩文集》卷四。
③ 陈祖壬编：《桐城马先生年谱》，《北京图书馆藏珍本年谱丛刊》第184册，第40—41页。

有孔孟之道方可补，进一步提出礼教的重要性，"明人伦，覃教思"，突出地表现了儒家思想在维护社会秩序、实施教化等方面是不可替代的，由此来阐述，祀天必须且只能配孔子。他的女儿马宛君结婚时，因举行的是改良后的新式婚礼，马其昶对此并不满意，最后竟没有参加女儿的婚礼，只派了自己的儿子代表女方家长。再次，马其昶十分重视伦理道德的教化作用，他对有污风教的行为十分厌恶。当时有邑人汪正宣，是个喜欢装神弄鬼之人，他以一些福祸邪说欺骗大府，大府受其蒙骗便命令县令姚静庵举汪正宣为孝子。马其昶得知后，寝食难安，立即给大府写信，认为"汪正宣挟邪术不得妄举孝子，害名教甚大"，会"坏乱风俗"，并对此种行为提出了严厉的批判，"巫师术士妄言祸福厥有常刑，其所以一道德遏乱萌之意至深且远，前古之已事可知矣，其他可恕，此不当恕也"，真正的孝子应是砥节厉行，名副其实、光明磊落的君子。如果举汪正宣为孝子必会"辱朝廷、污风教"，[1]留下百世骂名。对此事的进程，马其昶亦十分关注，直至事情平息后才能安稳入睡。

1916年6月，马其昶主持民国第一次普通文官考试时，所出的试题竟是"百姓不足，君孰与足"[2]，这在当时可谓引起了一场风波。"百姓不足，君孰与足"出自《论语·颜渊》，这道题目明显就是科举考试时八股文的题目。在科举考试已经废除十余年，清政府也已灭亡的1916年，马其昶出此题目无疑引发众怒。但亦由此看出，他对恢复孔孟程朱的强烈愿望，他希望能够再次借由"考试"这一途径使当时的士子重视传统文化。所以他虽说"臣非敢谓外国理化制造诸学可不必讲求也"[3]，但他更希望恢复传统文化在人们心目中的地位。直到1922年他在为《三经谊诂》作序时，仍然极力为《孝经》《大学》《中庸》这三部儒家经典张目，在马其昶看来这些经典皆是圣人治乱之书，可以"保其社稷、宗庙、禄位"。但这

① 马其昶：《上姚静庵邑候书》，《抱润轩文集》卷九。
② 中国社会科学院近代史研究所中华民国史组编：《中华民国史资料丛稿特刊》（第2辑），中华书局，1974年版，第76页。
③ 马其昶：《代常裕论新政疏》，《抱润轩文集》卷八。

时毕竟已到了1922年，清政府已灭亡十年，五四新文化运动早已开始，白话文也成功替代了古文的地位。马其昶到这时仍抱着复兴儒学的愿望，仍想着以传统文化来治理国家，可见其思想上的保守性和落后性。但我们能明显地感受到一位虔诚的老人对程朱理学的最后坚守。

虽然马其昶回归到方、刘、姚的道路上，笃守义法，但在时代大潮下，桐城派早已摇摇欲坠。正如胡适所说：

> 古文经过桐城派的廓清，变成通顺明白的文体，所以在那几十年中，古文家还能勉强挣扎，要想运用那种文体来供给一个骤变的时代的需要。但时代变得太快了，新的事物太多了，新的知识太复杂了，新的思想太广博了，那种简单的古文体，无论怎样变化，终不能应付这个新时代的要求，终于失败了。[①]

"桐城光焰自是而熸"[②]，马其昶所回归、所笃守的桐城古文终被时代大潮淹没。而马其昶只能如他自己所说的"抱其陈朽之业"，与三五同好"互慰寥寂"[③]而已，孔孟程朱连同古典文化一起，不可避免地失落于五四大潮之中，失落于新文化之中。

小　结

马其昶生前对传统文化和古文的坚持，并没得到当时"先进"人的理解，反招来不少骂名。不过，就思想而言，马其昶虽有种种局限，但在西风狂飙中国的时代背景下，他能够坚定信念，对当时全盘西化的思潮表示反对，这本身就彰显了一种可贵的民族意识和民族精神，且对当时激进

---

① 夏晓虹选编：《〈中国新文学大系·建设理论集〉导言》，《胡适论文学》，安徽教育出版社，2006年版，第45页。

② 林纾：《送姚叔节归桐城序》，《林纾诗文选》，曾宪辉选注，华东师范大学出版社，1990年版，第72页。

③ 马其昶：《陶庐文集序》，《抱润轩文集》卷四。

的全盘西化思潮起到了纠偏作用。著名学者余英时曾从文化传承与发展的角度对保守和激进这一文化现象，作出了较为辩证的解释："相对于任何文化传统而言，在比较正常的状态下，'保守'和'激进'都是在紧张之中保持一种动态的平衡。例如在一个要求变革的时代，'激进'往往成为主导的价值，但是'保守'则对'激进'发生一种制约作用，警告人不要为了逞一时之快而毁掉长期积累下来的一切文化业绩。相反，在一个要求安定的时代，'保守'常常是思想的主调，而'激进'则发挥着推动的作用，叫人不能因图一时之安而窒息了文化的创造生机。"[①] "保守"和"激进"既对立，又互补，是它们一起促进了各民族文化的发展。因此，认真审视马其昶作为文化保守主义者的诸多言行，便会发现他对传统文化的坚守，有其价值所在，是应当珍视的文化遗产。

马其昶，是桐城文化和马氏家学共同滋养的典型儒士，他不仅是传统文化的守护者，更是传统文化的一种标志，一种象征。马其昶的谢幕，不仅代表着桐城马氏的谢幕及他自己在学术上、文学上、政治上的谢幕，代表着士大夫阶层的谢幕，也代表了中国社会从传统走向现代的进程中，传统文化的失落。一言以蔽之，乃古典的失落。

---

① 余英时：《钱穆与中国文化》，上海远东出版社，1994年版，第216页。

第四章

从"义法"到"技法":
姚永朴文学教育的历史考察

晚清民初,中国传统教育发生新的变化,经历了由传统书院一律改为新式学堂最后又发展成现代大学的教育变革。而姚永朴的文学教育经历亦体现着这一教育变革历程:1901 年,客信宜县,为广东起凤书院山长;1903 至 1909 年,分别为山东、安徽高等学堂以及京师法政学堂的文学教习;1910 至 1917 年则为北京大学(京师大学堂)的文学教授。作为传统知识分子,姚永朴始终坚守传统士大夫的"道统"精神,代表官方主流意识,是典型的传统儒士。姚永朴最初的教学形式是以书院为阵地,传学讲道。但为了适应西风影响下的教育变革,姚永朴主动亲和新式学堂,最后走进现代大学。在这一转变过程中,姚永朴有着超乎他人的热情与努力,积极应对,调整方法,吸收新学,适应新教,转变文学教育思想,试图通过文学教育的转型,使自己由传统知识分子转型为现代知识分子。通过自身的努力,姚永朴确实实现了文学教育由传统向现代的转型。但最后受新文化运动以及自身根深蒂固的传统文化的影响,姚永朴等桐城文人沦为"文化边缘人",只得重新拾掇早年的传统教育模式,编撰选本,教授经学,其文学教育最终回归传统。

本章以姚永朴丰富的文学教育经历为主线,通过考证与阐述的方式,考察姚永朴文学教育经历的转型以及各教育时期所编撰的讲义,并同时分析姚永朴不同教育阶段的教学方法与教学内容的转变,以揭示其文学教育的转型及回归传统的特点。并总体分析在这一文学教育历程中，其文学教育思想的"因循"与"超越"的特点。

第一节　由传统书院、新式学堂到现代大学：
姚永朴的教育旅历

一、寄身传统书院

我国古代的书院以教师自由讲学，学生自主钻研为主要特征，在具有传统教育职能的同时，亦是学术传播与文学传衍的重要场所，正如学者王炳照所言："大多数书院是由名师大儒聚徒讲学发展而成的，主办者或主持人以书院为基地，研究或传布自己学术研究的心得和成果"①。在传统书院教学中，桐城派文人多在书院扮演主角，"他们中许多人担任着书院的院长或主讲的讲席"②，姚永朴作为桐城后学，寄身于传统书院之中，亦担任着书院山长之职，坚守桐城义法，宣扬程朱理学。

光绪二十七年（1901），姚永朴父姚濬昌因病去世，此后，他便决意远离仕途，致力教育，开启长达四十多年的教育生涯。同年，姚永朴客游广东省信宜县，受聘为广东起凤书院山长。他在《起凤书院答问》序言中也曾记载道："光绪辛丑，予以同邑叶玉书大令之招，主讲信宜起凤书院"③。书院为名儒聚徒讲学之所，应当选取有道德有学问之人为师，所以在选取书院山长时十分慎重。根据书院之制，"凡书院之长必选经明行修，足为乡士模范者，以礼聘请"④，姚永朴作为桐城后学，深受传统儒家文化的熏陶，坚守桐城义法，崇尚忠义孝友，通理明经，实为起凤书院山长的不二人选。

---

① 王炳照：《中国古代书院》，商务印书馆，1998年版，第3页。
② 曾光光：《桐城派与晚清文化》，黄山书社，2011年版，第170页。
③ 姚永朴、方苞撰：《起凤书院答问》牟言，郭康松等校注，华夏出版社，2013年版，第5页。
④ 王炳照：《中国古代书院》，第181页。

　　传统书院主要以传授四书五经以及词章之学为主，以学习八股文为核心，并以传统的经学讨论和问答为主要教学方法。起凤书院延续传统，"课士首重经解，兼及策论诗赋杂文"①。姚永朴深受传统文化的浸润，主要以"宗经"为治学原则，认为孔孟之道主于经世。就其知识体系的分类而言，姚永朴少时以治诗古文为主，后专治经，"于注疏及宋元明清诸家经说无不洽熟淹惯，更旁及子、史、小学、音韵，博而约取"②。就其治学方法而言，桐城文人一直以来都以坚守"词章、义理、训诂"为主，姚永朴也不例外，他曾说道："昔吾家惜抱先生论学，谓义理、考据、词章三者必兼备，永朴治经窃本斯义"③。姚永朴治经又以虚心涵咏为主，实事求是，不立门户，兼取汉宋之学，并提出治经之法在于"守汉儒之训诂名物，而无取专己守残，宗宋儒之义理，而力戒武断，操斯术也以往"④。而这种系统丰富的"经史之学"知识结构正适应了书院讲学的需求，加之其在任职之前，亦有丰富的教授经学经验，所以姚永朴在书院讲学授经可谓游刃有余。

　　姚永朴在起凤书院主要以传授学生经史考据之学的学问与方法为主，经学重问答与讨论，姚永朴亲自编写讲义《起凤书院答问》授予生徒。关于成书原因，他在《起凤书院答问》序言中有所提及："诸生肄业者时质所疑，辄据鄙见答之，积久成帙。壬寅襄教事于山东高等学堂，讲授之暇，复取旧稿稍加删改，以类钞之，为五卷，将就有道而正焉"⑤。另外他还编写了《尚书谊略》和《群书答问》。

　　《起凤书院答问》共为五卷，按照经、史、子、集、杂分为五类，共计答问80条，其中经史的问答占37条之多。根据该书的编撰体例可以得知，书院教学主要以问答与讨论为主，学生提出疑问，老师对学生的问题

---

① 马新贻：《诂经精舍三集序》，俞樾编订《诂经精舍三集》卷首，同治六年刻本。
② 王遽常：《桐城姚仲实教授传》，引自姚永朴《文学研究法》卷首，黄山书社，1989年版。
③ 姚永朴：《尚书谊略序》，《蜕私轩集》卷二，秋浦周氏1921年刻本。
④ 姚永朴：《蜕私轩读经记序》，《蜕私轩集》卷二，秋浦周氏1921年刻本。
⑤ 姚永朴、方苞撰：《起凤书院答问》，第5页。

给予一一回答，属于经验式知识传授。

《起凤书院答问》的教学内容主要以经史为主，由学生的提问可知，卷一、卷二多为学生读经史时所产生的疑惑。如卷一中，梁宗俊问："朱子尝以《仪礼》为经，《礼记》为传，其说创于朱子耶？前此亦有言之者乎？"林凤庚问："朱子以《大学》为曾子所作，亦有确据否？"卷二中李学潮问："《史记》为管仲，晏婴，子产立传，何以载事皆略？"此外，还有一些学生询问读经史的方法以及经史的大意等较为浅显的问题，如卷一，李学潮："北宋以前，读诗未有不宗《小序》者……今欲读《诗》，宜何所从？"卷四梁宗俊问："《子虚》《上林赋》大旨"等①。

可见学生的问题或博或杂，或深或浅，姚永朴在回答这些问题时，非常有耐心，适当时引经据典，尽可能使学生通晓理解。如就卷一梁宗俊所问，姚永朴在解答时并非直接回答问题，而是先引证举例证明，最后得出"斯言也，盖不刊之论也"以及"朱子之论正与汉儒同"②的结论。

姚永朴所学并非局限于传统经史之学，对西方学说也有一定的了解。当学生在询问经史学之余，对近代科技与西方学说产生兴趣并提出疑问时，他也能为学生解疑答惑，这些问题涉及天文，地算，西方政治与教育等领域。该书卷五"杂"类，便是对此类问题的解答，如李逢先问："古人谓地方，而西人则以为圆，古人谓地静，而西人则以为动，此论何如？"③，姚永朴则引《周易》有关天圆地方的论述证明此说，并得出"是则天固动，未尝不静，地固静，而亦未尝不动矣。"这一结论。对于这些关乎科学的问题，姚永朴有其独特的认识与理解，亦乐于与学生分享自己的见解。

《起凤书院答问》是姚永朴书院教学的经验总结，无论是从书名、编写体例还是编写内容上，均体现了师生问答的经学传授方式，这也是书院

---

① 姚永朴、方苞撰：《起凤书院答问》，第6—86页。

② 姚永朴、方苞撰：《起凤书院答问》，第9—10页。

③ 姚永朴、方苞撰：《起凤书院答问》，第110页。

的主要教学方式。书院教学崇尚学术自由之风，提倡学生自主学习、自主钻研，鼓励学生积极问答。毛泽东曾十分肯定书院的问答教学方式，认为传统书院则是"师生感情甚笃"，"没有教授管理，但为精神往来，自由研究"，"课程简而研讨周"①。姚永朴在回答学生的问题时，不厌其烦，耐心解答，充分体现了他对学生的关爱，师生相处融洽，也充分体现了传统书院教学的优点。另外，纵观全书，不难发现，姚永朴在回答时，先提出论点，然后举出丰富的史料充分论证论点，最后得出结论，这样的回答容易让学生理解，有说服力。

光绪二十八年（1902），为响应清政府"著各省所有书院，于省城均改设大学堂，各府及直隶州均改设中学堂"②的号召，起凤书院改为中西学堂，是信宜第一所新式学堂。根据新的教育变革要求，学堂规定所有年级所授课程包括中学与西学，据《信宜县地方志》记载，中学以教"经义史论事务策"为主，开设修身，读经以及国文等课程；西学则以英法文、算术、理化、农商等课程为主。由于起凤书院改为学堂，教学课程与内容方式发生变更，书院沾染了时代气息，失去了传统浓厚的学术氛围。而在书院中享有崇高地位的旧学名儒，此时地位已不如从前，正所谓"书院课程的变更暗伏着桐城派学者及传统知识分子在书院中地位下降的危机"③。因此，1902年，姚永朴离开起凤书院回到家乡，致力于家乡的教育事业。

二、亲和新式学堂

书院教育制度的弊端日益显著，无法适应社会教育的发展，因此，光绪二十七年，张之洞，刘坤一联名上奏光绪帝，提议将书院改为学堂。是年八月，光绪帝正式下达书院改制谕令，将各省府县所有书院改为大、

① 毛泽东：《湖南自修大学创立宣言》，转引自刘玉才编著：《清代书院与学术变迁研究》，北京大学出版社，2008年版，第204页。
② 陈谷嘉、邓洪波编：《中国书院史资料 下册》，浙江教育出版社，1998年版，第2489页。
③ 曾光光：《桐城派与晚清文化》，第155页。

中、小学堂，1905年又废除了传承千年的科举制度，书院制度亦随之瓦解与消失。新式学堂普遍开设西学课程，否定传统的读经内容，科举时文与桐城古文在新知识分子眼中亦成为旧学古董。姚永朴作为桐城后期代表，在传统书院中可以从容不迫的讲学论道，享有崇高地位。但随着新式学堂的兴起，姚永朴自知已失去传统教育的主角地位，只能成为学堂的配角。姚永朴早已习惯了传统书院教学，以经验传授为主的旧学框架已根深蒂固，对新知无所适从。但姚永朴并未放弃，而是以极大的热情与努力适应新式学堂，变通古文义法，吸收西学知识，希望以新知识分子的身份融入新式学堂，跟上新式教育的步伐。于是从1903年始，姚永朴便主动亲和新式学堂。

（一）学堂教学经历与讲义的编撰

光绪二十九年（1903），姚永朴自广东起凤书院归自乡里，当时山东创办高等学堂，姚永朴应总办周学熙之聘，前往山东就职，与潘季野同为山东高等学堂伦理学教习。姚永朴《潘季野墓志铭》中有所记载：

> 逾年奉大吏檄为山东大学堂监督，大学堂改高等学堂，君改为庶务长，议叙同知，宣统元年，学部奏调补实业司主事，兼任法政学堂庶务长，升员外，晋郎中……永朴为山东大学堂教习，总办周君学熙，实招之。①

另外，马其昶亦有记载："天下书院率奉诏改学堂，姚永朴教习山东，从其徒友问君所著书，得残稿数种手录，以归其昶"②。当时马其昶致力于搜集文人亲友的文集遗稿，编为一集，姚永朴客游山东，得以从郑东甫弟子处搜集郑东甫遗稿，故而记之。

同年，姚永朴自山东归皖，当时安徽正创办安徽高等学堂，武进刘保

---

① 姚永朴：《潘季野墓志铭》，《蜕私轩集》卷五，秋浦周氏1921年刻本。
② 马其昶：《郑东父传》，《抱润轩文集》，1923年京师刊本。

良欲聘请姚永朴为伦理教习，姚永朴欣然允之。永朴致力于家乡教育，在安徽高等学堂任职时间较长，从1903年至1908年共六年，在教授学子的同时，亦编写多本讲义，授与生徒。所编撰的讲义主要有：

《诸子考略》十八卷，其编撰体例为"复蒐诸子行事，及昔贤序跋与夫评骘之言"，希望学生能够"究利病得失，稍扩其识，以为异日效用于国之始基云尔"①。

《小学广》十二卷，注重学生的道德教育，故"爰本诸子小学之例，辑泰西日本名人言行"②。这是姚永朴为适应新式学堂所作出的初步尝试，以立教明伦敬身为本，采集西方名人言行来教导学生，希望中国学人能通晓西方之学。

《群儒考略》，"乃复取唐以后儒者行事与诸书序跋及昔人评骘之言，为群儒考略"③。姚永朴希望学生能够借此修身明理，养成儒者情怀。

《群经考略》15卷，"是书为安徽高等学堂课本之用"，姚永朴征引群言，中间加以自己的按语。另外还有一些经史著作如《史记约选》一卷、《十三经述要》六卷等。这也是姚永朴经学创作的高峰期，大多是文学讲义，经过修改编排后正式出版，最后成为重要的学术著作。

宣统一年（1909），学部大臣听闻姚永朴盛名，举荐他为学部咨议官，姚永朴便携带家人前往北京任职。同年，京师法政学堂的监督员乔树楠，聘请姚永朴为国文教习，姚永朴便入该校，以教授古文法为主。乔树楠十分欣赏姚永朴的为人与治学态度，并称其为"通儒"，李大防在《蜕私轩续集》序言中所述亦能佐证：

> 先生说经，虽以宋儒为宗，而于汉唐博稽兼采，无门户之见，是谓通儒。且世之治朴学者，往往不工于文，而先生则文与诗并工且卓

---

① 姚永朴：《蜕私轩集》卷二。
② 姚永朴：《蜕私轩集》卷二。
③ 姚永朴：《蜕私轩集》卷二。

有惜抱家法，殆所谓华实两胜者。①

作为桐城后学，姚永朴具有深厚的古文基础，在京师法政学堂教授国文可谓得心应手，课堂教学亦有风采，口讲手画，幽默风趣。次年，姚永朴为学生编撰古文讲义《国文学》四卷，以便学生通晓古文义法与创作。关于成书原因，姚永朴在《国文学》序中提道："诸生因吾邑先正，凤用力兹学，争询古文法，择昔贤论文之作，得二十篇，而各为评语以授之"②。从《国文学》的内容与编写体例来看，姚永朴的教学内容虽以古文教学为主，但已渐具理论色彩。

（二）学堂的古文教学

1903年癸卯学制之后，全国大肆兴办学堂，倡导西学，旧制虽除，但新制尚不能跟上改革的步伐，缺少能够兼通中西学的教员，出现有生无师的尴尬局面，故而"学堂之教员，大率皆八股名家"③，以擅八股之文的传统知识分子充当学堂教习。加之当时的官方主流意识仍将经文学定为主流学科，文学在学堂中仍占举足轻重的地位，并认为"中国各体文辞，各有所用，古文所以阐理纪事，述德述情，最为可贵"④。在这样的情况下，拥有深厚古文根底的姚永朴，在新式学堂中仍以教授古文法为主。姚永朴在学堂教授学生古文时，秉承了中国传统的诵读教学方法，同时也积极吸收"西方文学讲解"的方法，重视学生古文写作能力的培养与训练。

正所谓"学习古代文辞，所重在读。必须熟读深思，然后有悟入

---

① 李大防：《蜕私轩续集序》，转引自程必定，汪青松编著：《皖江文化与东向发展》，合肥工业大学出版社，2007年版，第272页。

② 姚永朴：《国文学》序言，《素园丛稿》，京务印书局，1912年版。

③ 转引自罗志田：《权势转移：近代中国的思想与社会》，北京师范大学出版社，2014年版，第116页。

④《奏定学堂章程·学务纲要》，转引自陈元晖主编：《中国近代教育史资料汇编·学制演变》，上海教育出版社，2007年版，第499页。

处"①。姚永朴秉承桐城先辈遗绪，又亲受尊师吴汝纶指点，得知唯有"纵声疾读"方能领会古人精神，而很少有人通过"默看"而入古文之门。在此后的教学中，姚永朴一直教导学生学习古文应以诵读为主。

"欲学为人又必先读书"，关于读何书？姚永朴认为应当虚心地读以儒家经典为代表的先贤之书，但是古今之书汗牛充栋，不能遍尽其观。对此，姚永朴提出读书"贵于知要"，应有所择选，"观孟荀董生太史公以逮唐宋诸大儒，所讲明而切究之者亦可，以知所用力矣"②。姚永朴尤重史家典籍，认为文章的妙处，古今中外，首推《左传》《国策》《史记》等史书，若能细心诵读这类史书，便能使读者达到"如闻其声，观其形"的最佳效果。除了读儒家经典书籍之外，其他书的内容也应当符合"孔孟之道"，不能违背圣德之教：

> 窃谓吾辈读百家书，但当舍短取长，畔吾道以从之，固不可必峻诋之，微论彼所自得之处，实即不悖于圣人之处，故能长存天壤，而今之为世患者，指不胜缕。③

除此之外，姚永朴要求学生在初学古文之时，一定要先读古文选本，"古文选本之佳者，既分撮其英华，又合论其同异，故于初学为便"④，姚永朴所推崇的选本主要以姚鼐的《古文辞类纂》以及曾国藩的《经史百家杂钞》为主，他认为阅读选本是学习古文的基础，可以简要的了解先贤的生平与思想。但是，若想进一步研究作者的思想与文章风格，则不能专读选本，应当读作者的专集、文集。在他看来，"若吾人但知有选本而不求诸专集，究恐难浃洽贯串也"⑤。

---

① 张舜徽：《文须朗诵不宜默看》，《爱晚庐随笔》，华中师范大学出版社，2005年版，第168页。

② 姚永朴：《答张孝生书》，《蜕私轩集》卷三。

③ 姚永朴：《答疏通甫书》，《蜕私轩集》卷三。

④ 姚永朴：《国文学》上，《素园丛稿》。

⑤ 姚永朴：《国文学》下，《素园丛稿》。

读书须讲究正确的方法，姚永朴亦为学生总结了一套读书方法，认为读书应具备三个基本条件，即所谓"熟读""精思"及"久为"，只有"熟读""精思"才能真正体会古人文章之妙，并能"印之于心"。在读书的同时应当有所"为"，有所创作，只有"久为"才能"以所得于古人者，验之于手"。这种"久为"不仅表现在进行独立的训练与创作，同时也表现在读书时当学会摘录，并附以自己的看法与见解。姚永朴以自己年少读书的经历告诉学生："永朴束发即诵习斯经，有为之说者必观，观而契于心，必手录焉，间亦附下己意"①，这不失为一种十分有效而又可行的读书方法。另外，姚永朴认为"古人文章有起有落，有提有转，有开有合，有伏有应，有反有正，有实有主"②，读书须分段落，同时当注明每段大意，"凡读古人之文每篇必求其主意，而标识之，寻其伦次而分画之，明乎古人之文，有伦有脊而后我之作文能有伦有脊也"③。

姚永朴强调读书应当"虚心求真"，这种"真"表现为"真悟"与"真读"。他曾在读姚鼐作品时深受启发，得知"读书须真悟"，在教授学生古文时亦时常强调"真悟必出于真知，真知必出于真学也"④，认为只有深读久为，以求"真知""真学"方能达到"真悟"。而"真悟"必须是通过自己亲身阅历所得，不是"道听途说"，借助于别人的经历而得。

西学注重分析讲解，而传统教学中的古文则依赖诵读。新式学堂教育对古文教学也有了较为严格细致的规定，除了要求古文的诵读之外，教师也应当注重培养学生欣赏与创作古文的能力，重视古文的结构组织，语言运用以及体裁分类等的讲解。为此，姚永朴也意识到古文讲解的重要性，注重训练学生的古文写作能力。诵读乃习古文之"始事"，写作则为学习古文之"能事"。

姚永朴告诉学生若想创作出好的文章，必先"涵养胸趣"，无论是读

---

① 姚永朴：《尚书谊略序》，《蜕私轩集》卷二。

② 姚永朴：《国文学》下，《素园丛稿》。

③ 姚永朴：《国文学》下，《素园丛稿》。

④ 姚永朴：《文学研究法》，许振轩校点，黄山书社，2011年版，第208页。

书作文，均要求虚心涵咏，心静澄明，"心静则识明，而气自生，然后可以商量修齐治平之学，以见诸文字，措诸事业"①。姚永朴认为写文章前必先"洗心"，文章的雅俗与否与作者的品性，心源有关。若想文章雅洁，必须去仕途之心，不要为功名利禄所束缚，而"急于仕宦而以势力为心者，其不足与于大雅之林也诀矣"②。

另外，他告诉学生，学写文章前应当有所"师法"。姚永朴年少求学时便师从吴汝纶、张裕钊学习古文法，认为写文章"必本于襟抱，成于功力，而当其始则尤贵乎得所师法"③。"师法"是指在学习古文的过程中，读古人之文，当"取派正而词雅者"。师法古人，亦需观古人评点，以启发学者领会古人的文章意蕴，如《归有光史记评点》。

除此之外，写文章应遵守一定的文章法则、章法规律，坚守古文"义法"，善于运用一些"文章技法"。姚永朴认为"义法"为文学首要纲领，"夫文之有法，犹室之有户也"④，文章写作无论是说理、述情、叙事"必有主意为之归宿，欲明主意之所在，必有法以经纬之"⑤，尤其是记载类的文章，通篇都讲究义法。姚永朴从文章的结构与谋篇布局方面将义法定义为："所谓义者，有归宿之谓，所谓法者，有起有结，有呼有应，有提掇，有过脉，有顿挫，有勾勒之谓"⑥。在姚永朴看来，若不讲求义法，则散漫混乱，缺少结构组织，毫无价值可言。姚永朴认为坚守"义法"同时，也当善于运用一些"文章技法"，首先需要有好题目才可，"大抵好文字亦须待好题目然后发"⑦，有了好题目之后，便可深入思考文章的结构布局，准备进入写作的过程，切记"不可端绪太多"，这样会导致文章主意不明，杂乱无章。另外，姚永朴也肯定了修辞在古文创作中的作用，

① 姚永朴：《文学研究法》，第5页。
② 姚永朴：《国文学》下，《素园丛稿》。
③ 姚永朴：《奉吴挚甫先生书》，《蜕私轩集》卷三。
④ 姚永朴：《文学研究法》，第89页。
⑤ 姚永朴：《国文学》下，《素园丛稿》。
⑥ 姚永朴：《文学研究法》，第87页。
⑦ 姚永朴：《文学研究法》，第178页。

"然而修辞之功，亦不可少"，"又有恐意不明而用譬喻者"①，正确运用修辞手法，能够使文章就雅去俗，使文章中精深的道理变得简单易懂。

三、走进现代大学

辛亥革命推翻了清政府的统治，中国进入民国时期，学部也改名为教育部，教育部规定将全国的大学堂更名为大学，全国教育进入由学堂转变为大学的新时期。姚永朴作为传统文化学人，此时正在京师大学堂教授古文，入民国之后，他仍得以在更名后的北京大学继续担任要职。为适应新的教育，遵守大学编写讲义的规定，姚永朴也做过不少的努力与尝试，亲自编写适合大学课堂教学理论的讲义《文学研究法》。

（一）走进北大讲堂

民国元年（1912），京师大学堂正式更名为北京大学，严复则被任命为北大的首任校长。严复掌教北大后，聘请了姚永朴之弟姚永概为文科教务长，并聘任一批桐城派文人学者担任教习，如林纾，马其昶，以及姚永朴等。很多资料模糊地记载姚永朴在北京大学就职的时间大约为1914年至1918年，其实不然，据北京大学教员史料记载，早在宣统二年（1910）正月，姚永朴就已经在北大就职，期间于民国二年（1913）三月辞职，任清使馆编修，并于该年十一月复行来校，最后于民国六年（1917）新文化运动爆发之际离开北大。也就是说姚永朴在北京大学还未正式更名即在该校任职，担任经文科教习。另据李渔叔《记陈伯弢》所述："刘廷琛为京师大学堂监督，聘任教习，伯弢谦谢，愿入校就弟子列，时论美之⋯姚永朴仲实，姚永概叔节，及吴县胡玉均主讲席，每有讲论，恒就问'伯弢此说当否？'"②亦能辅证姚永朴早在京师大学堂任职。

更名后的北京大学，成为全国最高学府，严复担任校长，将经文两科

---

① 姚永朴：《文学研究法》，第75页。
② 李渔叔：《鱼千里斋随笔》，《近代中国史料丛刊续辑》，文海出版社，1981年版，第40页。

并为一科，主张宣扬旧学，"欲尽从吾旧，而勿杂以新"，目的是"用以保持吾国四五千载圣圣相传之纲纪彝伦道德文章于不坠"①。本着维护旧学，崇尚道德的教育宗旨，严复续聘桐城后学为教习，因此桐城派的学风在北大占据优势，姚永朴亦得以保留北京大学文科教习一职，其孙姚埔在《姚仲实行述》有所记载："府君遂来北平，任北京大学校暨公私立各大学国文经史教授"②。民国二年（1913），姚永朴辞去北京大学教习一职，与其弟姚永概入清史馆修史书，其后又重新就职北大，为文科教授。此时的北大在蔡元培校长的管理与改革下，本着"兼容并包"与"思想自由"的学风，成为一所学术精神自由，现代气息浓厚且具有自主权的大学。蔡元培亦对姚永朴的学识给予充分的肯定，"民国初年，二姚先生同主讲于北京大学，又同膺聘入清史馆。蔡元培先生在复林琴南书中言及'二姚'"③，对"二姚"的学识给予充分肯定。

姚永朴在北大教授之时，深受学生欢迎，其弟子马厚文在《姚仲实教授传》中说道："先生在大学，危坐诵说，神采照人，诸生之经承讲授者，于所业无不豁然贯通，心悦诚服，造就成材者无虑数千百人。"④姚永朴课堂讲学幽默风趣，口讲手画，曲尽神情，即使是不识字的人听了，也能心领神会，而姚永朴亦乐此不疲，并亲自为学生编撰讲义《文学研究法》和《史学研究法》。其中《文学研究法》是为了适应北大教学讲义的要求以及教授学生如何写作古文创作而成。

（二）《文学研究法》的编撰

民国初年，姚永朴应聘为北大的教授，而此时的北大是一所具有自治权与学术自由精神的现代大学，其教育宗旨、教学内容与传统书院教育和

---

① 严复：《与熊传如书》，《严复集》第三册，中华书局，1986年版，第605页。
② 卞孝萱，唐文权：《民国人物碑传集》，凤凰出版社，2011年版，第735页。
③ 吴孟复：《二姚先生传略》，《吴孟复安徽文献研究丛稿》，黄山书社，2006年版，第149页。
④ 马厚文：《姚仲实教授传》，转引自方宁胜：《桐城科举》，安徽美术出版社，2011年版，第172页。

学堂教学大相径庭。陈平原也指出此时北大的文学教育重心已发生转移，"由技能训练的词章之学，转为知识积累的文学史"①，陈平原进一步强调这里所谓的"知识积累"不仅仅局限于文学史知识，还包括现代学科中的文学理论、文学批评等诸多学科。可见此时的文学教育与以经史子集为主的文学教育完全不同，表现出更加多元化色彩。随着文学教育的转型，传统教育中以技能训练为主的桐城古文，则转为学生的日常知识积累，面临前所未有的危机：

> 只是时代变了，教育宗旨不同，桐城所独尊的古文义法，也不能不有所变通。科举制度已经取消（1905），撰写古文（准确地说，是以古文为时文）的能力，不再是衡量读书人良莠高低的主要指标。古文之由"看家本领"转为"基础知识"，其教学方式，也逐渐从技能训练转为知识传授。②

所以，桐城诸老若想使古文在现代大学中得以生存，则必须改变传统古文风貌。北京大学素有编撰讲义的传统，当时的大学因缺少教科书，导致教学用书混乱，为了满足课堂教学的需要，教育部要求教员必须亲自编写讲义。当时北大的教授均需要亲自编写讲义进行课堂讲学，编写讲义是一项繁忙而又劳心的工作，周作人曾抱怨到："中学是有教科书的，现在却要用讲义，这须得自己来编，那便是很繁忙的工作了"③。面对桐城古文面临的生存危机以及教学中的讲义需求，作为桐城后学的姚永朴积极吸收新思想，适应大学教育。1914年，姚永朴在北京大学任文学教授时，根据自身的知识积累与教学内容的转变，亲自编写理论学讲义《文学研究法》，将桐城历代先祖的古文文论汇集成编，使古文以新兴面貌显现出来。其弟子张玮为《文学研究法》作序道："今年先生复应文科大学之聘，编订讲

---

① 陈平原：《作为学科的文学史》，北京大学出版社，2011年版，第152页。
② 陈平原：《古典散文的现代阐释》，《中山大学学报》（社会科学版），2004年第6期。
③ 周作人：《知堂回想录》，香港三育图书文具公司出版，1970年版，第371页。

义，较《国文学》尤详，每成一篇，辄为玮等诵说"①。由此可知，《文学研究法》是姚永朴对《国文学》的全面系统化的总结与扩充，《文学研究法》"其发凡起例，仿之《文心雕龙》"②，体例十分完整，材料翔实丰富。

《文学研究法》是为适应北大的教材要求而产生的，属于"典型的以旧学识撰写新教材的范例"③，是传统的学术思想与现代大学教育相结合的产物，这也使得该书既具有传统的思想义蕴，又具有鲜明的时代特征。姚永朴作为传统学人在具有时代气息的现代大学教学本就显得格格不入，但他为了适应北大文学理论教学的要求，运用毕生所学，从文学的语言、起源、篇章结构以及风格等方面重新阐释桐城派古文诸多文学原理。显示出独特的历史眼光。

第二节　姚永朴文学教育的传统回归

新文化运动爆发，白话文代替了古文，姚永朴意识到桐城古文无法在现代大学生存，于是毅然离开北京大学，寻求新的教育阵地，仍然坚持为桐城古文争取文学教育的空间，希望继续维系桐城古文的最后命脉。1917年姚永朴辞去北京大学之职后，便来到徐树铮正志中学，宣扬儒家伦理道德。之后又回到家乡，在秋浦宏毅学舍、东南大学以及安徽大学继续担任文学教习，教授学生古文与经学以及伦理之道，真正成为旧道德、旧文学的代言人，其文学教育也最终回归到传统的教学模式。

---

① 姚永朴：《文学研究法》序言，第2页。
② 姚永朴：《文学研究法》序言，第2页。
③ 许结：《半岛之半：居韩一年散记》，海天出版社，2013年版，第181页。

一、文化边缘人的宿命

（一）离开北大

1912年，北洋政府有停办北大之意，严复极力反对停办北大，后被迫辞去北大校长之职。当时的桐城派以北大为文化阵地，姚永朴之弟姚永概又担任文科教务长，桐城派学风在北大占据明显的优势，而严复的离职，给当时的桐城派重大打击。后由何燏时，胡仁源相继担任北大校长，胡仁源聘任夏锡棋为文科学长，就在此时，黄侃、刘师培、钱玄同等章门弟子陆续进驻北大，就任北大文科教授，他们的到来，使桐城派逐渐在北大失去了文化影响力，正如钱基博在《现代中国文学史》中评述道：

> 在前清光、宣之际，北京大学之文科，以桐城家马其昶、姚永概诸人为重镇。民国新造，浙江派代之而兴，章炳麟之徒乃有多人登文科讲席；至是桐城派乃有式微之叹。[1]

章氏弟子进入北大以后，便迅速占领北大文科，极力表彰以《文选》为代表的六朝骈文，故而他们也被称为"文选派"。与此同时，他们也大力反对桐城古文，与当时的桐城派学者发生直接冲突，"认为那些老朽应当让位，大学堂的阵地应当由我们来占领"[2]，于是开始了一场骈散文之争，这场争论以文选派的胜利而告终。面对桐城古文被取而代之的凄凉处境，均负气离开北大，随后，姚永朴也辞去北大文学教授之职，但又于同年十一月重新被聘为北大教授。

姚永朴在北大任教期间，见证了桐城派与文选派的骈散文之争，他深刻认识到桐城派以及桐城古文已渐趋式微，同时他又"亲身经历了最高学府里桐城势力之由盛而衰，以致被章门弟子及师友'扫地出门'的全过

---

① 钱基博：《现代中国文学史》，岳麓书社，1986年版，第491页。

② 沈尹默：《我和北大》，《文史资料选辑》第61辑，中华书局，1979年版。

程。不曾主动出击、但也身不由己地介入文派之争"①。在这场论争中，桐城派虽在北大失去了影响力，但姚永朴仍坚守北大，总结桐城文论，编写《文学研究法》，将桐城古文以理论讲授的方式进行传播，试图使桐城古文在北大存有一线生机，"为古文争取文学教育空间"，所以"桐城派仍然在北大余威犹存"②。

1916年，蔡元培就任北大校长，并提出了"兼容并包"与"思想自由"的教育方针。聘任陈独秀为文科学长，同时又聘请胡适、鲁迅、周作人、刘半农等具有新思想的知识分子担任文学教授，这些人的到来给北京大学文科增添了新气象，北大学风大变。陈独秀作为新文化运动的先驱，积极提倡民主与科学，宣扬新道德与新文学，反对以桐城古文为代表的旧道德，旧文学，并进行猛烈攻击。新文化运动的爆发，使得以坚守程朱理学，孔孟之道为主的桐城派，最终走向消亡。而姚永朴此时正执教于北大，处境日趋艰难，亲眼见证了桐城派被新文化倡导者与章太炎门下弟子所排挤的全过程。面对新思想者对桐城派言辞激烈的谩骂，姚永朴深感痛心，身心俱疲，无法做到无动于衷，视而不见，但他并没有奋起反抗，而是于1917年3月辞职，默然地离开北大。

（二）沦为"文化边缘人"

姚永朴离开北大的同时，也就意味着桐城派古文在北大彻底失去了其原有的文化地位，逐渐被时代与学校所淘汰。可以说，桐城派是被北大所遗弃，被时代所抛弃，而桐城派文人最终也摆脱不了沦落为"文化边缘人"③的宿命。

姚永朴作为传统的士人，具有与生俱来的传统文化人格，面对西风新潮影响下的教育变革，姚永朴并未退缩，而是不断变革自己的教育模式与

---

① 陈平原：《古典散文的现代阐释》，《中山大学学报》(社会科学版)，2004年第6期。

② 吴微：《桐城文章与教育》，安徽大学出版社，2012年版，第42页。

③ 吴微：《桐城文章与教育》，第43页。

教学内容，希望通过文学的教育实现自己文化人格的转变，由传统士人转为新的知识分子。理想是美好的，但现实是残酷的，五四新文化运动的爆发，使桐城派由文坛盟主彻底成为历史，桐城派最终走向消亡。而以坚守桐城古文为主的桐城末流，马其昶、姚永朴、姚永概等人也最终沦为文化边缘人，始终摆脱不了传统士人的宿命。在西风东渐学潮的影响下，桐城后学却未能真正实现文化人格的转变，其实已属意料之中。一方面是由于作为传统文化滋养下的桐城后劲，其守正的文化心态与传统的思想已根深蒂固，他们坚守桐城义理，宣扬孔孟之道，故而无法实现思想上的转变，而且也不可能真正转换为新兴知识分子。另一方面则因为他们传授的传统教学模式已无法适应当时西风影响下的新式教育。最终，他们也只能重新拾掇起早年的文学教育模式，回归到传统文化教育之中，以著书立说或者培养后学来回味其一生的历程。

二、回归传统文学教育

面对西风影响下的教育改革，姚永朴积极更新自己的知识系统，努力使自己适应西学新教，通过文学教育的转型以使自己适应新的教育变革，希望由传统知识分子或者传统士人转换为新的知识分子。只是五四大潮的兴起使姚永朴的努力与梦想幻灭，而姚永朴希望通过教育转型的实践也最终失败。因为他的传统教育方式不适应当时受西风影响的新学制，只能沦为文化边缘人，他最终摆脱不了传统知识分子的宿命，最后只得放弃，重新拾掇早年的传统教育模式，编撰选本，《修身范本》，教授经学，培养儒家传统士人。他的文学教育也由最初教育转型的尝试转变为文学教育的传统回归。

（一）退守正志中学，弘扬儒学之道

姚永朴黯然离开北大之后，便转移阵地，退守到徐树铮创办的正志中

学教授学生经古文之学，宣扬传统的儒家伦理道德，成为旧道德的代言人，其文学教育彻底回归传统。

1914年，徐树铮在北京创建了正志中学，自任校长，据正志中学学生关德懋回忆："萧县徐又铮先生方任职陆军部次长，创办正志中学校于故都北平，授诸生以礼乐射御，所以修文树教，明耻教战也"①。可见，正志中学在教学管理与教学内容上采用相对保守的方式，将中国传统文化与军事文化相结合，宣扬儒家的伦理道德，并以培养具有传统儒家思想的"文武双全"的军事人才为主。而此时的姚永概、马其昶、林纾等人在负气离开北大后，纷纷来到正志学校教学，并担任要职。姚永概被聘为正志学校教务长，姚永朴《叔弟行略》中也记载："及萧县徐树铮筑正志学校，延为教务长"，姚永朴则担任文学教习。徐树铮十分注重国文教学，而正志中学的教学正需要这些受传统文化滋养的桐城文人，所以徐树铮对这些桐城派传人十分恭敬。例如当时的姚永朴已年老目盲，徐树铮则经常亲自搀扶其进入讲堂，令姚永朴十分感动。

正志中学教学内容主要以国文与体育为主，上午学习国文，下午则专习体操。课程由徐树铮亲自规定，姚永朴等人主要以教授经史与古文为主。《徐树铮传》记载较为全面："姚永概任教务长，兼教授《孟子》《左传》和《尺牍选钞》，林纾教授《史记》，姚永朴教授《论语》《文选》和《修身》（讲义），马其昶教授《春秋左氏传》等"②。姚永朴在教授学生六朝文之外，还教授修身等课程。其实据当时的学生关德懋回忆，正志中学当时的教学成效并不显著，对学生来说，这些桐城派国学大师的课程显得格外乏味，其中有叙述姚永朴的课堂情况如下：

　　　　姚二先生双目失明未全盲，大概患的是"白内障"，当年还未发明外科手术，行动极不方便，每星期至多讲课一次，需要人扶掖到课

① 关德懋：《徐又铮先生创办正志中学述略》，转引自徐道邻编述：《民国徐又铮先生树铮年谱》，台湾商务印书馆，1981年版，第31页。

② 王彦明：《徐树铮传》，黄山书社，1993年版，第24页。

堂的讲台上，讲的是魏晋人物的书札，别具风格的小品文……他老先生既不能看，也用不着油印的讲义，背诵原文，一字不遗，仍然引不起大部分同学的兴趣，前排伏案打瞌睡，后排看闲书、下象棋，有时候，前排的鼾声大作，老先生这才感觉到不对劲，扶着讲台，摩挲而下，和声和气地说："哎，不要睡哟。"偶尔摩到睡者的光头，也只轻轻拍几下。①

这是正志中学当时国文教学的课堂情况，由此可见，学生对国文并没有多大兴趣，另一方面又折射出桐城古文已日薄西山。姚永朴等桐城遗老虽受徐器重，但他们在课堂上的凄凉处境，足以证明他们为时代抛弃的命运已无法改变。

姚永朴在正志中学教学期间，专心教学，著书立说，所以这一时期，姚永朴编写了多部讲义与著作，以教授生徒，这些著作主要有：

《旧闻随笔》四卷，作于1919年五四运动爆发之时。该书文笔生动，文字简洁，具有很大的文学价值与史料价值。姚永朴根据年少所闻及贤豪长者所述，采撷明清两代名人的嘉言懿行汇编而成，以此弘扬儒学的仁义道德，以期"有裨于世教"以及"诏我后生"②，所以说《旧闻随笔》亦是姚永朴为维护桐城派所作的最后挣扎。

《修身范本》六卷，作于1920年3月。正志中学的教学非常注重学生的道德素养，所以姚永朴编写了《修身范本》作为学生的修身课本。《修身范本》共六卷，均为修德之说，其弟姚永概曾为此书作序道：

> 自立志以至改过，正心修身之事也。自孝父母以至居官，则家国天下之本具焉，大端一宗朱子，网罗较宏，文简而辞易，于小学书为善本。即中学以上，修身之道，不外乎此。③

---

① 陈思和:《徐树铮与正志中学》,《书城》,1996年第3期。

② 姚永朴:《旧闻随笔序》,《蜕私轩集》卷二。

③ 姚永朴:《修身范本》序,1935年铅印本。

姚永朴从人的自我修养开始，发展至家庭相处之道，最后上升到爱国层面，由己及家，由家及国，强调道德素养的重要性。《修身范本》的编写体例也很有特色，胡筠将此书称为修身之"善本"，将该书的编写特点和价值总结为：

> 始引诸经，次子史，次述先哲懿行，无一字无根据，未尝参以己意，言简意博，诚善本也。虽所取经子之言，初学或不尽能解，然得贤导师以浅显之言发挥而光大之，学者必能深入肺腑，永久弗忘，足为他日立身应务之基矣。①

《论语述议》十卷，作于1920年10月。姚永朴当时在正志中学教学生《论语》，所以编写了此书，而其编撰的初衷则是希望通过一己之力，发挥书之大旨。

姚永朴在编撰《论语述议》时谨慎择选各家之说，巧妙地将"义理""考据"之学用于其中，毫不偏颇，姚永概亦言及："然后训诂、义理既不偏重，且训诂当而后义理因之以明，义理安而后训诂赖之以订"②，认为此书可称得上是经学的善本之作。可以说《论语述议》体现了姚永朴对儒家传统思想的膜拜，对孔孟之道的提倡，对桐城义理的推崇，桐城馀响，俱见于斯。

另外，姚永朴还与其弟姚永概合编《历朝经世文钞》与《国文初学读本》，这两本书是正志中学学生所用的古文教材，其实姚永朴希望以此为古文争取文学教育的空间，具体见后文所述。

(二) 晚年南归，延续旧文学

1920年，正志中学改名为成达中学，并由私立转为公办，并仍然延聘旧学教员。但姚永朴、林纾等人已无心继续在此教学，便于1921年离开正

---

① 姚永朴：《修身范本》跋，1935年铅印本。
② 姚永概：《论语述议序》，《慎宜轩文集》卷三。

志中学，回到家乡，致力于家乡的文学教育。1922年周学熙创办秋浦宏毅学舍，学舍以坚守传统旧道德、旧文学为本，教授国学，弘扬中国传统文化。姚永朴在教育界享有盛名，又为桐城派古文学大师，周学熙便礼聘其为教务长。永朴长学舍教务之后，便开始管理学舍，设置课程，规定"前三年习国学，后三年习西学"①。宏毅学舍是以宣扬传统文化为主，周学熙聘请的教员也都是传统文学的传人，具有守旧的思想，正符合其教学创办的宗旨与要求，正如他在自叙年谱中所记载：

> （学舍）宗旨以中国旧道德旧文学为根本，辅以英文、数学及新知识之切于实用者，以期养成任重致远之人才，与普通学校性质不同。凡来肄业者，须专心向学，切实用功，以服从学规为主；严订章程学规及课程，建舍屋于敬慈善堂旁；任彭星台怡为监督，聘姚仲实永朴、陈慎登朝爵、马庆云汝骝、诸宿儒及英算名家为主讲教授。②

学舍是以教授国学为主，以西学辅之，并以培养传统知识分子为目标，其实看起来更像是高标准的"新式书院"。宏毅学舍具有浓厚的学术氛围，诸生童子弦诵之声，充盈于校舍之中，"晨执经以待问，夕报卷而评量"③，这样的学习氛围令姚永朴十分满意而又欣慰，可见姚永朴寄守在宏毅学舍更能发挥其教学优势。

　　1926年，东南大学校长郭秉文聘请姚永朴为国文教授，姚永朴欣然答应并前往该校任职。东南大学是一所现代化的大学，教学上提倡保护国粹，对传统文学主张取其精华，去其糟粕。而校长郭秉文思想上亦是会通中西，主张弘扬中国传统的优秀文化，肯定了传统文化的价值，认为传统文化乃国之根本：

---

　　① 马厚文：《桐城姚仲实先生生平事述》，转引自《安庆文史资料》第五辑。
　　② 周学熙：《周止庵先生自叙年谱》，《周学熙集》，虞和平、夏良才编，华中师范大学出版社，1999年版，第713页。
　　③ 姚永朴：《秋浦周氏宏毅学舍课艺》，转引自徐雁平：《清代世家与文学传承》，生活·读书·新知三联书店，2012年版，第285页。

　　夫欲枝叶之茂者，必固其根；欲流衍之远者，必浚其源。岂有拔其根而移接之枝可以活，塞其源而横溢之水得所归者哉？固有文化则国家民族之根与源也，其不可以毁弃，固彰彰明甚。①

　　1928年，安徽大学初创，聘请姚永朴为文学教授。其实在姚永朴到东南大学教授古文之时，他曾推辞过安徽大学校长一职，他更乐意将精力投入到文学教育事业上。在当时众多学识渊博的知名教授中，以姚永朴的学识与声名最高，姚永朴在安大时德高望重，深受学生欢迎，苏雪林作为安大学生，曾回忆写道：

　　安大教授多知名之士，旧派有桐城泰斗姚永朴；新派有何鲁、陆侃如、冯沅君、饶孟侃"。其实，安大当时的旧派学者并不止于姚永朴一人，除了他，还有桐城潘季野，四川开县李大防，长沙陈慎登三人，四人当时并称名教授。不过，其中尤以姚永朴学问人品为最，海内知名。②

安徽大学虽为现代之大学，但其教学宗旨仍以兼通新旧学为主，在弘扬传统文化的同时，亦以宣扬地域文化为主，所以安大的课程中仍有经古文之学。姚永朴在安徽大学便能发挥一己之长，为桐城古文乃至传统文学的发展做出最后的拼搏。其实这时的姚永朴已两鬓斑白，双眼失明，上课都需要侍者扶上讲台，但他作为一位博闻强识的学者，"其称引诸经，云在某页某行，诸生检之，无或爽者"③。姚永朴将自己教育生涯的最后一站，献给了家乡，从1928年到1936年，姚永朴在安徽大学执教九年，为家乡培养了无数人才。

　　姚永朴想在安大为古文做最后的拼搏，安大虽多开设国学课程，但文

　　① 高明：《郭故校长秉文先生行状》，《民国人物碑传集》，卞孝萱，唐文权编，凤凰出版社，2011年版，第108页。
　　② 朱守良：《皖江近现代高等教育人物研究》，合肥工业大学出版社，2006年版，第80页。
　　③ 马厚文：《桐城姚仲实先生生平事迹》，转引自《安庆文史资料》第五辑。

化教育的时代氛围使得姚永朴的这种理想无法实现。他在安大教授经学，开设诗经课，但据学生反映，当时的这些传统课程并未给学生带来多少启发：

> 开《诗经》课的是桐城姚永朴（仲实）先生，七、八十岁了，白胡子，是姚鼐的后人，著有《蜕私轩诗说》，曾任清朝京师大学堂教习。他的讲授方法是先朗读（如果他的兴致好就吟哦），然后串讲。讲解内容不离毛《传》、郑《笺》。大抵都是一些记诵之学，没有多少启发作用。我想，记问传经，数千年来，大概就是这样，使我非常失望。①

此时的姚永朴已年老鬓白，依然在讲台上坚持讲课，宣扬中国传统旧文学，旧道德，其为传统文学延续命脉的精神值得称颂。可是即使如此，那些深受西风学潮影响的学生已经无法适应中国传统的教学方法，那些经学课程对于他们来说艰涩难懂，学生不喜欢亦在意料之中。

（三）编撰读本，为"古文争取文学教育空间"②

姚永朴和姚永概自离开北大后，便意识到，在如今大肆提倡白话文之时代，古文的生存空间日渐压缩，他们希望借助正志中学这个教育阵地，通过教授国学课程以及编写国文教材，为古文争取文学教育的生存空间，以此维系桐城古文的命脉，正如桐城派研究者吴微在文章中所言：

> 其实，"力延古文之一线，使不至于颠坠"的姚永朴、林纾等桐城遗老，在其著述中蕴含时代气息，不过是桐城古文家们在新式教育体制下，为古文争取文学教育空间的另一种努力，与其就就于"国文

---

① 邢公畹：《我和汉藏语研究》，转引自张世林：《学林春秋》下，朝华出版社，1999年版，第564页。

② 吴微：《桐城文章与教育》，第56页。

选本"的编撰异曲同工。①

于是，姚氏兄弟合力编写了供孩童学习使用的《国文初学读本》，是他们为桐城古文争取文学教育空间的一种努力与尝试。

《国文初学读本》分为上下两编，共精选古人短小精悍古文64篇。二姚兄弟之所以编选此读本，用姚永概的话来说，是"为儿童初读之用"②。姚永朴兄弟将使用对象定为儿童，一方面希望国人在孩童时期便能濡染国学，知晓古文；另一方面希望通过这些蕴含儒家伦理道德规范的文章，开启儿童的智识，教授儿童修身立志之道。为了激发儿童阅读古文的兴趣，在选文标准上迎合了儿童的需求，姚永概在题辞中说道："端其本则取格言以入之，引其趣则用谐语以道之"③。为了能使古文得以传承，姚氏兄弟对于选文语言的要求也降为最低，以"格言"为主，以"谐语"道之，使之有趣味，认为只要孩童喜欢读这些，即使语言浅俗也未尝不可。

《国文初学读本》在编选体例上有其显著的特点，非常注重桐城义法和古文文法，其选文标准始终不脱离桐城古文文统与道统的范畴，这也是姚永朴兄弟在古文生存空间受到压迫时为捍卫古文所做的最后拼搏。上编所选文章篇幅短小精简，内容也通俗易懂，语言明白晓畅。如韩愈的《马说》、陶渊明的《桃花源记》、诸葛亮的《诫子书》以及刘禹锡的《陋室铭》等，这些文章均为耳熟能详之作。下编所选文章篇幅相对较长，内容也较为深隐，如屈原《渔父》、墨子《所染篇》《尚贤篇》以及欧阳修的《秋声赋》等。上下编所选文章大部分都是按照桐城派所规定的"左史八家，归方刘姚"④之文统。而对周敦颐、朱熹、王阳明等人文章的选录又体现了桐城派所坚守的"孔孟之道，程朱理学"之道统，如此强的文统、

---

① 吴微：《"兼容并包"与"谬种"退隐——桐城文章与大学教育的现代转型》，《安徽大学学报》(哲学社会科学版)，2010年第6期。

② 姚永朴、姚永概合编：《国文初学读本》题辞，1918年铅印本。

③ 姚永朴、姚永概合编：《国文初学读本》题辞，1918年铅印本。

④ 吴微：《桐城文章与教育》，第10页。

道统意识则是姚永朴兄弟对桐城派古文选本继承的有力体现，也是姚永朴兄弟"为古文争取文学教育空间"[①]的有力证明。

《国文初学读本》另外一个显著的特点在于姚永朴对文章的评点，有文中注解，段中点评与总结，也有文末总评。其中最值得研究的当属姚永朴对这些寓意深刻的文章的文末点评，也就是书中所作的按语。从文末总评中可以总结出，姚永朴编写该读本以注重桐城"义法"为宗旨，也就是民国时期所谓的文法，而他所总结的义法主要体现在文章的修辞层面、篇章结构层面以及文章语言方面。

姚永朴十分注重修辞对文章写作的重要作用，所以在对各篇文章进行文末点评时多次提及运用修辞的妙处，其中提及最多的当属譬喻的手法，例如：

> 《国策·江一为昭奚恤说荆宣王》的案语：而以虎比荆宣王，以狐比昭奚恤，以百兽比北方诸国，奇想天开，其妙不可思议。
>
> 《马文渊戒兄子书》的按语：此篇全是朴实说理，然如闻父母之名一喻，已奇警…但用刻鹄画虎喻之，用笔未尝不巧。[②]

除此之外还有如《苏秦止孟尝君入秦》《韩非子·曲毂讥田仲》、周敦颐《爱莲说》等文的评语都在阐释比喻的修辞手法，姚永朴认为比喻是一种隐晦的文章作法，正确的运用比喻修辞可以使文章形象生动而饶有趣味，使文章事理精透易懂。

桐城古文素来注重文章的结构组织，强调结构既应当讲求严谨性、逻辑性，同时也当追求起伏跌宕、纵横捭阖、先开后合、抑扬顿挫等。所以，姚永朴在点评文章结构时说道：

> 《韩诗外传齐桓公见小臣》的按语：此篇明白透快，妙在以士与

---

① 吴微：《桐城文章与教育》，第56页。
② 姚永朴、姚永概合编：《国文初学读本》上编。

君伴说，士是背面，君是本面。

《韩诗外传曾子语》的按语：中间两排，说亲存处是宾，是开笔，说亲没处是主，是合笔。

苏辙《上枢密韩太尉书》的按语：此篇以文为主，故末以将益治其文作结，中间由山川宫阙以及人物，由欧阳公以及太尉，纡徐引入，极有次第①

由此可知，姚永朴十分注重文章结构的完整与曲折，对古文章法结构的认识与分析可谓深入透彻。

桐城文人在创作古文时，一直坚守"雅洁"与"清通渊雅"的文章语言写作标准。桐城古文的雅不仅表现在其思想的雅正，更体现在其语言的雅洁。所以，姚永朴在为各篇文章做按语时，当然离不开对其语言的点评，例如：

韩愈《与孟东野书》的按语：情真词雅，书牍正宗。

韩非子《难管仲说齐桓公遗冠》按语：故其词如此，虽与儒家不同，然文笔却清新刻露。②

可见姚永朴十分注重文笔的清新，言辞的雅洁，这正是桐城文人所追求的语言标准。

第三节　姚永朴文学教育思想的保守与超越

与大多数桐城先辈一样，姚永朴对文学教育有着天然的亲和力，以书院为阵地，坚守桐城古文壁垒，即使在新式学堂抑或现代大学，亦能因时而变，适应新教。在西风教育影响下，仍然能够为古文争取文学教育空

① 姚永朴、姚永概合编：《国文初学读本》。

② 姚永朴、姚永概合编：《国文初学读本》。

间，改变桐城古文义法，赋予桐城古文以时代气息。姚永朴自幼便受儒家传统文化的浸润与滋养，逐渐养成以忠孝仁义为本的文化人格，深具儒者风度。面对汹涌而至的西学新潮以及日新月异的教育变革，姚永朴对桐城古文的命运虽有担忧，但他仍不忘初心，在以坚守旧学的同时，吸收新学，以新知促旧学，以一个传统士人的眼光去观察"西学新教"。这种文学教育思想体现了传统与现代的交织，既是对传统文学与道德的保守，也是对西学新教的变通与超越。

一、传统文学与伦理道德的坚守

姚永朴对传统文学与旧道德的坚守可以说深入骨髓，即使在教育教学转型中，他也始终以传统文学与注重培养学生的道德素养为重要内容。纵观其教学生涯，桐城古文学与道德修身为其教学的主要内容，这正体现了其守正的思想心态与文化人格，其实这也是民国时期传统士人的普遍心态。

（一）"文必忠于道"的文道观

桐城学者严格遵循"左史八家"的文统以及以"孔孟之道，程朱理学"为主的道统，这是作为桐城派文人所具备的基本文学态度。传统的文道观在姚永朴思想中早已根深蒂固，他一直坚守"文必忠于道"[①]，他认为文学的目的在于宣传教化，在于正人心，文学应该有裨于世教风俗。

"是故为文章者，苟欲根本盛大，枝叶扶疏，首在于明道"[②]，为何要坚守文章之道？姚永朴认为文章应当反映一定的社会现实，应当于世教风俗有所裨益。他曾说道："孔孟之道，主乎经世，虽了然于死生之说，而必务民之意义，故谆谆焉教以人伦，维之以礼乐，刑政"[③]，这种道在于

---

① 姚永朴：《文学研究法》，第13页。
② 姚永朴：《文学研究法》，第10页。
③ 姚永朴：《三教异同说》，《蜕私轩集》卷二。

明纪纲，迪教化，是符合儒家标准的。

姚永朴提倡的"文道观"还应以坚守程朱理学及合乎"孔孟之道"为核心。姚永朴自幼学习古文，便懂得为文须兼具"义理、考据、词章"三家之学。在后来的教学经历中，也时常告诉学生为文之道："今日欲致力文事，非精通于义理、训诂不可，虽然义理之文，或失则质，考证之文，或失则碎，取二者之长以助吾文可也"。在姚永朴看来，词章固然重要，但也要像贾谊，韩愈、欧阳修等人那样善于兼具义理，训诂（考据）之长。

姚永朴的文集中多是赠序、传状、以及墓表等文章，但不难发现，其文大部分都强调了"程朱理学"与"孔孟之道"的重要性，十分重视"文以载道"。例如，姚永朴在《桐城耆旧言行录序》明确规定了传状体文章的标准为"纪其人之大节"，并举出例子来证明这一观点：

> 周秦诸子亦间记圣贤轶事，而词多荒诞不可信，惟刘向新序《说苑传》所载，主于明纪纲，迪教化，不失为儒者之言耳。①

姚永朴认为刘向《说苑传》中记载的内容均符合中庸之道，有儒者之言，有裨于风俗教化，正人心。而传状之文更需要记述品德高尚之人，以教化人心。在评论《吕氏春秋·申喜遇母》时，姚永朴认为这篇文章"发挥骨肉相亲，至于精神相感，其理至精，声情并茂"②。

姚永朴的文集中描写了很多忠义之士，有爱国将领，有清正廉明的官员，也有乐善好施的普通人。姚永朴在描写这些人物时，都是通过一些日常生活中的小事，来刻画人物高风亮节的形象，以小事纪大节。试举《孙佩南大令》为例：

> 光绪乙未，余客凤阳，过合肥，询父老："若县有好官乎？"金

---

① 姚永朴：《桐城耆旧言行录序》，《蜕私轩集》卷三。

② 姚永朴、姚永概合编：《国文初学读本》上编。

日："孙公其人也。"余曰："彼为政如何？"曰："他令来者，皆为巨绅作奴耳；惟孙公为吾穷民作官。君不闻民谣乎？'包公虽清，还不如老孙。'"——孝肃，合肥人，故以为况。

佩南善为古文，无仕宦习。……尝至皖，吾弟叔节遇诸途，君方着公服，急下舆，携手步行，谈笑至寓。市人为之惊异，而君洒然也。

佩南在合肥，撰楹联云："合则留不合则去；肥吾民勿肥吾身。"寓皖，撰联榜于门曰："斯是陋室。臣本布衣。"晚岁主讲河南，闻又撰联曰："浮生只为虚名累；垂老方知寡过难。"前两联风裁严峻，后联客气全消，正乎道矣。①

不难发现，姚永朴并未具体记载人物的伟大政绩，而是通过人物对话、几首民谣以及三幅楹联描写一位廉洁清明、刚正不阿的清官形象。姚永朴以小事记载孙佩南的大节，主要在于通过典型人物形象弘扬儒学之道，振兴世俗人心，起到净化世教的作用，而这篇人物传记则充分体现了"文必忠于道"的文学观。

（二）以"忠孝"为本的道德观

晚清民初的教育变革多次强调在培养学生文学素养的同时，应注重培养学生的道德素养，此时，道德在教育中扮演着重要的角色。姚永朴作为晚清民初过渡时代的传统知识分子，一直投身于教育事业。对国家规定的有关德育的教育宗旨，也是积极遵循并投以极大的热情。无论是书院教学还是在新式学堂或者现代大学，姚永朴在传授学生思想文化知识的同时，亦注重培养学生的道德素质，并且编撰多本有关道德修身的书籍，如《伦理学》《修身范本》等。书中体现了自己的德育理念，希望学生具有忠孝、

---

① 转引自杨怀志、潘忠荣主编：《清代文坛盟主桐城派》，安徽人民出版社，2002年版，第385页。

仁义、礼让的道德品质。他认为"天下求之必得者，莫若德。为人之所不争者亦莫若德"①姚永朴晚年在安大任教时受周学熙之邀编写《历代圣哲学粹》十八卷，此书主要强调的是道德的作用，他认为："使不以道德为尚，则人人徇私忘公，所得之赏肥其家，以所造枪炮交乱于域内，国焉得不蹶"②。在姚永朴看来，道德为国之根本，关乎国家命运的存亡，若不以德为尚，社会将陷入混乱局面。在四十多年的教育生涯中，姚永朴始终以追求道德为尚，以德律己，又以德育人。

他在书院讲学时就告诫学生应树立"以忠孝为本"的道德理念："故鄙意士君子处今日，惟当讲明学术，以忠孝为本，以名节为藩篱，去私心以全公德，戒空言而求实效"③。姚永朴在清使馆修史书时，就建议应当将"忠义""孝友"立传，并对忠义孝友的内涵作出阐述："大抵忠义之流，即论语所谓见利思义，见危授命，久要不忘平身之言，孝友则孟子所谓终身慕父母者"④。国家应当对忠义孝友之士大加表彰，以此树立国之忠厚风俗，维持世道人心。

除了培养人之忠厚、孝友，还当重视"仁义""礼让"的道德品质。"孔子之道仁而已矣，辙环天下，知其不可而为之者，皆仁心之所旁皇而周浃也"⑤，姚永朴认为中华民族乃礼仪之邦，礼义承载着天之道以及人情世故，崇尚礼义可以培养人的仁善之心，"节人之欲恶，使人讲信修睦，尚慈让，去争夺"⑥，对治国乃至培养民之淳厚和善之风具有重要作用，"而不能舍礼以为治"⑦。所以姚永朴主张教育应当以文学为主，并以礼义来进行约束。

---

① 姚永朴：《蜕私轩记》，《蜕私轩集》卷五。

② 姚永朴：《历代圣哲学粹序》，转引自任访秋主编：《中国近代文学大系散文集》（1840—1919 第3集 第13卷），上海书店出版社，1993年版，第71页。

③ 姚永朴：《起凤书院答问》，第114页。

④ 姚永朴：《试士兼用孝经议》，《蜕私轩集》卷三。

⑤ 姚永朴：《论语述议序》，《蜕私轩集》卷二。

⑥ 姚永朴：《读礼运》，《蜕私轩集》卷二。

⑦ 姚永朴：《读礼运》，《蜕私轩集》卷二。

姚永朴在其诗文集《蜕私轩集》中描写了大量忠义孝友之士，有忠勇爱国将领，有贤良孝子，亦有忠贞妇人。姚永朴为这些人物写传状，作墓表，一方面出于友人之托，另一方面则是这些人物的忠义、孝友之行感动了姚永朴。而且通过对这些"忠孝"之士的描写，也能宣扬传统伦理道德，起到净化世风德风的作用。例如《先妣事略》描写姚永朴母亲侍奉两祖母睡觉，操持家务，教育子女以及吃糠的故事，刻画了一位勤劳善良，任劳任怨以及孝顺公婆的女性形象。《赵君霞廷墓表》中描写了赵霞廷自幼与母亲相依为命，为赡养母亲，选取离家近的地方授徒，将馆里的饭菜省下来给母亲吃。即使是他所授之徒也必以"敦行"为先，并且教之以德行道艺。

"以忠孝为本，以道德为尚"是姚永朴一生所崇尚与追求的文化理念，并以此作为自己的人生祈向。作为为人师表的文学教师，姚永朴并非只是空言义理与空谈实效，而是在自己的生活与教育经历中一直践行着这种道德理念。

二、文学教育思想的因时而变

晚清民初之际，受西学风潮的影响与冲击，中西学之间的碰撞使得中国传统文学与教育发生巨大变化。姚永朴在教育教学过程中面对西学新潮的影响，能因时而变，适应新教，提倡教育变革，提出兴学教民以及兴办私学等文教观。同时他又肯定西方学说的积极方面，并赞同向西方学习。

（一）"文教者，保国之精神"[①]的文教观

陈平原曾说："讨论中国文学史，教育和文学之间的关系，绝对是个值得认真经营的领域"[②]，可见文学与教育关系密切，是在互补中相互发展。姚永朴作为桐城文人自始至终对文学教育有着极大的热情，执教四十

---

① 姚永朴：《文学研究法》，第8页。

② 陈平原：《从文人之文到学者之文》，生活·读书·新知三联书店，2004年版，第221页。

年，培养学子数千人，将自己的一生都奉献于教育之中。他认为文学教育是国家兴盛富强的精神支柱，提倡教育应以文学为先，为此他提出"文教者，保国之精神也"的文教观，"是故欲教育普及，必以文学为先；欲教育之有精神，尤必以文学为要"①。教育的兴盛发展与文学关系密切，国家的兴盛发展离不开文学教育的普及。面对西方学说的入侵以及国势的日渐衰微，姚永朴提出了"兴学教民"的思想。他认为若想使国家社稷安定，首先必须得"敬教劝学"，"以教民为急务"②，开启民智，提高民众的思想文化素养，所以他在《起凤书院答问》中提出了"兴学教民"的具体措施：

> 则今日所最急者，莫如教育一事，与其救以空言，何如父诏其子，兄勉其弟，有财者输其财，有力者效其力，由村而乡、而县、而府、而省遍开学堂，精选教习，以导我少年，以张我国力。合群之道，孰大于斯。③

姚永朴认为教民并不是通过国家一己之力才能实现，而是需要广大民众的积极参与，父教其子，兄勉其弟；需要社会对教育的支持，捐献财力；也需要各地政府官员的实际行动，大力兴办学堂，精选教习，实现教育的普及。

同时，他也深刻意识到当今国家所面临的严峻形势，并以一个传统士人的身份赞同新学制的变革，认为清政府废科举，开学堂，启发民智实为教民的明智之举。但是他也看到了现实生活中兴办学堂的一些弊端：

> 顾十余年来，各行省虽都曾有师范高等武备实业各学堂，而州县所建，要不过二三所而止，甚且有至今未建者，其已建者又多名与实

---

① 姚永朴：《文学研究法》，第8页。
② 姚永朴：《上学部论学务书》，《蜕私轩集》卷三。
③ 姚永朴：《起凤书院答问》，第113页。

乘，囊时乡间中盖家有塾焉，弦诵之声，遍于四境也，今则自学堂外，其自延师训课者，乃日少一日，苟不急筹变通之策，恐新知未启而旧学已亡矣…民间穷困，更无力入学，事之可忧，孰大于是。盖一学堂之设，其始建筑有费，开办有费，至每年延聘管理员教员，及一切杂需，尤为不赀。①

姚永朴认为文教是为教民识字，提高国民素质，培养人才，实现教育的普及。而如今各地虽广兴学堂，但是其范围却局限于行省，且各省教育发展不平衡，州县及乡间学堂偏少，甚至有的地方没有学堂。与过去乡村家家私塾的浓厚文化氛围相比，如今的受教育者愈来愈少。开办学堂费用很大，且经费短缺，而农村学生因家贫，无力为学，所以即使兴办学堂，也是名存实亡。对此，姚永朴认为若不改革变通，就会出现新知还未开启，旧学便已消亡的局面。所以姚永朴在给学部上书时，提出了解决这一问题的具体措施：

为今之计，莫若高等小学堂以下，听民间自为，勿拘人数多寡，以济其穷。第令开塾初将办法报明提学使立案，及毕业由提学派员试验，果年限程度，与部章合，即给以文凭……民之庐舍，即学堂也，何须建筑，民之父兄，即管理员也，何须延聘……愚意亦非谓小学堂不必出于公也，但使私塾与公立者并行……若夫中学堂以上，学科较深，费用较广，势非私家所能为。此则又当合群力图之，未可一概论也。②

姚永朴认为小学堂课程较为简单，可由民间自由开办，能实现民间教育普及的同时，还能俭省费用，而姚永朴这一办学举措也被视为"私人办学之

① 姚永朴:《上学部论学务书》,《蜕私轩集》卷三。
② 姚永朴:《上学部论学务书》,《蜕私轩集》卷三。

先声"①。同时他又认为公立，私立学校互相补充，无优劣之分。

（二）"取西学之长补吾学之短"的新学观

晚清时期，西方的思想、学术文化、政治制度以及新式教育传入中国，中西学发生激烈的碰撞，中国掀起一股西学狂潮。姚永朴虽深受传统儒家文学的教育，思想上坚守孔孟之道，以及程朱理学的道统，文学上秉持桐城古文的文统，对传统文学有着浓厚的迷恋之情。但他身处西洋新知兴盛之时代，时常受西学的影响，支持并赞成学习西方先进的思想与文化，希望兼取西学的长处以补国学的短处，以实现国家的富强。

姚永朴西学思想的形成并非一蹴而就，其师吴汝纶以及友人对他西学思想的影响也很大，其弟子吴孟复亦提及："姚先生家传诗文，学兼汉宋，又身值西方科学输入之际，师友中，复多兼通中西之人"②。他对西学也有较为深刻的认识：

> 泰西诸国自希腊诸贤出，文学已彬彬矣。中更衰乱，宗教盛行，而杀戮之惨相接。迩来两百年间，豪杰之士乃翻然悟，各本所见以救其败，道德政治蔚然一新，国臻富强，明效可睹。③

在姚永朴看来，西学具有很强的实用性，故而西人能在困境中寻找出路，以实现西方国家的富强。当他的学生张松度要去英国留学之时，他十分高兴且非常赞同，在他看来，应当博采众长，"断未有囿于一国之学，而不思为域外之观者，然而取人之所长，以赴时之所急可也"④。姚永朴积极鼓励张松度在国外要好好学习西方先进文化，研究西方学说，观察西方的政治民风，"而以其新知发挥旧学，转足使之盛大而不穷"⑤。

---

① 杨怀志、江小角：《桐城派名家评传》，安徽人民出版社，2001年版，第285页。

② 姚永朴：《文学研究法》，第214页。

③ 姚永朴：《小学广序》，《蜕私轩集》卷二。

④ 姚永朴：《送张生松度游学英吉利序》，《蜕私轩集》卷三。

⑤ 姚永朴：《送张生松度游学英吉利序》，《蜕私轩集》卷三。

在姚永朴看来，若想使本国文学兴盛，必须会通中西，年轻人更应该兼通新旧之学。所以姚永朴希望他的两个侄子也能学习西学，于是"遣之往上海习泰西语言文字，遂分入他国学校"①。姚永朴也将他的两个儿子焕、昂送去日本早稻田大学留学七年，"佐予教子遣之游学日本"②。希望他们能够学习西学新知兼通中西学，他说："膝前有两子，无令效我痴，驱之游域外，遍探海山奇，学成返故国，跨灶庶可期"③。

教学中，姚永朴亦要求学生要兼通新旧之学。他在宏毅学舍担任教务长时，主张前三年学习国文，后三年学习西学课程，目的是希望学生能够兼通中西之学。姚永朴一生稽古穷经，诲人不倦，但在精研经古文之时，对西学亦有一定的钻研，有自己独特的理解，并将西学巧妙用于教学之中，编写了有关西学方面内容的教材《小学广》。该书以西方以及日本名人的言行汇集而成，他在序言中也说道："爰本诸子小学之例，辑泰西日本名人言行为小学广十二卷，分上下两篇。仍以立教、明伦、敬身三者为纲而稍变其目。"④

姚永朴对于中西学说的区别与共同之处，也有一定的研究和发现，他认为西学与中学有很多相似之处。西方学说兴盛于耶稣，西学所宣扬的"以敬天为体，以爱人如己为用"⑤的思想，与儒家所宣扬的"仁者爱人"思想如出一辙。西方的政治制度更是与中国传统的六经之说有暗合相通之处，可能这也是姚永朴之所以对西学产生很大兴趣的原因之一。另外，姚永朴对中西学的区别也有深刻的认识，认为中学所擅长的与西学所擅长的有很大的不同，应该兼通中西学说，取长补短，择优互补，正如他所强调的"取西学之长补吾学之短"：

泰西诸国之所长，不仅在舟车枪炮也。其所谓政治、法律、理财、外交诸学，处今日世界，何一不当讲求……夫中国所长，在于道德之纯粹；泰西所长，在于政治之切实简易、技艺之精巧。为今日谋教育之法，必合中外之学……使学者于中西之学各择其一，以为专门。而不必事事用力，反至于无一事之精①。

总体而言，姚永朴作为传统文化的代言人，他所坚守的"学行继程朱之后，文章在韩欧之间"②的学术宗旨，并没有因时代的纷乱而改变。虽然说姚永朴深受西学的影响，对西学有着较为开明的态度，但他的思想本质仍然以中国传统旧学为主，趋新的西学思想永远无法取代旧学的地位。

小　结

姚永朴一生致力于教育事业，辗转不同教育场所四十余年，经历了由寄身传统书院，到亲和新式学堂，最后走进北大讲堂的文学教育历程，实现了文学教育由传统向现代的转型。作为桐城古文家，作为教育家，姚永朴的思想代表了当时传统知识分子的普遍心态，代表了传统知识分子的苦闷与矛盾，既留恋于传统文化，坚决维护传统旧文学，旧道德，又主张学习西方先进的科学文化知识，吸收西学。姚永朴试图通过文学教育的转型，实现自己由传统士人向现代知识分子的转变。但是姚永朴作为传统文学的传承者与守护者，具有传统的文化人格，这种文化人格与生俱来，无论是从思想角度还是教育角度都无法真正转型为现代知识分子，最终还是无法摆脱传统知识分子的宿命，注定沦为"文化边缘人"。但是姚永朴在文学教育方面所做的努力与尝试是值得肯定的，他从教四十余年，培养学子近千人，对推动晚清民初教育事业的发展贡献卓著。另外他在传统教学

---

① 姚永朴：《起凤书院答问》，第99页。

② 王兆符：《方望溪文集序》，《方苞集》附录三，上海古籍出版社，1983年版。

中运用的一些教学方法对当代语文教育也确实有所启示，具有一定的现实意义。如姚永朴在教授古文时既强调了"诵读"的重要性，又十分重视学生古文写作能力的训练。他认为写文章要讲求"义法"，注重文章的篇章结构，段落布局。强调写文章必须有一个好题目，文章语言应当雅洁质朴等。因此，姚永朴的文学教育思想值得我们珍视。

作为晚清民初桐城派代表人物，姚永概不仅诗文俊逸，而且一生以兴教为务，教习数所大学堂，为晚清民初安徽地区高等教育的发展作出重要贡献。本章以新旧交替之际姚永概"近代教育家"和"传统文人"的双重身份为切入点，考察其在清末民初安徽地区新式学堂的教育实践以及对于传统文化的坚守。

第一节　投身新式教育：姚永概与安徽高等师范学堂

清末民初，姚永概敏锐地将眼光投及新式教育，并亲身参与其中，实行了诸多有效举措。安徽高等师范学堂兴办于 1906 年，是科举废除之后，姚永概正式经手的第一个学堂，也是真正意义上的近代学堂。在该堂从提议兴建到正式创办的过程中，姚永概一直尽心尽力，为学堂事务献言献策，为新式教育殚精竭虑。出任学堂监督后，姚永概凭借职位之便，大力改革，成效显著，为安徽近代教育的发展作出重要贡献。

一、"为中国喜，为吾皖悲"

废科举，兴学堂作为清末改良运动中的两项重要举措，逐步改变了清末中国教育的整体面貌，也影响着当时读书人的兴趣志向与价值选择。关爱和从古文的生存处境出发,指出"废除科举、兴办学堂后,古文不再与进身仕途结缘。"①事实上,也正是因为如此,科举制度的废止在造就一批新兴知识分子的同时,也使得部分传统士人开始从科考的附庸中独立出来,去重新审视他们所处的世界,作出思考和判断,最终成为推动教育近代化的一股积极力量。而姚永概作为其中之一,在潮流的冲击、局势的推动下,也在不断探索着教育发展的新模式,积极地参与到清末新式教育的进程之中。

至清末改良运动之后,各项措施不断推行,清廷下诏:"著各省所有书院,于省城均改设大学堂,各府及直隶州均改设中学堂,各州县均改设小学堂,并多设蒙养学堂。"②至此,学堂代替书院,各地纷纷出现兴办近代学堂的热潮。不可否认,安徽新式教育开办时间较早,得一时风气之先,但相较于全国而言,安徽近代学堂发展基数较小,起步较慢,整体发展速度较低③,总体来看,并没有达到一个乐观的水平。姚永概谈及于此,亦愤慨曰"况屡奉上谕催办学堂,劝奖游学,独屯膏于我皖一隅之地,不得被光天化日之荣,言之心伤,笔之泪堕。"④可以看出,姚永概对当时皖学的发展状况十分不满,甚至直言"为中国喜,为吾皖悲。"⑤在这种情况下,姚永概自感有千钧之担,乃高声疾呼"皖省学务急待振兴"⑥。其兄姚永朴评价曰"其于安徽或本邑事,有关于利害者,苟力能陈之当事,必尽言无隐,顾殚心教育。"⑦姚永概对于皖省近代学堂的持续关注与积极建设,充分证明了这一点:1902年四月,姚永概与方守彝拟桐城小学堂开办十纲十条;七月,安徽大学堂馆成,姚永概被聘为教习,刘葆良尝邀其商

① 关爱和:《二十世纪初文学变革中的新旧之争——以后期桐城派与"五四"新文学的冲突与交锋为例》,《文学评论》,2004年第4期。

② 陈谷嘉、邓洪波编:《中国书院史资料》,浙江教育出版社,1998年版,第2489页。

③ 参看王笛:《清末新政与近代学堂的兴起》,《近代史研究》,1987年第3期。

④ 姚永概:《慎宜轩日记(下)》,第1485页。

⑤ 姚永概:《慎宜轩日记(下)》,第877页。

⑥ 姚永概:《慎宜轩日记(下)》,第1485页。

⑦ 姚永朴:《叔弟行略》,《蜕私轩集》,1917年北京共和国时代印书局铅印本。

定学堂章程；十月，吴汝纶自日本归，筹建桐城县中学堂，常与姚永概商议学堂事务；1904年春，方守敦创办崇实小学堂，姚永概协助之，常往来其间；同年，安徽大学堂更名为安徽高等学堂，姚永概应总教习之聘，专注于学堂教务；1906年，姚永概出任安徽师范学堂监督，详定规则，广置书籍仪器，于其间大展拳脚；1908年，吴芝瑛捐献创办鞠隐小学堂，姚永概作为此次捐产助学事件的经手者，对鞠隐小学堂的成功创办起到了重要推动作用……凡此种种，不难看出，姚永概不乏情怀，勇于担当，在"山雨欲来风满楼"之际，毅然以振兴皖学为己任，关注皖省学务，真正地参与到了近代学堂的建设与管理当中。

个人的力量毕竟是有限的，姚永概深感于此，乃于1905年8月书长文《致同乡公启》，明确指出皖省近代教育的发展离不开众人之力，其言曰"从来风气之开，不能不有赖于群力。而合群之道，惟呼号于我所亲属之人，则情亲而热力易生。"①根据当前之形势，姚永概在《致同乡公启》中归纳了皖省学务问题之所在有两点：一、重视不够，经费不足。姚永概指出"方今直隶、两湖、两广、江、浙、四川等处，于兴设学堂，遣派游学，风起云涌，日增月益。而安徽则以经费无出，寂然寡闻。"②而且，各省游学日本、欧美者人数众多，均有官费，相较之下，安徽不仅游学人数少，且以自费者居多，如此一来，有志之士难免屈抑而不能自振，这也是姚永概的主要担忧所在；二、事务繁杂，人员不专。科举废止之后，各州县遍设中小学堂，然而学堂兴办之事并非一蹴而就，涉及校舍的选择、教员的聘订、章程的拟定、经费的审核等一系列事务，须设专人专岗，有序推进。姚永概指出他省学务均有审定、考验、会计各科，所用员绅数量皆数十以上，反观安徽"审订无人也，考验无人也，会计更无须乎有人也。"③因此时常出现"奏案履改，事未易行"④的情况。面对如此情形，

① 姚永概：《慎宜轩日记（下）》，第1485页。
② 姚永概：《慎宜轩日记（下）》，第1485页。
③ 姚永概：《慎宜轩日记（下）》，第1485页。
④ 姚永概：《慎宜轩日记（下）》，第1485页。

姚永概提出目前补救之法有二：一则推广学务，一则筹送游学，随后又再次强调这两件事的实行均离不开人才与经费的支持。以上不难看出，姚永概十分关注皖省学务的发展，明确指出问题之所在并及时提出补救之法，并且号召乡里，合力扶持，力求把各项措施落到实处，此篇《致同乡公启》虽如其所言"意迫词哀"，却不失为真诚，令人感动。

而就姚永概所再三强调的两点而言，在经费方面，其自知"只有赞助之空愿，而无襄办之实力"[①]，但在人才引进方面，确是作了一定的努力。为了改革教育制度，促进皖学发展，姚永概积极引进教育人才，如严复、常伯琦、伍光建、夏曾佑等人都曾来皖教学，作出重要贡献，尤其是严复的到来使皖学教育面貌焕然一新，科学教员纷纷云集，这其中姚永概的作用功不可没。

二、"速成师范实为救急之务"

（一）倡办师范教育

光绪二十四年（1898），安徽巡抚邓华熙奏准创办求是学堂，是为皖省兴学之始，值得注意的是，该学堂随即准许毕业生应聘为小学教习，这种现象在当时显然并不多见。光绪二十七年（1901），求是学堂更名为安徽大学堂，将原求是学堂肄业生120人转为附课生，并将其作为师范生，毕业后分派到各个学校充当教习。[②]从以上信息至少可以得出三点认识：一、皖省当局已有重视师范之意；二、随着清末新政的实施，各地学堂不断兴起，教师缺口逐渐增大已是不可忽略的事实；三、此时并没有正规、专门的师范学堂，师范生人数较少，且多数是由肄业生充之应急。至1903年，"癸卯学制"确立了兴办师范学堂的宗旨，《学务纲要》中明确提出

---

① 姚永概：《慎宜轩日记（下）》，第1480页。
② 安徽省地方志编纂委员会编：《安徽省志·教育志》，第375页。

"宜首先急办师范学堂"①，基于此，安徽省从光绪三十年（1904）起，便遵章陆续设置了各类师范学堂及师范传习所，但是由于缺乏教育经费、办学经验等，其发展水平并不高。据光绪三十二年（1906）统计："师范教育经费约占安徽全省教育经费的10.29%，多数初级师范学堂，特别是州、县办的师范学堂经费不足，办学条件十分简陋。各师范学堂的校舍，多半是利用原有试院、书院或考棚改建，有的借用文庙、祠堂或租赁民房办学。"②且清末安徽省各师范学堂规模普遍偏小，一般为三四十人组成，少的仅一二十人，基本达不到章程所规定的"各州县初级师范学堂师范生以150人为足额"③的要求。总的来看，清末时期，安徽省虽依章设立了各师范学堂及师范传习所，但因条件简陋，规模较小，且均属于初创，缺乏办学及管理经验，其整体教学水平低下，质量不高，很难满足于当时的需要。

姚永概从学于吴汝纶已久，受其影响，面对当前教育之现状，其深知"吾国欲兴学堂势非由蒙养立其基不可，然独苦于无师，势非各行省府州县遍立师范学堂不可。"④一方面，姚永概十分清楚清末新政后"内开各省学堂之不多，患不在无款无地，而在无师"⑤因此提议宜早设师范学堂，言明此为办学入手之第一要义；另一方面，姚永概明白新式教育区别于传统教育，近代新式学堂也并不是在传统教育的基础上孕育而成，因此如果先设高等新式学堂，那么中、小学教育依旧是传统的，高等之"新"也会随之大打折扣。于此，姚永概尤其强调"蒙养立基"的重要性，认为近代学堂的开办须有一定之宗旨与体系，教学应当按部就班，高等学堂学生非从蒙养中小而来不可，算学要从加减乘除、外国文要从字母教起，如此一来，层层递进，教员易于施教，学生易于领悟。针对持反对意见者，姚永

---

① 舒新城：《中国近代教育史资料》（上册），人民教育出版社，1961年版，第198页。

② 安徽省地方志编纂委员会编：《安徽省志·教育志》，第393页。

③ 舒新城：《中国近代教育史资料》（中册），人民教育出版社，1961年版，第666页。

④ 姚永概：《吴先生行状》，《慎宜轩文八卷》，1916年都门印书局铅印本。

⑤ 姚永概：《慎宜轩日记（下）》，第1486页。

概则义正辞严，断之曰："此必速成、普通之宗旨，乃合格也。诸君若嫌其程度不高，则另择高者而学焉，不必入吾之学堂也。"①态度十分明确。

姚永概虽强调教学需要经过一定之阶段，从初级到高级，循序渐进，然而现实的情况却是"方今国势危急，如救焚拯溺，夜以继日，犹恐不及"②从这个层面上而言，要想实现目标，快速提高教师数量，加强师范教育建设无疑至关重要。因此，姚永概一再强调"速成师范实为救急之务"③"师范之设实为学堂根本至计，欲人才成就，端由蒙养，欲蒙学大兴，端资师范。"④而面对皖省师范教育"水不扬波"之景况，姚永概表现得十分愤慨，直言"吾皖向无师范，实是缺点。"⑤并指出目前皖省师范学堂款项不足、规模太小、教科未备，不足以敷各州县之求，"近年各省设立师范学堂、师范传习所，已得风气之先。皖省因款项支绌，仅就高等学堂中另立师范班二十余人，教科尚未全备，本不敷各州县之求，若嗣后纷纷来请教员，更将穷于因应。"⑥针对种种弊端，姚永概一方面积极献言献策，提议宜早设师范学堂、停高等学堂师范班以另设师范学堂、将已裁练军学堂改为师范学堂以及择举贡生员之年长合格者二三百人，教以初级及简易二科，以应当前急需，等等；另一方面以身作则，不断摸索，积极地投入到皖省师范教育建设的第一线。

光绪三十年（1904），姚永概任安徽大学堂教务长期间，针对本省师范学堂尚未开办、各地所需教才甚急的现状，即着手实施了相关举措，以作应急之用。《奏定初级师范学堂章程》中规定"各省城初级师范学堂，当初办时，宜于教授完全学科外别教简易科，以应急需。"⑦姚永概遵循此

---

① 姚永概：《慎宜轩日记（下）》，第1475页。

② 璩鑫圭，童富勇，张守智：《中国近代教育史资料汇编》，上海教育出版社，1991年版，第141页。

③ 姚永概：《慎宜轩日记（下）》，第1480页。

④ 姚永概：《慎宜轩日记（下）》，第1479页。

⑤ 姚永概：《慎宜轩日记（下）》，第1482页。

⑥ 姚永概：《慎宜轩日记（下）》，第1486页。

⑦ 舒新城：《中国近代教育史资料》（中册），人民教育出版社，1961年版，第665页。

法，提议宜先于学堂内设简易师范科，以求速成，缓解当前教才之缺。在教员的培养方面，姚永概不仅在本学堂内设定科目，更注重向外学习，力求达到优质。其见湘中明德学堂附设速成理化、博物二科，为造就中学堂教员起见，乃商之监督，欲派二人专门前往学习。因缺教习"甲乙班久无师"，姚永概便四处托人延请，甚至亲赴江宁谋聘教习。除此之外，姚永概还切中时弊，议定明年师范编速成舆地、中史、西史、东史各课本，并请专人编授管理法以及教授法，以应师范之选。至1904年底，姚永概收到亳州宗文肃刺史聘定本堂学生为英文、体操、算学等教习的信函，这或许可称得上是对其年度办学成果的最佳表彰。

光绪三十一年（1905），安徽高等师范学堂创办在即，姚永概曾多次与人商讨教习之事，实地考察学堂选址，最为关键的是，姚永概十分清楚学堂一经开办则事事需钱，并常常忧及于此。十二月份，就最为关心的师范经费问题，姚永概上书于当时的官员冯煦，详细表达了对于师范拨款事项的意见，其书云：

> 是则师范学堂至今日仍无一文之可指。昨与高等支员核计，高等今年初招学生二百四十人，陆续退学，至今不足二百人，而用款乃至五万七千金。师范与高等名称、学科虽稍有异同，而用款亦正可引为比例，因再三核计，草立预计手折，亦非四万金常年经费不可。此四万金与建筑估定之款，均应请大公祖大人即行指拨，在何项下动支，在何局具领，自何日为始，庶几办事员绅方有把握。①

按《奏定初级师范章程》规定"初级师范学堂经费，当就各地筹款备用，师范学生无庸纳费。"②而由上述材料明显可见，皖地师范筹款尚且不足。姚永概指出高等学堂在学生陆续退学、人数尚不足二百的情况下尚且资金充足，在觉得有失公允的同时实际上隐含着对于师范教育建设的担心。针

---

① 姚永概：《慎宜轩日记（下）》，第1488页。
② 舒新城：《中国近代教育史资料》（中册），第665页。

对于此，就经费问题，姚永概在上书中主要提出了三方面的建议：一、用款规模方面：姚永概认为师范学堂与高等学堂仅名称、学科稍有异同，但应给予同等重视，用款规模应该相当；二、具体款额方面：经再三核计、预算，姚永概明确师范学堂一年之经费宜为四万金；三、拨款实施方面：姚永概指出应交由专门人员主持，即行指拨，并且应提前规划好各项事务，明确在何项下动支，在何局具领，自何日为始，力求做到有条不紊。于此不难看出，姚永概或为教员、或为学堂选址、或为师范经费等，商之乡里，上书中丞，积极献言献策，往来其间，极尽人所能事，在对推动师范学堂的建设上担任了重要角色。

至光绪三十二年（1906），安徽巡抚恩铭遵办省城师范学堂，聘任姚永概为学堂监督，从某些层面而言，这实际上也是对姚永概工作能力与工作态度的高度肯定与表彰，其奏曰：

> 方今振兴教育，以小学堂为基础，而教员须亟养成，故师范尤要，应即迅将省城师范名额尽力推广，等因。当饬该司仍就原议之安庆府考棚即日改修，在于土药项下拨款兴造，并每年筹拨银四万二千两作为长年经费。旋据省绅公举拣选知县姚永概为监督，将所有工程经费、办法并暂定简章、招考格式、议订详明。①

可以看到，巡抚恩铭遵办省城师范学堂原奏中所规定的经费数目为"每年筹拨银四万二千两"，而关于师范拨款事，姚永概此前曾作一书上呈皖省官员冯煦，提议每年宜拨款四万金作为常年经费。显然，恩铭原奏中规定的师范经费并没有按照原先各绅之提议以"二万金为常年"，而是与姚永概所建议之数目相差无几。由此不难推断，姚永概对师范事务之建议是建立在考察的基础上、是合情合理的，因此被皖省官员慎重地考虑过，并且最终被采纳。如此看来，姚永概不仅饱含倡办师范教育的热情，而且具有

---

① 冯煦主修，陈师礼纂：《皖政辑要》，黄山书社，2005年版，第500页。

一定的眼光与能力。从恩铭原奏中也可以看出姚永概出任安徽高等师范学堂监督乃是由省绅共同推举产生，"旋据省绅公举拣选知县姚永概为监督"，究其缘由，其渊博的学识、丰富的从教经历以及对皖省教育的满腔热忱等都是推动当选的重要原因。总的来说，姚永概出任师范学堂监督实乃众望所归。对此，其曾有言曰"造就人才，此全皖士民之幸福……至以监督一席委之永概，此乃大公祖过采虚声，适为知人之累，非永概所敢承认也。"①言辞恳切，态度真诚。

综上观之，在皖省师范风气尚未大开之际，姚永概即以敏锐的眼光与强烈的责任担当，以速成师范教育为救急之务，以兴办师范学堂为第一要义。从高等学堂中另立师范班到提倡简易师范科再到光绪三十二年（1906）安徽高等师范学堂的创办，姚永概多年来一直参与其中，为师范教育的开展竭尽心力。针对校舍选址、款项经费、教员聘请等一系列问题，姚永概积极献言献策，切切实实地致力于为全皖士民之幸福出谋划策，为皖省之造就人才拾柴添薪。

（二）整顿和改革师范学堂

在姚永概的大力奔走下，皖省师范事务逐步进入正轨。光绪三十二年（1906），安徽高等师范学堂顺利进入筹建期，各项准备工作有序进行，次年二月二十七日，学堂正式开学，定名为"安徽全省师范学堂"，开学当日高朋满座、群贤毕至，皖省中丞、提学以及教育界名士严复、姚永朴等人皆往赴祝贺，发表演说，"是日行开学礼，中丞、提学及毓观察、严幼老外，到者凡十许人，演说者中丞、提学、幼老、仲兄及余，绅界只赵春木、伯远二人。"②

据载，继求是学堂、安徽大学堂、安徽高等学堂后，安徽先后设立了8所具有高等教育性质的专门学堂，其中属于师范科的仅有两所：一所即

① 姚永概：《慎宜轩日记（下）》，第1488页。

② 姚永概：《慎宜轩日记（下）》，第1023页。

是光绪三十二年（1906）由巡抚恩铭奏准、姚永概担任监督的安徽全省师范学堂；一所是宣统二年（1910）由巡抚朱家宝倡办的安徽省立存古学堂。可见在师范教育上，安徽高等师范学堂实得皖省风气之先，因此也备受瞩目。据《皖政辑要》记载，安徽高等师范学堂创建时"一切布置均系新绘图式，校址面积工部尺1320平方丈。"[1]新建有教室、礼堂、图书馆等，办学条件相对较好，教学、生活措施都比较齐全。不难发现，在教才紧缺，"兴学必须有师"的急迫形势下，安徽高等师范学堂的兴办尤其受到当局以及教育界各士的关注与重视。姚永概时任师范学堂监督，自然寄托着全省造就教育人才的期望，加强学堂建设、推动学堂发展，对其来说自是责无旁贷。是时，师范学堂初办，事务繁杂，百废待兴，针对于此，姚永概出任监督后即采取了一系列措施，力求提高教学质量，加强学堂管理。其兄姚永朴评之曰："旋改师范学堂监督，弟详定规则，广购书籍仪器，择知名当世者为之师，于中西无所偏徇，人才蔚兴。"[2]由此可见姚永概在各个方面作出的努力。

第一、制定培养计划。师范学堂在筹建期时，姚永概即着手拟定师范简章及学堂章程，悉心筹议明年招考人数及培养计划。至光绪三十三年（1907）正式开学前，各地应考学生蜂拥而至，二月初，姚永概亲自出题，进行筛选，在其日记中有较为详细的记载："二月朔日，招考安、庐、滁、和学生三百余人，录一百四十人；初三，招考徽、宁、池、太、广学生，录一百四十人；初五……"经过选拔，进入复试的有419人，最终，姚永概从各地送考的学生中甄取272名进入学堂学习。因新生资质不等，学力不一，且概设优级学科，毕业时实有缓不济急之势，因此按《安徽师范学堂暂定现行章程》，师范学堂初办时先设优级选科、预科和初级简易科三科，先试学一个学期。然后挑选年龄、学力合格的学生，编为选科、预科

---

① 冯煦主修，陈师礼纂：《皖政辑要》，第498页。
② 姚永朴：《叔弟行略》，《蜕私轩集》，北京共和国时代印刷局铅印本。

三个班，其余学生编为简易科三个班。①姚永概身为学堂监督，主持全堂学务，师范学堂暂定现行章程作为纲领性文件，必定经其批阅审核。光绪三十四年（1908）六班同时毕业，简易科毕业诸生被陆续派往各地充当小学教员，预科毕业诸生则按程度与学科分别升入第二、三、四类选科，即史地、理化、博物三个分类科，期以两年毕业，以培养初级师范学堂和中学堂教员。如此安排，一方面利于因材施教，最大限度发挥学生的潜能，另一方面又便于迅速养成师资，以应当下急需。

第二、调整教学内容。姚永概认为今日之学堂大可分为两种：一则招收高等人才，专以预备出洋为目的，此学堂课程必宜趋重西文及普通科学；一则设立蒙小学堂，专施以普通教育，以开通民智，改善风气，此学堂则需重点关注中文、伦理等课程。同时姚永概又明确指出师范学堂与以上两种皆不同，"师范所重管理、教授两法耳"②因此，在教学内容、课程设置上，师范学堂不可与普通学堂一概而论。对此，姚永概提出"欲兴办此堂则普通无济于事，似宜仿日本选科办法，人认两三门为主课，加入教育学为必修课。"③在此基础上，姚永概对教育学相关用书的选择也十分慎重，当时高等学堂的教科用书，一部分采用部定课本，一部分则由任课教师自行选编讲义，姚永概认为"目前文明书局、商务印书馆二处所编教科书均宜采用，以为师资，而印书馆之教授法尤详细"④在姚永概的提议下，是时安徽高等师范学堂所采用的教育学、教育史，讲授教育理论及应用教育史等教科用书，采用商务印书馆出版，译自于日本的《教育史》等课本。其他的教科用书，诸如心理学，讲授普通心理学、应用心理学、教授法、学校管理法，则采用部定《各科教授法精义》《学校管理法要义》课本。⑤并且在教学上安排了与教授科目相对应的实事练习，附设尚志中学

---

① 安徽省地方志编纂委员会编：《安徽省志·教育志》，第467页。

② 姚永概：《慎宜轩日记（下）》，第1487页。

③ 姚永概：《慎宜轩日记（下）》，第1487页。

④ 姚永概：《慎宜轩日记（下）》，第1487页。

⑤ 安徽省地方志编纂委员会编：《安徽省志·教育志》，539页。

作为师范附属中学，并设师范附属初等小学及高等小学，以此作为学生教学的实习学堂。

第三、加强师资力量。姚永概以兴学为务，尤重择师，为了提高教学水平，保证教育质量，其在加强师资建设方面亦作出了诸多努力。姚永概认为如今高等学堂之英文教习"口音不合，教法尤差，六七年来不知《国学文编》《斐斯德尔文法》为何物，算学则格式既老，全用中文，皆根据甚深，未易猝拔。"①如此看来，聘请高质量、高水平的教员实为当下之急。在这种情况下，姚永概大力号召皖省诸君广搜博采、荐贤举能，以提高整个学堂教师队伍的水平。除了四处延聘，亲自面试挑选优秀教员之外，姚永概还经常作函与在日本留学的皖省同乡及其三、四侄姚焕、姚昂，委托代为留意师范教员，且收到一定成效。值得一提的是，聘定日本教习的过程并非一帆风顺，而是遭到了一定阻拦，对此姚永概据理力争，在其努力之下，安徽全省师范学堂最终得以如期延聘日本教习西山荣久及正木植太郎。为了明确教学内容，加强教师管理，姚永概还拟定了教员合同，现摘录师范学堂聘定日教员西山荣久的合同如下：

师范学堂聘定日教员西山荣久合同②

第一条　教授心理学、伦理学、教育学、教育史、教育制度、教授法、管理法、西史、历史、地理等科主任。

第二条　教授时间每日共五小时。

第三条　薪水每月龙洋一百六十圆，每年以十二个月计算，自贵讲师到任之月送起。

第四条　贵讲师兼任讲席翻译，用汉语教授汉文、编讲义，每月加送薪水龙洋一百圆。

……

---

① 姚永概:《慎宜轩日记(下)》，第1490页。

② 冯煦主修，陈师礼纂:《皖政辑要》，第12页。

可以看到，日本学者西山荣久至安徽高等师范学堂后，主讲课程为教育学、心理学、教授法、管理法以及西史等，其中教育学诸科正是姚永概着重关注，目前学堂处于初办时期所急缺的课程，关系重大。因此在姚永概的坚持下，西山荣久的到来在一定程度上解决了教学事务上的燃眉之急。该聘定合同共有十九条，对教学内容、每日教授时间、各科教授时间、薪水、请假手续、住宿安排以及兼任、离任、合同期限等事项都作了具体安排，由于篇幅限制，不再一一列举，但毫无疑问姚永概对师资建设这一方面用力颇深，十分投入。

第四、加强学堂管理。此处又可分为两个部分。首先是加强学生管理，姚永概十分重视德育及学风建设，钱基博评之曰："为人孝友笃至，其教士必根本道德"①，每至一校"士风肃静，出京师诸校上，天下无异词。"②姚永概生于文学世家，从小受到良好的熏陶，后来又饱读诗书经典，自教学之外自然十分重视学生的道德修养。从严复收到学生匿名恐吓信离职起，姚永概便时时感叹近年来学风之坏、风气之差，"不守规则喜生事之人实繁有徒"③。为了改善这一现象，在对学生的管理上，姚永概可谓十分严格，批评者时有，开除者亦不在话下，如有学生名夏震生者，因在考试试验纸上不答所问反而诬诋教员，直接被姚永概开除学籍。④其次是加强职员管理，姚永概认为"外国办事，人各任一事……吾国则人欲任数事，而旁观者见其稍可与言，遂欲举所欲为之事，一以畀之。"⑤因此在管理上，姚永概要求精简人员，实现专人专事，以提高工作效率，节约时间及经费成本。据统计，光绪三十三年（1907），安徽全省师范学堂共有职员33人，其中管理职员18人，专职教员15人。为了避免人浮于事，各管理职员基本都是专人专事，只设定一个名额，其中文案1人还是由庶

---

① 钱基博：《现代中国文学史》，岳麓书社，1986年版，第178页。

② 钱基博：《现代中国文学史》，第182页。

③ 姚永概：《慎宜轩日记》，第1134页。

④ 姚永概：《慎宜轩日记（下）》，第1062页。

⑤ 姚永概：《慎宜轩日记（下）》，第1479页。

务长兼任。

姚永概自感于"教育、管理均无真正阅历"①，因此对初办、尚未有任何经验的师范学堂，其更加不敢大意，往往是殚精竭虑，倾力为之。正如姚永概自己所言："程子云，宽一分则民受一分之赐，吾亦云办一分则地方受一分之益。"②身为监督，其志尤笃、其心至诚。

第二节　自熠而熠，回归传统文化：
古文教育家的失落与退场

姚永概对安徽新式教育所作的贡献有目共睹，但伴随着新式教育发展所带来的古文学的没落，却是其所不能容忍的。时隔十余年，当新思潮力压旧思想成为主流之后，姚永概身处"过渡之时"已行"过渡之事"③，面对中学的没落，姚永概心中的"新式教育之火"逐渐熠灭，近代教育家开始退场。姚永概力辞安徽高等师范学堂到力赴北大再到黯淡离职等一系列的过程与选择，都是其为了延续古文命脉、重振儒家传统，从教育家主动回归到古文家的体现。

一、数更其职背后的文学诉求

（一）力辞师范与"存古"情怀

姚永概出任安徽高等师范学堂监督数年，从该堂提议兴建到正式办学，一直亲力亲为，参与其中。1909年，姚永概提出从师范学堂辞职，曾就此事多次上书中丞。按照姚永概自己的说法，坚辞师范主要是因为身体原因，不能再胜任学堂之事，其多次上书强调："但师范责任太重大，实非病躯能了……""此次病后，自问万无能再任监督之理。若不自量，必

---

① 姚永概：《慎宜轩日记（下）》，第1479页。
② 姚永概：《慎宜轩日记（下）》，第1480页。
③ 姚永概：《慎宜轩日记（下）》，第1480页。

致覆败并故步而失之，既负桑梓，更负知己……"①以病为由，一方面确是实情，一方面却也是推托的绝佳之辞，由此可见姚永概的高明之处。但无论如何，身体不适都不可能是姚永概离职的主要原因，否则他怎么可能离职之后又去存古学堂，甚至北上远赴北京大学去做文科教务长呢？

姚永概当初大力提倡师范，投身其中，如今又极力远离师范学堂，个中缘由，值得玩味。随着近代学堂的创办步入正轨，西学及实学的课程比重在不断增加，影响范围也在逐步扩大。但与此同时各种问题也在不断浮现，一方面学堂学风散漫、缺乏纪律，另一方面西学课程比重的提高压迫了传统文化的生存空间。在这种情况下，一心致力于近代学堂的姚永概不禁发出"中文好者已寥寥"的感慨：

> "今年新招之生大半由各府州县学校中来，中文好者已寥寥，而不守规则喜生事之人实繁有徒，令人追思简科已毕业之生，而叹近年校风到处之坏，误人子弟，败坏社会，良用浩叹。"②

姚永概亦曾言："吾国前途所恃教育，教育前途所恃师范，而志气卑下如此，深愧数年辛苦于德育而未能身教。"③不难看出，其去意如此坚决显然是对在新式教育之下，形成的志气卑下、德育缺失、不好中文的大环境感到失望与不满。而造成这种现状的主要原因乃在于科举制度废除后传统教育的断层与缺失。因此，姚永概清晰地认识到重新挖掘传统文化，传承儒家经典已经成为当下的必然选择。事实上，姚永概因病乞休，也是因为有了新的打算，其在上书中言曰："如师范易人，则弟调养月余尚可晋省勉就存古之席，上报帅座之知，否则惟有长住山林已耳。"④姚永概辞安徽师范学堂一事可谓一波三折，曾多次遭皖省中丞、提学的不满与反对，

---

① 姚永概:《慎宜轩日记(下)》,第1184页。
② 姚永概:《慎宜轩日记(下)》,第1134页。
③ 姚永概:《慎宜轩日记(下)》,第1171页。
④ 姚永概:《慎宜轩日记(下)》,第1184页。

甚至两次受到该校学生的集体挽留，对此姚永概虽心生慰藉与不舍，但更多的是遗憾与惋惜，其有言曰："但使能循分用功，谨守规则，吾亦何必去乎。"①一语道出了老一辈传统文人在新环境下的心酸与无奈。在这种前提下，我们也就不难理解姚永概为何要坚持离任，往赴存古学堂了。由此可以得出结论：姚永概并不是单纯地因为精力疲极，调养身体之需而离开师范学堂，而是早有打算，有意地选择将安徽存古学堂作为新的出发点。

存古学堂，顾名思义致力于国学经典的保存与传承，主张在新教育体系之外，尊孔读经，宣扬"中学为体"的教育思想。正如光绪三十三年（1907）张之洞在《创立存古学堂折》中所言："国文者，本国之文字语言，历古相传之书籍也。即间有时势变迁不尽适用者，亦必存而传之，断不肯听其澌灭。至本国最为精美擅长之学术、技能、礼教、风尚，则尤为宝爱护持，名曰国粹，专以保存为主。"②安徽存古学堂始办于光绪三十四年（1908），兴办人沈曾植提出"大旨谓科学宜用西国相沿教法，古学宜用我国相沿教法，书院日程，源流有自。"③显然是在新形势下重新强调与外国教法不同的古典教法的根本地位，旨在维护"源流有自"的传统古学。姚永概与沈曾植交往匪浅，相互赏识，沈曾植曾取姚永概之诗歌与马其昶之散文合印成册，誉为"皖之二妙"，姚永概亦认可沈氏的能力，认为其实乃当时皖省官员中的佼佼者。此时的姚永概历经了新式教育，虽有所成就，却也因为身处其中而更充分地认识到不好古文、德育缺失的社会弊端，沈曾植此时兴办存古学堂一举无疑正合姚永概心意，也因此得到了姚永概的倾力支持。姚永概从一开始就对安徽存古学堂的兴办表现出极大的热情与关注，从其日记中可窥得一二：

戊申年（1908）：

① 姚永概：《慎宜轩日记（下）》，第1135页。

② 张之洞：《创立存古学堂折》，苑书义等编：《张之洞全集》第三册，河北人民出版社，1998年，第1762页。

③ 沈曾植：《致繆荃孙》，《艺风堂友朋书札》（上册），上海古籍出版社，1980年，第174页。

三月十九日：谒提学归，季白又约同往提学，决计办女子师范及存古学堂，命同季白拟章程。

九月二十七日：沈公招同程、马、胡及二兄便酌，谈自治及存古事，甚畅。

庚申年（1910）：

六月初三：上沈公书，寄拟考存古学生文题。

七月二十六日：存古会议见招，赴之，晤沈、玉二公，王、尹、汪三太守及朱仲我诸人。

七月二十九日：数日来客不绝，是晚仲我偕兴化李君详，字审言来，任存古史席。

八月初七：阅存古卷。

八月十七日：谒吴公，还存古脩。

辛亥年（1911）：

二月二十一日：存古续复试。

二月二十二日：发复试案，优级取二十二人，初级取六十六人，副十六人云。

三月初一日：存古开学，行礼两次，演说颇为众所称许。

四月二十三日：赴存古。

……

以上不难看出，姚永概与安徽存古学堂之间联系密切，甚至参与了该学堂自拟建兴办、出题招考、确定名单以及正式开学、入堂教授的全过程。其曾就学堂开办之事多次往谒提学沈曾植，还奉命与吴季白一起草拟存古学堂章程①，后来在坚辞师范学堂之后，姚永概又被聘为安徽存古学堂教习，与朱孔彰、李详一起分任经学、史学兼《文选》学以及古诗文辞。②宣统三年（1911）三月初一，存古学堂开学，姚永概更是欣然前往演说，"颇为众所称许"③。姚永概不慕名求利，贪恋安徽高等师范学堂监督之位，而甘愿去存古学堂作一名普通教员，这其中，力延中学的赤诚之心，保存国粹的"存古"情怀乃是不可忽视的重要原因。

（二）出入北大与经典传承

姚永概"教士必根本道德，以文艺科学为户牖"④，有心于保存国粹，传承经典，被严复视为"吾国古先圣贤之所有待，而四百兆黄人之所托命"⑤的绝佳人选。1912年，严复出任京师大学堂总监督，随后因校名变更，成为北京大学校的第一任校长。⑥4月，严复在写给得意门生熊纯如的书信中，提出了在北京大学设立"完全讲治旧学之区"的构想，姚永概当仁不让地被任以教务提调之职，可见严复对这位"桐城遗老"的赏识与认可。

在严复的邀约下，姚永概欣然前往。继安徽存古学堂之后，姚永概随即于1912年四月北上赴京。实际上，除去交情因素之外，姚永概对此次的北京之行也是非常热衷。首先，姚永概作为桐城派后期大家，深受传统文化的熏陶与桐城文派的涵养，本就致力于重振儒家传统，传扬古典精神，因此才坚辞师范学堂监督一职，甘心赴存古学堂任事。严复在北京大学"今立斯科""用以保持吾国四五千载圣圣相传之纲纪彝伦道德文章于不坠"的设想正与姚永概保存国粹的文学诉求趋于一致，赴任北大在某种程

---

① 姚永概：《慎宜轩日记（下）》，第1067页。

② 李稚甫编校：《李审言文集》下册，江苏古籍出版社，1989年版，第1470页。

③ 姚永概：《慎宜轩日记（下）》，第1182页。

④ 钱基博：《现代中国文学史》，第178页。

⑤ 严复：《严复集》，王栻主编，中华书局，1986年版，第605页。

⑥ 陈平原：《老北大的故事》，江苏文艺出版社，1998年版，第114页。

度上甚至可以说是姚永概继安徽存古学堂之后践行"存古"的一种延续。其次，任文科教务长，管理文科之事也颇得其心，况且北京大学平台更好，资源更优，对姚永概来说，当然是个不错的选择。此外，辛亥年间，皖军起事，省中秩序全乱，安徽地区并不太平，出于安稳起见，姚永概遂北行赴京。在这几点原因中，战乱为直接原因，加速了姚永概的北上之行，而实现传承古典文化的诉求则是关键原因，是姚永概赴北大任职的根本动力。

然而好景不长，姚永概满怀期待地来到北京大学，仅一年光阴便匆匆提出离职。而关于姚永概等老辈离职的缘由，陈平原曾称"林、马、姚等之很快去职，与章门弟子大举进攻有关。"①但随后又进行更正"可实际上，导致林纾等老派人士去职的，是整个大的政治环境，以及教育制度的变化。"②陈平原重新提出姚林二人的离开是基于民初政治、学术以及人事纠葛等各方面的原因，是整个大环境使然，显然是对此前观点的纠正补偏。于此作为参照，再结合姚永概在北大任职期间的日记，可窥见当时的时局变化以及其坎坷的心路历程，关于姚永概的离职缘由亦可从中得出以下几点认识：

其一，对学术氛围的不满。姚永概曾记"经学门拟添概论作补助课，与诸生商酌已定，而尚有数人不愿者，将来改为随意听其习否而已，不悦学至此，令人心灰。"③其带着重振传统、传绪经典之心来到北大担任文科教务长之职，面对如此不悦学之景，难免心生失望；其二、北大校长严复的离职。听闻校长变更，姚永概随即"往严先生处辞职，并具函寄大学校。"④此时已是"浩然有归志"⑤态度十分明确。其三、与新任校长何燏

---

① 陈平原：《中国现代学术之建立——以章太炎、胡适之为中心》，北京大学出版社，1998年版，第292页。

② 陈平原：《古文传授的现代命运——教育史上的林纾》，《文学评论》，2016年第1期。

③ 姚永概：《慎宜轩日记(下)》，第1210页。

④ 姚永概：《慎宜轩日记(下)》，第1212页。

⑤ 姚永概：《慎宜轩日记(下)》，第1214页。

晚清桐城派文学教育研究

时不合。姚永概在日记中提到"然校长与余甚淡泊，不便言也。"①可见此二人交往很是一般。且其好友林纾与何燏时关系恶劣②，在《与姚叔节》中言"有人言校长不直足下"③言下之意姚何二人之间的相处也并不愉快；其四，家庭原因。时局动乱，姚永概远在北京，不能照拂，然"心念家中无人，妇聋妾孕，至不能酣睡，深恨不由汉口折回。"④其五、文科停办。这也是姚永概离任的主要原因，是时北京大学有停办文科一说，姚永概有言曰："文科生只十人，又有二人欲改学法政……校长既不专任之余，又不加紧办理，部中又有停办文科之说，可叹也。余归心怦怦矣。"⑤一方面，文科将停，学生人数极少，姚永概身为文科教务长，空有其名，却无事可忙。另一方面，当前之景况已与姚永概入职北大的初衷相违，因此多留无益。及至部令到校，停办文科，北京大学虽仍有延聘任姚永概之意⑥，对姚永概而言，却也已是无关紧要了。

而关于章门弟子、学术争辩等问题，在姚永概的日记中只字未提，可见姚永概对此并不十分放在心上，将姚永概的离职时间与章门弟子进入北大的时间作对比，也不难发现在1913年姚永概已经萌生去意，勉强留任的这段时间里，章门弟子才逐渐被大规模引进到北大。且在姚永概"浩然有归志"之际，林纾曾赠一序一画与之作别，然而林纾在《送姚叔节归桐城序》一文中也并未提到章门子弟与学术争辩等相关问题，反而是细细感慨"而叔节亦行且归，然则讲古学者之既稀，而二三良友复不可得"⑦，通篇

---

① 姚永概：《慎宜轩日记(下)》，第1248页。

② 林纾在1913年4月给林璐的家书中写道"大学堂何燏[燏]时监督嫌余不通，不肯请。""大学堂校长何燏[燏]时大不满意于余，对姚叔节老伯议余长短。余闻之失笑，以何某到校时，余无谄媚之容，亦无趋承之态，故憾我次骨。"见李家骥：《林纾诗文选》，商务印书馆，1993年版，第372页。

③ 林纾：《与姚叔节书》，《畏庐续集》，商务印书馆，1927年版，第16页。

④ 姚永概：《慎宜轩日记(下)》，第1242页。

⑤ 姚永概：《慎宜轩日记(下)》，第1250页。

⑥ 姚永概：《慎宜轩日记(下)》，第1262页。

⑦ 林纾：《送姚叔节归桐城序》，朱义胄述编：《民国丛书第4编94综合类 畏庐续集》，上海书店，1992年版。

观之，并无激烈言语，愤懑之词，反而文辞温婉，细腻深长。由此不妨推测，姚永概离职的主要原因并不在于章门弟子的大举进攻，而是受到了当时的学术环境、人事变动、教育制度等各方面因素的影响。而综合其入职北大的心理来看，离任的主要所在还是在于此时的北大已经不能为姚永概重振传统、延续古文助力了，因此姚永概在受到挽留，踌躇不决之际，一证实部令到校、文科停办，仅十天不到便启程南归①。为了传绪古文，实现文学诉求，姚永概必须作出新的思考与抉择，从这个层面上来看，姚永概后来退守正志中学，不仅仅是被"边缘化"的体现，同样也是一个传统文人努力复归的主动选择和自觉担当。

二、离开北大后的文化坚守

（一）退隐正志，守护旧学

1914年，姚永概离开北大后即被当时的陆军次部长徐树铮相中，在徐树铮的殷殷期盼、吴闿生等人的积极引荐之下，姚永概遂至正志中学担任教席。曾有国务总理段祺瑞以高等顾问相聘，总统徐世昌亦欲招之入晚清簃，选诗，皆被姚永概拒绝，笑曰："吾如处女，少不字，老乃字耶？"②何以姚永概在思量之后毅然决定以正志中学为落脚点？对于这一问题的解答，明晰徐树铮的文化倾向以及正志中学的办学初衷尤为必要。

刘声木在《桐城文学渊源撰述考》中将徐树铮辑录在内，言曰其"肆力文学，笃嗜《古文辞类纂》，集录归有光、方苞、梅曾亮、曾国藩、张裕钊、吴汝纶诸家之说，为之标注□□卷。……文字力模桐城家法，虽功力未臻，而气势则甚磅礴。"③对其身份的确认已是不言而喻。林纾年谱中

---

① 姚永概：《慎宜轩日记（下）》，第1251页。
② 姚永朴：《叔弟行略》，《蜕私轩集》，1917年北京共和国时代印刷局铅印本。
③ 刘声木：《桐城文学渊源撰述考》，黄山书社，1989年版，第187页。

也有记载："徐树铮喜谈桐城派古文，每见林纾，必称以师。"①而徐树铮之子徐道邻更是道出了其在文化上的保守与尊古倾向，言曰："他（徐树铮）反对白话文，反对女子解放，他提倡读经，相信中国文化至上，他信仰中国的伦理观念，他喜欢做诗词古文，推崇遗老式的文人。"②由此不难理解徐树铮为何如此热心于招揽桐城宿儒来正志中学执教了，因为他骨子里便是一个极地道的传统文人，与姚永概辈对传统文化的态度同出一辙，用他自己的话来说就是"志同道合"③，因此得姚永概等人来正志任教，徐树铮感慨有加："厚辱不弃若此，何多幸也！"④经过交往之后，姚永概对徐树铮亦是十分推崇，徐树铮曾重新校点姚鼐所编的《古文辞类纂》，对此，姚永概赞叹道："又铮于文事可谓至勤，嘉惠当世，意尤公也。"⑤于是乎在特定的时空背景下，这两位不同身份，但同样致力于保存传统文化，重振儒家经典的贤者得以于1915年在正志中学相遇了。

再进一步来看正志中学的办学性质，《徐又铮先生创办正志中学述略》中提到"先生之办理正志中学也，采军事教育体制，规模章则，昉自德国。新生入校，隐若入伍。以克己深省，尊师重道为诸生训。四年作业，首重古文学之修养，次数理，再次为德语。"⑥不难看出，正志中学虽是一所军官预备学校，但尤其注重国文教育，在这所学校里，尊师重道是必需素质，古文学之修养更是教学的重中之重，远在其他学科之上。当时正志中学的学生关德懋后来在回忆入学情况时，亦说道："我进此校仅交一篇中文即算通过考试。我记得先父尝对人说过：我这孩子什么也不会，就会

① 薛绥之、张俊才：《林纾研究资料》，福建人民出版社，1983年版，第42页。
② 徐道邻：《民国徐树铮先生文集年谱合刊》，台湾商务印书馆，1989年版，第52页。
③ 徐道邻：《民国徐树铮先生文集年谱合刊》，台湾商务印书馆，1989年版，第12页。
④ 徐道邻：《民国徐树铮先生文集年谱合刊》，台湾商务印书馆，1989年版，第52页。
⑤ 姚永概：《诸家评点古文辞类纂序》，《慎宜轩文八卷》，民国五年（1916）都门印书局铅印本。
⑥ 关德懋：《徐又铮先生创办正志中学述略》，徐道邻：《民国徐又铮先生树铮年谱》，台湾商务印书馆，1981年版，第31页。

在家里看一些线装书。"①从中不难了解正志中学对于学生国文的重视程度，甚至连入学考试也是仅凭一篇文章"定生死"。因此可以说正志中学是一所带有浓厚的传统色彩的学校，它要使培养出来的学生具有传统的儒家思想以及较强的古文学功底。为了达到这样的教学目的，姚永概等"以文章气节著称于时"的遗老宿儒自然成为适合执教的不二人选。而这一事实，恰好与致力于回归传统、标榜"引迹自远"的姚永概意趣相投。简单来说，姚永概与徐树铮，或者说是与正志中学之间，是双向互选的关系，姚永概晚年以正志中学作为学术阵营与立足点，正志中学的整体格调氛围与姚永概所努力复绘的传统文化的光景十分契合。

（二）编写讲义，薪传古文

方苞编选《古文约选》《四书文选》等作为学文之范本供人学习；刘大櫆著《精选八家文钞》，借此传布作文之道及行文主张；姚鼐编《古文辞类纂》，标榜桐城古文源流及传绪之所在，影响深远；此后还有曾国藩《经史百家杂钞》、吴汝纶《初学古文读本》……无一例外，桐城文人皆选择以编纂选本的方式来传衍理论主张，扩大文派影响。至清末民初，科举废除，新潮涌起，古文失去了昔日的光环，生存环境岌岌可危。姚永概幼承庭训，深谙桐城家法，与桐城先贤一样，处于易代之际的姚永概选择以"教科书"作为传绪古文经典、倡扬桐城之学的重要载体。在正志中学期间，姚永概积极编写讲义，如《孟子讲义》《左传选读》《初学古文读本》等，一方面作为课堂教学之用，一方面乃是薪传古文之需。

1914年底，姚永概初入正志中学时，即开始着手《孟子讲义》的编写工作，期间，姚永概不断对《孟子》的文本进行阅读与批注，至1916年四月底，《孟子讲义》始编完，耗时近一年半。②显然，《孟子讲义》的最终成型绝不是仅凭这一年之力可以完成，更多的还是日积月累于姚永概渊博

① 沈云龙编：《关德懋先生访问纪录》，九州出版社，2012年版，第7页。
② 姚永概：《慎宜轩日记（下）》，第1287—1330页。

的学识、严谨的态度、勤学致知的精神以及深厚的古文修养。可以说，《孟子讲义》作为姚永概执教于正志中学期间所编写的讲稿，是其倾注了大量热情并耗费了许多心血才得以完成的。《孟子讲义》一书"既具汉学精于训诂考据之所长，又具宋学精求义理之特征"①，结合时代环境与姚永概此时所处的位置，不难发现姚永概退守正志中学编写讲义一举背后的文化意义以及对《孟子讲义》文本解读背后的思想内蕴与学术立场，均与其传承国学经典、维护桐城文统的初心密切相关。

姚永概在《孟子讲义》的开篇即首倡义法论，强调文章要言之有物，行之有序，重视内容与形式的统一。在诠释《孟子》文本的同时，实际上也凸显出了桐城文论的优长。在《离娄章句下·18》，姚永概评价"形容水处，曲尽其妙，然着墨不多，便觉《子虚》《上林》诸赋说水，徒为夸靡。"②以文之夸靡来映衬着墨不多之妙，无形中是对桐城派"雅法说"的解释与延伸。除此之外，姚永概还在讲义中对桐城文论中的"神气说"作出细致说明，向学生传达了除义法之外，创作时的精神状态以及贯注于作品字里行间的行文气势亦至关重要。诸如此类，不一而足。由此不难想象，学生在正志中学的课堂上不仅能领会到《孟子》高超的写作技巧，体味传统经典的魅力，更为重要的是，在潜移默化的学习过程中，会不知不觉地加强对桐城文论的理解，甚至完成对桐城派的接受。

凡此种种不难看出，姚永概编写讲义、讲解文本之举，实际上寄托着维护文派、传承经典的美好心愿。其借助讲义将经典著作《孟子》与桐城文法结合得恰到好处，对《孟子》高超的写作技巧的解读也可视为桐城文法渗入到正志课堂的体现，学生通过学习文本，除了明晰语词注释、思想大义之外，更主要的是在潜移默化中受到了一种传统思维的训练以及桐城派文论的熏陶。

然而需要说明的是，姚永概虽有传承古典之心，收到的效果却是有限

---

① 姚永概：《孟子讲义》，陈春秀校点，黄山书社，2014年版，第2页。

② 姚永概：《孟子讲义》，第142页。

的。据《徐又铮先生创办正志中学述略》中记载当年各教师的授课情况"先生因聘永概叔节先生任教务长，永朴仲实先生授文选……马其昶通伯先生授春秋左氏传，闽侯林纾琴南先生授史记。仲实、叔节、琴南三先生均年屈古稀，鬓发皤然，仲实先生且已双目蒙翳，须人扶掖登坛。"①不难想象出一批两鬓斑白、既老且残的遗老文人聚在一起讲授国粹的模样，在姚永概看来这是"白首辛勤，甘心而不悔"的文化盛举，在外人眼里，与那些意气风发的新锐知识分子相比，这些遗老的"倔强"倒难免添了一丝讽刺的意味。当年正志中学的学生关德懋回忆各教师的上课情况，言及姚永概曰："姚三先生讲经学，自编的一本讲义名'我师录'，内容录些什么，而今毫无印象了。"②"我记得当时姚永概担任经学方面的课，姚永朴教东晋六朝文，艰涩难懂。"③可见老一辈虽有担负起传承国学责任的激情，于青年人身上似乎作用并不大。还有一位当年就读于正志中学的学生胡曲园，他提到姚永概的教学情况，说道"姚永概给我们讲'我师录'，即圣贤嘉言钞，同样是说明在家要孝，做人要守礼。"④然而此言却是在《回忆胡适〈中国哲学史大纲〉对我的影响》一文中作为反例被提出来的，以此来凸显胡适的进步思想。为此胡曲园还特地举例说明姚永概"孝子嘉行"之类言说的反面影响："我的一个同班同学，他的父亲病了，经久不愈，他就仿效古人'割股'的办法，从自己腿上割了一块肉，烧汤给他父亲吃。他父亲把他的肉吃下去了，结果还是死了。这事情在我们同学中引起很大刺激。"⑤此事的真实性还有待商榷，但无论如何，都从侧面说明了一个事实：姚永概力求保存国粹、传承经典背后所收到的实际效益与其初衷相比，显然是大打折扣，令人深省。

---

① 关德懋：《徐又铮先生创办正志中学述略》，徐道邻：《民国徐又铮先生树铮年谱》，台湾商务印书馆，1981年版，第31页。

② 转引自陈思和：《徐树铮与正志中学》，《书城》，1996年第3期。

③ 沈云龙编：《关德懋先生访问纪录》，第8页。

④ 胡曲园：《回忆胡适〈中国哲学史大纲〉对我的影响》，《书林》，1980年第3期。

⑤ 胡曲园：《回忆胡适〈中国哲学史大纲〉对我的影响》，《书林》，1980年第3期。

姚永概一生兢兢业业，致力于兴学从教，曾经辗转于多个学校，皆取得了一定的成效。对于拥有丰富教学经历与教育经验的姚永概而言，古文法的传授、儒家思想的传递、写作技能的训练，目的就是要维护儒家传统，力求延续古文命运。姚永概于此用力不可谓不深，用功不可谓不勤。然而姚永概晚年将正志中学视为回归传统的中心和阵地，却终究没有培养出一两个得意门生来继承衣钵。1919年，姚永概曾在正志中学一、二班学生毕业之际作过一次讲话，大谈圣人之道、六经之义，并对正志中学毕业诸生寄予了读经之业"长毋相忘"的无限期望。姚永概的此番演讲受到了众人的称赞，清史馆馆长赵尔巽甚至向其"长揖"，"深佩前日校中演说，以为极有关于世道。"[1]姚永概自己也很是满意，将演说写成了一篇长文《示正志中学一二班毕业诸生》。但是属于旧式教育的时代毕竟过去了，他的演讲也被激进的新读者寄给新青年要求予以批判，以为此种"抱残守缺，不知天地为何物，却反大言不惭的人，只有痛骂之一法。"[2]总体来看，姚永概晚年选择以正志中学作为学术阵营，以传统教育作为手段，力求于回归传统，传绪经典，却得不到时代的响应，甚至得不到该校学生的回应，虽有心复归，终无力回天。

小　结

在西学与时代局势的影响下，姚永概积极投身于新式教育与近代学堂，于出任安徽高等师范学堂监督期间，姚永概在制定培养计划、调整教学内容、完善师资力量以及加强学堂管理等各个方面均作出了重要贡献，其利用科学的教学方法与管理模式，使皖省各地学子受益其中，为安徽省中小学输送了大批优质教师，在一定程度上缓解了当时各学堂的教员之缺。姚永概作为桐城殿军，由旧趋新，其教育活动不同于以往的传授技

---

① 姚永概：《慎宜轩日记（下）》，第1413页。

② SF：《姚叔节之孔经谈》，《新青年》，第6卷2号通信栏。

法、点读文章，而是突破了门风，在西学东渐以及清末新政的时代背景下，显示出新的思想与内涵。

然而从传统文人向近代教育家转型的背后，姚永概在体悟时代变迁、社会进步的同时，又不禁对"中学好者已寥寥"的社会现状感到痛心疾首，感慨西学知识虽得到传播，却由于"正学衰微"，近年来德育缺失、校风败坏已是不容忽视的问题。考察姚永概晚年的主要文化活动，能更真切地感受到传统文人与新式教育之间的矛盾与隔阂，无论是力辞安徽高等师范学堂，入主安徽存古学堂，还是先后出入北京大学校，再任职于正志中学，这种种看似矛盾、复杂的行径背后，实际上都是姚永概为了延续古文命脉、重振儒家传统，从近代教育家主动回归到传统文人身份的体现。

从几次思想转变及文化选择的背后，不难看出姚永概在新旧交替下的复杂心理，"山林乎，朝市乎，进乎，退乎"①姚永概在《慎宜轩记》中道尽了这种末期文人四顾渺茫、无所适从的悲凉心境与矛盾心态。直至1923年，姚永概受病痛折磨，在桐城与世长辞，享年58岁。姚永概从生至死，用自己的一生诠释着对新式教育的探索、对传统文化的坚守，时至今日，这种教育家的精神和智慧仍发人深省，令人钦佩。

---

① 姚永概：《慎宜轩记》,《慎宜轩文集》,1916年都门印书局铅印本。

第六章

从"古文选本"到"国文读本"：
晚清民初桐城派教科书的编纂与流播

致力书院讲学，倾心教学的桐城传统，使得桐城文人乐为人师，同时善编"选本"。在代代传承的二百多年里，各代桐城派作家精心编选的古文选本，更是助推桐城派不断发展和延续的重要载体。晚清民初，桐城文人依旧乐此不疲，辛勤耕耘在选本（教科书）编纂的土地上，如吴汝纶《桐城吴氏古文读本》《初学古文读本》，吴闿生《桐城吴氏文法教科书》《古文范》，吴芝瑛《俗语注解小学古文读本》，林纾《中学国文读本》，姚永朴、姚永概《国文初学读本》等。本章集中笔墨予以专论。

第一节　课儿本的另辟蹊径

清光绪二十七年（1901），袁世凯接任直隶总督。期间积极推行新政，力行改革。在教育方面，袁世凯致力于开官（绅）智，为引进、推广西方先进的教育制度扫清了道路，提供了动力。史载，直隶"官绅协力，风气潜移"，公私立学堂"月有所闻"[①]，转而成为各省兴学之翘楚。光绪二十九年（1903），直隶学校司成立。学校司成立伊始，首任督办胡景桂便受命亲往日本考察学务。胡景桂找到了吴闿生，请其重印吴汝纶早年所编

---

① 天津图书馆、天津社会科学院历史研究所编：《袁世凯奏议》（下），天津古籍出版社，1987年版，第1338页。

《初学古文读本》。并请吴闿生为之作序及弁言，欲以此作为新式学堂国文教科书。桐城"古文选本"正式被用诸学堂，这也意味着桐城古文与新式学堂的接轨。

一、《古文读本》书名考述

笔者现今所见之《初学古文读本》，为光绪二十九年直隶学校司排印本。分上、下两编，封面分别题"初学古文读本上""初学古文读本下"；上编扉页题有"桐城吴先生点定古文读本""排印局铅印"字样；正文前依次为：胡景桂作《重印古文读本序》、吴闿生作《重印古文读本序》、吴闿生作《重印古文读本弁言》；次"古文读本目录"，次正文。正文之后无出版日期及其他相关信息。①

据《桐城文学渊源撰述考》记载，以吴汝纶冠名的古文读本现存有两种，一为《古文读本》十三卷；另一种为《古文读本前后编》二卷。②稍作辨别，即可知道前者是另外一种选本，而后者正是笔者现今所见之吴汝纶《初学古文读本》。不免置疑，刘声木所考读本书名与现今所见之书名颇有出入，前者没有出现"初学"二字，只言"古文读本前后编"。可以推测，"前后编"三字是刘声木特加备注的，为的是与第一种《古文读本》（十三卷本）区别开来。即刘氏所见之书，仅有"古文读本"之名。这与笔者现今所见之本，即经胡景桂、吴闿生重印后的吴汝纶读本——《初学古文读本》，书名略有不同。

其实，何止刘声木曾考虑到两书可能会混淆，吴闿生也担心过这个问题。其在《重印古文读本弁言》中早已申明：

> 是编为儿时先大夫授读之本，其编纂浅深次第具有精心，童蒙欲求文学盖莫逾是书者。独教师非所素习，亦苦不能骤通耳。书故无刊

---

① 吴汝纶编：《初学古文读本》，光绪二十九年排印局铅印。

② 刘声木：《桐城文学撰述渊源考》，徐天祥点校，黄山书社，1989年版，第504页。

行本，启孙尝于日本传印，而圈识不完，不及此书为备。至近时饶阳常君堉璋，去先君评选姚氏《类纂》印行，亦名"古文读本"，与此本绝殊。彼书宜名"姚选古文简本"乃符事实，而常君等校印颇以私意去取，如《原道》《与孟尚书书》皆弃不载，其他割截尚多，则非先君之旧矣……①

吴闿生重点申明常堉璋《古文读本》和自己重印之书并非同一种书，只是由于书名太过相近，不得不反复强调。为了读者易于分辨，吴闿生还概述了常本的特点。甚至替常本重新命名，从而与自己的"古文读本"区别开来。用心良苦，却也是迫不得已。可见两书原本皆名"古文读本"，因此难以分辨。

吴闿生自言："是编为儿时先大夫授读之本"，又言："予既于日本传印儿时先君所授古文读本，逾年未行至中国"。显然，《初学古文读本》为吴汝纶早年编纂，是专供吴闿生幼时学习古文的选本。吴闿生早已将此书印行于日本，但在国内一直未有传本，因为吴汝纶未曾将其公之于世，也没有作为弟子们学习古文的范本。《初学古文读本》只是吴汝纶的课儿本，仅限于在家内使用。

依此推断，吴汝纶没有必要为此书冠名，更不大可能会正式命名为"初学古文读本"；更可能的是简单名之曰"古文读本"而已。这从吴闿生《序》："传印先君所授古文读本"②对此书的称名，以及胡景桂《序》："古文读本二卷"③等语可以得到很好的印证。据此推测，原书名并无"初学"二字。因此，关于此书的书名，笔者认为刘声木《桐城文学撰述渊源考》的记载更加可信。"初学古文读本"之名显然是此番重印出版才另行命名的，更加正式、规范，也正好可以与常氏《古文读本》区别开来。此外，扉页所题"桐城吴先生点定古文读本"，颇有点"拉名人代言"的广告意

---

① 吴闿生:《重印古文读本弁言》,《初学古文读本》。
② 吴闿生:《重印古文读本序》,《初学古文读本》,第1页。
③ 胡景桂:《重印古文读本序》,《初学古文读本》,第1页。

味。从正文来看，许多圈识皆为此番重印时请李景濂依吴汝纶"所藏点定诸书"续补而成，也就是说，吴汝纶原本中并没有太多圈识，又何谈"点定"呢？可见，这是在征得吴闿生同意之后，此番重印另外加上去的标题。这与前述修改书名的举措异曲同工，可谓桴鼓相应。

然而，这般追求名人效应，大张旗鼓，也确实耐人寻味。胡景桂在《重印古文读本序》中对此番重印有详细地说明：

> 古文读本二卷，桐城吴挚甫先生课儿本也，初印行于日本。先生子辟疆自言八九岁时即能把笔为文，皆此书发之。……全书精深雄博，非浅识所能骤窥，而文字驯雅，机趣横生，足以开瀹智识，启辟轨途者莫逾此书。此书讬始周末，讫乎近世曾张，由简短而渐及深长，以后来诣极之作与古人零篇只义相衡，文字变迁、源流略具，在自来选家中亦为别立一派，洵初学不可不读之书也…

> 北洋大臣袁宫保方广建学堂，以造育英俊。学堂兼采欧美，科目纷繁，尚拟次第改良，以臻完备。而国文教科书独无善本，庸非慎乎！爰亟取先生此书重付印行，颁发各学堂，以供多士研求之用。书中续增圈识，属先生门人李孝廉景濂据先生所藏点定诸书有传写副本者，分别录入……先生尝谓，欲开示始学莫有过于评点，此区区者，倘亦文字义法所系，而为简省学徒脑力之一端欤。若夫闳伟奇杰倜傥非常之士，循涂探讨，欲罢不能，由是尽窥美富，究极文章变态，又能综贯西学，兼包众长，以铸成亘古未有之奇业，则国运之蒸蒸日进而未可限，其所终极者亦将以是书为椎轮，是又不佞刊行是书之心，所日夜引领以冀者已。[①]

不言而喻，此番正值袁世凯兴建学堂，国文教科书没有合适的教材，胡景桂欲借吴汝纶《古文读本》（笔者注：即前之《初学古文读本》，下同）供

---

① 胡景桂：《重印古文读本序》，《初学古文读本》，第1页。

学堂诸生学习国文之用。从"始学""初学"等语来看，当是作为初等小学堂的启蒙读本。对于一本临时拿来救急的蒙学读本，胡氏似乎寄予厚望。希望借其"开瀹学生智识"，为学生"启辟文章轨途"。另加西学科目的设置和科学知识的学习，学生便能综贯中西，那么铸成亘古未有之伟业，为国家作出伟大贡献也就指日可待。

作为官方认可推行的蒙学国文教材，正规性自不待言，所以正式更名为"初学古文读本"亦是合情合理。如此大的声势，如此轰轰烈烈的"事业"，自然得拿权威的编者作"代言"方能起到"广告"效应。冠以吴汝纶这位闻名海内的古文大家之名，自是不负众望。这样说来，前面种种之高调行事、堂而皇之也就不足为奇了。这便有力地佐证了"初学古文读本"之名始于此番重印。更为关键，《古文读本》的重新命名，说明吴闿生已经有了编选"初学古文选本"的意识自觉。这种有意识和自觉性，预示着一种新的选本和教学理念自此拉开帷幕。从教材定位和教学目的来看，它完全不同于书院古文传授之文章选本。

二、课儿本与书院本之比较

无独有偶，正当胡景桂为没有合适的国文教科书发愁时，吴汝纶正好编有一部适于初学之用的古文选本。经吴闿生授予版权，为之作序正名，可谓一拍即合，两全其美。无论胡景桂还是吴闿生，在《重印古文读本序》里都对给予此书高度评价，对重印此书也热情甚高。就胡景桂而言，有这样一部蒙学古文善本作为国文教科书，又是编自"知名"古文大家之手，自然不胜欢喜。此书不仅能为学子们"启辟"文章之道、"开瀹智识"，还可以为此次兴学增势。对吴闿生而言，拿自家《古文读本》作为小学堂的国文教科书，也是有利无弊。首先，于初学之始就把国文悄无声息地置换为古文，"古文"成为"国文"的代名词，无疑会让古文在新式教育中占尽先机；再者，吴闿生深知《古文读本》之精善，学子们受其启蒙滋养，自然能打好坚实的古文基础，这样便能为古文在新时代的传承延续培育主力军。如此一举两得，互利双赢。无怪乎胡景桂说："启辟轨途者莫逾此书"，"在自来选家中亦为别立一派，淘初学不可不读之书也"[①]；吴闿生亦说："童蒙欲求文学，盖莫逾是书者"[②]。

吴汝纶《古文读本》虽为桐城派"古文选本"，与姚鼐《古文辞类纂》相比，显然大异其趣。

（一）选文的同中有异

笔者将吴汝纶《古文读本》与姚鼐《古文辞类纂》的选文及作者进行了比较，列表如下：

朝代	《古文读本》	《古文辞类纂》
先秦 （汉以前）	《战国策》38篇	《战国策》45篇
	《庄子》17篇	/
	《荀子》4篇	/
	《韩非子》29篇	/
	屈原1篇	屈原24篇
	宋玉1篇	宋玉7篇
	共90篇；	另秦始皇7篇、李斯2篇、楚人1篇、庄辛1篇、景差1篇，共88篇；
两汉 （唐以前）	贾谊1篇	贾谊11篇
	司马相如1篇	司马相如9篇
	《史记》1篇	司马迁7篇
	王褒1篇	/
	扬雄2篇	扬雄11篇
	崔瑗1篇（《座右铭》）	崔瑗1篇（《座右铭》）

---

① 胡景桂：《重印古文读本序》，《初学古文读本》，第2页。

② 吴闿生：《重印古文读本弁言》，《初学古文读本》，第4页。

朝代	《古文读本》	《古文辞类纂》
两汉（唐以前）	刘伶1篇（《酒德颂》）	刘伶1篇（《酒德颂》）
	共8篇；	另司马谈1篇、刘向6篇、班固4篇、贾山1篇、晁错4篇、刘安1篇、严安1篇、主父偃1篇、吾丘子赣1篇、东方朔4篇、路长君1篇、张子高1篇、魏弱翁1篇、赵翁孙4篇、萧长倩1篇、贾君房1篇、匡衡3篇、侯应1篇、谷子云1篇、耿育1篇、贾让1篇、刘歆2篇、诸葛亮1篇、董仲舒3篇、邹阳2篇、枚叔3篇、杨恽1篇、汉高帝6篇、汉文帝10篇、汉景帝1篇、汉武帝11篇、汉昭帝1篇、汉宣帝3篇、汉元帝2篇、汉光武帝2篇、张载1篇、淮南小山1篇、傅毅1篇、张衡2篇、王延寿1篇、王粲1篇、张华1篇、潘岳3篇、陶渊明1篇、鲍照1篇、共142篇；
唐宋	韩愈16篇	韩愈132（137）篇
	柳宗元8篇	柳宗元36（35）篇
	李翱4篇	李翱3篇
	《五代史》1篇	/
	欧阳修14篇	欧阳修65（60）篇
	王安石17篇	王安石55（60）篇
	曾巩8篇	曾巩27篇
	苏洵5篇	苏洵24（31）篇
	苏轼12篇	苏轼47（53）篇
	苏辙2篇	苏辙14（16）篇
	共87篇；	另元结1篇、晁补之1篇、张载1篇，共406篇；
明清	归有光6篇	归有光32篇
	方苞3篇	方苞11篇
	刘大櫆2篇	刘大櫆16篇

朝代	《古文读本》	《古文辞类纂》
明清	姚鼐7篇	/
	梅曾亮4篇	/
	曾国藩5篇	/
	张裕钊3篇	/
	共30篇；	共59篇；
合计	共215篇；	共695篇；

相较于姚鼐《古文辞类纂》①收文695篇，吴汝纶《古文读本》选文篇目已经大大缩减。但从其选文及作者来看，依然是典型的桐城选本特色，尤其是唐以后诸家选取，与《古文辞类纂》完全一致。

首先从古文选取来看。《古文读本》选家于唐代除韩、柳外，只取李翱文四首；于宋代取欧阳修、王安石、曾巩及三苏；宋以后、姚鼐之前仅取归有光、方苞、刘大櫆三家，其余一概不录，这是严格遵循《古文辞类纂》的选家方式，也是桐城选家固有的选文方式，显示出鲜明的桐城选本特色。在姚鼐之后，另取梅曾亮、曾国藩、张裕钊，这几位都是桐城派中后期的代表人物，这是典型的桐城选家路数。

然而，《古文读本》的选文在基本保持桐城特色的前提下，又与《古文辞类纂》同中有异。《古文读本》中先秦文占有相当的比重。不仅如此，吴汝纶更选录了此前方苞和姚鼐都不曾涉及的诸子之文：《庄子》17篇，《荀子》4篇，《韩非子》29篇，共计50篇之巨。据此言之，吴汝纶的选文理念与方苞、姚鼐显示出巨大差异。这显然源于编选目的的不同。

《古文辞类纂》作为书院讲学选本，是姚鼐教授弟子古文写作的范本，选文舍弃"神龙见首不见尾"的先秦文，而偏重于"入窥秦汉文之梯径"的八家之文。

与姚选作为习作古文的范本不同，《古文读本》是吴汝纶的课儿之本。

① 姚鼐选纂:《古文辞类纂》(全三册),宋晶如、章荣注释,中国书店,1986年版。

作为蒙学孩童的诵读之物，目的是让初学者领会文意，学得道理，"开瀹智识"，同时领略古文之美。吴汝纶选文自然无须顾虑太多。只要是大家、经典，只要能让孩童尽早领略古文妙处，皆可堂而皇之选入读本之中。庄子、荀子等文章大家，《荀子》《韩非子》等先秦高文，自然当仁不让。尤其是《庄子》和《韩非子》中的寓言故事，如《秋水》《说林》等，于蒙学孩童诵读，可谓再适合不过了，弃之不选，岂不可惜？

其次看辞赋的选录。出于"通儒之鸿识"[1]，姚鼐在编纂《古文辞类纂》时突破方苞选文的先例，选入了屈原、宋玉等的辞赋，扬雄、崔瑗等的箴铭文、颂赞。在这一点上，吴汝纶与姚鼐保持高度一致，如屈原《渔父》、宋玉《对楚怀王问》、扬雄《酒箴》和《赵充国颂》、崔瑗《座右铭》、刘伶《酒德颂》等（具体参看前页表格），皆被吴汝纶原封不动地录入《古文读本》。这也突显了《古文读本》对《古文辞类纂》的继承，以及吴汝纶对姚鼐古文观念的推崇。

正所谓"有所法而后能，有所变而后大"[2]，继承与推崇并不意味着因循守旧，照搬原套。同样选录辞赋，姚鼐主要选取大家名赋，自屈原《离骚》《九章》始，继之宋玉《高唐赋》《神女赋》，汉大赋如《子虚赋》《上林赋》，一直到苏轼《前赤壁赋》《后赤壁赋》，一脉而下，赋体的演变发展史隐约可见。但吴汝纶却不于这些大家名赋着手，就连"赫赫有名"的汉大赋，也都一篇不取。反之，《古文读本》选录如欧阳修《鸣蝉赋》《憎苍蝇赋》等一些不太知名的"小赋"。这种选文方式与路数，也确实为有"趣"。

再来看《战国策》文的选取。《战国策·西周策》中的《苏厉谓周君》一文，被吴汝纶列为《古文读本》开宗第一篇。全文不过两百一十字，短小精炼。记叙了一个简单而又意味深长的故事，说明了一个深刻地人生哲

① 姚汉章，刘法曾：《中华中学国文教科书·编辑大意》，《中华教育界》，中华书局，1913年第1期，第7页。

② 姚鼐：《刘海峰先生八十寿序》，关爱和：《古典主义的终结：桐城派与"五四"新文学》，上海文艺出版社，1998年版，第42页。

理：物极必反，盛极必衰。形象的比喻、生动的故事，以此来阐发事理，因而文意较为显豁，易于理解；但却言近而旨远，读后使人明白做人的大道理：人做事千万不能做得太满，要留有回旋余地，荣誉欲、贪利欲太盛，不能真正懂得人情世态的人，都必将会适得其反。这样的文章，真可谓深入浅出、举重若轻。除此之外，吴汝纶还选取了如《邹忌修八尺有余》《有献不死之药于荆王者》等短小有趣，但又寓意深刻，能发人深省的文章。这些篇章显然更适合初学孩童启蒙习读。初学者不仅可以从中窥得文章之道，更可以悟得人生道理；启发孩童深入思考，并学会从不同角度思考问题。要之，这般短小有趣、明白易懂，自然可以培养孩童的学习兴趣，激发孩童求知的欲望。

出于以上不同考量，吴汝纶与姚鼐在对同一时段、同一文体、同一作家文章的选取，自然也不尽相同。同样是选唐宋八家之文，姚鼐对其论辩、序跋以及书说之文比较青睐，如韩愈论道文：《原道》《原性》《原毁》三篇全收，柳宗元序跋文：《辩列子》《辩文子》《辩鬼谷子》《辩晏子春秋》……不一而足。而吴汝纶则选录如柳宗元《三戒》这样的寓言故事，并且将《临江之麋》《黔之驴》和《永某氏之鼠》三篇文章悉数录入，可见钟爱有加，趣味迥异。

（二）体例的大相径庭

选本除了按某种标准来选择一定数量的文章外，还要按照一定的顺次对其进行编排。因此，与选文理念如影随形的是编排体例。

不同文体自身有不同的特点，难度必有高下之别。在姚鼐的时代，学子们一门心思学习古文，长期接受古文习作训练，书院自然可以在设置课程时按照不同的学段，安排学生学习各类文体。而吴汝纶在编选课儿本时，则不得不面对一个问题：一些高门槛的文体并不适合初学孩童阅读或学习。例如，吴汝纶就认为"传状碑版与骚赋铭颂之文，皆非小学浅学所能遽入"①。因此，作为孩童启蒙读本的《古文读本》，对形成初学者的文体意识并没有《古文辞类纂》那般重视。正缘于此，吴汝纶在《古文读本》中并没有辨明文体，只是将所选之文简单地按作家时代的先后顺序进行编排，同一作家的多篇文章也是不同文体参差排列。如《古文读本》中选录韩愈作品，是将韩愈选文进行一定排列，其先后顺序完全与文体类别无关。显然《古文读本》的选文编排已经完全抛开文体意识。

对于初步接触古文的孩童而言，想要其迅速形成文体意识显然冀望过高。即使是最简短晓易的文章如寓言故事，也要慢慢引导、循序渐进，"由简短而渐及深长"②。吴汝纶身为有情怀、有经验的名师，对此自然是心知肚明。因此《古文读本》在无视文体进行排列的同时，体现出来的是另一种层次感：文章难易程度上的缓慢递进。作为晚清著名的教育家，吴汝纶熟谙"教育的主体是学生"的道理。若想取得理想的教学效果，显然不得不顾及学生的实际情况，根据不同的学情，设计不同的教育方案。对初学孩童而言，文章的难易暂未涉及文体类别之异，更多的是体现在古文的长短、文言的深浅，以及所述内容的简繁，《古文读本》的编排即由此出发。不妨通过其选录最多的《战国策》之文来看：

战国策三十八篇③：1. 苏厉谓周君；

2. 秦武王谓甘茂；

3. 甘茂亡秦；

4. 秦昭王谓左右；

5. 靖郭君将城薛；

6. 邹忌修八尺有余；

7. 昭阳为楚伐魏；

---

① 吴汝纶：《驳议两湖张制军变法三疏》，《吴汝纶全集》第四册，施培毅、徐寿凯校点，黄山书社，2002年版，第454页。

② 胡景桂：《重印古文读本序》，《初学古文读本》，第2页。

③ 吴汝纶：《古文读本·目录》，《初学古文读本》，第1—2页。

8. 孟尝君将入秦；

9. 淳于髡一日而见七人于宣王；

10. 齐人有冯谖者；

11. 齐人见田骈；

12. 齐负郭之民；

13. 齐闵王之遇杀；

14. 荆宣王问群臣；

15. 楚襄王为太子之时质于齐；

16. 苏秦之楚；

17. 张仪之楚；

18. 魏王遗楚王美人；

19. 有献不死之药于荆王者；

20. 天下合纵；

21. 汗明见春申君；

22. 客见赵王；

23. 赵太后新用事；

24. 公孙衍为魏将；

25. 田需贵于魏王；

26. 田需死；

27. 庞葱与太子质于邯郸；

28. 秦败魏于华；

29. 齐欲伐魏；

30. 献书秦王；

31. 白珪谓新城君；

32. 魏王欲攻邯郸；

33. 秦魏为与国；

34. 史疾为韩使楚；

35. 人有恶苏秦于燕王者；

36. 燕昭王收破燕后即位；

37. 苏代为燕说齐；

38. 赵且伐燕；

从以上目录可以看出：与姚鼐把《战国策》中奏议和书说之文各归其类，无论短长、深浅的编排不同，吴汝纶首先从简短而形象的片段对话开始，如《苏厉谓周君》《秦武王谓甘茂》《秦昭王谓左右》等，渐渐过渡到有些故事情节，稍涉理论或史识的说理文，如《燕昭王收破燕后即位》《苏代为燕说齐》《赵且伐燕》等篇章。总的来说，整部读本的选文编排也是这样，先秦文多选故事性强，道理简单的短章，而唐宋文多选论辩、书说之文，再渐及辞赋、传状、碑志之文。

（三）评点的独树一帜

作为清代古文代表，桐城三祖皆有古文评点本传诸于世。其评点往往兼具指导写作和阐扬文论的性质，尤其是姚鼐的《古文辞类纂》，堪称模范。

姚鼐《古文辞类纂》中的评点方式主要有三类：圈点、夹批和总评。

首先来看总评。笔者摘录《古文辞类纂》的几条总评列表如下：

篇目	评语
贾谊《过秦论上》	评曰：固是合后二篇意乃完然，首篇为特雄骏闳伟。①
韩愈《伯夷颂》	评曰：用意反侧荡漾，颇似太史公论赞。
欧阳修《为君难论下》	评曰：欧公之论平直详切，陈悟君上，此体为宜。
苏轼《志林·鲁隐公》	评曰：此与论周东迁，皆杂引古事错综成论。而此篇尤为奇肆飘忽，其神气盖近《孟子》，是不可以貌论也。管仲辞子华篇，其文体亦然，但蹊径少平直耳。

① 姚鼐选纂：《古文辞类纂》（全三册）。

篇目	评语
刘向《战国策序》	评曰:此文固不若《过秦论》之雄骏,然冲溶浑厚,无意为文,而自能尽意,若《庄子》所谓木鸡者,此境以贾生所无也。

只要稍做归纳即可看出,总评更加注重对文章艺术特色的品评。吴汝纶《古文读本》保留了圈点和夹批这两种评点手法,而舍去了总评。作为蒙学读物的《古文读本》自然不用涉及风格、意韵那般"高深莫测"的话题,所以总评的手法被吴汝纶弃之不用也是顺理成章的结果。

再来看夹批。《古文辞类纂》中的夹批主要是针对文章的行文布局有感而发。有些首尾照应、转折承接处使得全篇跌宕起伏,有些铺排重复处使得文章气势充沛。姚鼐便于行文巧妙处褒之,拖沓繁复处贬之,其侧重的是章法、文法等写作技巧层面上的言传身教。吴汝纶对此并未采纳,反倒对姚纂的另一种夹批——个别字词的注解和不同版本的异文说明,甚为钟爱。显然,对于蒙学孩童而言,这种需要更为迫切,因此吴汝纶不仅沿用这类夹注,同时对其进行了更为全面地拓展。

为了便于说明,笔者将《古文读本》中的这类夹注整理并列表如下:

	篇名	原文及注释
《战国策》	一、《秦武王谓甘茂》	疑臣者不適(音翅)三人;[①]
	二、《昭阳为楚伐魏》	官(当为冠)之上,非可重也;
	三、《献书秦王》	(阙文)献书秦王曰:昔窃闻大王之谋出事于梁;
《韩非子》	四、《内储说》	其助(顾千里云:当作动)甚此矣;
	五、《外储说》	则恐人怀其文,忘其直(读为质);
	六、《难》	舅犯则以(同已)兼之矣;
	七、《难》	处势而骄(当作矫)下者;

172

① 吴汝纶编:《初学古文读本》。

篇名		原文及注释
《韩非子》	八、《难》	管仲以贱为不可以治国(当作贵);
	九、《难》	管仲非周公旦以(同已)明矣;
	十、《难》	蟲流出户而作(始也)葬;
	十一、《难》	今以为身处危,而人尚(或为当)可战;
	十二、《难》	郑子产晨出,过束(或作东)匠氏之间;
	十三、《难》	狱之患,故(同固)非在所以(同已)诛也,以雠之众也;
	十四、《难》	臣之梦浅(浅当作践)矣;
	十五、《难》	而同于用所爱,卫奚距(同遽)然哉,则侏儒之未见也;
王褒	十六、《僮约》	沃水酪,佐菹(音祖)醯;
	十七、《僮约》	货易羊牛,奴自教(当作敩)精惠;
	十八、《僮约》	南安拾栗采橘,持车载辕,(当衍拾栗二字)
韩愈	十九、《石鼎聊句诗序》	巧匠断山骨,刬中事煎烹。(师服)直柄未当权,塞口且吞声。(喜)龙头缩菌蠢,豕腹涨彭亨。(弥明)外苞乾藓文,中有暗浪惊。(师服)在泠足自安,遭焚意弥贞。(喜)……
苏轼	二十、《始皇扶苏》	始皇东游会稽,并(读为傍)海走琅琊;

综上所述,《古文读本》的夹注主要分为以下几种。其一,继承《古文辞类纂》夹注,对不同版本的文章异文进行说明,如第二、三、四、七、八、十一、十二、十四、十七、十八条;其次,对字义的解释,如第六、九、十、十三、十五条,或指出同音假借之本字,或直接对某字作解释;此外,还有对字音的注释,如第一、五、十六、二十条。显然,《古文读本》中此类注释的比例明显增高,而且手法多样。

关于《古文读本》的圈点,

《古文读本》中圈点主要可以分为以下两类,一类是作为旧式标点符号使用的圈(〇),如《邹忌修八尺有余》:

邹忌修八尺有余〇而形貌昳丽〇朝服衣冠〇窥镜〇谓其妻曰〇我

孰与城北徐公美○其妻曰○君美甚○徐公何能及公也○城北徐公○齐
国之美丽者也○忌不自信○而复问其妾曰○吾孰与徐公美○妾曰○徐
公何能及君也○旦日○客从外来○与坐谈○问之客曰○吾与徐公孰美
○客曰○徐公不若君之美也○明日徐公来○孰视之○自以为不如○窥
镜而自视○又弗如远甚○……①

用圈（○）对文中语句进行句读，以便初学者在古文功底薄弱的情况下准
确把握句子意思；另一类是作为着重号使用的圈（○）和点（●），在文
章的关键处进行标识，使学习者在阅读过程中能一目了然地把握文章的主
要内容，或要说明的道理，或要表达的思想。另外，要表达一定的内容，
往往需要相关论点来支撑，这些观点用怎样的方式来表达，从哪个角度入
手，如何层层深入分析，都会影响对文章的整体把握，因此，通过圈点将
这些重要内容凸显出来，便可以提醒初学者。

《古文辞类纂》在姚鼐早年时的本子中也有圈点，据云："姚氏晚年嫌
'圈点，近时艺'未及刊落"，后命人去除原有圈点。②吴汝纶对姚鼐古文
评点继承中有变通，继续使用圈点这种评点手法，以之作为引导蒙学孩童
的门径，实乃因时制宜。

通过对以上三个方面的分析与比较可以知道，首先，《古文辞类纂》
在特定的背景下诞生，它具有辨章源流、正本清源的学术价值：梳理出上
千年古文传承脉络，进而突出古文的正宗正派，桐城文章的正统地位亦由
然而立；其次，作为教授学生古文写作的教材，它具有写作学层面上的选
本特征。这两方面的性质影响了《古文辞类纂》的选文、编排以及评点方
式。《古文读本》受姚纂和桐城家法的影响，明显地具有桐城选本的特征；

---

① 吴汝纶编：《初学古文读本》，第3页。
② 钱基博认为："《古文辞类纂》为姚鼐终身未及论定之书，此书毕生论纂，而未以为惬。康
刻（有圈点本）固早点手笔，吴刻（去圈点本）亦不为定本。"并认为吴刻之去圈点，其"本姚意"之说
事无佐证；"圈点之于姚纂，是有不可去者。"（参看钱基博《古文辞类纂解题及其读法》，中山书
局，1929年版，第9页。）

但作为课儿本，它的编选初衷不同，《古文读本》在各个方面表现出自身特色，无论是选文，编排还是评点，都集中指向一个终极目标——启蒙孩童"智识"。这种编选理念的不同，并不意味着吴汝纶对姚鼐选本理念的突破。在此，吴汝纶编纂的另一部古文选本《桐城吴氏古文读本》（亦即前面所说的常堉璋《古文读本》，以下简称《吴氏读本》），可备参照。

《吴氏读本》是吴汝纶主持莲池书院，给众弟子讲学时所编。现今所见之《吴氏读本》是经吴汝纶嫡传弟子常堉璋重印之本。①作为古文教学的实际讲授选本，此书无论是选文还是编排都和《古文辞类纂》保持高度一致。只是篇目选录少于姚纂，所以更像是姚纂的一种节本。②由于书院讲学针对科举而设，传授对象主要是众考生，这与姚鼐《古文辞类纂》的编选初衷如出一辙，所以吴汝纶书院传授本——《吴氏读本》严格遵守桐城家法（《古文辞类纂》作为桐城派开山立派的核心选本，《古文读本》对其的继承即意味着对桐城家法的遵守）。这里对家法的严格遵守，与吴汝纶对《古文辞类纂》的高度推崇可谓是遥相呼应，互为表里。然而，编选书院讲学本时对家法的遵守，与编选课儿本时对家法的偏离则又形成了鲜明的对比。可见，《古文读本》中体现出的编选理念差异，只是吴汝纶针对特殊教授对象——初学孩童，特殊教育背景——课儿、启蒙孩童"智识"的一种因时而变，因地制宜。

显然，《古文读本》针对初学孩童，以启蒙孩童智识为主的编选理念，反映出吴汝纶一种新的教育观念：针对不同教授对象，根据不同教学目标，在不突破桐城家法的前提下因时而变，因地制宜，编选出适合的、具有桐城特色的"古文初学选本"。无论吴汝纶的这种编选理念是有意还是无意，《古文读本》对于晚清桐城派"古文初学选本"的典范价值都不容忽视。从这个角度来说，吴汝纶《古文读本》在后期桐城派"古文初学选

---

① 吴汝纶编：《桐城吴氏古文读本》，光绪三十年，上海文明书局排印本。

② 具体参看吴微：《从"古文选本"到"国文读本"：桐城文章与文学教育的转型》，《国学研究》第二十七卷，北京大学出版社。

本"中享有首创之功。此本一出，启迪来者，此类选本由此层出不穷。

第二节　教科书的因时而变

光绪三十年（1904），在胡景桂、吴闿生等人用心良苦重印吴汝纶《古文读本》的第二年，吴闿生意犹未尽，又重新编纂了《桐城吴氏文法教科书》（以下简称《文法教科书》），并于次年（1905）由上海文明书局印行出版。

吴闿生早年留学日本，清后归国后任清廷度支部财政处总办。北洋政府时期，历任总统府内使、教育部次长、国务院参议。1928年后，与高步瀛等人在奉天萃升书院讲学，后任北京古学院①文学研究员。吴闿生论文主奇咨纵横，钱基博谓其文章"纵咨转变，能究极笔势；辞气喷薄，……其势沛然，其容穆然。震荡错综，是真能得父师之血脉者。"②身为吴汝纶之子，吴闿生早濡家学。所著之《诗义汇通》《孟子文法读本》，所选诗文如《古今诗范》《古文范》，尤便初学。

《文法教科书》分上、下两编。上编：韩非子《难》（十四篇），下编：司马迁《史记》（二十篇）。每篇文章都以夹批或尾批的形式，进行了详细地注释和批评。据吴闿生《叙》中介绍，《文法教科书》是作为公立小学堂教科所用。其一再强调"慰蒙求也"③、"童蒙之便用而已"④，故此书当为初等小学堂而编，即亦为初学国文教科书。

---

① 七七事变后，寄寓北平的老派学人创办了北京古学院，以提倡古学、潜研旧籍为学术旨归，对稀见史籍进行了重新编纂、校勘和辑佚的工作，使得国粹得以留存至今。然而，因古学院成员暧昧的政治色彩，使得古学院1946年即遭取缔，这段历史也因此湮灭不存。（郑善庆：《北京古学院的学人与学术》，《北京行政学院学报》2012年第2期。）

② 钱基博：《现代中国文学史》，中国人民大学出版社，2007年版，第145页。

③ 吴闿生编：《桐城吴氏文法教科书》，光绪三十一年，上海文明书局初版。

④ 吴闿生编：《桐城吴氏文法教书书》，宣统元年，上海文明书局三版。

一、《文法教科书》背景分析

如前所述，无论胡景桂还是吴闿生，对重印吴汝纶《古文读本》作为小学堂国文教科书之举都很自信，"初学善本"的自得不绝于口。自此言之，吴闿生这么快又重新编纂，同样供初等小学堂所用国文教科书，似乎令人颇为费解。既为"初学善本"，又何以重新编纂教科书？并且是在这么短的时间内，作出如此大幅的调整？对此，笔者从以下几个方面进行了考察。

（一）学制改革的无奈

相较于《古文读本》，《文法教科书》最明显的变化是：选文篇目大幅减少。前者共选文二百一十五篇，而后者包括《史记》的《序》《赞》在内，不过三十四篇。但从《韩非子》文来看，《古文读本》选录了《说林》三篇、《内储说》四篇、《外储说》七篇、《难》十四篇，共二十九篇；而《文法教科书》仅录《难》十四篇。在如此短的时间内，忽然又这般大刀阔斧地精简篇目，不大可能是出于吴闿生自己所愿。

联系当时的时代背景，初等小学堂规定每周授课不得超过30小时，其中读经讲经为12小时；高等小学堂规定每周上课36小时，其中讲经读经每周12小时。①在这有限的时间内，读经讲经作为主修课程已经占据了大部分，其他课程所占的时间则是少之又少。因此，学生们用来学习中国文学一科的时间已经所剩无几。这种情况下，依然按照先前的选文数量来编辑教科书，显然不切实际。吴闿生从实际情况出发，选取适当数量的文章作为学堂教授篇目，亦不失为一种"通情达理"的因时而变。

与篇目大量减少相伴而来的便是选文问题。由于选文篇目有限，自然要选取最能启发学生，最具代表性的文章作为学习范文。不仅如此，还要

---

① 李华兴主编：《民国教育史》，上海教育出版社，1997年版，第637页。

增加每篇文章所授内容的密度，让学生从每篇文章中获取更多的知识。这样一来，详细的注释和批评也就必不可少了。

（二）"疏释不具"的修订

吴闿生在《文法教科书》前面有一段《叙》，其自记如下：

> 中国文教之国也。后生为学，苟文事之不知，则其才智不开，而莫由责效于世用。顾讲求文事，非得其传冈冀焉，世之议者辄难之宜矣。襄刻先君所选古文读本，为初学善本，第疏释不具，读者病诸。保定两江公立小学堂既成，请文法教科书于余，因取读本中韩非诸难，粗加诠次，益以史公序赞若干首，本于庭训，不惜详且尽，慰蒙求也！夫文章之妙，不可以言说也。虽然欲喻诸人人，盖有无如何者矣。大雅君子，或不鄙弃之也乎！①

从这段记述来看，重印的吴汝纶《古文读本》（笔者注：亦即《初学古文读本》）并没有如预期中那样令人"称心如意"。由于其"疏释"不够细致详尽，颇令读者们头疼，没有受到太多好评。因此"保定两江公立小学堂"再次向吴闿生请求文法教科书。

于是，吴闿生在《古文读本》的基础上，对《文法教科书》详具疏释。这只需比较两书中韩非诸《难》的注释，即可一目了然：

《古文读本》	《文法教科书》
尧舜之所难也,处势而骄(当作矫)下者;	尧舜之所难也,处势而骄下者(骄,读曰矫;处形势之地,以矫正其下);②
管仲以贱为不可以治国(当作贵);	管仲以贱为不可以治国(国,读为贵;身既贱下,不足以治贵人也);
管仲非周公旦以(同已)明矣;	管仲非周公旦以明矣(以,读曰已);

---

① 吴闿生编：《桐城吴氏文法教科书》，光绪三十一年，上海文明书局版，第1页。

② 吴闿生编：《桐城吴氏文法教科书》（上篇），第5页。

《古文读本》	《文法教科书》
蠡流出尸而作(始也)葬;	蠡流出尸而作葬(作,始也,借字妙;言桓公任仲之专,己蓄乱萌,特借竖刁辈发见而已,即前论竖刁篇之情);
今以为身处危,而人尚(或为当)可战;	今以为身处危,而人尚可战(尚,读为当;以为身处危而人当有战者,行人所策之说也);
狱之患,故(同固)非在所以(同已)诛也;	狱之患,故非在所以诛也(故,读为固;以,读为已);
而同于用所爱,卫奚距(同遽)然哉,则侏儒之未见也;	而同于用所爱,卫奚距然哉(距,读曰遽),则侏儒之未见也;

这样的例子书中还有很多，无须枚举。显之，《文法教科书》是吴闿生在《古文读本》原有注释的基础上，对其进行更为详细的补充，使之更加浅显易懂而成。如吴汝纶只言"骄，当作矫"，含蓄简略，但却显得模糊难解；吴闿生则针对初学孩童的实际情况，对字音、字义详细说明："骄，读曰矫；处形势之地，以矫正其下。"除此之外，吴闿生还在原书基础上增加了疏释，如"繁礼，多礼也""偷取，即掩袭而去之意""辞者，遣退之也"等。这些疏释都是对字义的解释，为帮助读者理解文章而作，通俗而直白，浅显而易懂。这样做显然是为了顺应时代变革，响应学童们的呼声，对《古文读本》的疏释加以补充，使之以更加明白易懂的形式呈现给学堂诸童。

（三）"水土不服"的困扰

然而，古文选本毕竟不同于学堂教科书。在此不妨以冯友兰的一段学习经历来看。冯友兰回忆自己光绪三十三年（1907）在湖北崇阳县衙学堂时说：

自从教读师爷（即我们的先生）到衙门以后，我们读书就上了轨道了。功课还有四门：古文，算术，写字，作文。经书不读了，只读古文，读本是吴汝纶所选的《桐城吴氏古文读本》（笔者按：亦即常堉璋重印之《吴氏读本》），一开头就是贾谊的《过秦论》。读古文虽然还不能全懂，但是比经书容易懂多了。并且有声调，有气势，读起来觉得很有意思。……功课不紧，往往一个上午就上完了。①

其时冯友兰十二岁，当就读高等小学堂。②学堂的古文先生也就是位"教读师爷"③，其教授水平可想而知。《吴氏读本》这样的古文选本用之于书院，在教授过程中有编选者，抑或是古文名师的详解细释，自然能曲尽其妙，让学生受益匪浅；但拿到学堂作为教科书，情况则完全不同。在没有较高水平老师予以讲解的情况下，简略的古文选本，必定让学童摸不着头脑，学生的古文学习主要还是以读为主；加之学堂上课时间短，而课程门类又多，学历分散，即便是读，也终究是力不从心。连《过秦论》尚不能全懂，可以想象其时小学堂的授课情况和效果。概之，由于"水土不服"，古文选本用之于学堂，根本发挥不了预期的作用。

于是，吴闿生在对原书详具疏释之余，另外增加了几种帮助孩童理解文章的补充说明。其一，对题目或文体进行解释说明，如：

以上乃立案，以下乃韩非难语。凡立案止须将事中情节所当驳难之处，一一表明而已（韩非《难》）；④

韩非作难，皆设为"或曰"以明之（韩非《难》）；

史公叙次春秋十二国诸侯之事，以为年表，而自为之序，以论其大略，所谓年表序是也（《史记·十二诸侯年表序》）；

---

① 冯友兰：《冯友兰自述》，中国人民大学出版社，2011年版，第19页。
② 学制与年龄段详细参看朱有献主编：《中国近代学制史料》（第二辑上册），华东师范大学出版社，1983年版，第174—201页。
③ 教读师爷，专管县令的孩子就读事情的人，并不管全县的中小学教育之类的事，因此并非今天所说的教育局长。（刘长城：《哲学大师冯友兰》，九州出版社，2010年版，第20—21页。）
④ 吴闿生编：《桐城吴氏文法教科书》（上篇），第1页。

① 冯友兰：《冯友兰自述》，中国人民大学出版社，2011年版，第19页。

② 学制与年龄段详细参看朱有献主编：《中国近代学制史料》（第二辑上册），华东师范大学出版社，1983年版，第174—201页。

③ 教读师爷，专管县令的孩子就读事情的人，并不管全县的中小学教育之类的事，因此并非今天所说的教育局长。（刘长城：《哲学大师冯友兰》，九州出版社，2010年版，第20—21页。）

④ 吴闿生编：《桐城吴氏文法教科书》（上篇），第1页。

晚清桐城派文学教育研究

其二，对古代文史常识知识的介绍说明，如：

> 以诈伪取胜，兵家所不嫌也（韩非《难》）；
>
> 师挚，周乐官，叙次乐章，诗三百篇，风始《关雎》，雅始《鹿鸣》，蓋师挚之所为也（《史记·十二诸侯年表序》）；
>
> 《关雎》《鹿鸣》皆刺诗也（《史记·十二诸侯年表序》）；

其至还有对文意的直接说明，如"偷取一时"句下道："言偷取一时之利"，并接着补充道："古文简直，故句法高峻如此"；"以诈遇民"句下道："犹言以诈待人"；"不厌忠信"句下道："言不辞为忠信之事"等。显而易见，为了适于学堂教科之用，吴闿生对《古文读本》进行了许多修补。出现了类似于解题的题目、文体说明，类似于背景补充的文史知识介绍，以及类似于段落断意的文意解释。实际上，在作这些便于学堂使用的修补时，已经使得此书呈现出教科书的形式。

二、裂变中的传承——《文法教科书》继承中的发展

光绪二十九年十一月（1904年1月）颁布的癸卯学制，"奠定了清末新式教育的学科框架和教学取向，却也留下了不少缝隙。"[①]其中，小学堂涉及本国语言文字的课程有两种：初等小学的"中国文字"科与高等小学的"中国文学"科。无论哪一种，"作文"仍是学科教学的重点。奏定章程中规定此科教法：

> 凡学为文之次第：一曰文义；文者积字而成，用字必有来历，下字必求的解，虽本乎古，亦不骇乎今。二曰文法；文法备于古人之文，故求文法者必自讲读始，先使读经史子集中平易雅驯之文，次则近代有关系之文亦可浏览，不必熟读。三曰作文；以清真雅正为主，

---

① 陆胤：《清末"文法"的空间——从〈马氏文通〉到〈汉文典〉》，《中国文学学报》第4期，北京大学中文系与香港中文大学中国语言及文学系主办，香港中文大学出版社，2013年版。

一忌用僻怪字，二忌用涩口句，三忌发狂妄议论，四忌袭用报馆陈言，五忌以空言敷衍成篇。①

很显然，此处的"文义""文法""作文"，都还是从传统的古文写作学角度出发，其重心仍在作文之法。尤其是"文法"之讲读，依然是以讲读古文选本为途径，以领会经史子集中的古文义法为旨归。言"作文"以清真雅正为主，则给素以"雅洁清通"著称的桐城古文留下了无限的发挥空间。正因如此，在这种背景下编纂的《文法教科书》有许多特别之处。

（一）对桐城的扩容

首先来看选文的变化。正如前面所说，新学制的实行使得《文法教科书》选文大幅减少。少而则精，自然要选取最能启发学生，最具代表性的文章作为学习范文。因此吴闿生仅取韩非和史公之文若干篇，其余一概不选。

首先是学文路径的讨论。吴闿生《文法教科书》，自评论《史记》文伊始便称"由韩非进观史公，所高不止百倍……窥见此妙，然后尽文章之能事矣。"②不难看出，吴闿生主张古文学习应当由韩非入手，再由韩非进观《史记》，认为只有遵循这样的学习路径才能学有所成；吴闿生对《史记》之文可谓爱不释手，认为史公乃文家最高境界。《文法教科书》下编《史记序赞》又云：

> 用意俶诡最是史公胜处，后人鲜能悟其妙者。八家之徒，窃得一二形似，皆足以名世矣。凡文字专就正面铺叙，无可发挥，以诡愤荡谲出之，其精彩乃百倍生动，而趣味亦益渊永也。

① 张之洞、张百熙、荣庆：《奏定中学堂章程》，见璩鑫圭、唐良炎编：《中国近代教育史资料汇编·学制演变》，上海教育出版社，2007年版，第329页。
② 吴闿生编：《桐城吴氏文法教科书》（下篇），第1页。

晚清桐城派文学教育研究

182

于此，吴闿生高度评价司马迁的文学造诣，认为史公之高，便在于文章立意的奇特诡谲，这是文家最值得称道的地方，但后世之人很少能真正领悟其文章之妙，即便是八家之文为后世称道，也只是"窃得一二形似"而已。史公文章如此之妙，如此之高，自然要选入《文法教科书》作为学习范文。加之有韩非文作为入门梯径，因而选此两家也是顺理成章。

值得注意的是吴闿生在此论及"八家"时的态度。其于唐宋八家虽没有全盘否定，但对八家之文的评价已大不如桐城前代古文家。难怪唐宋文——历代桐城选本最为重要的选文资源，被《文法教科书》完全忽略，一篇未录。

其次便又涉及取法对象。吴闿生主张古文学习应从"扬马"入手，从西汉雄文入手。他认为韩愈的文章之所以能取得如此成就，其实也是取法于此。他直接否定了后世学文之人取法于"八家"的做法，认为这是导致文事不振的主要原因。可见，吴闿生的学文主张已经和桐城前人有所不同。

桐城派一贯主张初学古文需取法唐宋文，尤其是八家之文。由于秦汉文难以捉摸，无法可循，因此八家文是入门之梯径，由八家文进窥史公文是必经之路。不难看出，"秦汉高文"始终都是桐城派古文学习的终极目标；尤其是史公之文，"桐城三祖"亦是推崇备至。因此，吴闿生在这里说要以"扬马"为"极轨"，其实并未越出桐城苑囿，而是把桐城派一直以来所要达到的目标直接作为学习的对象。"有所法而后能，有所变而后大"，"法"与"变"是相对而言的，往往具有不可替换的当下性，彼时之"法"，此时之"变"也。在当时的背景下，吴闿生之所以这样做，显然是意图改变桐城后期古文"浅弱不振"[①]的弊病。实际只是站在湘乡派的立场，对桐城派的一种扩容，为后来者寻求更高之"法"。

但吴闿生毕竟抛弃了桐城派原有从唐宋八家文章悟"义法"的学文路径，不再拿八家之文为取法对象，更加注重"扬马"。这表明湘乡派在

---

① 黎庶昌：《续古文辞类纂叙》，《续古文辞类纂》（上册），世界书局，1936年版，第1页。

吴闿生的古文教授理念中占了上风。这种"为文必本扬马"或由韩非进窥史公的古文教授理念，这种把目标直接作为学习对象的学文路径，真的可以行得通吗？这得从吴闿生《文法教科书》的评点出发来考察。

（二）对桐城的复归

从《文法教科书》的评点来看，吴闿生之所以主张直接由西汉雄文或韩非文入手学文，主要是因为他认为史公文或韩非文也是依旧有"法"可依的。其在韩非《难》中有这样一段评点：

> 凡对问者，有因问小大缓急而对也。（承上文，追原对问之法，不再从雍季身上纠缠，便是有截断。凡为文要做得到摆的开，乃是作家能手，如上句便是说得到，此句便是摆的开也。俗手起头先有许多闲话，断不能一句便说出雍季之不当；及至说到雍季，又必有许多闲话纠缠雍季身上；断不能便行撇去，此皆韩非笔力斩绝过人之处。所谓逆接，所谓不平，所谓口前截断弟二句也。夫既已说到雍季，忽又撇开不管，万无此理；但凡手必先就雍季身上叙说几句，然后追原对问之法，便是平铺直叙，顺写；此独先原对问之法，然后再落到雍季，便是逆接不平；凡文章佳处，最喜逆起逆接，但又不能脱节失次，凌躐乱杂，要在细心玩味古人佳文，然后知所守法耳。）①

原文短短十四个字的句子，评点动辄上百字。从"承上文"说到"追原对问之法"，又到"截断"之法，从而引出"摆的开"之说，所谓"逆接""顺写""逆起逆接"等，不一而足；甚至还设想若是"俗手""凡手"作文必当如何，又与"韩非笔力"进行比较，从而从正反两个方面给学习者以启发，细致玩味古人佳文，领悟其中法门。吴闿生对韩非文中"法"的阐释真可谓细致入微、不厌其烦，动辄下笔千言，这与桐城派主张的"义

---

① 吴闿生编：《桐城吴氏文法教科书》（上篇），第2页。

法"如出一辙。由此可以看出，吴闿生重编《文法教科书》的初衷和吴汝纶《古文读本》迥然而异。不再是专供初学阅读，"开瀹智识"的读本，吴闿生更希望初学者通过此书学得作文的入门之法，从而为日后的古文写作打下坚实的基础。吴闿生这样做，既与以《古文辞类纂》为代表的桐城前期选本不谋而合，又使得其"文法教科书"的书名实至名归。

虽然吴闿生对桐城"义法"有某种意义上的回归，但仍然不得不承认他在谨守家法上已经发生了很大变化。吴闿生学文取法对象的"与众不同"，可能与其家学渊源，以及受秦汉文滋养有很大关系，也与他论文主雄奇有关。但吴闿生把这种个人的审美偏向带入家法传承中，则是不得不注意的问题。其实，姚鼐也偏好雄奇之文，偏爱阳刚之美①，但其论文更主"雅洁"，主张学文由平易而雅正的唐宋文入手，这便是桐城派的家法传承。于此，不妨从吴闿生的另一部古文选本——《古文范》入手考察。

《古文范》是吴闿生在民国时期编纂，用以教授弟子的古文教材，作用相当于姚鼐的《古文辞类纂》、吴汝纶的《吴氏读本》。录文凡七代三十家共为文一百三十篇又十三节。其中周秦汉魏文六十一篇又十三节，占有极大的比重，与桐城前期选本确实明显不同。但唐宋文也共有三十六篇，除了苏辙，唐宋八家之文都有选录，其中韩愈和王安石各选文十八篇和十篇，数量分别仅次于司马迁和韩非子。选韩非作为入马之梯径，王安石作为入韩之梯径，确实也突出了吴闿生的文章趣味。但总的来说，《古文范》还是给唐宋文留下了较大空间。从其选文来看，对桐城家法是基本遵守的，尤其是对韩愈和王安石文选取之多，明显表现出桐城选本的特征。值得一提的是，《古文范》是吴闿生对《文法教科书》的扩充。据笔者仔细比对，《古文范》中的韩非和史公文，与《文法教科书》中这两家的选文篇目基本一致，只是前者选文增加了几篇，如韩非《说难》，史公《报任

---

① 姚鼐在《海愚诗钞序》中说："文之雄伟而劲直者，必贵于温深而徐婉。温深徐婉之才，不易得也，然其尤难得者，必在乎天下之雄才也。"（转引自关爱和：《姚鼐的古文艺术理论及其对桐城派形成的贡献》，《文艺研究》1999年第6期。）

安书》等；此外，对原有之文的评点、注释也都与《文法教科书》完全一致。可以说，《古文范》是把《文法教科书》上、下两编整个都纳入其中，再向前扩充至庄子，向后延续至曾国藩，编成一部自先秦至清末的完整"古文选本"。

因此，从《古文范》这样一部更为完整的选本着手，似乎更能看出吴闿生的选文理念和古文传授路数：并不丢弃桐城家法，反而谨守家数。与吴汝纶一样，吴闿生在编纂小学堂古文教科书时更多的是革新，是发展，而真正传授嫡系弟子古文时，则还是回归到比较"平常"的桐城派路数，更多的是继承。

（三）广义的古文观

有趣的是，吴闿生在编选初学教科书与教授弟子"古文选本"时也表现得迥然异趣，这与前述吴汝纶的做法遥为呼应，实可谓父子相通。究其原因，笔者认为是由于书院选本肩负着传授古文、延续文统，即"传道"的重任。所以要谨守家数，以传承桐城古文，培养桐城古文继承者为使命；而对于初学孩童而言，古文的学习是为了"开瀹智识"，其启迪作用更为关键，即便是学作文，也只能教授一些最基本的、通用的作文法则，涉及家法的核心传授相对较少，自然也就可以在基本遵守家法的前提下适当有所变通。因而在编纂"古文初学选本"时观念更为通达，姿态更为从容。

具体到吴闿生的时代，桐城末学的古文传承既遭到文学各派，特别是魏晋文派、骈文派与新文化运动的攻击，又受到科举废除、学校改制等政策因素的影响。"古文不再与仕途结缘，其使用范围以及在青年学子中的号召力与影响力也已大打折扣。"[①]在古文价值受到动摇，古文学习时间被严重压缩的情况下，学子们可以用来学习古文的时间已今非昔比。不能如

---

① 关爱和：《二十世纪初文学变革中的新旧之争——以后期桐城派与"五四"新文学的冲突与交锋为例》，《文学评论》2004年第4期。

先前可以先由唐宋文入手，再进窥秦汉文那样系统，那般慢条斯理。所以吴闿生主张初学者直接取法于韩非、史迁高文，毕竟"取法乎上得其中，取法乎中仅得其下矣"，既然要在有限的时间内学会作文，当然要高屋建瓴，从大处着手。总的来说，《文法教科书》的编选，为便初学迅速学会作文之法的初衷，远胜于冀望学子系统学文的考量。这从《文法教科书》的评点便可看出，如：

> 或曰：（韩非作难，皆设为"或曰"以明之）雍季之对，不当文公之问。（此句便非常胜人。盖既为前事作难，自当以雍季为不是，但手笔稍弱，断不能如此劈头说破，学者试掩却此句，各为前案作难一篇，下笔时必先有许多例行闲话，斩截不尽，不能如此直说，便是冗弱，便是烂漫。观韩非此文，开头一语便将主意揭出，分明泾渭，便是快绝、峻绝也。凡作文主意最要拿定，最要明显。读他人文字，连尽数行，茫然不知其命意所在，最足令人烦闷；但如韩非此句，破空而来，奇横无匹，自是千古所罕耳。所谓起头处来得勇猛，所谓开门见山，所谓针针见血，皆是此妙也。滑口诵过，便抹杀千古妙文矣！）[1]

与其说是在系统地教授古文，倒不如说是在阐释古文技法之妙，直接传授作文妙法。这样的教授，对于初学孩童而言，更多的是"习作"的训练而非"阅读"的积累。长此以往，学生学会最基本的作文方法显然不在话下。虽说与桐城派前期（尤其是姚鼐）的古文教授理念有所不同，但也不失为权宜之计。可见在当时的时代背景下，相较于古文这一文体本身，吴闿生已不把固守桐城藩篱看得最为关键。因为"从谨守家数的角度出发，当然特别注重从方姚上推至韩柳的古文'义法'"，但如若从更宽泛更广义、也更容易被接受的角度看，"把'古文辞'理解成源出六经诸子而

---

[1] 吴闿生编：《桐城吴氏文法教科书》（上篇），第1页。

'与道同体'的'文'",①那么救"文事之不振",力延古文文脉于一线则更为关键和紧迫。吴闿生此时明显倾向于后一种更为广义的古文观。在古文学习的时间、空间被严重压缩，古文一体面临岌岌可危的境况下，吴闿生的这种理解方式亦不失为另一种因时而变。

吴闿生持有这种通达的古文观。意图让初学者尽快学会基本的作文之法，期望"从娃娃抓起"，为古文的延续培养最初，也是最适合的继承人，从而为古文在新式教育下争取最为广阔的生存空间。

要而言之，经过吴闿生重新编订的《文法教科书》不仅在形式上以学堂教科书的样式呈现，其实质也发生了根本转变。不同于吴汝纶《古文读本》主要以启发孩童"智识"为目的，《文法教科书》以教授作文之法为直接目的。从最广义的角度理解古文，从最基本的技巧教授作文，从而为古文在新时期的传承打下最坚实的基础。吴闿生为了给古文争取生存空间的种种考量确可谓用心良苦。

然而，效果几何？答案依旧不甚乐观。吴闿生后来的一段补充说明便是很好的证明。在此书的再版"例言"中，吴闿生这样说道：

> 余著此编，初止为同乡学堂童蒙之便用而已。既而印行后，颇风行一时，两次翻版咸尽。泛观近刻文法书，尚未有善于此者……此本出后，同人多加谬赏，而颇有议其程度太高者……某君面叹曰：'子书非中小学所能用，高等学堂以上课本也。'独有一语须申明者，此本乃教师用而非儿童用者。教师玩味批语，心领神会，以之教授儿童，殆无善于此者。若不得教师，以此望儿童自晓，则求初驹于千里，责尺木以栋梁耳。②

大概由于形式新颖，加之其详评细释的特点适于学堂教科使用，故"风行

---

① 陈尔杰：《"古文"怎样成为"国文"——以民初中学教科书为中心的考察》，《中国现代文学研究丛刊》2012年第2期。

② 吴闿生编：《桐城吴氏文法教科书》（下篇），第1页。

一时，两次翻版"；另外，由于当时没有适合的文法教科书，此书更显出类拔萃，故"同人多加谬赏"。但难于理解依然是《文法教科书》的硬伤，甚至有人感叹此书乃"高等学堂以上课本也"。相较于此时小学堂孩童的古文水平，其书程度之高可想而知。即便是详评细释，手把手教授作文，于初学孩童而言亦是求之其高。显然，这已经不是吴闿生所说的"教师玩味批语，心领神会，以之教授儿童"所能解决的问题。时变势变，科举废除、学制改变，古文写作已不再是必备技能，就连古文学习也显得不那么重要。又有何种动力，能使得学子们仍断断于这部教授古文写作的《文法教科书》呢？要之，唯有更加浅显易懂，更加容易理解的古文教材才是学子们所需要的。

第三节　俗注本的因"趣"而"读"

在清末科举废除、学制改革的大背景下，古文传承面临着矛盾而尴尬的局面：一方面，古文家们忧心忡忡，为让古文在新式教育中立于不败之地，他们编纂各式各样古文选本的热情与日俱增；另一方面，学子们力不从心，古文之于他们似乎已经不必学，更不易学，他们学习古文的热情也每况愈下。当此之时，吴芝瑛义不容辞，加入古文选本的编纂行列。光绪三十四年三月（1908），其《俗语注解小学古文读本》（以下简称《俗注读本》）刊印出版①。作为不折不扣的初学孩童"古文选本"，此书的出现，不免让人眼前为之一亮。

一、"是编专以情趣为主"

相较于吴闿生断断于"义法"家学，其堂姐吴芝瑛的思想似乎要通达、开放得多。与吴闿生《文法教科书》不同，为了强调所编非"高等学

---

① 吴芝瑛编：《俗语注解小学古文读本》，上海文明书局印刷发行，光绪三十四年。

堂以上课本也"①，吴芝瑛特地名其书曰"小学读本"。出于这样的编选理念和初衷，《俗注读本》表现出与桐城先前选本迥然不同的风貌。

（一）"乐而爱读"之选文

如想在古文这块日益贫瘠的土地上继续耕耘，就必须给古文注入"养分"。吴芝瑛以"情趣"作为养料，期望以此唤起孩童们对古文的兴趣。读起来有趣味性的古文，自然能吸引读者，继而收复沦丧的古文领地也就指日可待。出于这样的想法，吴芝瑛选文专以"情趣"为主。在其《俗注读本》开篇"凡例"中就明确道："是编专以情趣为主"②，严钊在《俗注读本·序》中也称吴芝瑛"选录古人短洁兼有情趣之文七十余首"③，可见《俗注读本》对"情趣"的注重确实非同一般。例如《俗注读本》收录《晏子使楚》一文，颇有情趣。晏子的巧妙回击不仅突出了晏子机智勇敢、灵活善辩的交际能力，还显示了他不惧大国强势、不畏强暴的斗争精神，受到幼学孩童们的广泛喜爱。因此《晏婴使楚》一文至今仍为小学语文课本收入，足以说明此文在幼儿读者中不朽的生命力。此类选文在《俗注读本》中还有许多，如《晏婴使吴》《临江之麋》《黔驴技穷》等。如这样有趣味性的文章，孩童自然"乐而爱读"。不难看出，吴芝瑛"情趣"的提出主要是针对幼学孩童而言，所谓"情趣"之文，即为那些孩童乐而爱读的文章。

所选皆为短小而有情趣的篇章，大多由人物对话组成，充满机智辩论，故事性比较强。这样的文章可能满足不了高层次古文学习者的阅读需求，但于初学孩童确实能激发阅读兴趣，令其"乐而爱读"是自然而然。于此也略可以见出吴芝瑛所谓"情趣"的真正内涵：首先，文章或是幽默的人物对话，或是有趣的民间故事，或是充满机趣的至理名言；其次，文

---

① 吴闿生：《桐城吴氏文法教科书·例言》。
② 吴芝瑛：《俗语注解小学古文读本·凡例》。
③ 严钊：《俗语注解小学古文读本序》，《俗语注解小学古文读本》，第1页。

章语言具有很强表现力，人物形象突出，令孩童读来生趣；再者，读后能启发读者深入思考，"开睿智识"①。

（二）简短易会之"法式"

如若把《俗注读本》中的趣味短章放在一起仔细比较、归纳，不难发现，这些故事性很强的短章，其趣味性（或者说"情趣"）主要源于所叙故事的一波三折。这些文章令读者产生阅读期待，而结果往往又出人所料。如《赵人赂魏杀范痤》中，范痤机智巧妙的辞令，既奇趣横生又在情在理，最终竟化险为夷，死里逃生，可谓出奇制胜，波澜曲折。诸如这样的篇章在《俗注读本》中不可悉数，即便是《孔子论忘身》，这样纯粹阐述治国大道的义理之文，故事情节也是跌宕有致，读起来毫无枯燥乏味之感：

> 鲁哀公问孔子曰："予闻忘之甚者，徙而忘其妻，有诸乎？"孔子对曰："此非忘之甚者也，忘之甚者忘其身。"哀公曰："可得闻与？"对曰："昔夏桀贵为天子，富有天下，不修禹之道，毁坏辟法，裂绝世祀，荒淫于乐，沈酗于酒。其臣有左师触龙者，谄谀不止，汤诛桀，左师触龙者，身死，四支不同坛而居，此忘其身者也。"哀公愀然变色曰："善！"②

开篇鲁哀公问孔子之语已为一奇，"徙而忘其妻子"之说奇而有趣，令人顿生好奇之心，颇有一"读"为快之欲望；孔子之对更是奇而再奇，立即翻转过来，把这种奇趣推向一个更高的层次，"忘之甚者忘其身"这又是一种境界，真有这样的人吗？不免令读者心存期待；当阅读期待和故事发展到达顶峰不可再转之时，为了维持这种高潮的状态，接下来便缓缓道来，通过娓娓讲述夏桀的故事来使这种状态得以延续；加之故事本身也离

---

① 胡景桂：《重印古文读本序》，《初学古文读本》，第2页。
② 吴芝瑛编：《俗语注解小学古文读本》，第12页。

奇别致，"身死，四肢不同坛而居"怎是常人可以想见的情形！在故事慢慢叙述完结，得出所要说明的道理之后，读者期待和故事情节也慢慢趋于平复，此时又顿生一波澜，"哀公愀然变色"从侧面反映出孔子此番回答的艺术感染力，同时又为故事增添了曲折跌宕之趣；结尾以一"善"字收尾，文意隽永，意味绵远而悠长。诸如这样的文章，虽然短小，但却已经完全具备了古文起承转合的法式，深得古文作法之妙：奇而转，转而再奇，越转越奇，缓而维系文势连贯，直至结尾仍含蓄不尽，令人回味。选文"虽篇幅之短，然于古文法式，无不具备"①，吴芝瑛之言当为确论。

如果说专门选取"情趣"之文，是吴芝瑛的扩容与发展，那么于此亦可体现吴芝瑛身为桐城的核心所在。无论发展还是因袭，其实都是吴芝瑛对桐城家法更高层次的理解与把握，或者说根本意义上的复归与继承。

二、读而为"造理通济之初径"

正如前面所述，吴闿生深受桐城家法影响而过于执拗古文"义法"，直至晚年隐居不仕，依旧以"义法"教于京师。吴芝瑛亦有深厚的家学功底，虽然编撰选本对家法时有继承，但思想要通达、开放得多。与吴闿生继承吴汝纶的"作文"之法不同，作为供小学孩童阅读而用的启蒙读物，吴芝瑛《俗注读本》更加有针对性地继承了吴汝纶《古文读本》的"读本"精神。

（一）读而能懂："概以鄙意演释之"

吴芝瑛以女性古文家与生俱来的细腻与耐心，创造性地使用了"俗语注解"这种注释方式，可谓极具创见之举。

所谓"俗语注解"，即严钊在《俗注读本》"序"中所言："均用俚词而诠释之"②。吴芝瑛在《俗注读本·凡例》中的一段话："是编诠释，专

---

① 吴芝瑛:《俗语注解小学古文读本·凡例》，第1页。

② 严钊:《俗语注解小学古文读本序》，《俗语注解小学古文读本》，第1页。

用俚词，非万不得已，不敢略涉文言""吾国文字，实有不可以言传者，今概以鄙意演释之"①。为此，吴芝瑛惟"概以鄙意演释之"。那么何谓"俚词诠释"？何谓"鄙意演释"呢？兹择取前面所列举《晏婴使楚》一文的"注解"来窥见其一斑：

> 晏子出使楚国。晏子身体矮小，楚人在大门旁边做一小门，请晏子从小门里进去。晏子不肯进去，说道："使臣到狗国里的，由狗门里进去。现在臣出使楚国，不应当由这狗门进去。"迎接宾客的人乃改由大门里引进。朝见楚王，楚王道："齐国就没有人么？"晏子答道："齐的临淄共有三百个里门，张袖可以成幔，洒汗可以成雨，肩同肩相并，踵同踵相连，有许多人在那里，怎么说是没有人呢！"王道："既这样说，为什么叫你来呢？"晏子答道："齐国叫人出使外国，各有个主儿的。那贤的人出使到贤君那里去，不好的人出使到不好的君那里去。婴顶不好，所以应当出使楚国。"

阅读以上"注解"之文可以明白，所谓的"俗语注解"，"俚词诠释""鄙意演释"，就是用通俗语把整篇文言文诠释一遍，正如今天所说的"文言文翻译"。这在今天已经铺天盖地，习以为常，在当时可算前无古人，石破天惊的举措。这样大白话的注释方式，自然能让学子们对照"俗注"轻松理解原文内容，领会原文的"情趣"所在。如此而后，甚至不用老师讲授，学子们也可以自学领悟。这般精思傅会，出奇制胜，吴芝瑛的创意可谓精妙绝伦，不得不为她的首创之功拍案叫绝。

为了使学生能读懂文章内容，进而以通俗语译注原文。这一创举，一方面反映古文学习出现了二元目标，即古文本身和古文所表达的内容都不容忽视；另一方面，对古文内容的注重，客观上也反映出"选本"到"读本"的转变。归根结底，《俗注读本》与《文法教科书》判然有别，吴芝

---

① 吴芝瑛：《俗语注解小学古文读本·凡例》，第1页。

瑛的编选不以直接教授古文写作为初衷。无论是充满情趣的选文，还是"读而能懂"的俗语注解，都表明《俗注读本》是供学子阅读而编。所以读懂文章内容甚为关键，既可以获取各种有用的知识和道理，又能领略文中蕴含的"情趣"，从而培养孩童的学习兴趣，激发孩童求知的欲望，可谓名副其实之"读本"。

（二）读而有用："经世、救时、诣道、明智之方"

吴芝瑛则本着一种更为通达、开放的古文观。这也体现了桐城古文家与时俱进，在新形势下"对新式教育的认同、理解和掌握"①。本着这样的古文观念，吴芝瑛《俗注读本》的编选初衷更切近实际：在不忽视古文本身的同时，发挥古文"载道之器"的传统功用，从而为日薄西山的古文与古文教学注入新的活力。

首先，"资长智慧"之"读"本

笔者对《俗注读本》中的《战国策》文二十篇，与《古文读本》中的《战国策》篇目进行了详细比对。结果不出意料，前者选录的二十篇《战国策》文在《古文读本》中悉数找到，并且篇名完全一致（笔者注：《战国策》文往往同一篇有不同篇名的情况）。除此之外，《古文读本》中韩非《说林》三首也被吴芝瑛选入一首。毋庸置疑，《俗注读本》的选文受到吴汝纶《古文读本》的深刻影响。这也恰好坐实了前面论及《古文读本》时，认为吴汝纶选《战国策》文专录短小兼有趣味之文的说法。

吴芝瑛说：

> 一是编所选，数十百字为多。虽篇幅之短，然于古文法式，无不具备，且短文使读者易于领会。
>
> 一是编专以情趣为主，不独令学子乐而爱读，且资长其智慧。②

---

① 吴微：《桐城教育与文章》，安徽大学出版社，2012年版，第28页。
② 吴芝瑛：《俗语注解小学古文读本·凡例》，第1页。

与吴汝纶《古文读本》的编纂一样，首先，吴芝瑛非常注重这些"情趣"短章对初学的滋养作用。所谓的"乐而爱读"，无非就是激发孩童的阅读兴趣，所谓"资长其智慧"，亦和《古文读本》中"开瀹智识"云云如出一辙。于此，吴芝瑛对《古文读本》之为"读本"的精神继承可见一斑；其次，吴芝瑛并没有完全忽略古文学习的传统要点，即对古文之法的注重。"麻雀虽小五脏俱全"，所选之文虽短，但于古文法略备。

由此看来，吴芝瑛依然明白古文本位、古文之为古文的重要性。其实，作为载道工具的古文本身也是学习的本体，儿童对古文的熟读成诵和古文对儿童的熏陶作用已经融为一体，互为表里。古文本身的重要性并没有被忽视。

其次，"造理通济之初径"

然而，吴芝瑛对此类文章的钟爱要远远超过吴汝纶。与吴汝纶兼取唐宋"成体之文"[①]不同，吴芝瑛整部《俗注读本》都选取诸如上述短小兼有趣味的文章。相较于《古文读本》，《俗注读本》的"读本"意味可谓有过之而无不及。奇怪的是，吴芝瑛并没有全盘收录《古文读本》中选取的趣味短章（《战国策》三十八首只选了二十首，韩非《说林》也并未全收），而是把目光转向更为广阔的空间。选文遍及《左传》和《孟子》，甚至《说苑》《晏子春秋》等一些前人未曾涉足的典籍。并且不出意料，不管是《史记》《孟子》，还是对《说苑》和《晏子春秋》的选文，无不选取那些短小兼有趣味的篇章，而舍弃这些史书和经书中精华的部分。这固然体现了她对"情趣"小章的青睐。为了贯彻这种选文理念，吴芝瑛选录《说苑》之文达三十五篇之多，但又不免令人心生疑问。

如果说对《左传》和《孟子》等经史之文的选入，在桐城选本中早有先例的话，那么大量选录《说苑》《晏子春秋》之文则实属罕见。《说苑》虽然有"赖存古籍"的史料参考价值，但"间有传闻异词"[②]杂入；《晏子

---

① 方苞：《又书货殖传后》，《方苞集》刘季高校点，上海古籍出版社，1983年版。

② 永瑢等纂：《四库全书总目》（卷九十一，子部·儒家类一），中华书局，1960年版，第772页。

春秋》亦是"由后人摭其轶事为之"①，严格意义上只能算杂史，介于子部与史部之间。对于一向主"雅洁"论文的桐城中人来说，选文对此二书如此钟爱，固然是由于其趣味性强，适合小学孩童阅读，但难免别有深意。试看其选录的《孟子·告子下》中的一段故事《任人问礼与食孰重》：

> 任人有问屋庐子曰："礼与食孰重？"曰："礼重。"曰："色与礼孰重？"曰："礼重。"曰："以礼食，则饥而死；不以礼食，则得食，必以礼乎？亲迎，则不得妻；不亲迎，则得妻，必亲迎乎？"屋庐子不能对。明日之邹，以告孟子。孟子曰："于答是也，何有？不揣其本，而齐其末，方寸之木，可使高于岑楼。金重于羽者，岂谓一钩金与一舆羽之谓哉？取食之重者与礼之轻者而比之，奚翅食重？取色之重者与礼之轻者而比之，奚翅色重？往应之曰：'紾兄之臂而夺之食，则得食；不紾，则不得食，则将紾之乎？踰东家墙而搂其处子，则得妻；不搂，则不得妻，则将搂之乎？'"②

诚然，此处孟子善辩，其高超的辩论技巧和发散的思维方式的确可以启迪初学，使读者受益匪浅。但难免有灌输儒家"礼重"思想之嫌，抑或有告诉读者"礼重于食"之意。这只要和《古文读本》中所选韩非《难》之文比较即可彰明。同是说舜的故事，《俗注读本》中《桃应问瞽瞍杀人》曰：

> 桃应问曰："舜为天子，皋陶为士，瞽瞍杀人，则如之何？"孟子曰："执之而已矣。""然则舜不禁与。"曰："夫舜恶得而禁之？夫有所受之也。""然则舜如之何？"曰："舜视弃天下犹弃敝屣也。窃负而逃，遵海滨而处，终身欣然，乐而忘天下。"③

---

① 永瑢等纂：《四库全书总目》(卷五十七，史部十三·传记类)，中华书局，1960年版，第514页。

② 吴芝瑛编：《俗语注解小学古文读本》，第6页。

③ 吴芝瑛编：《俗语注解小学古文读本》，第8页。

把舜置于这种两难处境中，从而塑造其为孝而"视弃天下犹敝屣"的潇洒超脱形象，既突出了"孝"的重要，又成就了舜的圣人形象。而《古文读本》中韩非《难》则言之曰：

> 历山之农者侵畔，舜往耕焉，期年，甽亩正。河滨之渔者争坻，舜往渔焉，期年而让。东夷之陶者器苦窳，舜往陶焉，期年而器牢。仲尼叹曰："耕、渔与陶，非舜官也，而舜往为之者，所以救败也。舜其信仁乎！乃躬藉处苦而民从之。故曰：圣人之德化乎！"

> 或问儒者曰："方此时也，尧安在？"其人曰："尧为天子。""然则仲尼之圣尧奈何？圣人明察在上位，将使天下无奸也。今耕渔不争，陶器不窳，舜又何德而化？舜之救败也，则是尧有失也。贤舜，则去尧之明察；圣尧，则去舜之德化；不可两得也。……今尧、舜之不可两誉，矛盾之说也。①

如此非难，且不论所说是否站得住脚，只"贤舜和圣尧不可两得"之论已然新颖。如此这般，尧舜陷入矛盾之说，圣人形象荡然无存。同样是论辩之辞，思维碰撞，同为启迪孩童智识，两者却又迥然而异。这也正好解释了吴芝瑛选取趣味短章时的与众不同：舍弃吴汝纶和吴闿生都颇为钟爱的韩非诸《难》，进而转录《说苑》之文。其实，经由西汉刘向整理的《说苑》，主要体现的是儒家的哲学思想、政治理想和伦理观念。《四库全书总目》将其列入子部儒家类一②。韩非诸《难》则于尧舜无不怀疑，于孔孟无不责难，于儒者无不攻讦，《说苑》之文自然与之有天壤之别。由此可知吴芝瑛的编选目标：既希望初学能读而开智，又冀图孩童在阅读过程中受儒家思想熏染，从而修身立志。

第三，"传道""授业"之古文

持有这样的理念，吴芝瑛大量选入《说苑》中《敬慎》篇的格言之

---

① 吴汝纶编：《初学古文读本》，第45页。
② 永瑢等纂：《四库全书总目》（卷九十一，子部·儒家类一），第772页。

文，《建本》《立节》《贵德》等篇的修身立志之文。《左传》《孟子》等阐明"修齐治平"之"大道"的儒家经典，进入选文之列当是不待多言。即便如《晏子春秋》这样非儒非道、亦儒亦墨的杂史之文，吴芝瑛也豁达收录。试看其选录的《晏子春秋》中这样的一个故事：

> 景公有马，其圉人杀之。公怒，援戈将自击之。晏子曰："此不知其罪而死，臣请为君数之，令知其罪而杀之。"公曰："诺。"晏子举戈而临之曰："汝为吾君养马而杀之，而罪当死；汝使吾君以马之故杀国人，而罪又当死；汝使吾君以马故杀人闻于四邻诸侯，汝罪又当死。"公曰："夫子释之！夫子释之！勿伤吾仁也。"①

即便是君主也不能滥杀无辜，否则就会失去人心，落下不好的声名，何况普通人？这样的故事确实能教人学会仁爱，对人更加宽容。但故事"鄙倍荒唐，殆同戏剧"②，真实性不免存疑，犹如小说家言。可见，吴芝瑛为了给孩童灌输这样的理念，达到"传道"之目的，不仅不避俗语，即便是落入"俗套"也在所不惜。

对于初学孩童，吴芝瑛并没有把重心放在传授桐城义法和教授古文写作上。她更注重文章的诵读，通过诵读使孩童受古文熏陶；通过阅读悟得为人处世、修身立志的道理，从而开睿智识。这显然是从"读本"的角度继承、并发展了吴汝纶《古文读本》的核心精神。之所以这样做，显然还是为了与时俱进，赋予古文传授以符合时代需求的精神面貌，从而给古文的传承争取更为广阔的生存空间。

第四节　国文本的吐故纳新

笔者现今所见之《初学读本》为民国七年（1918）铅印本。扉页有

① 吴芝瑛编：《俗语注解小学古文读本》，第10页。
② 永瑢等纂：《四库全书总目》（卷五十七，史部十三·传记类），第514页。

"桐城姚永朴仲实、概叔节同编""国文初学读本""铜山张伯英署检"字样；扉页后有姚永概"国文初学读本题辞"；次目录；次正文。正文每篇题下皆有圈识，或有作者简介；文中有圈有点，或有夹批注释；文后有按语总评。

一、独创自家之"新"

《初学读本》成书于这样一个特殊的时期——白话文运动前夕，白话文中的新元素初露端倪，古文的生存空间已被严重压缩。所以《初学读本》可以汲取，也不得不汲取新时代中的"营养成分"。要之，在这种艰难的时代背景中，古文的生存空间亟待争取。所有这些因素的综合作用，令二姚或有意或无意，或主动或被动对《初学读本》有了许多新的创变。

（一）从"古文"到"国文"

光绪二十三年（1897），"南洋公学外院成立，分国文、算学、舆地、史学、体育五科。"[1]这是"国文"一词最早在课程中出现。从所用国文教材来看，包括以教授儿童识字为主的启蒙读本。[2]可见，其"国文"课程绝非仅教授古文，大致相当于今天所言之"语文"，即"古文"只是其中的一部分。

显然，当时"国文"一科虽然出现，但概念却很模糊。一直到光绪二十九年（1903），张謇才对此进行了明确的界定：

> 国文为通各科学之精神，算术与之并重。故国文必期适用，……适用国文者，切事切理之文也。然若不能通贯，如何能切事切理，不常读常作，如何能通贯，不通贯之国文，即不适用。……所望于诸生者，说一事使人了然首尾，说一理使人了然眉目，说一境使人如到其

---

[1] 陈学恂主编：《中国近代教育史教学参考资料》（上册），人民教育出版社，1986年版，第647页。

[2] 详见吴微：《桐城文章与教育》，第21页。

境，说一物使人如见其物，在题中说出，不在题外敷衍，不华可也，不雄可也，不美可也，不博不深甚至不长均可也。不切不可，不通不可，诸生其务为切，务为通，……所谓通者，能于事理文理之上下四旁无障碍也，如所言则障碍多矣，故可说不通。……①

如此看来，国文的关键在于"切"和"通"，乃适用之文，而并非是寻常使用的一般文言文的概称。在当时的时代背景下，一贯以"清通"见长的桐城古文自然当仁不让。加之张謇本人"提倡尊孔读经，反对白话文"②，其所言之雅洁清通、平易畅达的古文，毫无疑问地指向了新式教育体系中以桐城古文为核心的古文辞。也正源于此，本应包含古文在内的"国文"一词，无形中却与古文等而同之。这也是清末民初所编国文教科书实皆为古文教材的原因。

然而，其时白话文已初成态势，"国文"一词的使用再也不能摆出对白话文熟视无睹的姿态。于是，二姚在《初学读本》中选录了这样一篇文章——王伯安《谕泰和杨茂》：

泰和杨茂，聋且哑（瘂），候门求见。先生以字问曰："你口不能言是非，你耳不能听是非，你心还能知是非否？"茂以字答曰："知是非。"先生曰："如此你口虽不如人，你耳虽不如人，你心还与人一般。"茂首肯拱谢。先生曰："大凡人只是此心，此心若能存天理，便是圣贤的心；口虽不能言，耳虽不能听，却是不能言不能听的圣贤。心若不存天理，便是禽兽的心；口虽能言，耳虽能听，却只是能言能听的禽兽。"茂扣胸指天。先生曰："你如今于父母但尽你的心孝，于兄长但尽你的心敬，于乡党邻里宗族姻戚但尽的心谦和恭顺；见人怠慢，不要嗔怪；见人财利，不要贪图；但在里面行你那是的心，莫行

---

① 张謇：《论国文示师范诸生》，《张季子九录·教育录》（卷一），载朱有瓛主编：《中国近代学制史料》（第二辑下册），华东师范大学出版社，1989年版，第318—319页。

② 卫春回：《张謇评传》，南京大学出版社，2001年版，第208页。

你那非的心。纵使外面人说你是，也不须听；说你不是，也不须听。"茂首肯拜谢。先生曰："你口不能言是非，省了多少闲是非；你耳不能听是非，省了多少闲是非。凡说是非，便生是非，生烦恼；听是非，便添是非，添烦恼。你口不能说，你耳不能听，省了多少闲是非，省了多少闲烦恼，你比别人到（倒）快活自在了许多。"茂指天蹈地。先生曰："我如今教你，但终日行你的心，不消口里说；但终日听你的心，不消耳里听。"茂稽首再拜而去。①

何等通俗易懂，明白晓畅之文，几乎纯用口语写出。这样的文章选入读本，正好填补了《初学读本》没有白话文的空白，"国文"一词也就用得顺理成章了。不仅如此，二姚在文后案曰："此乃今日所谓白话体，而层次清晰，议论悌切，可练习言语之才。言语分明爽利，则行文自无紊乱拖沓之弊。"与其说是在普及白话文教育，倒不如说是挖掘古代口语作文的历史资源。

由此可见，二姚并非顽固不化者，他们对文化的变更是非常敏感的，也持一种积极顺应的态度和观念。他们对当时白话文日益普及的现象并没有熟视无睹，更不仅仅是只知道嗤之以鼻，他们更想说明：今之所谓白话体文早已有之。言语与行文本不可分割，语体文与古文更是同源异轨，同属"国文"一脉。即在二姚看来，为便初学儿童，"国文"也可把白话体纳入其中，只是要注意比例适当。这也是二姚名其读本曰"国文初学读本"的题中新义。

（二）从"选本"到"读本"

民初教科书实行"任人自行编辑，惟须呈请教育部审定"②的制度，

---

① 姚永朴、姚永概同编：《国文初学读本》，民国七年铅印本，第18—19页。
② 陈学恂主编：《中国近代教育史教学参考资料》（中册），人民教育出版社，1987年版，第419页。

教科书若想通过审定就必须符合教育部部令规范。《中学校令施行规则》第一条规定：

> 国文要旨在通解普通语言文字，能自由发表思想，并使略解高深文字，涵养文学之兴趣，兼以启发智德。国文首宜授以近世文，渐及于近古文，并文字源流、文法要略，及文学史之大概，使作实用简易之文，兼课习字。[①]

显然，这些话语勾勒出了一个学校读本的基本轮廓。有趣的是当时不少教材编纂者对这一部令的理解，直接将要求"通解"的"普通语言文字"与"近世文"、要求"略解"的"高深文字"与"近古文"简单对应起来。从这种立场出发，教材便采用分朝而由后溯前的编选次序，即林纾《中学国文读本》、吴曾祺《中学国文教科书》的编排体例。在这种大背景下，学校读本一般也按照由"近世"渐及"近古"的时代顺序编排。但正如刘法曾、姚汉章总结民初国文教科书的编选次序问题时所说，"然秦汉以前，不少简单之作，宋明而后，亦多繁复之篇，强事区分，仍无当耳"[②]。因此为了发挥由"普通"到"高深"、从"简单之作"到"繁复之篇"的宗旨，不能简单遵循从"近世"到"近古"以至上古的顺序。刘、姚二人评辑的《中华中学国文教科书》（1912）"全书次序，斟酌浅深，始打破由近世上溯远古之习惯"[③]。在这个问题上，许国英的看法也和他们接近，他认为"文字浅深，本无一定界说"[④]。其所编《共和国教科书国文读本》（1913）虽"次序仍略准时代上溯，但不如第一期选本之拘泥：第一册清至宋文；第二册明至唐文；第三、四册则准宋唐以上至周秦经史"[⑤]，即显为实例。

---

① 舒新城编：《中国近代教育史资料》（第2卷），人民教育出版社，1981年版，第522页。

② 刘法曾、姚汉章：《编辑大意》，《中华中学国文教科书》（第一册），中华书局，民国元年。

③ 黎锦熙：《三十年来中等学校国文选本书目提要》，《师大月刊》1933年1月第2期，第5页。

④ 许国英：《编辑大意》，《共和国教科书国文读本》（第一册），商务印书馆，民国二年。

⑤ 黎锦熙：《三十年来中等学校国文选本书目提要》，《师大月刊》1933年1月第2期，第6页。

姚氏兄弟深谙"学校读本，殊于选集"的道理。为便初学，《初学读本》编排必须由"普通"文字到"高深"文字渐进递增；但为了贯彻部令"近世文渐及于近古文"的要求，又不得不采取朝代由后溯前的编排顺序。面对如此窘境，《初学读本》采取每编选文按时代顺序自前而后编排，但上下编之间时代并不连续，而只体现繁简难易的递进的编排方法。既遵循了部令规范，又可以按照自己对文章难易程度的理解和把握进行编排，从而有利于对孩童的实际教学。同时也兼顾到文学史的时间先后顺序，一定程度上融入自家文学史观，真可谓是一举多得。与其说是逼不得已的折中或妥协，倒不如说这是从"选本"到"读本"一种巧妙的体例改创。

（三）从"义法"到"文法"

尤其值得注意，《初学读本》上编前几篇的按语具有高度相似性，似乎指向同一个方面。为便论述，在此摘录于下：

《齐客止靖郭君城薛》按语：文章有正言之不能达意者，不得不谲言之。谲言之法最多，譬喻其一也。如此文以鱼比靖郭君，以水比齐；靖郭君失齐，犹鱼之失水。说得何等悚切。解如此用意，如此用笔，不特文奇，而事理亦易于精透矣。

《苏秦止孟尝君入秦》按语：苏秦盖以桃梗比孟尝君，以大雨下淄水至比入秦，以漂漂将何如比不能出，用思奇谲，而切于事情。

《苏代止赵伐燕》按语：以蚌鹬比燕赵相争，以渔父比秦，喻奇而切。

《江一为昭奚恤说荆宣王》按语：此为昭奚恤解谤耳。而以虎比荆宣王，以狐比昭奚恤，以百兽比北方诸国，奇想天开，其妙不可思议。

《庄子以鹓雏晓惠子》按语：以鹓雏自比，以鸱比惠子，以腐鼠比梁国，俯视一切，足觇庄子胸襟。

显然，这几条案语都在阐释文中譬喻，具体解释文中譬喻的本体和喻体。文中譬喻的妙处基本归纳为两个字："奇"而"切"——于文奇谲，于理切透。这样使得"正言之不能达意者"，"谲言"以达意，此乃文章常见之法。同为选取譬喻类文章，吴芝瑛更加青睐于文章的奇而有"趣"，二姚则把目光转向作文之法。其按语开篇即言"文章有正言之不能达意者，不得不谲言之"，个中对文章写作之道的暗示显而易见。从选文来看，姚氏对作文之法的讲授亦是乐此不疲。仅是这类譬喻或借喻的文章，就选取了如韩愈《马说》和《讼风伯》、周敦颐《爱莲说》、《战国策》之《淳于髡说齐宣王见七士》、宋玉《对楚怀王问》、墨子《尚贤篇上》、韩非子《论猛狗社鼠》等许多篇，并一一在案语中说明取喻之法。然而，文章之法甚多，谲言其一也；"谲言之法最多，譬喻其一也"。显然，《初学读本》没有满足于譬喻一法的教授。《韩诗外传·曾子语》案语曰："说亲存处是宾，是开笔；说亲没处是主，是合笔"，虚实开阖之法；《颜氏家训·兄弟篇》中点明"以主陪宾法""先开后合法"，如是这般，不一而足。二姚对揭示选文的作文之法不遗余力，可谓甘之如饴。

然而，《初学读本》和吴闿生《文法教科书》又迥然不同。二姚似乎已经把传统的桐城义法，亦即吴闿生断断之"义法"，脱胎换骨一变而为近代文学新概念：文法或修辞。如诸葛亮《戒子书》按语曰：

此篇首以静俭并言，淡泊承俭以养德句，宁静承静以修身句；下遂侧重静字，见学非静不可，慆慢险躁则不能静，不能静何能研究精微、克治情性哉！势必至于枯落而后已。前半从正面说，后半从反面说。

其评语更加侧重对整篇文章结构的把握，行文脉络的梳理，而并不具体到某一句、某一段的句法，甚至字法分析。这实际是古文教学（或者说国文教学）理念和方式的改变和重新定位。

二姚正是持着这种观念对《初学读本》进行案评的。其“义法”中更加注重对文章整体结构把握、行文脉络梳理以及分析通篇写作手法的部分，即为“文法”。

二、吞纳百家之“长”

《初学读本》成书于这样一个特殊的时期：一方面，在白话文运动前夕，古文的生存空间已经被严重压缩，所以不得不汲取时代发展的些许营养因子，这使得此书相较于之前选本有所创见；另一方面，古文为争取生存空间而最后一搏，这本专以古文为主的初学选本，时代和历史赋予其总结性，其必须吸取前面同类选本之优长，这使得此书在一定程度上对此前诸本又有所继承。

（一）编选理念的继承

与吴芝瑛一样，针对“小儿之心思”喜“浅俗”、乐“情趣”的特征，二姚“取格言”以“端其本”、“用谐语”以“引其趣”。《初学读本》选文不一味拘泥于桐城一脉，于先秦录墨子文，于秦选《吕氏春秋》文，于晋录陶渊明文，于唐取王维文。只要是对初学孩童有所裨益，或熏陶品性，或涵泳性情，或滋养为文，皆可纳入其中，并不执拗于雅俗深浅。如《吕氏春秋·申喜遇母》一文讲述申喜母子失散后重逢的故事，

> 周有申喜者，亡其母。闻乞人歌于门下，而悲之，动于颜色，谓门者纳乞人之歌者，自见而问焉，曰：何故而乞？与之语，蓋（盖）其母也。故父母之于子也，子之于父母也，一体而两分，同气而异息。若草莽之有华实也，若树木之有根心也，虽异处而相通。隐志相及，痛疾相救，忧思相感，生则相欢，死则相哀，此之谓骨肉之亲，

神出于中而应乎心，两精相得，岂待言哉！①

故事情节何止简单乏味，几近耸人听闻的地步。这与《俗注读本》选《晏婴谏杀圉人》《晏婴谏杀烛雏》两篇文章趣味相投，有过之而无不及。本篇后面更有一大段议论文字喧宾夺主。显然，这一节俗不可耐的故事只是为了后面的论述作引子，纯粹为了给幼童灌输父母子女骨肉亲情的可贵和重要。二姚按语总结道："发挥骨肉相亲，至于精神相感，其理至精"。当然，父母子女亲情乃人伦之本，幼学儿童不可不知。这样的选文足以感染学童，于端正孩童品性确有益处。因此，二姚选录此类文章的目的已不言而喻。其他如《韩诗外传·曾子语》、马文渊《戒兄子书》、诸葛亮《戒子书》、《颜氏家训》等篇的选录，显然也是出于同样的考量。尤其如崔子玉《座右铭》这样说道：

> 无道人之短，无说己之长。施人慎勿念，受施慎勿忘。世誉不足慕，唯仁为纪纲。隐心而后动，谤议庸何伤。无使名过实，守愚圣所臧。在涅贵不缁，暧暧内含光。柔弱生之徒，老氏诫刚彊。行行鄙夫志，悠悠故难量。慎言节饮食，知足胜不祥。行之苟有恒，久久自芬芳。②

与吴芝瑛所选《老子论祸福》等格言之文甚为类同。同为朗朗上口，节奏感很强的对仗之文，不仅适于孩童阅读，同样适于诵读。从内容上看，《座右铭》无疑是老子格言的具体化，更加通俗细致、生动直接地教授如何待人接物。二姚的目的与吴芝瑛一致，无非是教育孩童为人处世、修身立志的大道理。

综上所述，《初学读本》选文，更加注重激发孩童学习兴趣，启发孩童智识，重视为人处世道理的传授，以及道德品性的熏陶。这也与《古文

① 姚永朴、姚永概同编：《国文初学读本》（上编），第4页。

② 姚永朴、姚永概同编：《国文初学读本》（上编），第9页。

读本》以来，注重"开睿智识，启辟轨途"的编选理念一脉相承。

（二）圈评体例的继承

《初学读本》的圈评系统对之前的桐城选本也多有继承。文内圈点，这种被选家广泛使用的评点方式姑且不论，但就篇目标圈这种并不常见的圈点手段而言，显然是直接继承了姚鼐的《古文辞类纂》。

由于姚鼐及其《古文辞类纂》巨大的影响力，这种方式一举开桐城风气，也成为桐城选本典型特征之一。二姚《初学读本》中的篇目标圈即为此类。笔者将其标有三圈的作品列表如下[①]：

作者或出处	篇名（○○○）
《战国策》	《齐客止靖郭君城薛》《苏秦止孟尝君入秦》《苏代止赵伐燕》、《江一为昭奚恤说荆宣王》《淳于髡说齐宣王见七士》；
屈原	《渔父》；
宋玉	《对楚王问》；
《墨子》	《所染篇》；
《庄子》	《庄子以鸡雏晓惠子》；
《荀子》	《孔子在陈蔡答子路问》；
《吕氏春秋》	《申喜遇母》；
《韩诗外传》	《曾子语》《狐卷子对魏文侯》；
司马子长	《孔子世家赞》；
马文渊	《戒兄子书》；
诸葛孔明	《戒子书》；
《颜氏家训》	《兄弟篇》；
韩退之	《马说》《讼风伯》《读荀子》《送李愿归盘谷序》《祭鳄鱼文》；
范希文	《岳阳楼记》；
欧阳永叔	《秋声赋》；
王安石	《读孟尝君传》；
苏明允	《族谱引》；

[①] 参看姚永朴、姚永概同编：《国文初学读本》（上、下编）。

作者或出处	篇名（○○○）
苏子瞻	《范蠡论》；
苏子由	《上枢密韩太尉书》；
归熙甫	《归氏二孝子传》；
王伯安	《客座私祝》；
梅伯言	《书杨氏婢事》；

显然这些篇章都是历来文家评价相对较高，抑或对于初学孩童比较重要，也选得较多的作品。

（三）文统意识的继承

《初学读本》通达取文，确实选录了不少至今仍为人称道的经典作品，如陶渊明《五柳先生传》《桃花源记》、刘禹锡《陋室铭》、周敦颐《爱莲说》、范仲淹《岳阳楼记》、欧阳修《醉翁亭记》、曾巩《墨池记》等，皆是至今仍为中学课本收录的短篇佳作。同时，作为桐城末学主力军，姚氏兄弟编选《初学读本》显然没有忘记融入自家趣味。姚永概说："兹编分上下二卷，果能全解，自可入门；然后教以《历朝经世文钞》，阶级既备，差足应用；若夫精研文事，以期大成，则进窥古文名著，固非此二书所克囿尔。"所谓入门，入何者之门？所谓进窥古文名著，所指者何？

受吴汝纶影响明显，二姚选文开编几篇悉取自《古文读本》。如《初学读本》上编的《齐客止靖郭君城薛》《苏秦止孟尝君入秦》《苏代止赵伐燕》《江一为昭奚恤说荆宣王》，下编的《淳于髡说齐宣王见七士》、屈原《渔父》、宋玉《对楚王问》等篇都与《古文读本》相同。其他如庄子、荀子、韩非子、司马子长、唐宋八家、归姚梅等人文章的选录，两书也基本保持一致。尤其是《初学读本》下编自韩愈开始，沿柳宗元、范仲淹、欧阳修、曾巩、苏洵、苏轼、苏辙、王安石、归有光、姚鼐、管同、周树槐一线选文，路数甚为明了，即典型的桐城古文选本特征。

这种选文路数本是桐城文统一脉而下，自然无须赘言。值得注意的是，《初学读本》上编另选录《韩诗外传》、刘禹锡、周敦颐、朱熹、王阳明、顾宪成等人的文章，似有在文统之外，另梳理一脉道统之意。《韩诗外传》乃三家传诗其一，且为仅存之《诗》脉；刘禹锡为唐代大儒；周敦颐乃北宋理学鼻祖；朱熹更是理学大儒，儒学之集大成者；王阳明是明代陆王心学之集大成者；顾宪成是明末东林党领袖；皆为"道"之所在。再加上韩愈作为唐代新儒学的开创者，这样自唐宋以来，道统一脉直贯而下，传"道"至当下的意味甚为明了。前面所举王阳明《谕泰和杨茂》一文即显为一例。此实为喻道之文，几乎全篇都在阐发心学。选录这样的文章，与二姚的道统、文统意识互为表里。

二姚之所以这样做，实乃因为部令中传授"文学史之大概"①的要求，即在编选读本时要适当兼顾文学史发展脉络。这与其说是对部令要求的服从，不如说是受到部令规定启发，进而发掘出此事半功倍之法，既可以让学生自然地厘清文学史梗概，又能不知不觉地融入桐城文统理念。由于"文学史之大概"，与桐城派一向主张的"文统一脉"具有先天的相似性，那么何乐而不如此为之？因此，不得不说这是二姚编选《初学读本》又一巧妙的处理。

小　结

从吴汝纶开始编纂初学古文读本，吴芝瑛、吴闿生姐弟紧随其后，相继编成初学教科书，其书明显表现出对吴汝纶的继承，同时又因时而变，各自有所创新。直至姚氏兄弟对前面几种初学选本加以总结吸收，在此基础上又独有创见，给桐城派"古文初学选本"的编纂画上了完美的句号。

桐城文人的这些努力，使得"在1919年以前桐城古文基本上是中学国

---

① 见前页所引《中学校令施行规则》。

文教育的范本"①，譬如，林纾在北方教授国文，即以姚、曾选古文为主，"其他国文教员选择之文亦大致与林同，盖彼时隐有一种文章义法为正宗，教学尚能统一也"②。而在南方，据余冠英（1906年生，21岁中学毕业）回忆："中学五年中，国文读本翻来覆去不出唐宋八家和归方姚曾的范围，只在最后一年美术文班上读了几篇《昭明文选》里的东西。"③不言而喻，桐城派"古文选本"在其间发挥了不可替代的作用。

事物总是处在由量变到质变的不断发展变化中，国文教材的编写同样如此。从"古文选本"到民国时期的"国文读本"，再到今天的"语文课本"，在古文（国文）教材在发展演变中，桐城派"古文选本"在其间占据着不容忽视的一环。从这个意义上说，虽然"五四"新文化运动，改变了桐城古文一统天下的局面，结束了桐城"古文选本"占据国文教育主流的时代，但桐城"古文选本"的余晖依然照耀着后来者，桐城派"古文初学选本"系列丛书仍然影响着国文教材的编纂。

---

① 徐雁平：《胡适与整理国故考论：以中国文学史研究为中心》，安徽教育出版社，2003年版，第239页。

② 张鸿来：《国文科教学之经过》，见朱有瓛主编《中国近代学制史料》（第三辑上册），华东师范大学出版社版，1990年版，第439页。

③ 余冠英：《我学习国文的一段经验》，见《国文月刊》第三卷五、六期合刊（1946年2月1日），第9页。

第七章

家法传承与义理嬗变：
晚清民初桐城派文学教科书的变革

"文学教科书"是一种教育读本，也是第一手的文学资料，富含非常宝贵的文学与教育信息。随着时代的变迁，"文学教科书"自身的更替与变革也从未停止过，每一次读本变革都发生内在的义理变动。本文选取晚清民初具有代表性的"文学教科书"，从其所表现的内容与形式入手，去梳理从晚清至民国"文学教科书"的义理嬗变，考察"文学教科书"在这一时期的思想变革以及其内在原因，并且探讨其对近代文学与教育界所产生的影响。借此深入挖掘"文学教科书"的发展轨迹，把握国文教育的动向，探索"文学教科书"的实质。

第一节 古文本：文以载道与保存国粹

一、编选《中学国文读本》的别样用意

1878年，张焕纶创办上海正蒙书院，以明义理、识时务为教学宗旨。"书院的名称虽为中国所固有，它分为国文、舆地、经史、时务、格致、

数学、歌诗等科。"①这是"国文"一词第一次在学校课程中出现。而中学"国文"科最早可见于1902年颁布的《钦定中学堂章程》中"词章"一科，"词章"主要学习内容为作文和悉识诸体，与其后产生的"国文"科教习内容类同。词章科教习内容从作记事文到说理文，从学章奏传记诸体文到词赋诗歌诸体文，从简到繁，由易到难，此种循序渐进在国文科中也得到了延续。至1904年颁布《奏定中学堂章程》，设"中国文学"一科，中学国文才算真正意义上诞生。1907年，《学部奏定女子小学堂章程》小学堂设"国文"科，"中国文学"变为"国文"，这是教育意义上的"国文"科名称之始。

（一）从"古文"到"国文"

1905年，清廷颁布立停科举之诏。科举制的废除，成为新学堂兴起的强劲动力，而随着新式学堂的急剧增多，中学国文教科书的编写成为迫在眉睫的难题。传统文选如何转化为新式教科书，书院习诵之"古文"如何成为新学堂中讲授之"国文"，对于这个问题，林纾《中学国文读本》和吴曾祺《中学国文教科书》两部读本已经呈现了一份相当完美的答卷。1907年，林纾应张菊生、高梦旦之邀，始编选《中学国文读本》，从次年四月始，到1910年末，各册陆续由商务印书馆出版。《中学国文读本》共十卷，一、二卷为国朝文，三、四、五卷为明元五代宋文，六、七卷为唐文，八卷为六朝文，九、十卷皆周秦汉魏文。林纾并于每册前附序，助读者梳理文学史之大概。1913年三月，为适应新学制四年之规定，《中学国文读本》经武进许国英重订，改为八册，共308篇，仍由商务印书馆出版。吴曾祺亦于1908年九月出版了《中学国文教科书》，出版共5册，为合中学学制五年之用，全书收录701篇。选文细加密圈、眉批、总批。辛亥革命后，中学学制改为四年，1913—1914年，《中学国文教科书》重订为四册：一册明、清文153篇，二册五代、宋、金、元文169篇，三册晋、南

---

① 周予同：《中国现代教育史》，福建教育出版社，2007年版，第69页。

北朝、隋、唐文176篇，四册周、秦、汉、三国文110篇，共计选文608篇。较之重订前有所减少，体例方面，沿袭前者。此外，两套书订正数版，畅销之状于当时实不多见，从中可看出两部选本的精致之处。非编者初选之用心，怎能在教科书编选盛行之时历久不衰。精诚所至，金石为开，两位评选者在此所下功夫可窥一斑。

编选之时，二人皆近花甲之年，且在各自的领域亦是名声大噪，而此时却心甘情愿地接下编选国文教科书的任务。抛开其与商务印书馆有着非同寻常之关系之外，更应从时局所需和二人的职业操守方面寻求原因。

其一，时局所需。晚清之际，欧风美雨渐入，中国知识分子处在学习外国文化和固守中国传统之中。欲立足于"万国"而不灭，坚守中国传统而不亡，晚清政府逐渐地认识到走出国门，扩充识见的必要性。晚清政府开始引进新式教育制度，兴学堂，编课本，培育人才。1902年，清政府颁布《钦定中学堂章程》，指出"中学堂之设，使诸生于高等小学卒业后而加深其程度，增添其科目，俾肆力于普通学之高深者，为高等专门之始基。"①表明中学堂是培养高等人才的基础，是小学和高等专门的过渡阶段，最终目标还是培养高等人才。1904年颁布《奏定中学堂章程》中指明"设普通中学堂，令高等小学毕业者入焉，以施较深之普通教育，俾毕业后不仕者从事于各项实业、进取者升入各高等专门学堂均有根柢为宗旨。"②与前不同的是，奏定章程更注重实用人才的培养，兼顾优劣，使学生各得其用。应国家之需，培养"上知爱国，下足立身"③的实用人才成为第一要务。与此同时，国家对人才的急需也召唤着知识分子将爱国意识付诸实际行动。林纾、吴曾祺看清了社会现状，趋从时势，在自己力所能及的教育领域奉献出自己的绵薄之力。此外，商务印书馆作为二十世纪书籍出版重镇，体察时势，本着教育兴国理念，紧紧抓住了编选教科书的这

①《钦定中学堂章程》，舒新城：《中国近代教育史资料》（中册），人民教育出版社，1961年版，第492页。（下同）

②《奏定中学堂章程》，舒新城：《中国近代教育史资料》（中册），第500—501页。

③《学务纲要》，舒新城：《近代中国教育史料》，中国人民大学出版社，2012年版，第193页。

一巨大商机。林纾、吴曾祺编选中学国文教科书是商务印书馆独到的眼光，更是时代所趋向的正确方向。

其二，职业操守。林纾终身未入仕途，满腔热血却未曾泯灭，故择取教育一途来完成毕生心志。1908年，在教科书编写盛行的情况下，林纾身为国文教习，总结自身经验，编选一本适合自己教学、适合学生学习的教科书实为分内之务，是对自己工作的一次总结和突破。新学堂的兴起，寻求适用的教科书一直是学校、教师们焦头烂额的事情，此时，商务印书馆的邀请予以林纾莫大鼓动。且林纾本嗜爱古文，无论是行文、教文还是选文，林纾都表现出对古文深入骨髓的激情，商务的真诚之邀实作了顺水人情。而吴曾祺则因其深厚的古文造诣，在1906年，受商务印书馆之聘，任古今秘籍珍本编辑之务，凭借涵芬楼数十万卷的藏书，吴择其精华，编选图书，《中学国文教科书》即是在此期间编选而成。吴曾祺生在清朝，长期受程朱思想熏陶，以制艺为正举，新科既废，古文成为他不可或缺的精神食粮，对古文的捍守成为他奋进的动力。他用评选古文来保存传统学术，终身以发扬传统学术为己任，此时，保存传统古文已成为他和商务印书馆的共识，他依托楼中丰富的藏书，应职务之需，应时代之需，编选国文教科书，以播扬古文。要而言之，新式学堂中，古文失去了昔日肥沃的生存土壤，"国文"成为"古文"的代名词，二人坚守着古文梦，使他们将眼光投向了"国文"这个契机。林、吴二人试图将自己所熟识的"古文"，转换为在新学堂中讲授的"国文"，通过新式学堂教育在学子中传承下去，教习新国文，提倡旧道德。两个儒者在乱世中的救弊之举，从古文到国文，新瓶装旧酒，用"国文"来阐释对"古文"的热情，推动着文学教育的现代转型。

另外，《奏定中学堂章程》对中国文学教法规定如下："凡学为文之次第：一曰文义；文者积字而成，用字必有来历（经史子集及近人文集皆可），下字必求的解，虽本乎古亦不骇乎今。此语似浅实深，自幼学以至名家皆为要事。二曰文法；文法备于古人之文，故求文法者必自讲读始，先使读经史子集中平易雅驯之文；《御选古文渊鉴》最为善本，可量学生之日力择读之（如乡曲无此书，可择较为大雅之本读之），并为讲解其义法。次则近代有关系之文亦可流览，不必熟读。三曰作文；以清真雅正为主……"①由此教法可知，国文首重文义，"用字有来历，下字必求解"，所以在选评文章时要择取古文之精粹，不入流之辈不取。次取文法，"使讲读平易雅驯之文"，"择大雅之本读之"，此处所求文法与桐城文章"有物有则，雅驯近古"不谋而合。另外，教育部推荐的善本《御选古文渊鉴》是由康熙御选，康熙在序中言明："夫经纬天地之谓文，文者，载道之器"②，由此看来，《御选古文渊鉴》所着重的是文中所载之"道"，重视的是文中义理。因而，可看出林、吴选文时以桐城义法为标准，尽载义理的端倪。再者，"以清真雅正为主"的要求亦巧妙地契合了桐城文法的"清通、质实、雅驯"，《奏定中学堂章程》所要求的，正是桐城文家所追求的，两者不谋而合。正是这种莫名的缘分，让深受桐城派影响的林、吴二人在选文时添入了很多的"桐城因子"，为二人承续古文、以文载道增添一份助力。从古文到国文，二人信道笃而自知明，选择了用国文教科书的方式进行"道不远人"的教育。

（二）以文载道，共保国粹

"教科书是近代中国各种转折的最佳透视镜之一。无论是教育体制的变迁，还是历史撰写的转型，或是政教关系的重组，都能在此透视镜中找到一些答案。"③林、吴看到了教科书所蕴含的价值，欲借教科书的巨大影响力去推进古文的衍生效果，凭借古文所蕴藏的知识和义理，形成稳固传统的持续动力。

《中学国文读本》国朝文序言："顾本朝考订诸家林立，而咸有文集，

---

① 《奏定中学堂章程》，舒新城：《中国近代教育史资料》（中册），第502—503页。

② 康熙：《序》，《御选古文渊鉴》，康熙二十四年刻本。

③ 瞿骏：《天下为学说裂：清末民初的思想革命与文化运动》，社会科学文献出版社，2017年版，第177页。

陆离光怪，炫乎时人之目，而终未有尊之为真能古文者。则擩撦之家，第侈其淫丽，于道莫视也，质言之，古文惟其理之获，与道无悖者，则味之弥臻于无穷。若划分秦、汉、唐、宋，加以统系派别，为此为彼，使读者炫惑其目力，莫知其从，则已格其途，而左其趣矣，虽然获理适道，亦不惟多读书，广阅历而然，尤当深究乎古人心身性命之学，言之始衷于理，且与道合。"①于此，林纾的古文观显露无遗。首先，批判"于道莫视"的考据学家之文，在林纾看来，文是用来载道的，真正的上等古文应为"与道无悖者"；其次，习读古文"当究乎古人心身性命之学，言之始衷于理，且与道合"，古文所蕴含的"道"是晚清读书人所安身立命之本。晚清读书人从小耳濡目染程朱理学，养成以道自任的秉性，林纾又以桐城为皈依，种种原因都推动着林纾转变成卫道之士。林纾精挑细评，择取文之精者以载其道。从国朝文目录可知，所选十余家绝大部分与桐城派有关。桐城古文注重义理，"学行继程朱之后"②要求思想内容上合乎儒家伦理道德规范，林纾选文精挑桐城古文，无疑是因为林纾古文观与桐城文章倡导文以载道的无缝契合。

1913年，林纾为京师大学堂文科毕业生作序送别，序中忧心忡忡地祈求学子们"力延古文之一线，使不致于颠坠，未始非吾华之幸也"③。林纾的忧虑不在欧风美雨，而在古文之颠坠。古文关系着中华传统文化、价值取向、道德观念的变动，古文之存废关乎国家之兴衰。因此，保存古文成为他深刻心底的使命，而《中学国文读本》就是他早年保存古文、敷文明道的一个良好突破口。梁启超在《清代学术概论》中提及，桐城派在对"文"与"道"的看法上，借鉴欧阳修"因文见道"的观点，而对林纾的评语中，也提到了林纾"因文见道"的文道观。"有林纾者，译小说百数十种，颇风行于时，然所译本率皆欧洲第二三流作者；纾治桐城古文，每

---

① 林纾：《序》，《中学国文读本》(第一册)，商务印书馆，1908年版，第1页。
② 王兆符：《方望溪先生文集序》，方苞：《方望溪全集》，中国书店出版社，1991年版，第2页。
③ 林纾：《送大学文科毕业诸学士序》，璩鑫圭、童富勇：《教育思想》，上海教育出版社，1997年版，第864页。

译一书，辄'因文见道'于新思想无与焉。"①两处评议一方面说明林纾不仅在作文方面承继桐城古文义法，在文道的关系的处理上，亦绍桐城之见解，与桐城派保持一致。另一方面可知，林纾无论在译文还是选文中，皆坚持以文载道，而此道即是孔孟程朱之道。林纾以古文义法为凭借翻译外文，沟通中西文学，更以桐城义理深入教材，习染国民之思想，他的做法，则是为了让古文在新时代中立下站点，为古文延续埋下可能的种子，以拥护传统文学，保存国粹。

吴氏在评选古文上也和林纾趋向一致，向桐城派靠拢，在《中学国文教科书》例言中"不及于经""不及国语""子家不录"等规则皆是遵守姚氏意也。且文以载道亦是吴氏的选文宗旨。

吴曾祺《中学国文教科书》例言"而选本存者，颇少适用，高者曲究于气味之微，下者或越乎义法之外，二者工拙迥殊。而于教人之道，均有所未备，兹编所选，专以助人之精神兴趣，而仍不戾于绳尺者为主，至于宗派之分，家数之辨，概未之及"②，吴曾祺亦认识到如今尚无适宜之选本，要讲乎气味适宜，又要合乎义法，至关重要的是要具备教人之道。此处，吴曾祺与林纾不约而同地关注了文章中所承载的道，认为文中之道是文章堪选之根本。中学生，乃国家未来之栋梁，吴曾祺欲以《中学国文教科书》为利器，以文载道，期冀"道"可远播。此外，吴曾祺在选文时突破刻板选文范式，不按寻常路数，取文广泛，可见其为择取载道之文极费心思。例言又云："然道亦何常之有？精粗大小皆道也。譬如书一事，则必有其事理，纪一物，则必有物理，理之所在，道之所在也，岂言心言性言三纲言五常以外，皆无所谓道乎。"③由上可知，吴氏不是不赞同文以载道，而是锐意创新，他所认为的"道"含义更为宽泛了，心性、三纲五常以外亦有道。从吴曾祺的选文可看出，文中所承载的道除了三纲五常之

---

① 梁启超：《清代学术概论》，夏晓虹点校，中国人民大学出版社，2004年版，第218页。
② 吴曾祺：《例言》，《重订中学国文教科书》，商务印书馆，1913年版，第1页。
③ 吴曾祺：《例言》，《重订中学国文教科书》，第3页。

外，更有"助人之精神兴趣"者。吴曾祺选文时不愿太过拘束，有意扩大了"道"的外延，希望达到"变而后大"的效果。林、吴共同研读左马韩欧，编选国文教科书，体悟程朱伦常，进而形成晚清"士"阶层的联网，联袂去抵御新思潮的冲击。坚守着古文战线的林纾、吴曾祺等人，以教科书为媒介，建立起与外界交流的平台，欲以古文来召唤千千万万个保守的魂灵，用他们共同维护的古文来推进"道"的远播，以文载道、保存国粹。

无独有偶，利用教科书来保存古文、以保国粹，并不是林、吴二人的专场。桐城派素有编选教科书以承续古文、守护传统的惯例。方苞编《古文约选》，吴闿生编《桐城吴氏文法教科书》，吴汝纶侄女吴芝瑛编《俗语注解小学古文读本》，姚永朴选评《国文学》，姚永概、姚永朴兄弟编《国文初学读本》，李刚己编《中小学堂古文词读本》，廉泉编《国粹教科书》等，这些读本都在执行着守护传统，延续古文的使命。林、吴和桐城派其他古文家一样，都怀有同样的古文关怀。这一代的知识分子经历过传统教育模式的事实，他们与传统文化不可断绝。林、吴二人顺应时代潮流，编选教科书，从"古文"到"国文"，以教科书的形式为古文占据生存阵地，进而以文载道，保存国粹，为桐城派古文的延续赢得话语权。

二、古文选本与程朱理学

新式学堂的教科书，在作用上必然会显示出新式学堂的用意。中国文学学科分科教法指出"入中学堂者年已渐长，文理略已明通，作文自不可缓"①。虽然科举已废，但作文之传统依然是国文的重头戏。从《中学国文读本》及《中学国文教科书》中可以看出，作文之法无不贯穿始终。

---

① 《奏定中学堂章程》，舒新城：《中国近代教育史资料》（中册），第503页。

（一）"重文不重道"的古文作法

关于古文作法，林纾在凡例中提到了不容忽视的一条，"本书于文中大节目处特加圈点并附评语以引起读者之注意"，①引起读者注意。不难发现，在吴曾祺的选文中亦选用了点评之法，以适量的"刻画"来说明对文章的见解。"今于每篇之中，略言其命意所在，间及其经营结构之法，不敢过为刻画，其中无所见者，万难谬附解人，姑从阙如之例。"②这些点评都是作者欲传达给读者的内容，包含着作者对作品的解读、品鉴以及思索。因此，可以从评选家的评点中去探求作文之法。评语是评选家的灵魂，如果没有评语，读本只会是古文篇目的堆砌，很难展露选家的意识和思维。而评语的存在让读者多了一个亲近选家的途径，一个与选家交流的平台，从评语中可以窥见选家的眼光与用意。梳理二位选家的文章点评，发现二位在选文时更注重文章的写作技巧，而不是只顾文章义理。对"文"的方面的考虑远重于"道"的方面，以下将分别论述。

在《重订中学国文教科书》的选家总评中，明确指出选录之原因，现整理如下，以窥测其中作文之道。

1.宋景濂集中，亦有是传，不如此篇之老洁，故弃彼录此。（胡翰《谢翱传》）

2.先生以秦汉之文倡海内，闻者响应，主坛坫（按：指文坛上的领袖地位或声望）者数十年，独震川不附其说。今读其文，亦实有未厌人心者，兹择其中之佳者录之，以见当日之崇奉太过者，几舆耳食（按：比喻不假思索、轻信所闻）无异。而肆意攻击之人，其说亦不尽足凭也。（王世贞《南阳张铁二公庙碑》）

3.狱中情况，非身入其中不得道，录此篇以告长民（指地方官

① 林纾：《凡例》，《重订中学国文读本》，第1页。
② 吴曾祺：《例言》，《重订中学国文教科书》，第3页。

吏）者，当力求补救之法。（方苞《狱中杂记》）

4.随园负一代重名，而其古文往往失之快易，可存者绝少，然此篇之字字凄咽，可决其必传无疑。（袁枚《祭妹文》）

5.词旨与魏文贞十思十渐疏极相似，而文之委婉周至，更为过之，存之以备奏议一格。（孙嘉淦《三习一弊疏》）

6.步武极严，初学者，宜从此等文入手。（梅曾亮《赠孙秋士序》）

7.近人袁子才，有士少而天下治之说，与此篇所见略同，皆为有激之论，而此篇文笔之骏快，实为袁文所不逮，论教士之法，宜补作一篇。（管同《说士二首》）

8.是时风气，已与孙文定公时殊异，文体亦微有升降，今并存之。（曾国藩《应诏陈言折》）

9.巾帼中乃有此人，异哉，惜其夫固蠢物也，存之足备史家之佚。（罗隐《拾甲子年事》）

10.昔人以此篇与出师表相配，盖至性所流，固非寻常词义之工，可以袭而取也。（李密《陈情表》）

11.是表选入古文渊鑑，大加删削，只存六百余字，今仍照原文录之。中间论后五厄，语颇详核，牛弘在隋，任遇甚隆，亦无事业可见，此表有功艺林，不在刘向父子之下。（牛弘《请开献书表》）

12.只是一篇乞贷书，而繁引古来英雄豪杰未遇之时，自为增长声价，唐人文集中，似此者极多，择其最工者，间存一二。（王勃《为人与蜀城父老书》）

13.燕公集中多碑碣之文，余皆舍而不录，独存其小序及箴铭数篇，良以碑碣之文，可以韩欧之文为之。而此等之神思隽逸、音节遒古者，虽韩欧不能作也，汉晋已遥，梁陈日敝，欲追大雅，莫此为宜。（张说《会诸友诗序》）

14.文甚平冗，无可存，因所记系当时韵事，录之以助谈荟。（何延之《兰亭始末记》）

15.此篇体制，稍以蘽积（指词汇重叠或堆砌）为工，不似其自为记之劲峭，录之以见能手为文，固不拘拘一体。（柳宗元《零陵三亭记》）

显而易见，评语中透露出文章是否被选录主要取决于文章的"工"与否。第一、二、五、六、七、十、十二、十三、十五则评论录入原因分别是"此篇之老洁""其中之佳者""委婉周至""步武极严""文笔之骏快""至性所流，词义之工""择其最工""神思隽逸，音节遒古""以蘽积为工，不拘拘一体"，主要取向即为文章之"工"。全书明确指出选录之原因者共十五条，而指出文章之"工"的竟有九条，可见作者选文之偏爱。此外，第十四条明白地指出，文平冗者不可录，书中虽有为其他原因破例者，但所存无多，文章之工始终为评判的主要因素。除却文章之工与否这个评判标准，还有文章的深富情感、存之以备奏议一格、宜初学者学习、以助谈荟、以显示文体升降等。可见，此数篇录入的原因几乎都是重"文"的方面，这些角度无不是按照中学国文教科书作文教法而准备的。尤其是第七条所指出的"皆为有激之论，而此篇文笔之骏快，实为袁文所不逮，论教士之法，宜补作一篇"，置内容上有激之论而不顾，决然存之，可见评选者更为关注的是文章的作法，而不是文章的思想内容，即文章的"道"。陈平原在《从文人之文到学者之文》一文中指出，"读从归有光到桐城诸家，再到民国时期有名的散文家，比如说朱自清等人，你会明显地感觉到，文章很好，可隐约有一个门面在。也就是说，由于着意经营，长期揣摩，容易形成一种套路。"[1]正如陈平原所说，桐城文章写得好，是有一个门面在的。林纾、吴曾祺遵循桐城家法，无可置疑地继承了这种门面，这种写作套路。两位的选文评语中透露出作文之法的各种"套路"，而这种

---

① 陈平原：《从文人之文到学者之文：明清散文研究》，生活·读书·新知三联书店，2017年版，第120页。

套路恰恰都是因"文"的方面而设的。

　　《重订中学国文读本》共计八册，唐宋文则占据四册之多，唐文87篇，宋文71篇，占据总数308篇的51%。如此之高的比重，可见对唐宋文的重视及赏识。因为文章篇数过多，笔者择取评选家所重视的唐宋文来分析，探究唐宋文评语中的"套路"。以下为《中学国文读本》唐宋文部分具有"套路"的文章评语。

评语	出自篇目	教学用意
即用前意更翻进一层，尤悲切动人	欧阳修《苏子美墓志铭》	教递进之法
有待二字之意，即是通篇主脑	欧阳修《泷冈阡表》	提醒本文重点
此数行中凡数折，觊求而有得是一折，不求而死有恨句又一折，世常求其死句又一折。凡造句知得逆折之笔，自突兀刺眼	欧阳修《泷冈阡表》	划分层次，教逆折之笔
深刻之论能如此，用笔乃无不达之情	王安石《君子斋记》	分析句子之精炼处
追上一个欲字，是勉励裴君不要叫他扫兴，欲字即与思字叫应	王安石《君子斋记》	教呼应之法
绕到东轩作收煞，饶有笔力	苏辙《东轩记》	教收束之法
马之千里者，五字破空，叫起奇壮而洪，即插入不知二字，令人扫兴。虽昌黎自写牢骚，然千古才人遭际亦往往如此	韩愈《马说》	教起句之法、教分析字句
写一人乐处，正见得万家苦处。用笔之妙不可思议	柳宗元《捕蛇者说》	教衬托、对比之法
约昌黎凡遇此类题目均用藏锋之笔	韩愈《答窦秀才书》	教按类分析、教藏锋之笔法
此两鸣字与上无数鸣字，不同一是。纵一是收为全篇关锁之笔，尤重在第二句	韩愈《送孟东野序》	教收纵之法
故作反激之笔，虚虚一顿以开下半无数议论	柳宗元《梓人传》	教反激之笔
此一句结上铺叙之笔，精神稍凝聚	白居易《养竹记》	教铺叙之法

可以看出评选者在评选之时就本着锻炼中学生作文的初衷，通过评点教给学生以作文套路，文章作法才是《中学国文读本》的真正目的。如"写一人乐处正见得万家苦处，用笔之妙不可思议"一句，乃是对《捕蛇者说》中"吾恂恂而起，视其缶，而吾蛇尚存，则弛然而卧，谨食之，时而献焉。退而甘食其土之有，以尽吾齿。"①的评议。文中之句极富声色地描写出捕蛇者在苛政猛于虎的生存状态下，对捕蛇勉强维持生计的满足。林纾针对此一句一语道破全局，更是指明此句写法之精妙。对比、衬托之法是此篇的主要手法，这一句清晰提点了这一手法的运用，文章精当之处自然显露无遗。如此评语在读本中比比皆是，如上述教逆折之笔、呼应之法、铺叙之法、收纵之法、藏锋之法等，这些有条有理的方法一方面可供学生自学鉴赏文章，另一方面即指出套路，供读者模仿学习。作为教习作文的导向，评语中细细地分析字句、解剖文章结构，总结文章作法，一一精心提炼出作文套路，以供读者细细体会，循循习之。

这种套路在吴曾祺选本中，亦频频出现，并且直截了当地点明用笔之法，以期读者体会其中用笔之妙，以下示例说明之。

《中学国文教科书》宋文、唐文	
作文之法	出自篇目
避熟就生之法	范仲淹《岳阳楼记》
两边夹写法	欧阳修《纵囚论》
陪说之法	欧阳修《释惟俨文集序》《释祕演诗集序》
遥接法	欧阳修《徂徕石先生墓志铭》
删繁就简之法	欧阳修《醉翁亭记》
脱卸之法	欧阳修《有美堂记》
再足一笔法	苏轼《荀卿论》
纡徐取势之法	苏轼《范增论》
分作两截之法	苏轼《论秦始皇扶苏》
无中生有之法	苏辙《东轩记》、王安石《许平墓志铭》

① 林纾：《重订中学国文读本》（第五册），商务印书馆，1913年版，第8页。

《中学国文教科书》宋文、唐文	
作文之法	出自篇目
间架法、间架之法	曾巩《唐论》、柳宗元《封建论》
烘托法	曾巩《与孙司封书》
加一倍写法	司马光《吕献可墓志铭》
逐层推阐之法	张耒《双槐堂记》
说经之法	朱熹《中庸章句序》
提顿照应之法	朱熹《代刘共父梅溪集序》
反客为主之法	陈亮《李靖论》
详略之法	皇甫湜《故吏部侍郎昌黎韩先生墓志铭》

由上可见，评选者在唐宋文中指出了大量的用笔之法，有些是熟为人知的，如陪说之法、再足一笔法、烘托法、反客为主法、详略法等；有些则是少有耳闻的，如避熟就生之法、两边夹写法、纡徐取势之法、间架之法、说经之法、脱卸之法等。评者一一明白理清，以供学子鉴赏、师法。除此之外，评语中还大量出现文法、篇法、笔法、句法、写法、用笔、章法、行文、通篇眼目等词语。如此，评家对作文之法的倾注，即可一目了然。从此角度视之，评家看重的是对作文之法的养成铺垫，而不是刻意以文章思想内容为教育主旨。重文不重道的作文之法，是一本教习作文的教科书需具备的必然要素，也是林、吴二人在古文造诣上的施展。林、吴二人对古文的沉浸涵泳，通过对作文"套路"的总结淋漓尽致地展现了出来。

再者，细考二者选文，除了选取有关品行修养、治学为文和时政吏治的一些文章之外，还大量选取风光地志类文章。如林纾选文中的《登泰山记》《游小盘谷记》《江亭消夏记》等。吴曾祺选文中风光地志类除与前雷同者之外，还有《于阗记》《醉翁亭记》《眉州远景楼记》《超然台记》《桂州新城记》《新城游北山记》等。这些描写风光地志的文章几乎与道无涉。由此可见，无论从评语角度，还是选文角度无不印证了林、吴二人重文不重道的选文之衷。这是国文教科书应有之旨，更是新学堂的教法所趋。

（二）"忠孝节义"与"现代气息"

程朱理学注重忠君爱国、仁义礼信等传统道德的培养，强调通过道德自觉来达到理想人格的建树。林、吴心系家国，视程朱为固国之本，执笔为戈，用自己的方式为国运之昌盛发力，以文载道，以期扶大厦之将倾，挽国运之即衰。其中所载之道，乃程朱之道。

从两部读本的内容来看，所表现的"忠孝节义"即是程朱理学在读本中的外化。《重订学堂章程折》中明确指出，"至于立学宗旨，无论何等学堂，均以忠孝为本，以中国经史之学为基。"①因此，忠孝是读本中最重点强调的思想，除却忠孝之外，文中大力宣扬的即是仁义、贞节、责任、谦逊、勤俭之类的成德之教。两书选文基本上遵循姚氏选文之旨，甚至连类别顺序都大体一致，以下就按其类别对文章义理进行分析。

在十三种类别中，《中学国文读本》杂记类选文居多，杂记类大多是作家借物抒情，描写物状，抒发感怀，这类文章多带有一种出世思想，对现实、政治、人生，有批判，有建议，更有关怀。摘录这些文章在某种程度上是对"忠勇义信"思想的引导。林纾十一次哭祭崇陵，就印证了他对忠义的笃信，正因这种笃信，所以他坚定地要把这些优良的道德继承下去，以传后世。其次属论辩类、序跋类、书说类为多。论辩类中唐宋文最多，且其中政论文属多，通过对重大事件或社会问题的议论去阐明政治见解，宣扬礼义道德，忠仁之行，而寓言类寄寓出世意图、怀才不遇、建施仁政、讽庸讥佞等各种用意，具有鲜明的讽刺性和教育性。序跋类选文主要集中在唐宋文和元明文。序跋文主要是说明书籍、诗集著述或出版意旨、编次体例和作者情况的文章。这类文章多赞颂作品优长、论说作文法、文意、文风，重作品更重品行，注重文德合一。文人作文，追求文德并行的境界，因此在他们的作品中会传递致力于学，精忠隐德的思想。文

---

① 张百熙、荣庆、张之洞：《重订学堂章程折》，《近代中国教育史料》，第191页。

章的作用牵连着道德仁义、礼乐刑政，甚至可窥测世之治乱，文章之重要，也证明了作家以文载道的用心。书说类唐文和六朝文居多。这类文章主要是答某书和与某书类，"说异国之君"类文章较少。唐文中主选韩柳的书说文章，他们的书信中主要是向好友、后生宣扬信道笃、自知明，文以载道，怀道守义，积道藏德的文道观。六朝文内容上也同样阐释着礼义道德。此外，奏议类"陈说其君之辞"①，碑志类歌功颂德，赠序类"致敬爱、陈忠告"，传状类"拘品纪义"②，尤其是记述女性的作品，基本上都在强调女性之贞节，如《钱烈女墓志铭》《贞女传》《李节妇传》等。这些文章完全成了载道的工具，自始至终，该读本一直埋伏着一根"道"的主线，宣扬着"忠孝节义"。

吴曾祺《中学国文教科书》在选文上大体亦是"窃附姚氏之意"③，吴氏选文呈现顺序和林纾保持一致，大体按照姚氏分类编次顺序呈现，不同点在于吴氏将作品按作者归类。按作者归类选文，并不影响吴氏选文在义理阐释上与林氏统一战线。对比可知，二人在选文中存在重复，尽管《中学国文教科书》在选文范围上有所扩大、创新，突破了桐城派的局限，但"忠孝节义"义理的阐发仍是选文最为重要的内涵。在西学东渐的冲击下，林纾大量翻译外国作品，引进外国文化，吴曾祺整理浩如烟海的古籍，以及二人将古文置于教科书承传桐城派古文传统，这种种行为都带有一定的政治意图，即祈愿唤起国民的觉醒，护卫中国传统。古文是他们的政治利刃，而其中义理便是利刃中最锋利的部分。二人续接文以载道之说，选文以寄寓义理之文为主，彰显桐城派所倡导的程朱之道。忠孝节义为程朱的核心，也是统治者所倡导的道德准则，也正因二人追求的桐城派义理是为统治者量身定做的思想利器，林、吴二人所选传道之文才会顺理成章地进入教科书，以召唤学生共守道德，护国御外。

---

① 姚鼐纂集：《古文辞类纂》，胡士明、李祚唐标校，上海古籍出版社，2016年版，第4页。

② 姚鼐纂集：《古文辞类纂》，胡士明、李祚唐标校，第12页。

③ 吴曾祺：《例言》，《重订中学国文教科书》，商务印书馆，1913年版，第3页。

然而，林、吴并不只是在程朱理学观念里墨守成规，两人也有意或无意地接受了西方思想的洗礼。在两者的选文中有旧传统的表露，也有新观念的气息。除道德之文外，还录入审美之文，如《登泰山记》《游小盘古记》等，这些文章描绘秀丽风光，审美怡情。另有描述精湛技艺之文，如《核舟记》《木假山记》《管夫人画竹记》《陈文长画竹册叙》等，选录此等描绘精湛技术的作品，有益于培养学子审美意识。这些作品可视为现代美文的先声，别有意境的内容给枯燥的古文增添了些许色彩，增加了读本的美学意蕴。从这个角度来说，读本中的审美价值不容忽视。尽管这类文章在读本中只是寥寥几篇，但却显示出林、吴二人与时俱进，对新时代新思想的思考，也是对古文日渐衰落的沉思。

由于时代的局限性，林、吴二人的国文读本不免存在诸多问题，选文上主要因循姚氏选法，甄录精美古文，按时代朝序进行编辑，但由于文章编排由后溯前，因此文章浅深递进很难统一；内容上文体类别丰富，作家、作品多样，但文学视野狭隘，仅看重传统文章，且选录量大，给学生学习带来一定难度；文章作法上强调古文技能；思想上趋于保守，侧重说教，缺乏趣味性等。尽管读本具有不完美性，但却展示了晚清国文的基本面貌。林、吴二人持保国粹的理念，凭借国文选本追求文道结合，力图在新式文学教育中固守古文传统。

第二节　俗译本：趣味性与适用性

《言文对照初级中学国文读本》是无锡秦同培为中学教学而选编的著作，1923年，上海世界书局出版。该读本编辑宗旨明确指出"本书供初级中学国文教科之用。选古今合宜适当之文，一一附以语体文，以谋讲解自修之便利，故定名为《言文对照初级中学国文读本》。"[①]读本选录古今适

---

① 秦同培：《编辑大意》，吴微点校，《言文对照初级中学国文读本》，安徽师范大学出版社，2016年版，第1页。

宜中学生自修之文96篇，分为三册。其中最早选至东汉文范先生陈寔的作品，最晚选至近代资产阶级改良派新秀梁启超的作品。时间跨越久远，内容囊括丰富。

一、《言文对照初级中学国文读本》的编选理念

《言文对照初级中学国文读本》作为秦同培编选的新式教科书，存在"新"的部分。"新"首先体现在选录标准上。在此之前的国文教科书多呈现出不适配的特点。1904年城东女学社编辑的《国文读本·序》中指出了国文选本的弊端，"教授国文难，教授高等小学及中学初步国文为尤难。学生至此程度，往往厌弃读本，而教员亦多以选授为合宜。于是西搜东索，或苦艰深而难通，或病迂远而不切，而诵习者辄喜其不经见而模仿，遂造成一种非今非古之空疏迂腐文字。杂糅不通，莫甚于是。"①序中指斥国文读本内容过多，艰深难懂，导致学子厌弃，于教与学皆有不便。无独有偶，1909年《教育杂志》曾对吴曾祺编《中学国文教科书》作出批评："一曰材料过多，非中学五年所能卒业"。中学课时有限，而国文课业任务繁重，对学子来说，成诵既为难事，得文章之神味则更难。"一曰去取之间似未尽善"。②国语、国策乃文之至者屏而不录；金元明三朝文，工者多而降格相从为一集；唐宋文以有所限制不能多选。如此缺憾并非此两书独有，而是那一时期国文教科书的通病。不顾学子接受之成效，评选者以"多选为宜"的标准对学生进行填鸭式灌输教育，选录大量古文，内容宏博而艰涩难懂，一味强调唯识教育。从而导致国文读本在某种程度上的不适配，而《言文对照初级中学国文读本》则有意识地突破了这一限制。

（一）意胜于词：录"合宜"之文

吴微在桐城国文读本系列总序中指出，"晚清民国桐城古文家们，改

---

① 城东女学社编辑：《序言》，《国文读本》，1904年版，第1页。
② 《绍介批评：中学国文教科书》，《教育杂志》，1909年第2期，第5页。

变策略，选择'短洁'浅近的文章而替代之。虽然编选理念，与《古文辞类纂》如出一辙，但选文因时而变，满足了教育转型与变革期的时代需求，更切合少年儿童的接受能力。突出适配性，桐城派选（读）本这一编选原则，应当引起当代语文界的反思。"①吴微在这里明确指出晚清民国时期的桐城文人顺应时代潮流，在国文读本变革中所做的努力，突出适配性的编选原则。秦同培紧跟桐城步伐，在《言文对照初级中学国文读本》编选时强调选"合宜适当之文"就是"适配性"的绝佳表现。

编辑宗旨中深刻言明"选古今合宜适当之文"，所谓的"合宜"即为"合于现在之新趋势""合于初级中学学生之心理""必确有教学的价值"和"而事实意义又有教学的价值者选入之"，②必须一一满足这些条件才可被选录。

首先，考虑的是"合于现在之新趋势"。该读本初版于1923年，当时所实行的学制是壬戌学制，在此之前实行的是壬子癸丑学制。相较之下，新学制缩短了小学修业年限，延长了中学修业年限，因而，学生进入中学的标准学龄也随之提前了一年。秦同培顾虑到新旧学制的差别，在课本内容上做了调整，在编辑大意特色部分第一条指出，"前二册当于旧制高小二三年程度，后一册当于旧制中学第一年程度。"③将中学国文读本的内容层次与难度有意降低，适宜为当。此中不仅仅是考虑了新旧学制差异的问题，而且还涉及语体渐变的问题。1920年，教育部训令凡国民学校一、二年级，改国文为语体文（即白话文），以期收言文一致之效，国文教科书由此开启了语体转换的历史征程，使得初小应用语体文成为普遍共识，小学的文言水平较之此前亦有所下降。初级中学国文在小学与高级中学之间承担着过渡的重要作用，因此在"承前"部分便不得不在一定程度上降低文言内容的层次，以期更好地衔接与过渡，这亦是中学国文文体趋近白话

---

① 秦同培：《总序》，吴微点校，《言文对照初级中学国文读本》，第2页。
② 秦同培：《编辑大意》，吴微点校，《言文对照初级中学国文读本》，第1页。
③ 秦同培：《编辑大意》，吴微点校，《言文对照初级中学国文读本》，第1页。

的前兆。

其次，"合于学生之心理"。这一点与晚清教科书有较大的区别，晚清教科书多是填充式选文，评选家选文从"质"，而不顾及学生接受能力。更甚者，选择晦涩艰难之古文，让学生望而生厌，习而生倦。"教授国文，宜视程度浅深，若躐等陵节，便易误人。"[1]即国文教授不可超越等级、次序，应深浅适宜，循序渐进。林吴二人的选本虽然遵循了循序渐进的原则，但就内容而言却远超出学生的接受范围，虽内涵丰厚，但深奥难懂，不合乎学生趣味。而在秦同培的选本中力避此缺，强调了学生接受的重要性。"所选均趣味浓厚，合于初级中学学生之心理，并与以种种相当之知识。"[2]言明选文注重趣味，选录需依循中学生心理。考虑到学生的脑力未达于十分成熟之域，不当纯用抽象难懂的内容，因此选文十分注重以浅近事理引导学生，"要旨"中充分地体现了这一点。并且初级中学选文"总以适于此时学生能有之理解力为标准，其稍高者，留为高级中学地步。本书绝不越应有之范围焉"[3]，初级中学选文务求浅明易晓，总而言之，读本要以学生心理、接受能力为标准，慎重选文。秦同培广搜博引，扩大桐城古文门径，选录大量中学生喜闻乐见的极富故事性的文章，只求增加读本趣味，投学子所好，引学子所喜，更借桐城古文选本，展现桐城古文之旨趣。这无疑是调转了教师与学生的位置，选文从以教师为中心转变为以学生为中心，这是一种质的飞跃，也是受西方文化、教育影响，体现了由传统教育到民主教育的递变。

其三，"必确有教学价值和事实意义"。该读本作为教科书，面对的读者是初级中学学生，选文必定具有教学价值。读本内容中很重要的一个部分便是"要旨"。"要旨"旨在揭明文中用意，或文中应有之余义等，专就内容为讨论。编辑大意中也言明"凡诗歌美文，均取意胜于词、浅明易晓

---

① 唐文治编纂：《例言》，李联圭校勘，《高等国文读本》，文明书局，1909年版，第1页。

② 秦同培：《编辑大意》，吴微点校，《言文对照初级中学国文读本》，第1页。

③ 秦同培：《编辑大意》，吴微点校，《言文对照初级中学国文读本》，第2页。

230

者，导初学以正路。至词胜于意、空饰字句、无补实用者，概不列入。"①显而易见，选文中重意不重词，其所重的"意"就是评选者所看重的古文的价值。《病梅馆记》是一篇语含"酸辣"的小品文。通篇写病梅，但实际指向的却是病态的社会现状，寓意深远。而在选文要旨中却是深入浅出，淡化了病梅所影射的政治部分，取而代之是浅显的"干涉"之理，借以告诫学生们"适度"原则。当然，秦同培也是在身体力行地执行一个"适度"的原则，选文时规避了本文晦涩艰深的内容，深入浅出，总结出于中学生适用的文意，教给中学生有用的道理、以补实用。文意实大于文词，"意胜于词"才是选文之宗旨。文意决定了文章的事实意义与教育价值，在选录时，秦同培考虑到文意的层次，而多选近代实用之文，少择代圣人立言的唐宋秦汉之文。"文意"决定文章是否"合宜"，"合宜"决定文章是否被甄录，此间环环相扣，紧密相连。

胡晓阳《晚清桐城派古文初学选本研究》②一文中，谈到了秦同培《言文对照初级中学国文读本》"在解题、作者简介、段意总结，以及字词注解的手法，与吴闿生《文法教科书》相似；而文章要旨归纳和写作手法评论又与二姚《初学读本》如出一辙。尤其是最后'译俗'方式的使用，与吴芝瑛《俗注读本》可谓异曲同工。"《言文对照初级中学国文读本》与桐城初学古文选本有紧密的联系，自然不会是巧合。南菁书院是桐城派文人授业传道的重要据点之一，多位桐城文人曾身居南菁书院要职，把握书院教育方向，传承桐城义法。如王先谦③、缪荃孙④分别于1885年—1888年和1888年—1890年任南菁书院院长；瞿鸿禨⑤于1897年—1900年任书院学政。学政和院长主管学校的政务和学术，以此看来，桐城派文人在诸生学术指导中占绝对主导地位，在南菁书院的教育上发挥着巨大的作用。秦同培1901年经"甄别"进入南菁书院，就学其中，自然而然地受到桐城派文人潜移默化的影响。其次，作为秦同培直系讲师的院长丁立钧，也是由瞿鸿禨特意选聘。在瞿鸿禨给缪荃孙的信中提到，"南菁讲席，己聘叔衡太守，前在扬州相见，虽有末疾，作字须使左手，而神采奕奕，不减当年，必能乐育后进也。"①丁立钧被瞿鸿禨视为"乐育后进"的最佳人选，其治学为文必然与瞿鸿禨所崇尚的桐城文法有某种程度的趋同。再次，从秦同培同学的选本中也可看到受桐城文派濡染的痕迹。许国英、蒋维乔同在1901年甄别录取名单上②，与秦同培为同学关系。许国英评注，蒋维乔校订的《共和国教科书国文读本》中就有很浓厚的桐城派气息，选取了大量桐城文章。第一册选取大量桐城文人的作品，如梅曾亮、薛福成、吴敏树、刘大櫆、龙启瑞、方苞、姚鼐等。以上种种，足以印证秦同培受到桐城派严格的训练，奉桐城家法为旨归。桐城子弟喜编教科书，传道授业、薪火相承，秦同培沿袭此习，编选古文选本，承继古文大业，并选择以短洁、浅近有趣的文章以发扬桐城"雅洁"之说。然而他不拘于桐城义法，独辟蹊径，他的选文因时而选，注重意胜于词，重内容的趣味和实用价值，即义理纯正，而略轻辞藻与文章技法。这是白话文运动与新文化运动兴起的表征，也是桐城古文力求生存而改颜换面的重要体现。

（二）饶有兴味的因"趣"而选

为合乎初级中学学生之心理，所选均"趣味浓厚"是秦同培选文的独特眼光，也是后期桐城文人选文不唯知识的人文情怀。《言文对照初级中学国文读本》第一册以叙记文为主，以求与小学更好的衔接，第二册多加说明文，第三册渐增议论文，以辨事类为多，论理者次之。可见，选文根据学年层次的不同而有一定的划分，从易到难，由浅及深。但总体上还是选浅近适宜之文，并且所选文章有很强的故事性、趣味性。

① 顾廷龙校阅:《艺风堂友朋书札》,上海古籍出版社,1980年版,第65页。
② 《南菁甄别案》,《申报》,1901年3月26日,第2版。

其中最典型的是幽默奇趣的动物故事。编者考虑到少年儿童对动物的好奇与喜爱，择取了大量动物题材的简短古文，通过对动物拟人、夸张式的描写展现了趣味横生的动物世界。选择以动物故事来说理，不会显得生硬、刻板，更易于让小读者亲近与接受，这是秦同培的别出心裁。这类古文有《猩猩说》《猿说》《谕顽》《兽纪》等，文中多简明活泼之语，不乏变化生动之笔。如《猩猩说》中，起始猩猩知人诱己而大肆唾骂而去，可谓智者。而不料后竟去后复顾、贪口伤身。明知而故犯，甘心蹈祸，实为愚者也，会心一笑之中而包涵意味深长的道理。《谕顽》一篇例举古今义犬以谕人，彰显义的重要性，"为犬为人，惟义是属"。然而，从篇中句"人苦不自重，物理有可征者亦弗之信，反指予为诞"①这些借助动物来描绘的生动的故事寓意深远，趣味饱满。这些动物故事具有一定虚拟性，清晰而新鲜活泼，简短而趣味盎然，且与学生日常生活相连接，便于学生学以致用，从中学得一些生活常识及做人处世之道，具有很强的现实意义和教育意义。

其次，秦同培在选文上还注重录入描写奇闻逸事的文章，诙谐幽默，趣味横生。奇异事件如《异闻记》中四岁女能学龟吞吐气体，三年不食而不死。《许孝子传》许孝子淹死后灵魂还恋恋不舍为母亲送药，这等灵异之事自涵趣味。另有奇闻如《秀州刺客》《息庵翁传》《越巫》《夜渡两关记》《戆子记》等，一个个平凡而又不平凡的故事，生动活泼的形象，曲奇有致的情节，遒劲弥漫的文字，使人嚼之自有意味。此类故事多以人物传记为主，描绘动人，离奇、玄妙事件让学生大开眼界，读了便不舍抛开，舍下便回味无穷。此外，还有令人心驰神往的佳景壮物，三两句便能描景如画，体现出一种闲适、清游之乐。还有深入浅出的书信体和议论文，皆是趣中含理，理中带趣。其中偶选诗歌，选者也是别具匠心，选择富有生机、协律有趣的应用诗歌。这等文章，浅近易懂，富有情趣，让学生阅读时不会感到太过晦涩、枯燥，虽浅近亦皆有可学之处。如此种种，

① 秦同培：《言文对照初级中学国文读本》，吴微点校，第13页。

可见秦同培选文是投学生所喜，尽行网罗趣味浓厚的文章，借以引起学生的兴趣。目光远阔，识解卓越，选文广泛，包罗万象。在趣味性的实践上，始终贯注如一，高视阔步，情怀满溢。趣味短文虽结构简单而极富有表现力，体现着古文的张力。

注重读本之趣味不啻为桐城文人选文的通见。随着西方教育思潮的渐入和桐城文选的影响，教育界开始关注学生之心理，编选学生所喜爱的富有趣味的读本。秦同培参与编选世界书局出版《新学制初级小学教科书》因教材活泼生动、富含趣味而受广大读者喜爱。在申报宣传广告词中就直白地摆出了"极饶兴趣"这一亮点："各校校长，欲求学生们进步迅速，成绩优良，请用这套教科书，因为这套书编制新颖极切实用。各界父兄，欲求儿童们欢喜读书，开发智慧，请用这套教科书，因为这套书，教材活泼极饶兴趣。"此则广告下附有上海各大日报之评语，纷纷提出这套教科书合乎新教育趋势，新颖活泼。如新闻报之评语："昨世界书局赠新出版业经书定之各小学教科书，察阅内容，果极完美，如国文则纯为文学化儿童化，一洗堆砌呆板之弊。国语则韵语极多，事物常见，深合新教育趋。"[1]，显而易见，国文教科书之活泼有趣已经成为大家公认的新优势。力求培养学生阅读能力与兴趣，涵养性情并关注现实成为当下国文读本的新目标。

二、被扩大的"适用"因子

1923年《言文对照初级中学国文读本》紧随着新学制出现在人们的视野，在选文技法、内容编排与潜发思想上都体现出新时期的特点。其中，引人关注的是，与其他选本相比，《言文对照初级中学国文读本》在"适用"的方面进行了更深的挖掘。此前，国文选本已开始注重适用，如《祖国文范》"平易雅训之文备应世达意之用"[2]；《国文读本》"所录不专以词

①《世界书局出版 新学制初级小学教科书》，《申报》，1925年2月2日，第9版。
② 奋翮生：《凡例》，《祖国文范》，中新书局，1906年版，第1页。

采见长而取其有关世教者"①。但这些选本只限于在选文上寻求适应，而忽视了编排技法上的功用。秦同培深谋远虑，跨出了更大的一步，对适用的挖掘，不只局限在选文，更伸向了编排技法。

（一）取以为法，劝诫诸生

该读本的正文内容包括题解、作者简介、原文、双行夹批，更于每文之后，附有要旨、评论、注释、译俗。"双行夹批"是本书特色之一。读本中的夹批皆有"以上"的字样，如"以上言""以上记""以上推""以上说明""以上写"等，用来概括以上的重点内容。"于每段末加一为志，并注明上文所言之事"②可知，此双行夹批是用来区分段落、总结段意，此形式与当今语文教学中惯用的"段意"形式类似，秦同培此举实具开创之意，很有见地。然而，让人拍案叫绝的应属《言文对照初级古文读本》中的"要旨"和"评论"部分。"要旨"是本书的特色，为便参考研究，读本每篇之后附有要旨，专就文中内容发表议论，揭明文中用意或应有之余义，并结合学生年龄状况、接受范围，选择适宜的角度谆谆告诫，取此为法，教育学生。"评论"即为总评，亦是对"要旨"部分的补充，"要旨"针对的是文中内容，而评论更注重的是文章结构、形式、笔法。

再者，国文教科书使用"译俗"是新时代的创新之举。"译俗"亦称"俗译"。"译俗"将文言文逐字逐句译为白话文，致力于口语化，力求鲜活，以供读者对照阅读。秦同培使用"译俗"有以下两个原因：其一，顺应时势的折中之法。随着国语运动的发展与新文化运动的兴起，文白之争已经成为这一时期不可回避的话题，正如蔡元培所说："国文的问题，最重要的，就是白话与文言的竞争。"③夏晓虹也称，"只有开通民智，才能使国家富强；而要开通民智，必须使人人通晓文字，中国言、文不一致的

---

① 城东女学社：《序言》，《国文读本》，城东女学社，1904年版，第1页。

② 秦同培：《编辑大意》，吴微点校，《言文对照初级中学国文读本》，第2页。

③ 蔡元培：《国文之将来》，《新教育杂志》，1919年第2期，第121页。

现象便成为最大的障碍。为此，非废除文言、推行白话，便别无他路。"①
国民开始认识到白话的重要性，与此同时，国语运动倡导"言文一致"，
新文化运动亦是支持白话文、反对文言文的运动，尽管文言传统延续数千
年，但白话的风靡势在必行。桐城古文虽然在晚清国文教科书中独占鳌
头，位居核心，但其后随着桐城古文的没落，新文化、新思潮顺势占领国
文教科书，国文读本发生了质的变化。古文开始行走在教科书的边际，秦
同培欲固守古文壁垒，又难挡白话汹涌之来势，无奈之际，于是选择了以
文兼白的折中之法，保护着传统文学的底线。再者，白话也是新思想的载
体，"新的思想必须用新的文体以传达出来"②，陈睿在研究秦同培《史记
评注读本》时也指出，"秦同培《史记评注读本》俗译这部分正是对白话
文大力使用的一种尝试。"③言文对照，既保留了凝练雅致的传统古文，又
顺应时势运用通俗易懂的白话文引入新思想。其二，"俗译"具有适用性。
秦同培编选的教科书、教案如此经年盛行，不外乎秦同培对教育有丰富的
经验，编选出了适配的教科书，而俗译即是适配的要素之一。《言文对照
初级中学国文读本》"俗译"的应用说明如下："原文与译俗文，有密切之
关系。学者预习可先阅俗译文，得其大意，然后再聆教师讲解，则自然尤
为亲切矣。"④虽然原文在先，"俗译"在后，但评选者却建议颠倒顺序，
先预习俗译文，得其大意，再习读原文。这应为秦同培多年执教的经验之
谈，学生直接阅读古文有一定的难度，难则生厌，先看俗译文，引发学生
兴趣，由简到难，学生则易于接受。"将原文译为语体，以便读者自修之
用。译文注意口语化，力求其浅显流畅，冀能为读者理解原文之一助。"⑤
为理解原文之一助即为秦同培的目的所在。秦同培1924年注释的《史记评

---

① 夏晓虹：《晚清社会与文化》，湖北教育出版社，2000年版，第112页。
② 周作人：《中国新文学的源流》，华东师范大学出版社，1995年版，第64页。
③ 陈睿：《从〈史记评注读本〉看民国时期白话文的语言特色》，《佳木斯大学社会科学学报》，
2016年第5期。
④ 秦同培：《编辑大意》，吴微点校，《言文对照初级中学国文读本》，第2页。
⑤ 秦同培：《编辑大意》，宋晶如增订，《广注俗译两汉书精华》，世界书局，1936年版，第2页。

注读本》亦是采用了言文对照的形式，在文中俗译称为"语译"，编辑大意第九条："注释后译白话，以代讲解之用，学者理想力薄弱。应先读白话，然后再理会原文，必收事半功倍之效。"[1]先"俗译"，后原文，同样的形式，同样的门路，可见，"俗译"是秦同培对于古文学习捷径的新发现，而且秦同培百试不爽，因此他便一直沿用。偏爱"俗译"，源于"俗译"可以助学子"收事半功倍之效"，这是一位教科书编辑者的职责所在，亦是一位师者的情怀所在。

总而言之，《言文对照初级中学国文读本》是秦同培的匠心之作，在内容编排上独树一帜。秦同培顾及学子的接受能力与阅读特点，结合自己丰富的教育经验，努力打造新时代适用的教科书。其中别出机杼的要旨、详致广泛的注解、明白如话的译俗，这一切的编排技法都是为了服务于展现古文中的生存技能，以合乎学制"注意生活教育"[2]之旨，取以为法，劝诫诸生。

（二）国文"适用"与桐城"情怀"

如果说清末国文教科书的编写还仅仅是新瓶装旧酒，那么民初国文教科书的编写则是新瓶装新酒。受新时代新思潮的影响，民初国文教科书开始引进新思潮，注重读本与生活现实的联系，更多地从学生的角度出发，编选学生适用的教科书，希望国文教育能促使学生养成日后生存之技能，适应成人后的生活所需。"晚清道、咸以下，满洲的高压政权开始崩溃，中国思想史界开始想从古经典的研究中转向积极，重新注意到实际人生政治社会的各方面。"[3]这种状态一直持续到民初，古文因此也由求知对象变成致用工具。秦同培《言文对照初级中学国文读本》借助趣味古文来培养中学生的生存技能和处世情怀，文中阐述了大量深刻的道理、内涵，引以

---

① 秦同培：《编辑大意》，《言文对照史记评注读本》，世界书局，1924年版，第1页。

② 黎元洪：《学校系统改革案》，中央教育科学研究所：《中国现代教育大事记》，教育科学出版社，1988年版，第61页。

③ 钱穆：《中国思想史》，九州出版社，2011年版，第260页。

为戒，导学生以正路。所告诫内容大到忠孝节义，小到吃喝玩乐，无一不与现实生活紧密相连。忠信孝义是中华传统美德，也是国文教科书老生常谈的内涵，但除此之外，《言文对照初级中学国文读本》还生发出新的内涵。

1.养自立之精神

民国初期，政局动荡不安，统治者醉心权利的争夺，而知识分子身处其中，则祈求的是一种太平、安稳的生活，欲求自保则必自立。教科书开始将学生引向社会问题的探讨，国文读本的目的由清末传授知识与进行德育转变成民国初期的培养兴趣与技能，希望改变受传统儒学教化而形成的软弱的国民性格，让学生具有一种自持、自立意识。在《言文对照初级中学国文读本》的评选要旨和评语中处处可看到一种独立自主的自持心理，以及身体力行的自立精神。欲学子自立首先是要教育学子学会自理，选文从注重个人卫生、饮食、起居、旅游等各个方面引导。比如饮食需谨慎、注意呼吸卫生和保持身体清洁、适当旅游可舒心养性等。其次，精神独立。编选者通过文章要旨告诫学子在行为上要循规蹈矩，廉洁自持，通过谨言慎行来达到自治；在学习上，要勤学上进，尽力为学，不愧于人，无愧于己；不仅如此，在人格品性上也要注重自我培养，通过外界事物来陶冶心性，在为人处世中提高素质修养，等等，这些都是自立于世必须具备的谋生技能。编者有意筛选这些富有情趣的选文，精心编写要旨，其目的则是为了传递新的教育思想。

而这种自立意识，在秦同培早期作品中就已有苗头。秦同培编写的《学校园》，在阐述学校园的意义时提出，可以培养学生"自动之能力"，"可藉以养成其振兴实业之意趣及审美之感情"，"可以养成独立自为之精神"等。①受西方教育思想的影响，秦同培开始意识到要把教育的重心置于学生身上，注重学生心理发展，注重培养学生的审美情趣以及自立自强的意识。将学习与生活紧密联系在一起，使学生有活泼之生机而不觉学习

① 秦同培：《学校园》，商务印书馆，1916年版，第16—23页。

厌苦，使学生有自动之能力方可自立。无独有偶，《中学国语文读本》中亦有体现。是篇编辑大意"本书对于内容方面，专取教材新颖，可以得到新知识的，凡旧有污浊的迂拘的谬误的种种成见，一概把它打破，给学生以种种平坦宽广的大路"，[1]显而易见，秦同培在教科书编选上有意识地在输入新知识、新思想，反对封建迂阔的旧思想，立志用教科书指引学生走上光明大道。"像对社会对世界，什么自治互助等紧要觉悟，都直接间接的，与以明示或暗示。目的都是认定要使学生自立，要使学生知道将来重大发展的方向。"[2]由此可见，教科书中的自立思想是编选者的有意为之。

2. 追科学之思想

秦同培倡导追求科学。教科书的编选是为启发学生思想，并让其了解现代思潮的大概。紧随着时代的步伐，秦同培自觉将科学思想引入教科书。读本中表达了强烈的"拒绝愚昧、倡导科学"的思想，认为无知是一种极为可耻的事情。《蜃说》"海市蜃楼，乃光线曲折所生之幻象。研究物理学者，类能言之。我国古人，均于章句中寻生涯。不知物理，故见蜃气，则惊骇呼号。学者宜极力研究科学，以洗拭前耻。"[3]科学可助学子脱离蒙昧、无知，寻求正常的思维、正确的信仰，促使学子在学业上、生活上得到进步。此外，科学的主体是知识系统，迷信的主体是信仰系统，科学与迷信相对，编者亦从迷信方面入手，引导学子崇尚科学，如《越巫》《樊侯庙灾记》都在宣扬迷信的危害，崇尚科学的绝对必要。于此，编者苦心劝导学子增长识见，以辟异端为己任，杜绝迷信，讲求科学。非但如此，《中学国语文读本》编辑大意中也突出体现倡导科学的倾向，选文采选最近的新作家，最近的文体，其目的是以"最经济的时间，得那最大的效率，留着其余精神，可以修养科学方面的知识，不致瞎消费在死文字上罢了。"[4]他认为书本上的文字所表现的都是一些枯死的知识，学习应该高

① 秦同培：《编辑大意》，《中学国语文读本》，世界书局，1923年版，第1页。
② 秦同培：《编辑大意》，《中学国语文读本》，第1页。
③ 秦同培：《言文对照初级中学国文读本》，吴微点校，第54页。
④ 秦同培：《编辑大意》，《中学国语文读本》，第2页。

效利用时间并能学以致用，和现实生活紧密结合，积极接受新知识、新思想，修养科学知识。秦同培高瞻远瞩，将古文与白话文相结合，做出大胆尝试，又于其中展现新内涵、宣扬新思想，确有远见。

要之，选本体现着编选者独特的眼光，亦潜藏着编选者的文化情怀。《言文对照初级中学国文读本》是桐城派后期选本，在桐城文派式微的关头，秦同培一改桐城选本故有的编选模式，精心编排，锐意创新，向世人展现出桐城选本脱胎换骨的新貌。其中展现出的惨淡经营与文化情怀，令人感慨万端。其文化情怀主体现在两个方面：其一，剔选知识、摒弃教化。《言文对照初级中学国文读本》选文均取 "意胜于词"，凡文以意为先，"导初学以正路"，注重的是文章所具有的实用性，选择趣味古文，使学生得其中神味，而不是一味地知识倾灌。而且，对于这些妙趣横生、短洁精练的古文，编者仅要求学生"熟读为要，即不背诵"，可见编者的目的明确，古文只为涵养学生性情，教给学生技能，不必让学生花费功夫死记硬背。不唯知识，此等开明的认识于当时实不多见。此外，读本亦不过于注重道德教化，较与此前的桐城选本，《言文对照初级中学国文读本》降低了道德范文的比例，尤其关于女子贞节的说教只字未提，受新思想的浸染，读本更多的是倡导一种民主、自由的思想。在"要旨"部分，编者积极引导学生将古文内容与生活现实相联系，从中获取日后生活所需的处世方法和生存技能，而不是处处宣扬忠孝仁义。归根结底，知识不是读本所关注的主要内容，技能才是读本真正的用意所在；其二，广辟门径，变而后大。大胆打破桐城文统，不拘派别之见，广辟门径，文取多家。选文专取趣味，不问宗派，兼容各家。除古文之外，还纳七古韵文、新乐府诗歌等入读本。民国桐城的"适用"思想背负着摆脱古文终结命运的使命，在不同时期，桐城选本会选用不同的适用对策。但如此广辟门径，前所未有。秦同培在读本中表现出强烈的选择性，为我所用，解我所需。借趣意古文来引起学生兴致，从而指导学生从中获得技能与事理。秦同培的选本不唯知识，不重教化，而重乎技法与技能。同时，这种新的选文取向也意味着桐城文人善于洞察时势变迁，顺时而动，以求古文在变革中新生。

小　结

纵观晚清民初桐城派国文读本义理之嬗变，几十年间，读本义理经历了从宣扬忠孝节义到追求科学与民主，兼融西学与新思的演变，最终综众善于一体，在否定前者的过程中砥砺前行。在此嬗变的过程中伴随着语体形式从古文到俗译文再到白话文的渐变，编排方式上也从无套路可循到渐趋系统化、科学化，不断地趋向合理。以上稽察对研究国文读本有以下几点启示：首先，知识传授、技能训练、道德引导、政治教育这几项内容一直在国文教科书中相互渗透，相互争持，此间矛盾促使国文读本的发展演变。因此对国文读本的研究及评价应立足当时所处现实，关注此四者各自在国文读本中的分量；其次，如李斌所说"语文天生就有思想教育的功能。我们不应该再局限于讨论语文教育是否应有'人文性'，而需进一步讨论'人文性'的内涵。"①无论哪个时期，国文读本都会融入思想教育的意旨，这种意旨首先是基于政治立场的，国文教育与政治思想教育是无法划清界限的；再次，国文读本在某种程度上更类似于一种"时尚"，它需立足现实，更需紧跟时代。从细处说，所涉及的内容包括读本内容的梯度，听、说、读、写的兼顾，文学作品与非文学作品的平衡，新思潮的引入，等等。从宽泛处看，无论是从内容、形式、思想，国文读本都需要不断地总结、更新、定位、与时俱进，否则即会在时代的大浪淘沙中湮没。回望晚清民初桐城派国文读本，追踪溯源，能够更为清晰地认清当下文学教育存在的问题，由此，更可以为文学教育寻求更为合理的发展方式和生存空间。

---

① 李斌：《民国时期中学国文教科书研究》，北京大学出版社，2016年版，第316页。

第八章

出入皆桐城：陈独秀与桐城派的文化因缘

陈独秀与桐城派的联系，时人印象大多停留在以陈独秀为代表的新派与桐城派为代表的旧派之间的激烈对抗。然而陈独秀与桐城派的关系并非仅是简单对立。其实，陈独秀是在桐城派濡养之下成长，深受桐城派文化影响。

桐城派起于桐城，辐射周边县邑。怀宁与桐城相距甚近，占据地理位置优势。陈独秀生长于兹，出自世代习儒的书香门第。不论是时代环境还是家庭，都要求他重视科举。桐城古文与时文关系紧密，身居高位的方苞编选科举教材作为科举考试的官方教材，产生重大影响。科举难以逃避，桐城派古文与教材为科举仕进指出捷径，陈独秀不得不对此加以留意。

陈独秀家族与桐城方氏家族早有往来，更有姻亲关系。除此之外，桐城派文人金寿民先担任陈独秀塾师，后入吴汝纶执掌的莲池书院任教，以其与桐城派相近的教育理念与古文路数教导陈独秀。因此，谓之陈独秀"出乎桐城"，顺理成章。

第一节　出乎桐城：桐城文化的濡养

一、桐怀一家与科举仕进

自清朝始，安庆声名渐盛。究其原因，桐城派之故也。桐城派起于桐城，以其为土壤发展壮大。自清朝至民国，桐城派绵延二百余年。清季民初，桐城派走向没落。怀宁县却因一人而得大名，此后言及安庆，世人多聚焦于怀宁。

光绪五年，陈独秀出生于安庆怀宁县。生于怀宁，却与桐城渊源颇深。进而言之，陈独秀与桐城派大有关联。陈独秀与桐城派在"五四"新文化运动时期的争斗广为人知。然而，陈独秀"出乎桐城"、受桐城派濡养，却鲜为人知。

清代，桐城县在安庆府东北一百二十里，疆域"东至庐州府无为州界七十里，西至潜山县界六十里。南至怀宁县界九十里，北至庐州府舒城县界六十里。东南至池州府贵池县界一百八十里，西南至怀宁县界一百二十里。东北至庐州府庐江县界九十里，西北至舒城县界四十里。东西距一百三十里，南北距一百五十里"。就两地距离远近进行判断，桐城县与怀宁县距离并不遥远。桐城县南部山脉众多，有一山名曰"大龙山"。大龙山分布在"怀宁县北三十里，桐城县南一百四十里"。"山阳隶怀，山阴隶桐，有地维峰，倚山之半，周十五里，高十八里"。可见大龙山不仅风景秀丽，而且是桐城、怀宁两县的天然地理分界线。[①]一山分隔两县，北部为桐城、南部为怀宁，可见桐城、怀宁相距甚近。按旧行政区分，怀宁虽与桐城分属两县，但两地山水相抱，鸡犬相闻，人文一体，素有"桐怀一家"之说，属桐城文化圈。[②]

---

① 王申生：《清代桐城县历史地理研究》，安徽大学硕士学位论文，2015年。
② 张器友：《桐城派与五四新文学》，安徽大学出版社，2015年版，第175页。

《桐城县志略》云："桐城西北环山，民厚而朴，代有学者；东南滨水，民秀而文，历出闻人，风俗质素。"桐城人又极重课读，对读书一事甚为看重，素以"穷不丢书"为家训。独特的地理环境塑造了桐城人朴实厚重的性格，注重课读治学使桐城文风昌盛、名士辈出。清代桐城辖今桐城、枞阳两县。绵及潜（潜山）、怀（怀宁）、太（太湖）、宿（宿松）、望（望江）、宜（安庆），风云拢合，文脉线缕。[①]桐城、怀宁均属安庆府且相距甚近，又属于"桐城文化圈"，怀宁深受桐城学风与文风的影响，在情理之中。生于怀宁、长于怀宁的陈氏一族，受桐城家风、学风的影响不言而喻。在这样的环境下成长的少年陈独秀可谓深谙桐城派家法，得桐城之助。

先世"习儒业十二世"，"长子藩，十一岁五经读竣，文理清通，固公之法教森严"。[②]陈氏一族不仅有世代习儒的传统，族中子弟更是勤奋刻苦。桐怀相距不远，在桐城学风潜移默化影响下的陈独秀及其父兄学习桐城古文当在情理之中。世代习儒、研习古文的目的就是参加科举。陈独秀幼年丧父，母亲望子成龙，"中个举人替你父亲争口气，你的父亲读书一生，未曾考中举人，是他生前一桩恨事。"[③] "在那一时代的社会，科举不仅仅是一个虚荣，实已支配了全社会一般人的实际生活"。[④]所以，如何在科举考试中脱颖而出，士子们一直在追问与思索，陈独秀也难以置身事外。

桐城派凭借古文誉满天下，而桐城古文又与科举时文关系紧密。"八股文和桐城派的古文很相近，早也有人说过，桐城派是以散文作八股的"。[⑤]桐城古文与时文的关系正如清初王若霖评价方苞时所言——"以古

---

① 王列生：《桐城地域文化爬梳》，《东南文化》，1991年第2期。

② 安庆市历史学会、安庆市图书馆编印：《陈独秀研究参考资料第1辑》，1981年版，第58页。

③《陈独秀著作选编》编纂委员会：《陈独秀著作选编》卷五，上海人民出版社，2014年版，第203页。

④《陈独秀著作选编》编纂委员会：《陈独秀著作选编》卷五，第205页。

⑤ 周作人：《中国新文学的源流》，华东师范大学出版社，1995年版，第32页。

文为时文，以时文为古文"。作为桐城派先驱的戴名世、方苞既是古文大师，又是时文高手。以此二人为代表的桐城派文人将古文之优长引入时文，救时文之弊。方苞曾奉帝命编选《四书文选》与《古文约选》，作为天下士子科举考试的"教材"。桐城科举昌盛的原因固然离不开科考士子的个人努力，但桐城派"以古文为时文"的行文手法更是科举考试"敲门砖"；桐城派先驱编选的《四书文选》《古文约选》作为官方钦定的"教材"，亦为科场制胜之"法宝"。桐城派为科举考试创造了一套行之有效的文章技法与必读教材，自然会引起各地的关注。怀宁学子面对文化昌盛、科举事业发达、名冠天下的桐城派，向往之心与其他慕名而来之人并无二致。因此，怀宁不但深受桐城文化及桐城派影响，更因其得天独厚的地理位置在接受桐城文风熏陶时颇有"近水楼台先得月"的优势。

陈独秀家中长辈虽兢兢业业于科举，但功名不显。祖、父辈除嗣父陈衍庶为官，其余各人均无做官的经历。祖父、父亲既然未能出仕，将希望寄托于陈独秀身上也在情理之中。嗣父陈衍庶身居要职又无亲生子，免不得希望陈独秀子承父志。在书香世家崇重科举的思想之下，陈独秀在兄长的指导下研习八股文章。"他高高兴兴的拿出合于小考格式的路德的文章为我讲解"，还"拿出金黄和袁枚的制艺给我看，我对于这几个人的文章虽然有点兴趣，而终于格格不入"。①除此之外，兄长仍需按时向母亲报告陈独秀学习八股文的进度与程度。桐城古文影响深远，又与科举时文关系紧密，而这"场屋之秘"已为天下士子知晓。陈独秀置身熙熙攘攘的科考大军之中，肩负考中科举、光耀门楣的重任。因此，陈独秀必定会在父兄的要求下，仔细研究桐城派"以古文为时文"的文章技法与阅读官方教材。

陈独秀在《实庵自传》中写到祖父对自己期望颇高，"我大哥读书，他从来不大注意，独独看中了我"。"我从六岁到九岁，都是这位祖父教我读书"，所学内容《四书》《五经》及《左传》。在桐城古文的发展脉络中，

---

① 《陈独秀著作选编》编纂委员会：《陈独秀著作选编》卷五，第206页。

《左传》是极其重要的一环。因方苞尤看重《史记》《左传》，以为此两书为义法说之大源。①除此之外，方苞主张以程朱上接孔孟，以韩愈承续《史记》《左传》的道统、文统说。②《四书》《五经》是科举考试的内容，参加科考的士子均须认真研习。桐城派以"学行程朱之后"为行身祈向，以《四书》《五经》为经典教科书。因此，《四书》《五经》联结了桐城派与科举，陈独秀在幼年时期学习《四书》《五经》与《左传》，不自觉地与程朱产生联系，由程朱再进一步靠近桐城派亦在情理之中。

二、交游乡贤与师法桐城

文人好交游、重唱和，志同道合者彼此吸引集聚，最终形成一个文学群体。这个群体中关系亲密的文人将友谊延续至后代，几世通好。陈氏一族为书香门第，有着与桐城派文人来往的经历。

舒芜曾在自传中谈到陈独秀家族与其长辈的交往。"我还自幼习闻陈独秀家与我们家是几世通家之好，陈独秀的父亲陈昔凡先生，与我的伯祖父方伦叔先生，我的祖父方槃君先生，以及邓绳侯先生，都是安徽学界文林同辈交游；陈独秀与我的几位伯父、我的父亲以及邓绳侯先生的儿子邓初（仲纯）、邓以蛰（叔存）又是同辈交游；我的六伯父方孝旭先生的夫人（方玮德之母）是陈独秀的表妹"。③既然是几世之好，交游经历还可由陈昔凡向上追溯。陈氏与方氏两个家族之间的联系，不仅有朋友间的往来，还有姻亲上的结合。陈独秀的表妹嫁方守敦长子方孝旭为妻，陈独秀一直与方守敦颇为亲密，与此不无联系。不论是陈独秀家族还是陈独秀本人，与桐城派都有着"剪不断"的联系。书香世家与桐城派之间的交往，更多的集中于文化上的交流。作为桐城派的嫡传后人，舒芜谈到自己的教育经历时说到，"在家塾里读的《四书》《五经》、唐诗、古文，全得背

---

① 关爱和:《古典主义的终结——桐城派与"五四"新文学》,上海文艺出版社,1998年版,第129页。

② 关爱和:《古典主义的终结——桐城派与"五四"新文学》,第129页。

③ 舒芜:《舒芜集》第4卷,河北人民出版社,2001年版,第225页。

诵"，"古文主要是读唐宋八大家的，实际上是把他们看作八股文的先辈或长亲。"①而与桐城派相交的陈氏一族，对陈独秀的教育与方家如出一辙。《实庵自传》中，陈独秀曾描述自己读书，"恨不得我一年之中把四书五经都读完，他才称意"，"除温习经书外，新教我读昭明文选"。②陈独秀与舒芜的教育情况如此相似，研读的书籍也十分相近，当是两家在对后代教育一事上交流切磋、互通声气。

桐城派绵延传衍两百余年，固然是以桐城古文为基石，但桐城派的教育传统更是功不可没。方家作为正宗的桐城派后裔，善于教育、承继家法实为理所当然。陈方交好，陈氏一族面对丰沃的教育资源与独特的桐城派教育方法，必定充分利用。由此观之，陈独秀与桐城方家不仅有交游之谊、姻亲之情，更是深受桐城派教育思想与教育理念的影响。"桐城家法"濡养之下的陈独秀，在不自觉中接受、靠近桐城派，日后更是亲近、交往方孝岳等桐城派末流。

晚清社会分崩离析，清廷在内忧外患的夹缝中艰难生存。虽处"三千年未有之大变局"，普通民众却难有觉悟。只要"四民社会"的结构尚未完全分解、科举制尚未彻底废除，科举仕进依然是教育的最终目的。陈独秀在自传中介绍自己曾由祖父、兄长教导读书，实际上他幼年还曾接受过私塾教育，塾师金寿民大有来头。

金寿民，字祖祺，桐城会官人（今枞阳会官）。寿民为人宽厚，博学多才，以教书为生。怀宁陈昔凡与之至交，聘教其子陈独秀2年。后同乡吴汝纶聘之往保定莲池书院任教。③金寿民先担任陈独秀塾师，陈独秀受其教导；后进入莲池书院任教，归于吴汝纶门下。名不见经传的金寿民连接了陈独秀与桐城派，使得陈独秀与桐城派的关系更加清晰明朗。作为教师的金寿民，承担传道授业的职责。将自己的文学观念与文章技法传授给

---

① 舒芜：《未免有情——舒芜随笔》，东方出版中心，1997年版，第253页。
② 《陈独秀著作选编》编纂委员会：《陈独秀著作选编》卷五，第202页。
③ 枞阳县地方志编纂委员会：《枞阳县志》，黄山书社，1998年版，第620页。

陈独秀，是其责任与要求。金寿民担任陈独秀的塾师达两年之久。两年时间既可以说明师生之间相处和谐，亦能表明金寿民确实具有真才实学，方能在陈家执教如此长的时间。

吴汝纶教育经历中最浓墨重彩的一笔当属光绪十五年至光绪二十七年，在保定莲池书院担任山长。吴汝纶长莲池书院之时，对学校进行了多项改革，聘任人才入校担任教师就是改革措施之一。吴汝纶之所以邀请金寿民进入莲池书院担任教师，与吴、金二人有同乡之谊和金寿民文名盛于乡里不无关系，但绝非仅此而已。"吴汝纶在莲池期间，对古文古学的注重，对乃师曾国藩这方面学术精神的继承和光大，对桐城派的延续和发展，一直颇能着意，并有明显收效，显示他在维护和弘扬门派学术方面，着实充当了无可替代的后继领袖的角色。"①除此之外，吴汝纶在莲池书院精心编印姚鼐的《古文辞类纂》。由此可见，传授古文是吴汝纶长莲池书院时教育思想中重要的一环。吴汝纶既然对金寿民青眼相加，必定是因为其符合吴汝纶古文教育的要求，是足以成为其以古文为教理念的践行者。桐城派的产生、发展也离不开桐城独特的山水人文，这就显示了作为桐城人的金寿民与桐城派有着共同的文化因子。另一方面，吴汝纶执掌莲池书院期间，与桐城派诸多文人相交游，又聘请贺涛、范当世等人入校，形成了一个以莲池书院为中心的古文圈子。金寿民身处书院，不仅因为其古文水平达到令吴汝纶满意的程度，更是符合桐城派家法路数，才会与贺涛等人一样被吴汝纶聘请入校。

金寿民生于桐城，深受桐城文化滋养与桐城派影响，从而形成近似于桐城派的古文路数。又以教书为生，契合桐城派课文授徒的传统。在进入莲池书院之前，金寿民担任陈独秀塾师，教导陈独秀功课长达两年之久。金寿民对陈独秀的教育，就是被吴汝纶看中的、符合桐城派要求的古文与教育。因此，陈独秀童年所受的教育实际上就是不折不扣的桐城派教育。既然陈独秀童年就接受桐城派教育，谓之"出乎桐城"理所当然。

---

① 董丛林：《吴汝纶弃官从教辨析》，《历史研究》，2008年第3期。

第二节 得"桐城"之助：革命事业的推进

从晚清到民国，社会动荡不安、暗潮涌动，仁人志士以拯救苍生为己任。陈独秀为救百姓于水火，奋不顾身的投入革命事业。在陈独秀的革命同伴中，房秩五与李光炯引人注目。房秩五、李光炯身为桐城派弟子，本应维护封建王朝统治，却助力陈独秀革命事业。除此之外，桐城派大师马其昶、姚永概等人在陈独秀入狱之时，为营救陈独秀殚精竭虑，全然不计较陈独秀在新文化运动给桐城派带来的损失。马其昶、姚永概的胸襟气度非常人可比，挽救后辈性命之举亦令人动容。更为重要的是，若无马其昶、姚永概等人的奔走营救，陈独秀能否保全性命尚未可知。

陈独秀屡得"桐城派之助"，不仅体现了桐城派末流与陈独秀之间的深厚情谊与其对陈独秀革命事业的鼎力支持，更可见桐城派文人对陈独秀的宽容体谅。房秩五、李光炯、马其昶等人以桐城派门人身份为陈独秀提供帮助，并非仅仅是对陈独秀革命事业的同情与赞赏，更为深刻的原因在于陈独秀与桐城派非同一般的关系。

一、得房秩五协助办报

随兄长赴南京参加乡试后，陈独秀在考场见一学子近乎癫狂的举止，恍然大悟后彻底抛弃科举，并且渐渐远离濡养他的桐城派文化。然而陈独秀并没有也不可能完全地与桐城派划清界限。在后来被称为"乱党"的岁月中，陈独秀仍旧"得桐城之助"。

陈独秀抛弃科举后，投入于革命事业之中。陈独秀辗转各地从事革命活动，为躲避风头曾回乡居住过一段时间。陈独秀在回到安庆老家后，几乎天天都来往桐城学堂。桐城学堂中汇集了房秩五、光明甫、吴守一等热血青年。陈独秀来往学堂，与诸人纵谈天下之事，意气风发。"仲甫几无日不来校纵谈时事，极嘻笑怒骂之雄。"①

1902 年在管学大臣张百熙的推荐下，吴汝纶出任京师大学堂总教习，后东游日本、考察学制。回国后，吴汝纶创办桐城学堂，希望借助桐城学堂来实现自己的教育理想。桐城学堂创办之初急需人才，故而将房秩五等人招至麾下。

房秩五（1877—1966），名宗岳，字秩五。曾在吴汝纶创办的桐城学堂任学长，又与陈独秀等人合力创办《安徽俗话报》。房秩五早年以塾师为生，及至吴汝纶创办桐城学堂时，以其为"五乡学长"。房秩五与吴汝纶并非仅是桐城学堂里的同事，实际关系更为亲密。房秩五在《丙申秋友人从旧书摊中捡得安徽俗话报四册持以见示怅然有感追悼三爱》序中写到"先师吴汝纶"，既然是桐城派大师的弟子，那么房秩五桐城派门人身份毫无争议。

陈独秀决定创办报刊，作为襄助革命的事业。创办报刊凭借一己之力断难成功，若得志同道合者相助则如虎添翼。陈独秀与房秩五、吴守一等人意气相投，故而计划与二人共同创办《安徽俗话报》。陈独秀早年受教于桐城派，在感情上对桐城派早有亲近之意。房秩五身兼桐城派门人与陈独秀好友的身份，颇得陈独秀好感。邀请他与自己一起办报，陈独秀其实还另有打算。

1904 年 3 月，《安徽俗话报》在安庆创刊。《安徽俗话报》共设十三门栏目，即论说、要紧的新闻、本省的新闻、历史、地理、教育、实业、小说、诗词、闲谈、行情、要件、来文等。论说、新闻可以使民众了解天下大事；历史、地理、小说、诗词、闲谈等栏目可以增长民众知识。但若要使民众彻底摆脱愚昧，激发民众的爱国心以及启蒙民众，那么则不得不对民众进行教育，因此《安徽俗话报》中"教育"栏目实际上占据了非常重要的位置。《安徽俗话报》中的教育栏目由房秩五负责编纂，"一日，约共

① 吴闿生，房秩五：《北江先生诗集·浮渡山房诗存》，黄山书社，2009 年版，第 389 页。

办《安徽俗话报》，余任教育，守一任小说，余稿悉由仲甫自任之"。①教育栏目在《安徽俗话报》中占据重要地位，自然需要一位熟悉教育工作、教育经历丰富而又深得陈独秀信任之人来主持该栏目。综合考量之下，非房秩五莫属。但若要深究此事，可知由房秩五负责《安徽俗话报》教育栏目的编纂，实与吴汝纶有紧密关系。

吴汝纶创办桐城学堂，引入房秩五担任"学长"，这期间他得吴汝纶提点指导。又与吴汝纶朝夕相处二十余日，受到吴汝纶的影响与熏陶。纵观房秩五的生命轨迹，尽管一生忙碌，但也并未远教育而去。一个对教育兴趣浓厚、并将教育作为自己终生事业的人来负责《安徽俗话报》的教育栏目，真是恰如其分。

身处学堂，方知学堂发展的前途与困境。接触学生，才可将教育理论化为具体实践；又可从学生接受教育的情况，来弥补教育理论的不足与空白。这份理解相较于其他一些并未从事教育工作的人来说，更具职业化与专业性。正是凭借不同于常人对教育的理解，房秩五主持《安徽俗话报》教育栏目后才能提出更切乎实际的看法。也正是因为房秩五"东乡学长"的身份，主持该报中的教育栏目才能游刃有余。

当初吴汝纶赴日考察的目的在于取彼之长、补己之短，创办桐城学堂也正是为了践行自己的教育理念。凭借吴汝纶一人之力难以取得教育改革的成功，所以房秩五、吴守一等人聚集学堂，为吴汝纶所用。既然选择房秩五等人，必定是他们与吴汝纶理想相近，志向相同。另外，作为其理想的践行者，必然要继承其理想与观点。

吴汝纶与陈独秀都注重学生德、智、体全面发展，并在德育、智育、体育教育方面有着相似或相近的教育理念。在德育教育中，注重学生品德的培养；在智育教育中，注重因材施教，发展长处。吴汝纶认为，"谓有德育、智育、体育。今中国志在智育，似未善。无德育则乱，无体育则

---

① 吴闓生,房秩五:《北江先生诗集·浮渡山房诗存》,第389页。

弱。"①陈独秀将"凡此皆所以顺导其志意，调理其性情，潜消其鄙吝，默化其粗顽，日使之渐于礼义而不苦其难，入于中和而不知其故，是盖先王立教之微意也"，解释为"按志意性情，是教育儿童顶要紧的事。先生说顺导说调理，都是说要顺着儿童原来的性情意志，渐渐的培养他的长处，警戒他的短处，鄙吝粗顽，都是顶坏的性质"。②

不论是吴汝纶还是陈独秀，都非常重视体育教学，认为体操对于强健学生体魄的重要作用。吴汝纶在赴日考察期间就注意到日本学校的体育课程。"校中附属小学女学，见诸女用木刀操体操，亦皆娴熟整齐。"③归国创办桐城学堂时，吴汝纶即开设体操课，以强学生体魄。无独有偶，陈独秀说："至于那柔软体操和器械体操，正是运动身体，调和血脉，坚强筋骨，更是不消说的了。现在西洋的教育，分德育、体育、智育三项，德国、日本的教育，格外着重在体操。我中国的教育，自古以来，专门讲德育，智育也还稍稍讲究，惟有体育一门，从来没人提倡（射御虽是体育，但也没人说明），以至全国人斯文委弱，奄奄无生气，这也是国促种弱的一个原因。"④

既然理念相通，那么由房秩五负责教育栏目不仅不会发表与自己相抵牾的观点，更可将二人相似的教育理念传于天下。报刊编撰人员观点的统一与感情的和谐，有利于报刊事业的发展，更有助于传播报刊所倡导观点。

二、获李光炯助力革命

陈独秀频繁往返桐城学堂，结识了诸多好友。学堂由吴汝纶所创办，其弟子多在其中。除去襄助陈独秀办报的房秩五，吴汝纶的另一位弟子李

---

① 吴闿生：《桐城吴先生日记》，《吴汝纶全集》第四册，施培毅、徐寿凯校点，黄山书社，2002年版，第675页。

② 《陈独秀著作选编》编纂委员会：《陈独秀著作选编》卷一，第90页。

③ 吴汝纶：《吴汝纶全集》，第四册，第688页。

④ 《陈独秀著作选编》编纂委员会：《陈独秀著作选编》卷一，第89页。

光炯与陈独秀终生相交。

李光炯曾随吴汝纶赴日本考察，眼见日本国力强盛与教育先进，对比当时清廷的腐败无能，已有进行革命想法。1905年初，李光炯、卢仲农将安徽旅湘公学由湖南长沙迁往安徽芜湖，并更名为安徽公学。就在此年，陈独秀停办《安徽俗话报》，往安徽公学任教。"仲甫的脾气真古怪哩。《安徽俗话报》再出一期，就是二十四期，就是一足年。无论怎么和他商量，说好说歹，只再办一期，他始终不答应，一定要教书去了。"①"说'教书'，是到李光炯先生办的学堂里去教书，其实是干革命工作去了。"②为了保全自身性命，也为了革命事业的发展，陈独秀以安徽公学教师作为"幌子"，掩饰自己"革命者"的身份。陈独秀此时的革命事业都是以安徽公学为基石开展起来，安徽公学是陈独秀践行其革命理想的"演练场"，是陈独秀革命生涯重要的一环，也是他人生历程的重要阶段。

陈独秀往返桐城学堂时，便已结识李光炯。其次，李光炯、房秩五二人同出一门，私交甚笃。李光炯既然是房秩五的相交好友，陈独秀自然对他多了一份信任与亲近，由房秩五再结交李光炯也在情理之中。更为重要的是，李光炯与陈独秀有着相同的革命理想。由此观之，正是因为陈独秀与李光炯渊源深厚，理想相同，陈独秀才得以依托安徽公学来掩饰自己身份。

李光炯为推动革命工作的开展，聘请了众多革命志士进入安徽公学担任教师，培养了革命的力量。"刘师培（时易名金少甫）、苏曼殊、陈仲甫（后易名陈独秀）、柏文蔚、陶成章、张伯纯等均先后在该校任过教。他们把课堂当作鼓吹革命的场所，畅谈民族民主革命。"③革命志士荟聚此地，吸引了一大批有志青年来此就读。在教师的影响与教育之下，这些学生后来大都成为革命的中坚力量。

① 汪原放：《回忆亚东图书馆》，学林出版社，1983年版，第17页。
② 汪原放：《回忆亚东图书馆》，第17页。
③ 沈寂：《辛亥革命时期的岳王会》，《历史研究》，1979年第10期。

安徽公学吸纳的革命志士与陈独秀相识，同在安徽公学的岁月加深了彼此间的友谊，更对他们人生经历产生了深远的影响。刘师培早年在上海《警钟日报》工作时向蔡元培提起陈独秀，令蔡元培对陈独秀有了最初的印象。至陈独秀进入北京大学担任文科学长时，即向蔡元培举荐刘师培来北京大学任教。正是因为同处安徽公学的经历，陈独秀了解刘师培的学术水平，为日后聘请刘师培去北京大学担任教授埋下了伏笔。辛亥革命后柏文蔚任安徽省都督，陈独秀任都督府秘书长，处理都督府日常事务。若不是因为安徽公学，忙于革命的柏文蔚与陈独秀难以有时间相聚相交。后来柏文蔚主政安徽，邀请陈独秀担任都督府秘书长，与安徽公学那一段难以忘怀的革命友谊不无关系。

安徽公学作为革命阵地发挥吸引力，成就陈独秀的革命理想。陈独秀利用安徽公学的教师身份来掩饰自己的革命者的身份，并将安徽公学作为自己的安身之所，减小了革命工作的风险，保护了自身安全；在安徽公学开展革命工作、组建革命团体，壮大革命力量；结识众多志同道合好友，并在生命的不同阶段与他们发生联系。陈独秀得李光炯之助，实际上就是"得桐城之助"。

三、被马其昶营救出狱

1919 年 6 月 11 日下午，陈独秀在散发《北京市民宣言》传单时，为便衣警察所捕。被捕一事在第二天即传遍北京，各界人士纷纷瞩目于此。一时之间，群情激愤，众声喧哗。各界人士为营救陈独秀而奔走呼吁，期望尽绵薄之力以保全陈独秀性命。陈独秀因曾担任北京大学文科学长一职，故得北京学生、教师之营救。"又闻北京中等以上学校教职员联合会，已决定呈请保释陈君，保状本日即可递入当局，果知尊重士流，顺从社会之公意，当能即予照准也。"①除此之外，各团体也纷纷电援陈独秀，企望救陈独秀于水火。"安徽协会致北京电云：北京安徽会馆会长转同乡诸公鉴：陈独秀君被捕，旅沪同乡，群情惶骇，望速起营救。"②

众多营救人士之中，有一股特殊而又引人注目的力量，即马其昶、姚永概等桐城派古文大师。马其昶、姚永概认为陈独秀"所著言论或不无迂直之处，然其学问人品尚为士林所推许。"常常向人表白说"主张不妨各异，虽同是士林斯文一体，文字之狱，万不可兴云云"。③作为被陈独秀、钱玄同斥责的"桐城谬种"，在新旧激烈对立的处境之下，居然为叛逆桐城的陈独秀奔走，此举既引人注目也令人深思。

陈独秀与马其昶、姚永概等人分属不同的文化阵营，且有积怨。陈独秀发动新文化运动，以桐城派为标靶，极尽刻毒之语言攻击；并向源流追溯，侮辱桐城三祖。马、姚二人浸淫、服膺桐城派，视桐城派先贤为神明，陈独秀的举动自然会引起马、姚二人的不适与反感。

新文化运动以来，陈独秀与桐城派文人交锋激烈。然而这场论争的起因不过是新旧两派观念不同。陈独秀与桐城派之间的论争，是思想、文化领域的交锋，并不涉及个人私怨。陈独秀虽曾辱骂桐城三祖，以"谬种"讽刺桐城派，更以双簧信的形式攻击桐城古文。然此种种，不过是交锋状态下新派急于求胜的计策而已。倘若细究，最刻薄之言辞——"桐城谬种"，实为钱玄同发明创造，陈独秀对同一阵营的战友予以支持与援助无可厚非。文人之间惺惺相惜，况且桐城派文人品行高洁，马、姚伸出援手亦在情理之中。除此之外，陈独秀生于怀宁，马其昶、姚永概等人出身桐城。怀宁、桐城两县相距又不过百余里，马、姚等人与陈独秀份属同乡，

---

① 《被捕后之陈独秀》，原载《晨报》，1919年6月14日第3版。转引自《陈独秀被捕资料汇编》，河南人民出版社，1982年版，第26页。

② 《旅沪皖人营救陈独秀》，原载《申报》，1919年6月16日第3张第11版。转引自《陈独秀被捕资料汇编》，第34页。

③ 涵庐：《传闻异词的陈独秀案(通信)》，原载《时事新报》，1919年6月24日第2张第1版。转引自《陈独秀被捕资料汇编》，第59页。

有同乡之谊。从这个角度看，马其昶、姚永概等人为解救陈独秀施以援手，更有心存保护同乡之情。

被捕一事引起轩然大波，坊间流传诸多有关陈独秀被捕原因的猜测。在这众多猜测之中，有一种说法广为流传，引起了各方的注意。即陈独秀身为新文化运动首领，为旧派所不容，故而旧派借助政治力量，对陈独秀施以报复。"陈先生向以提倡新文学现代思潮见忌于一般守旧学者，此次忽被逮捕，诚恐国内外人士疑军警当局有意罗织，以为摧残近代思潮之地步。"①后来传言更加具体，矛头渐渐指向桐城派。"又有人说，古文家某某天天活动，要想拿陈先生替旧文学旧思想出出气"②。虽然没有直接言明此乃桐城派之过，但"古文家"一词早就使桐城派呼之欲出。民众将此事归咎于桐城派，其实也有根据。民众认为桐城派与陈独秀等人积怨甚深，在思想、文化的争斗中又一直处于下风，无计可施。只能借助政治力量，对陈独秀等人还以颜色。认为桐城派借助政治力量的猜测并非空穴来风，桐城派确实在政界有着可以利用的力量。只因政府要员徐树铮为桐城派弟子，可为桐城派借力。

徐树铮以桐城家法行文，为刘声木收入《桐城文学渊源撰述考》。林纾在与新派论战之时，激愤之下作小说《荆生》攻击陈独秀等人。时人纷纷猜测小说的主人公"荆生"即为徐树铮，之所以会产生这种说法，很大程度上因为徐树铮与林纾的亲密关系。徐树铮创办正志中学，聘请马其昶、林纾、姚氏兄弟等桐城派文人入职该校。"是时桐城姚氏昆季以文章气节者称于时，先生因聘永概叔节先生任教务长，永朴仲实先生授文选，其余执教之士，皆一时名德。马其昶通伯先生授春秋左氏传，闽侯林琴南先生授史记"③。加之陈独秀散发的《北京市民宣言》于徐树铮不利，曰

---

① 《北京学生对于陈独秀被捕之表示》，原载《晨报》，1919年6月17日第3版。转引自《陈独秀被捕资料汇编》，第42页。

② 涵庐：《传闻异词的陈独秀案（通信）》，原载《时事新报》，1919年6月24日第2张第1版。转引自《陈独秀被捕资料汇编》，第58页。

③ 徐道邻：《民国徐又铮先生树铮年谱》，台湾商务印书馆，1981年版，第31页。

"免徐树铮、曹汝霖、陆宗舆、章宗祥、段芝贵、王怀庆六人官职，并驱逐出京。"①陈独秀散发的传单，触了徐树铮的霉头，又曾经得罪过徐树铮的同门前辈，故而民众猜测徐树铮为桐城古文家们出力铲除陈独秀。

　　报纸与民众将陈独秀被捕谣传为古文家的恶劣行径，为其罗织罪名。让人意外的是，他们抨击讽刺的桐城派非但没有谋害陈独秀，而是为营救陈独秀竭尽心力。在陈独秀散发传单被捕时，姚永概在日记中记载道"孝宽诸人来，言陈君被拘求救事"②，在得知此事后，姚永概第二天便写信向徐树铮求救，"为陈君被拘求又铮"③。姚永概向徐树铮求救，不外乎徐树铮作为政界要员，是有营救陈独秀的实力。另一方面，徐树铮作为桐城派后辈，又与姚永概相交甚笃，姚永概寄希望于徐树铮念此旧情。陈独秀散发的传单《北京市民宣言》中有将徐树铮免职的内容，姚永概不可能不知。既知此中矛盾，却还是坚持向徐树铮求助。姚永概希望利用一切可以利用的力量去营救陈独秀，即便知晓陈徐不和，也要冒险一试。知其不可为而为之，姚永概营救陈独秀的拳拳之心，令人动容。

　　马、姚对陈独秀的营救既引人注目，又出人意表。桐城派的退场与覆灭，陈独秀应担负起主要责任。依据常理推断，桐城派文人与陈独秀之间应当势成水火。即便马、姚等人品行高洁，在陈独秀落难之时并未落井下石，也不必施以援手。马、姚对陈独秀的营救，并非无缘无故。马其昶、姚永概不计前嫌营救"叛出"桐城的陈独秀，既是出于对同乡后辈的爱护之情，又因为陈独秀"出自桐城"，受桐城文化濡养。陈独秀身上的桐城气息与桐城家法唤醒了马、姚等人保全陈独秀的决心，他体内的"桐城文化因子"使马、姚等人感到亲切，最终决定挽救陈独秀性命。

---

　　①《北京市民宣言》，原载《民国日报》，1919年6月14日。转引自《陈独秀被捕资料汇编》，第28页。

　　②姚永概：《慎宜轩日记（下）》，沈寂等点校，第1422页。

　　③姚永概：《慎宜轩日记（下）》，沈寂等点校，第1422页。

第三节　交锋桐城：文学革命的策略与诉求

"五四"新文化运动时期，新旧文化交锋最为激烈。以陈独秀、胡适为首的"新青年"因提倡新文学及白话文，将桐城古文视为标靶着力攻打。"木强多怒"的林纾不堪侮辱，出面捍卫门派尊严，终因势单力薄而落败。桐城古文因"新青年"巧妙计策的安排以及本身不符文学发展潮流，最终退败至文学边缘。在扫荡桐城古文的过程中，以陈独秀为领导，北京大学及《新青年》为阵地，北大教授为组成人员，三位一体，声势浩大。而这又得益于陈独秀在北京大学担任文科学长的经历，事实上陈独秀是在蔡元培的帮助下虚造履历进入北大。进入北大后的陈独秀为北大带来了新气象，也为日后与桐城派对抗奠定了基础。

一、履历失实的"话外音"

陈独秀一生头衔众多，职务显赫。他曾入职北京大学，担任北大文科学长；创办《新青年》，是新文化运动的领袖。但是在其履历之中，有一处职务明显失实，那就是安徽高等学校校长。对此，学界或漠不关心，或以为"微不足道"，诸多专著皆一笔带过，对背后的深层意蕴未加细察。但深究之，可知职务失实一事义蕴丰厚。

（一）履历为何失实

民国六年，教育部发函批准陈独秀担任北京大学文科学长。关于陈独秀是否担任过校长，众说纷纭。一说，1912年陈独秀担任安徽高等学校教务主任。另一说法是，陈独秀在原安徽高等学堂的旧址，重创安徽高等学校，自任教务主任，并聘桐城马其昶任校长。① 还有一种说法则如前文函

---

① 唐宝林、林茂生：《陈独秀年谱》，上海人民出版社，1988年版，第55页。

件所说，陈独秀创办了安徽高等学校，并担任该校校长。北洋政府教育部函件之所以称呼陈独秀为"安徽高等学校校长"，依据的是蔡元培提供的陈独秀履历。所以陈独秀履历失实，蔡元培并非一无所知，实际上是有意为之。蔡元培德高望重，却为陈独秀虚造履历。究竟是出于何种考虑，才敢冒此等风险。

民国元年（1912），陈独秀利用原安徽师范学堂旧址，创办私立安徽高等学堂，聘桐城马通伯为校长，陈自任教务主任，未及一年，因局势变化而停办，后并入私立江淮大学。①民国元年，柏文蔚主政安徽，任命陈独秀为都督府秘书长，督促陈独秀等人负责起全皖的行政事务。陈独秀此时担任都督府秘书长，公务繁忙，根本无暇抽出时间去担任私立安徽高等学校校长。他自己还在安徽高等学堂里担任教务长一职，校长邓绳侯即是孙毓筠都督任内秘书班中领衔第一的邓艺荪。邓之前的校长为马通伯（其昶）。《苏曼殊全集》中也曾提到，苏曼殊在安徽高等学堂任教时，校长为邓绳侯，而陈独秀担任教务主任。

蔡元培邀请陈独秀出任北京大学文科学长时，陈独秀向蔡元培表明自己从来没有在大学里教过书，又没有什么头衔，能否胜任，不得而知。此话并非自谦，陈独秀本人对此事不作隐瞒。由此观之，陈独秀确实没有担任过安徽高等学校的校长，仅仅担任过该校教务主任一职。此时的陈独秀将主要精力投入到政治活动之中，目的是为其后来政治事业的发展奠定基础。

既然蔡元培对陈独秀并未担任"安徽高等学校校长"一事了如指掌，"失实"乃有意为之。那么，原因何在呢？细究之，原因有三：

其一，蔡元培与陈独秀相识甚早，感情深厚。1904年，陈独秀以"由己"为笔名在蔡元培主编《警钟日报》上发表文章。作为投稿者，陈独秀对主编蔡元培应当早已了解。"我对于陈君，本来有一种不忘的印象，就是我与刘申叔君同在《警钟日报》服务时，刘君语我：'有一种在芜湖发

① 安庆地方志编纂委员会编：《安庆地区志》，黄山书社，1995年版，第930页。

行之白话报，发起的若干人，都因困苦及危险散去了，陈仲甫一个人又支持了好几个月'。"蔡元培经由刘师培而得知陈独秀，对其不畏艰险而独力支撑《安徽俗话报》留下深刻的印象。

蔡元培逝世后，陈独秀追忆与蔡元培相识的场景时说道："我初次和蔡先生共事，是在清朝光绪末年，那时杨笃生、何海樵、章行严等，在上海发起了一个学习炸药以图暗杀的组织，行严写信招我，我由安徽一到上海便加入了这个组织，住上海月余，天天从杨笃生、钟宪鬯实验炸药，这时子民先生也常常来试验室练习、聚谈。"①除此之外，在吴樾谋炸出国五大臣牺牲后，陈独秀将吴樾的遗物交由蔡元培保存。由此可见，蔡元培愿为陈独秀虚造头衔，二人私交甚笃是重要原因。若非是感情深厚的相交知己，蔡元培怎会甘冒风险、不矜名节，为人造假？

其二，"新派"需要"旧衣裳"。蔡元培、陈独秀等人是新文化运动的中坚力量，虽然在五四新文化运动期间与旧派人物针锋相对、水火不容，但不可否认他们是旧学濡养下的人物，两人的"旧派"气息依旧浓厚。

林纾与陈独秀等人论战期间，陈独秀谈到林纾排斥新思想，原因就在于"乃是想学孟轲辟杨墨，韩愈辟佛老"，而后又说到"学问文章不及孟、韩的人，更不必婢学夫人了。"②"婢"与"夫人"在封建社会为主仆关系，而"婢"更是等级社会中上不得台面的人。陈独秀用这个词语讥讽林纾，可见新文化人的旧等级观念之强。

陈独秀曾与蒋梦麟谈论秀才一事，因蒋梦麟是策论秀才，陈独秀说："那你这个秀才不值钱，我是考八股时进的八股秀才。"③二人的谈话虽是熟人间的戏谑，但事实上也透露出一点"旧的气味"。陈独秀虽极力表现出对科举的厌恶，但从对话中却可见陈独秀对于名誉、地位的难以舍弃。

---

① 《陈独秀著作选编》编纂委员会：《陈独秀著作选编》卷五，上海人民出版社，2014年版，第348页。

② 《陈独秀著作选编》编纂委员会：《陈独秀著作选编》卷二，上海人民出版社，2014年版，第72页。

③ 蒋梦麟：《西潮·新潮》，岳麓书社，2000年版，第340页。

名誉、地位是旧文化中一个人的身份象征，陈独秀等人主张西方平等思想，却还流露了传统的等级观念。

由此可见，蔡元培之所以为陈独秀虚造头衔，原因在于"新文化运动诸人有意无意间扮演着传统社会"士"的角色，故在很大程度上其思虑和关怀也接近传统的士。"①传统社会中，"士"难以脱离传统社会对其的评价，士人的"声音"能否被人所知很大程度上取决于他的身份与地位。蔡元培、陈独秀虽然以新派人士自居，然而传统"士"的旧观念早已深入骨髓。蔡元培为陈独秀虚造头衔，原因正是新派人士的社会观念并不是很新，需要"旧衣裳"为其抬高身价、地位与名声。穿上"旧衣裳"的新派人物，身价倍增、名声大噪。在"旧"力量的支持下，"新"事业展露曙光。一言以蔽之，新旧之间并非界限分明，新旧交织实属常态。

其三，"新旧"斗争急需干将。民国初，北京大学校风散漫、学风萎靡。学生皆以大学为升官发财之阶梯，教员也无心授课，混沌度日。蔡元培不畏艰难，多方入手改造北大。蔡元培对于如何改造北大早有谋略，陈独秀是他改造北大的"蓝图"中不可或缺的一部分。为使陈独秀顺利进入"蓝图"并发挥作用，蔡元培为陈独秀履历作伪。陈独秀履历失实是不得已而为之。此举既可为陈独秀增加资历，又能顺利减少陈独秀入校之障碍。所以说，此举虽不高明，但却精明实用。

（二）履历失实影响几何

民初北京大学学风恶劣，"大部分学生承袭科举陋习，以读书为做官的阶梯""学生无心向学，沉湎于花街柳巷"②。蔡元培应范源濂之邀出任校长。面对如此状况，改革迫在眉睫。在蔡元培邀请之下，陈独秀进入北京大学担任文科学长，为北京大学带来了诸多变化。

陈独秀凭借丰富的管理经验，使北大焕然一新。这首先体现在他改变

---

① 罗志田：《林纾的认同危机与民初的新旧之争》，《历史研究》，1995年第5期。
② 陈平原：《老北大的故事》，北京大学出版社，1998年版，第21—22页。

了文科课程的设置。"以前各学门的功课表订得很死，既然有一个死的课程表，就得拉着教师讲没有准备的课，甚至他不愿意讲的课。后面选修课加多了，功课表就活了……让教师们说出他们的研究题目，他可以随时把他研究的新成就充实到课程的内容里去……这样，他讲起来就觉得心情舒畅，不以讲课为负担；学生听起来也觉得生动活泼，不以听课为负担。"① 陈独秀一出手，便引起学生听课兴趣、减轻教师负担。然而这不过雕虫小技，陈独秀的高明之处在于改造思想。

原本将学校视为升官发财途径的学生，"开始觉得大学是研究学问，并不是为了个人仕途的出身"②。除此之外，"文科的教授多了，学生也多了，社会对文科另眼看待，学校的变相的科举的观点打破了。"③改变学校管理并非难事，动摇学生根深蒂固的世俗观念与扭转社会偏见则是大有功焉。在学生的观念之中，北京大学由开启仕途的"敲门砖"一变为致力学术的"研究院"。这样的改变不仅可为北京大学培育英才，亦能通过北大学风的改变而逐渐净化整个教育界的不良风气。在其担任学长期间，北大文科的影响，可见明显的扩充。当年北大的简称是"大学"，从那种独一无二的称谓中，就不难理解该校文科学长的全国性影响了。④

蔡元培邀陈独秀入校主持工作之初，陈独秀曾以此时的事业乃是《新青年》为由拒绝。蔡元培求才心切且为人开通，让陈独秀"把杂志也一同搬到学校来办好了"。《新青年》在北京大学站稳脚跟，陈独秀接触到诸多声名显赫的教授。"日后，这些人以陈独秀为中心、聚集在其周围，成为其对抗中国传统文化中的健将，引发出中国文化史上几乎空前绝后的大事件！"⑤胡适、钱玄同、沈尹默等人都是当时在北京大学担任教职且后来成

① 冯友兰:《冯友兰自述》,中国大学人民出版社,2004年版,第251页。
② 唐宝林:《陈独秀全传》,社会科学文献出版社,2013年版,第152页。
③ 唐宝林:《陈独秀全传》,第152页。
④ 罗志田:《他永远是他自己——陈独秀的人生与心路》,《四川大学学报》,2010年第5期。
⑤ 叶隽:《北大立新与"新青年"之会聚北平——蔡元培、陈独秀、胡适之的新文化场域优势及其留学背景》,《清华大学学报》,2016年第3期。

为陈独秀"亲密战友"。这些教授构成了《新青年》主要作者群,也成了日后新文化运动的中坚力量。事实上,蔡元培为陈独秀虚造履历与新文化运动的爆发存在着千丝万缕的联系。

《新青年》杂志初发行时,只是一本非常普通的杂志,销量低,名气小,不为人所知。蔡元培为陈独秀虚造履历,《新青年》随着陈独秀进入北京大学。北京大学与北大教授成了《新青年》的名片,《新青年》因此暴得大名。以《新青年》作为新文化运动的思想阵地与理论宣传工具,以北大教授为固定作者群,既保证了杂志的权威性与质量,更保证了杂志流传过程中的舆论效果与读者群。虚造履历与日后爆发的"新文化运动"看似毫无联系,实际上却是"牵一发而动全身"。

晚期桐城派西风飘零,难以再凭借文章闻名于世,授徒课文是其价值的最后体现。陈独秀聘马其昶任安徽高等学校校长,也是服膺于桐城派的教学传统与文派盛名。后来陈独秀"借"安徽高等学校校长的头衔入职北大,其实是一种含义深刻的策略。创办安徽高等学校初期,为吸引学生入校就读,打出桐城派这一"金字招牌",效果明显。而后,新旧人士再难相处,为瓦解桐城派最后的"荣光",则剥夺马其昶校长之名,抹杀其功绩。校长之职由桐城派最后一位大师转换为新派人士陈独秀,意味着由旧到新的开始,也暗藏不为桐城派张目的决心。

二、角力桐城的"潜台词"

桐城派作为一个文学流派,其发展几乎与清代统治相始终。桐城派虽有执清代文坛牛耳的荣光时期,却伴随西学输入、外敌入侵、清廷崩溃而逐渐走向衰落。外敌在入侵的同时带来了西方文化与科技,有识之士深感"技不如人",决意学习西方科技、文化乃至于政治制度。空谈心性道德的文章之学迫不得已让位于经济实用的经世致用之学,桐城派散文理论虽经曾国藩调整,加入"经济"一门,但终究非救国之策。除此之外,"中学"

与"西学"激烈争斗，因不符潮流，终究难以支撑。此时的桐城派文人深感处处危机，朝不保夕。至五四新文化运动时期，以陈独秀、胡适为代表的新派人士向桐城派发起总攻。一向被视为文坛盟主桐城派，遭遇了有史以来最大的危机。"五四新文化运动，如同一场急风暴雨，荡涤了当时中国社会的各个角落。在这场急风暴雨中，号称有清一代文坛正宗的桐城派，受到毁灭性的打击。之后，它便很快地销声匿迹了。"①

（一）桐城派为何成标靶

1917年，胡适应陈独秀之邀，撰写《文学改良刍议》。随后，陈独秀发表《文学革命论》，回应与修正胡适部分观点。正是这两篇文章，吹响了以陈独秀、胡适为代表的新派人士与林纾等桐城派末流争斗的号角。

《文学改良刍议》针对当时文坛作家的弊病，批评诸多古人。桐城派虽位列其中，不过是一笔带过。"更观今之'文学大家'，文则下规姚、曾，上师韩、欧，更上则取法秦、汉、魏、晋，以为六朝以下无文学可言"。②陈独秀就此文给予回应，"余恒谓中国近代文学史，施、曹价值，远在归、姚之上，闻者咸大惊疑。"③言简意赅的回应中，刻意提出姚鼐与归有光，与胡适长篇大论中一笔带过桐城派两位人物形成鲜明对比。在此之后，陈独秀屡屡针对桐城派。在谈到今日中国文学之委琐陈腐，远不能与欧洲并肩，陈独秀总结原因乃是"妖魔所厄，未及出胎，竟尔流产"。而妖魔又是何人？"即明之前后七子及八家文派之归、方、刘、姚是也。"陈独秀为何紧紧抓住桐城派不放，为何极力打倒桐城派？细究之下，原因有三。

其一，提倡白话文，必须要清扫古文。胡适在《文学改良刍议》提出核心观点，"白话文学之为中国文学之正宗，又为将来文学必用之利器"。

---

① 关爱和：《后期桐城派与五四新文化运动》，《江淮论坛》，1986年第3期。

② 张宝明，王中江主编：《回眸〈新青年〉》语言文学卷，河南文艺出版社，1998年版，第261页。

③ 《陈独秀著作选编》编纂委员会：《陈独秀著作选编》卷一，第281页。

陈独秀回信表示赞同，"白话文学，将为中国文学之正宗。余亦笃信而渴望之。吾生倘亲见其成，则大幸也。"①欲振兴白话文，必定要使文言文退场。"文学革命的倡导者因为要建立以白话为唯一表达形式的国语文学，而不得不反对以文言为主要表达形式的桐城派古文。"②

陈独秀、胡适等人以进化的观念看待文学演进，"一言以蔽之，曰：一时代有一时代之文学"③。白话文学为今日文学正宗，与其对立的文言文理所当然地失去了存留于世的资格。桐城派古文以文言文为表达形式，又因其地位显赫、影响深远，难逃被打倒消灭的命运。让陈独秀、胡适等人下定决心，拿桐城派"开刀"的深层原因在于古文家截然相反的文学观念。古文家拒绝以进化的观点看待文学演进，又将古文为今人作文效法的对象。"吾辈主张'历史的文学观念'，而古文家则反对此观念也。吾辈以为今人当造今人之文学，而古文家则以为今人作文必法马、班、韩、柳。其不法马、班、韩、柳者，皆非文学之'正宗'也。"④这从根本上否定了白话文学存在的价值与"正宗"地位，也阻碍白话文学的发展进步。陈独秀、胡适等人急于确立白话文学的地位与推广白话文学，这种与自家主张相左的观念是令他们感到敏感与紧张的。"此说不破，则白话文学无有列为文学正宗之一日，而世之文人将犹鄙薄之以为小道狭径而不肯以全力经营而造作之"⑤

其二，桐城派古文内容及义理，与新文学大相径庭。陈独秀在《文学革命论》中表面指责韩愈，实为暗讽桐城派。韩愈作为唐宋八大家之一，是桐城派古文传承谱系上重要一环。况且陈独秀指斥韩愈古文"误于'文以载道'之缪见"，恰好击中了桐城派古文的软肋。桐城派文人以"学行

---

① 《陈独秀著作选编》编纂委员会：《陈独秀著作选编》卷一，第281页。

② 关爱和：《古典主义的终结——桐城派与"五四"新文学》，上海文艺出版社，1998年版，第470页。

③ 胡适：《胡适全集》第1卷，安徽教育出版社，2003年版，第30页。

④ 胡适：《胡适全集》第1卷，第31页。

⑤ 胡适：《胡适全集》第1卷，第31页。

程朱之后，文章韩欧之间"为行身祈向。桐城派文人大多都是程朱理学的坚定拥护者，故而他们的文章也多是以程朱理学为核心义理。桐城派古文所载之"道"，多为宣扬程朱理学，更进一步，实乃是为维护清朝统治。以文载道，本就与陈独秀"文学本非为载道而设"的观点相矛盾。更何况，所载之"道"是陈独秀等新派深恶痛绝的程朱理学。以陈独秀等新派人士与以桐城派为代表的旧派在道德观念上存在着根本的差异，这也是引发陈独秀急于打倒桐城派的导火索之一。除去义理上的差异，桐城派古文内容空洞，言之无物的弊病，也与新文学格格不入。"归、方、刘、姚之文，或希荣誉墓，或无病而呻，满纸之乎者也矣焉哉。每有长篇大作，摇头摆尾，说来说去，不知道说些什么。"①既与《文学改良刍议》提出的"不作无病之呻吟""不摹仿古人""须言之有物"等要求相矛盾，又不符陈独秀提倡的平易抒情、新鲜立诚之文学。内容与义理上全无可取之处，桐城派古文注定了被淘汰打倒的命运。

其三，提倡新文学，毁灭旧文学势在必行。作为旧文学的代表，桐城派首当其冲。陈独秀在《文学革命论》中高举文学革命的大旗，提出文学革命的"三大主义"。欲兴起文学革命，消灭阻碍文学进步、使民初文学停滞不前的"桐城派""骈体文"以及"西江派"势在必行。三者虽皆位列革除对象范围之内，但桐城派处境更为恶劣。桐城派的地位与影响，决定了它最先被打倒的命运。"有清一代的古文，前前后后殆无不与桐城生关系。在桐城派未立以前的古文家，大都可视为"桐城派"的前驱；在"桐城派"方立或既立的时候，一般不入宗派或别立宗派的古文家，又都是桐城派之羽翼与支流。由清代的文学史言，由清代的文学批评言，都不能不以桐城为中心。"②倘若桐城派这一最大障碍被扫除，"骈体文""西江派"等旧文学余孽必然望风披靡，心生恐惧，从而无力与新文学相抗衡，建设新文学便是水到渠成。

---

① 《陈独秀著作选编》编纂委员会：《陈独秀著作选编》卷一，第290页。

② 郭绍虞：《中国文学批评史（下卷）》，百花文艺出版社，1999年版，第310页。

（二）如何打倒桐城派

1. 携手胡适，先后发难

陈独秀与胡适是"五四"新文化运动的代表人物，二人发起文学革命，引发新派与旧派的激烈交锋。胡适的出现使陈独秀感到"吾道不孤"，在与胡适的精密合作之下，文学革命一路高歌猛进。

胡适致信陈独秀提出"八事"，陈独秀"合十赞同"，"以为今日中国之雷音"。而后邀请胡适"切实作一改良文学论文，寄登《青年》"，随后《文学改良刍议》横空出世。《文学改良刍议》大体上令陈独秀满意，却并未达到"深得我心"的程度。原因在于胡适行文语气过于温和，"远在异国，既无读书之暇暑，又不得就国中先生、长者质疑问难，其所主张有矫枉过正之处"。"谓之刍议，犹云未定草也，伏惟国人同志有以匡纠是正之。"①与人商议的口吻引起了陈独秀的不快，陈独秀以为文学革命势在必行，文学革命之观点不需要与人商议。鉴于此，陈独秀对《文学改良刍议》进行修补与完善。"独至改良中国文学，当以白话文为文学正宗之说，其是非甚明，必不容反对者有讨论之余地，必以吾辈所主张者为绝对之是，而不容他人之匡正也"。②陈独秀以战斗者姿态行文，"余甘冒全国学究之敌，高张'文学革命军'大旗，以为吾友之声援"③，"有不顾迂儒之毁誉，明日张胆以与十八妖魔宣战者乎？予愿拖四十二生的大炮，为之前驱"④。陈独秀以坚定的态度弥补了胡适的温和，《文学改良刍议》对《文学革命论》又有启发作用。两人精诚合作、取长补短，引导文学革命的发展。

2."双簧信"的推波助澜

陈独秀、胡适的文学革命主张提出后并未引起太大的注意。"从他们

---

① 张宝明，王中江主编：《回眸〈新青年〉》语言文学卷，第265页。
② 《陈独秀著作选编》编纂委员会：《陈独秀著作选编》卷一，第338页。
③ 《陈独秀著作选编》编纂委员会：《陈独秀著作选编》卷一，第289页。
④ 《陈独秀著作选编》编纂委员会：《陈独秀著作选编》卷一，第291页。

打起了'文学革命'的大旗以来，始终不曾遇到过一个有力的敌人。他们'目桐城为谬种，选学为妖孽'，而所谓'桐城、选学'也者，却始终置之不理。因之，有许多见解他们便不能发挥尽致。旧文人们的反抗言论既然竟是寂寂无闻，他们便好像是尽在空中挥拳，不能不有寂寞之感"。①无人赞同亦无人反对的尴尬状况，使文学革命的主张得不到传播，也使满怀激情的"新青年"感到寂寞与失落。于是《新青年》同人改换策略，"表演"了一出中国现代文学史上极负盛名的"双簧信"事件。"即由钱玄同化名王敬轩给《新青年》写信，模仿旧文人口吻，将他们反对新文学与白话文的种种观点、言论加以汇集，然后由刘半农写复信，逐一批驳，因而引起广泛的社会注意。"②

来信以较长篇幅为林纾"不通语法"辩驳及称赞林纾古文渊穆，并将林纾译文与周作人译作进行比较。而后由刘半农回信逐一批驳，对林纾极尽嘲讽之能事。"若以看'闲书'的眼光去看他，亦尚在不必攻击之列"，更是"半点儿文学的意味也没有"。除此之外，批评林纾翻译谬误甚多。化名王敬轩的来信故意假捧林纾，目的是为了将战火引到古文家的身上，为文学革命找到一个固定的攻击对象。刘半农的回信不仅批评"林译小说"，又三番两次的指责桐城派，目的就在于激怒林纾，挑起林纾的反击。林纾一旦反击，"新旧之争"便能博得众人关注，"文学革命"主张便能传播得更为广泛。

"双簧信"事件发生后，一向温和的胡适对此不以为然，反而有些愤怒。胡适认为"化名写这种游戏文章，不是正人君子做的"。然而陈独秀对"双簧信"的态度，却有些值得玩味。作为《新青年》的主撰，陈独秀处于运筹帷幄、总揽大局的地位，对杂志的运作编排都负主要责任。钱玄同、刘半农有演绎"双簧信"计划时，陈独秀不可能对此一无所知。但是，陈独秀并未阻碍"双簧信"的执行，可见陈独秀对于此事持默认、支

① 郑振铎编选：《中国新文学大系：文学论争集》，上海文艺出版社，2003年版，第6页。
② 钱理群、温儒敏、吴福辉：《中国现代文学三十年》，北京大学出版社，1998年版，第8页。

持的态度。在"双簧信"事件发生后,有崇拜王敬轩者致信陈独秀,声讨刘半农用语刻薄,"贵志记者对于王君议论,肆口侮骂,自由讨论学理,固应又是乎"。①对此,陈独秀并未有些许悔意,反而以一种理所当然的态度为钱、刘辩护,"其不屑与辩者,则为世界学者业已公同辩明之常识,安人尚复闭眼胡说,则唯有痛骂之一法。"②至此,陈独秀对"双簧信"的态度更为清晰。

钱玄同与刘半农肆意轻侮、奚落林纾,引发了林纾的愤怒与反击。"双簧信"是新派主动挑战旧派时使用的策略,旧派的还击意味着策略奏效。"双簧信"使新派摆脱了文学革命无人关注的窘境,也将新旧思潮之争上升到更高的层面。

3.文学革命的自我实践

《新青年》自第4卷第1号起,一律使用白话文写作,不再使用文言文。这在《新青年》杂志发展史上意义重大。陈独秀、胡适等新派人士自幼接受中国传统文化教育,与文言文有着天然亲密的关系。他们虽口口声声讨伐文言,但他们与文言的脱离并非一蹴而就。《文学改良刍议》与《文学革命论》作为"文学革命"的发难之作,是讨伐古文的"檄文"。但这两篇文章却是用文言文集结成篇,无疑与文章要求提倡白话文学的观点相矛盾。用白话文写作,直接为读者提供阅读白话文学的机会,读者在阅读《新青年》的过程中潜移默化地接受白话文学的影响,是推行白话文的高明策略。另一方面,提倡白话文学,却以文言文写作,难免会贻人口实、落人话柄。况且在新旧之争的敏感时期,新派更要小心谨慎。《新青年》作者群统一使用白话文创作,既可避免此类情况的发生,又可表明推广白话文的坚定决心。

自从胡适在《新青年》上发表了几首白话诗后,几乎每一期《新青年》都刊登几首白话诗,沈尹默、刘半农、俞平伯纷纷加入创作白话诗的

---

① 《陈独秀著作选编》编纂委员会:《陈独秀著作选编》卷一,第416页。
② 《陈独秀著作选编》编纂委员会:《陈独秀著作选编》卷一,第416页。

行列。或许这些人创作白话诗的目的，正如胡适所说的那样，"要看白话诗是不是可以做好诗，要看白话诗是不是比文言诗要更好一点"①。创作白话诗不仅仅是学理上的探究与尝试，它更大的意义与作用是为"文学革命"服务。"一代有一代之文学"，既然古诗属于传统文学，那么创作出属于这个时代的诗歌就显得很有必要，白话诗因此应运而生。新派创作白话诗既是白话文学观念指导下的实践，又将新旧分野展现得淋漓尽致。

（三）桐城派的反应

《文学改良刍议》作为文学革命的发难之作，宣称白话文取代文言文是历史发展的必然趋势，进一步确认了白话文学的正宗地位。这无疑否定了古文的价值与存在的必要性，引起了古文家的不安与不满。《文学改良刍议》言辞更是冒犯桐城派，与桐城派亲近的古文大师林纾对此颇为反感。

林纾少随薛则柯学古文，好读《尚书》《左传》与《史记》。三十一岁中举，后屡考进士不中，遂辗转众多学堂设席讲学。任教北京五城学堂时，见桐城派大儒吴汝纶，"光绪中，桐城吴挚甫先生至京师，始见吾文称曰：'是抑遏掩弊，能伏其光气者'。"其古文不仅得到吴汝纶亲口称赞，吴汝纶更委托其校勘《古文四象》。后林纾又为吴汝纶《史记读本》作序，称赞吴汝纶为文"繁而不涉猥酿，简而弗能疏牾"。六年后，"桐城马通伯至京师，其称吾文乃过吴先生也。"又编选《震川集选》与《〈古文辞类纂〉选本》，并在序中明言"然精粹之选本，实无如桐城姚先生之《古文辞类纂》一书。"林纾七十岁寿宴，祝寿者众，马其昶、姚永朴、吴汝纶之子吴闿生皆位列其中。纵观林纾一生，都与桐城派文人保持着密切的联系与良好的友谊。在桐城古文遭受非议之时，更是挺身而出。

陈独秀、胡适等人推行文学革命，不仅指斥古文当废，更非议辱骂桐城派，引起了林纾的不快。1918年2月，林纾在《民国日报》上发表《论

① 胡适:《胡适全集》第10卷,安徽教育出版社,2003年版,第32页。

古文之不宜废》来回应陈独秀、胡适等人白话文学主张，维护古文的地位与价值。林纾以文化守旧者的身份为古文开脱，采取步步深入的论说方式确立古文的地位与价值。在《论古文之不当废》中，林纾言辞谦和。林纾开宗明义，"文无所谓古也，唯其是"。评论文章标准在于"是不是"，并非"古不古"，这从根本上否定了陈独秀、胡适等人以古文为攻伐对象的理由。随后指出桐城派古文谱系中"马、班、韩、柳"地位超然的原因，在于"然则林立之文家皆不是，唯是此四家矣"。无形之中树立了"马、班、韩、柳"古文权威的地位，又因其符合文章"是"的评判标注，所以有存世价值。而后逐渐深入，以欧人不废拉丁文来类比推理古文不可废，可惜这种论证方式并未拿出充分证据。又对比中日对待"旧"的态度，"时中国古籍如皕宋楼，日人则尽括而有之，呜呼，彼人求新而惟旧之宝，吾则不得新而先殒其旧！"日本以复古为创新，故珍重传统。中国因求新而破旧，因而传统失落。林纾以此作为古文不可废之根据，暗示古文作为中国传统文化的重要组成部分，应当存留于中国。文末，林纾缩小古文缺点，放大了古文存世价值。从正反两个方面进行比较说明，保留古文则保存中国元气，而毁灭古文则文字亡、国家灭。

　　林纾此文一出，便被胡适抓住把柄。"吾识其理，乃不能道其所以然，此则嗜古者之痼也。"既然古文不可废，为何又"不能道其所以然"？胡适言此乃"古文家之大病"，原因全在于"古文家作文，全由熟读他人之文，得其声调口吻，读之烂熟，久之亦能仿效，却实不明其'所以然'。"①胡适一语中的，揭露林纾作为古文家的弊病。其一，林纾识其理却说不出所以然，原因就在于他并无明确的事实去佐证"古文不可废"的观点。拿不出证据却又要捍卫自家观点，只能含糊其辞；其二，古文家久习古文，学的全是他人之口吻声调，却让自己处于明白道理但又说不出的窘迫境地。古文之弊显而易见，连古文大家都深受其害，那么推行白话是大势所趋，理所当然。胡适指出"论文者独数方、姚，而攻掊之者麻起，而方、姚卒

---

① 《陈独秀著作选编》编纂委员会：《陈独秀著作选编》卷一，第339页。

不之踣"一句不合文法，"则古文之当废，不亦既明且显耶"。①

即便《论古文之不当废》被胡适取笑句法不通，不足以"供吾辈攻击古文者之研究"，林纾都还保持着平和的态度。然而"双簧信"的出现，终于引起了林纾的愤怒。1919年3月初，"木强多怒"且不堪受辱的林纾接连在上海《新申报》上发表小说《荆生》《妖梦》，戏谑讽刺陈独秀、胡适等人。此举既是对陈独秀、胡适等人调侃、讽刺自己的一种反击，也是对新文化人极力鼓吹白话文的反感与抨击。《荆生》篇幅不长，文中三人虽与陈独秀、钱玄同、胡适一一对应，对他们的描写却没有太多过激之词。林纾作此篇的目的在于表达对陈独秀等人意欲消灭古文的些许不满，是对新派的调侃与捉弄。而林纾创作《妖梦》实是"蓄意之作"。小说通篇语气激愤，用词不敬，对人物形象的描述甚至带有侮辱性质。"田恒二目如猫头鹰，长喙如狗。秦二世似欧西之种，深目而高鼻"。愈写愈烈，甚至走向了粗俗的地步。"须知月可放，而五伦之禽兽不可放，化之为粪，宜矣。"文末以"若果有啖月之罗睺罗王，吾将请其将此辈先尝一脔也"收束全文，再度诠释了林纾对新派为推行白话文学而消灭古文的反感与对新派的憎恶。《荆生》《妖梦》是林纾反击新派的重要武器，但二者表达的情感程度不同，蕴含了林纾不同的心理状态。作小说骂人，一方面是林纾"木强多怒"、诙谐幽默的性格使然，另一方面确实是其回击新派的手段。相较于新派的人多势众，林纾显得有一些势单力薄，但他敢于维护古文地位与门派尊严，确实是值得称道与尊敬。

林纾的反击使新派喜出望外，因为他们的策略终于奏效，可以堂而皇之地对旧派进行批评。况且林纾反击的方式过于极端，这也为新派博得了一些同情与支持。3月9日，《每周评论》转载了林纾小说《荆生》。在《荆生》文前，还加了题为《想用强权压倒公理的表示》的编者按语。"甚至于有人想借武人政治的威权来禁压这种鼓吹。前几天上海新申报上登出一篇古文家林纾的梦想小说就是代表这种武力压制的政策的。"由语言的

---

① 《陈独秀著作选编》编纂委员会：《陈独秀著作选编》卷一，第339页。

交锋上升到旧派人士有借武力压制新文化的设想，斗争的领域被新文化人有意扩大。《每周评论》关于林纾"荆生事件"的处理不仅博得了社会各界与对新文化的同情与关注，更使林纾陷入气量狭小、品行有亏的窘境，但这一切仍然没有达到令陈独秀满意的程度。

1919年3月16日，陈独秀发表《关于北京大学的谣言》，看上去目的是稳定人心、以正视听，实际上是借文章反击林纾。陈独秀开门见山，声明自己被逐出北大的谣言纯粹子虚乌有。在文章结尾处讽刺道："林琴南怀恨《新青年》，就因为他们反对孔教和旧文学。其实林琴南所作的笔记和所译的小说，在真正的旧文学家看起来也就不旧不雅了。他所崇拜所希望的那位伟丈夫荆生，正是孔夫子不愿会见的阳货一流的人物。这两件事，要请林先生拿出良心来仔细思量。"①仔细体味陈独秀的语气，其实是相当恶劣尖刻的。不仅否定了"译才"林纾，也否定了"古文大家"林纾，更为重要的是对林纾人格的否定。

陈独秀等人与林纾最初的交锋是以文字往来，尚属温和宽厚。随后新派人士屡屡冒犯这位桐城派末流，调侃中夹杂讽刺。不堪后辈调侃的林纾作小说反击，借"谐谑"表达不满。然而此举正中新派人士下怀，在杂志"别有用心"的安排之下，林纾呈现出一副文品不佳、人品堪忧的反对派面目。待到这篇文章一出，学界对林纾印象更加恶化。陈独秀等人凭借猜测就断定林纾要借武力对新派人士施压，其实是有失公允的。但是作为这场"新旧之争"的"总司令"，此举对陈独秀而言不过是特殊时期的特殊手段罢了。在陈独秀的"引导"之下，读者深感原本不过思想、文学上的争论，竟会使老羞成怒的林纾插足政治、动用武力来使新派人士屈服。于此，学界及读者不免对陈独秀等人多了一份同情与声援，对新文学多了一份理解与支持。

当新派人士集结围攻桐城派之时，严复反应冷淡。"须知此事，全属

① 阿英编选，赵家璧主编：《中国新文学大系史料·索引》第10集，良友图书印刷公司，1936年版，第259页。

天演，革命时代，学说万千，然而施之人间，优者自存，劣者自败，虽千陈独秀，万胡适、钱玄同，岂能劫持其柄，则亦如春鸟秋虫，听其自鸣自止可耳。"①严复坚定"天演"必定可使对手消亡，不屑与其一较高下。而吴汝纶另一位弟子姚永朴在当时亦保持缄默，绝口不言。"任气好辩"的林纾主动承担起捍卫桐城派尊严的责任，不得不说是令人感动与惊讶的。

第四节　回归桐城：传统文化的魅力与召唤

陈独秀一生波澜壮阔，极具传奇色彩。然而晚年生活凄苦潦倒。政治上的陈独秀广为人知，不为人知的是陈独秀在晚年艰难处境之下从事学术研究的经历。察其言行，可见其向传统文化回归的拳拳心意。陈独秀的晚年大体上可从1932年被捕入狱算起，大致可分为两个阶段——南京监狱生活与退居四川江津。这两个时期是其学术研究的高峰，学术成果最为丰富，由政治向文学的转向显而易见。

一、重温传统：南京监狱里的文化转向

前半生风光无限，后半生艰难潦倒，截然不同的境遇糅合成陈独秀的一生。在陈独秀第五次被捕入狱时，终于有了相对稳定的生活。陈独秀在政治上浪费了太多的精力，仅在闲暇时才会将目光转向学术事业，因此陈独秀前半生在学术上成就不大。此次入狱虽进入生命倒计时，却是其学术、文学事业的重新起航。自此时起，陈独秀的兴趣慢慢转移——由政治而文学。

1932年，陈独秀在上海被捕入狱，开始了长达五年的牢狱生活。在这五年中，陈独秀虽然还继续着自己的政治工作，但其向学术事业的转向更加明显。陈独秀本就热衷于学术研究工作，若能专心于学术研究，必定有

① 严复:《严复集》第三册,中华书局,1986年版,第699页。

所成就。"无论任何问题，研究之，均能深入；解决之，计划周详；苟能专门致力于理论及学术，当代名家，实无其匹。"① "惜仍以指挥行动之时多，精心研究学术之时少"。②落入监狱后行为受限，反而有了更加充裕的时间去进行学术研究。况且陈独秀在狱中又颇受优待。相对自由的狱中生活，使陈独秀制定了较为详尽的著述计划。除了继续文字学著作外，还想在二三年内完成《古代的中国》《现代中国》《道家概论》《孔子与儒家》《耶稣与基督教》《我的回忆录》。③

就陈独秀在狱中研究所取得的成果来说，可谓丰硕。陈独秀的著作主要集中于对先秦诸子的重新讨论及文字学、音韵学的深入研究，这些无一不属于中国传统文化的范畴。陈独秀写作《孔子与中国》，更是意义非常。

《孔子与中国》重新评价孔子，辩证客观地看待孔子及其影响，是对孔子价值的认同。时隔多年，陈独秀冷静思考后认识到孔子的价值，重新评价孔子。此举对桐城派也有着非同一般的意义。孔孟之道是桐城派古文核心与义理所在，是桐城派道统传承谱系上一个重要环节。桐城派文人无一不尊孔子，无一不在孔孟之道指导下修身作文。陈独秀认同孔子，是理解亲近桐城派的基础，从源头处了解桐城派。

"孔子的第一价值是非宗教迷信的态度。"④ "孔子的第二价值是建立君、父、夫三权一体的礼教……然而在孔子立教的当时，也有它相当的价值。"⑤五四时期陈独秀反孔批儒态度坚定，坚决不向儒家文化妥协，坚持新旧之间不可调和。"吾人倘以新输入之欧化为是，则不得不以旧有之孔教为非。倘以旧有之孔教为是，则不得不以新输入之欧化为非。新旧之间，绝无调和两存之余地。吾人只得任取其一。"陈独秀此时激烈反孔是因为急于推倒传统文化，建立新文化。而孔子是中国传统文化的代表，故

① 王森然：《近代二十家评传》，书目文献出版社，1987年版，第223页。
② 王森然：《近代二十家评传》，第224页。
③ 唐宝林：《陈独秀全传》，第712页。
④《陈独秀著作选编》编纂委员会：《陈独秀著作选编》卷五，第164页。
⑤《陈独秀著作选编》编纂委员会：《陈独秀著作选编》卷五，第164、165页。

而贬斥以孔子为代表的中国传统文化。另一方面，陈独秀清楚地了解桐城派与孔孟的紧密联系。桐城派以"学行程朱之后，文章韩欧之间"为行身祈向，程朱理学解释的就是孔孟之道。所以，桐城派推崇程朱理学，实际上是对孔孟之道的追求与尊崇。陈独秀否定了孔子的价值，从根本上动摇了桐城派，使桐城派遭遇生存危机。作为新旧争斗时的策略效果明显，既使传统文化元气大伤，又将桐城派"请"到了文化的边缘。

对孔子的两次评价截然不同，是因为陈独秀出自不同的目的，这也显露出陈独秀心理状态的变化。五四新文化运动时期，陈独秀激烈批儒反孔是形势所迫之下的计策，具有很强的目的性与计划性。加之当时陈独秀火气旺盛、心态浮躁，致使对孔子的评价失之客观与冷静。而此次评价孔子距离"五四"已近二十年，二十年的岁月沉淀与人生历练使陈独秀更加冷静平和。孔孟之道是桐城派的义理核心，桐城派文人对其琢磨研究理所应当。陈独秀重新认识孔子、解读孔子，从根源处了解桐城派义理——孔孟之道，与桐城派文人取向相同。既然桐城派与孔孟之道关系紧密，那么研究孔子，必定会对桐城派有了更近一层的了解，这实际上是对桐城派的再认识。冷静客观地评价孔子，对孔子及孔孟之道有了全面而深入的了解，有了理解桐城派的基础，才有回归桐城派的理论基础。因此，陈独秀重新评价孔子不仅是向传统文化回归，更与桐城派息息相关。

据《陈独秀诗存》统计，陈独秀一生创作诗歌160余首，其中新诗、译诗共计7首，余者皆为旧诗。由诗歌创作数量的分布，可见陈独秀创作的兴趣与重心均在旧诗。但是仔细考察陈独秀旧诗的创作时间，发现旧诗创作并未贯穿陈独秀的一生。1917至1933年，陈独秀并未创作一首旧诗。《金粉泪五十六首》的出现重新开启了其旧诗创作生涯。中断旧诗创作与重新开始创作旧诗之间，隐藏了价值判断的变换与思想观念的更迭。

1917年作为不做旧诗的时间起点，必须从此处加以讨论。1917年至1933年，陈独秀钟情政治且事务繁忙，既无创作旧诗的雅兴，亦无创作旧诗的空闲。李大钊的言论可为佐证，"仲甫生平为诗，意境本高，今乃大匠旁观，缩手袖间，窥其用意，盖欲专心致志于革命实践，遂不免蚁视雕虫小技耳。"除此之外，1917年1月1日《新青年》第二卷，陈独秀提出"白话文学，将为中国文学之正宗。余亦笃信而渴望之。吾生倘亲见其成，则大幸也。"①对白话文学光明前途的向往与信心，言外之意便是对旧文学的反对与失望。作为文学革命理论的提出者与倡导者，创作旧诗于其而言，实为禁区。若写旧诗，不仅与自己的主张自相矛盾，更会贻人口实，成为众矢之的。《金粉泪五十六首》距离"文学革命论"的提出已逾十年，文学论争早已时过境迁，再也没有当初文学观念的束缚。重拾旧诗，可见陈独秀对旧诗的难以忘怀。陈独秀的旧诗创作来自旧诗的呼唤，是遵从内心真实想法，是回归传统文化的重要表现。

濮清泉曾记载陈独秀在南京狱中对诗歌的看法，陈独秀认为就目前情况看来，白话诗还是取代不了旧诗。他接着强调青年人要想写好诗歌，最好先读读《诗经》《楚辞》、唐诗与宋词。肯定旧诗的地位与对诗歌创作基础的强调，恰恰与"文学革命"的呼吁截然相反。不论是旧诗，还是《诗经》《楚辞》，均是传统文化的重要内容。时隔多年，陈独秀的旧诗创作与旧诗理论，无一不彰显着旧诗在其心中地位之重，传统文化对其影响之深。

二、以诗抒怀：退居江津的旧体诗创作

牢狱生活因抗日战争爆发而提前结束，出狱后的陈独秀茫然四顾，辗转来到重庆。故友邓仲纯得知后，热情邀请陈独秀赴江津居住。退居江津的陈独秀重新开始创作旧诗，这是时隔多年后的重新起航。传统文化濡养下的文人难以割舍旧诗，借诗抒怀又是中国传统文人的重要特征。陈独秀晚年创作旧诗的行为，显示了其转向传统文化的心理。陈独秀晚年诗歌依旧充盈桐城诗派气息，一方面是受桐城诗派影响的体现，另一方面又彰显了陈独秀不再与桐城派对抗，反而是亲近、回归桐城派。

---

① 《陈独秀著作选编》编纂委员会：《陈独秀著作选编》卷一，第281页。

（一）如今缘何作旧诗

陈独秀在旧学濡养下成长，成长环境要求陈独秀必须会作旧诗。"五四"新文化运动时期，陈独秀虽不作旧诗，却也流露出对旧诗的宽容与"余情"。陈独秀在《新青年》第1卷第3号上刊登谢无量的长诗《寄会稽山人八十四韵》，并在诗歌末尾加上按语，"文学者，国民最高精神之表现也。国人此种精神委顿久矣，谢君此作，深文余味，稀世之音也。子云相如后，仅见斯篇，虽工部亦只有此工力而无此佳丽"。陈独秀一边刊登旧诗，一边鼓吹"写实主义"，心口不一的行径引来了胡适的批评。"适所以不能已于言者，正以足下论文学已知古典主义当废，而独啧啧称誉此古典主义之诗。窃谓足下难免自相矛盾之诮矣。"①随后陈独秀回信胡适，表达歉意。而后，陈独秀毅然放弃旧诗创作，直至1933年。陈独秀放弃旧诗创作固然是文学革命的需要，然而刊登谢无量长诗一事却正好反映出陈独秀对旧诗的难以割舍与深厚感情，后来是因为推行新文学的需要，才将对旧诗的感情深埋心底。

寓居江津的陈独秀，在生命的最后阶段重新开始创作旧诗。看似令人费解，实则事出有因。"五四"新文化运动时期，为捍卫自家主张、表明"文学革命"决心与不落人话柄，作为领军人物的陈独秀在此期间不作旧诗。退守江津后，陈独秀再无"主张"之虞，又无身份之虑，不必再掩饰自己对旧诗的真实态度，故而压抑于心的诗情开始迸发。在这种心理的指导之下，陈独秀创作出二十余首旧诗。陈独秀与传统文化间的关系微妙，就其对传统文化态度的转变而言，可用"回归"一词概括，出于传统文化，又归于传统文化。

选择旧诗，一方面是陈独秀熟悉旧诗，对创作旧诗别有心得，因此借旧诗表达情感更是得心应手。陈独秀诗才极高，时人交口称赞。王森然评

---

① 《陈独秀著作选编》编纂委员会：《陈独秀著作选编》卷一，第281页。

价陈独秀诗歌"雅洁豪放，均正宗也"①，胡适赞曰"诗学宋，有大胆的变化"。这份"熟悉"与"得心应手"都是来自传统文化的濡养，都是在传统文化教育下而形成。"读其诗，更知先生有充分之文学素养矣。故胡适之先生，谓其有充分文学训练，对于旧文学极有根底。"②诗人的才气配合传统文化的训练，使得诗人在旧诗创作颇有成就。

另一方面，借诗抒怀是中国传统文人的特质。当诗人因外部环境或自身遭遇有所感触时，便会以诗歌为手段抒发怀抱。诗人晚年处境凄凉，只有借诗诉说。诗歌既可含蓄蕴藉，又可直抒胸臆，诗人可以依据表达主题的不同选择不同的诗歌形式。陈独秀正是基于对旧诗的深刻理解与自身难以磨灭的中国传统文人特质，才会选择以旧诗作为抒发心情与怀抱的重要方式。陈独秀晚年对旧诗的关注已经超过了对政论文的兴趣，他由早年彻头彻尾的政治家逐渐向文士转变。

（二）诗歌犹有桐城气

陈独秀在寓居江津时创作完成的诗歌共有21首。在江津创作的诗歌主题多样、内容丰富，反映了陈独秀彼时的生活状况与心理状态。

陈独秀的旧诗有明显的桐城诗派风格，这是桐城派训练下的结果。陈独秀自幼受桐城文化濡养与桐城派教育。后多接触桐城派后学，偶尔交流作诗心得。所以，陈独秀早年诗歌有桐城诗派痕迹。时隔多年，诗歌依旧不脱桐城诗派风格，可见桐城诗派影响之深。从另一角度看，晚年诗歌创作依然有桐城派诗歌痕迹，可知陈独秀对桐城派的态度已不同于"五四"新文化运动时期的对抗，反而是亲近桐城派，向桐城派回归。联系桐城诗派诗歌理论，分析比较陈独秀早期与晚年诗歌，窥探陈独秀向传统文化及桐城派回归之心。

桐城派并非仅以古文名世，钱锺书一语中的——"桐城亦有诗派"。

---

① 王森然：《近代二十家评传》，第228页。
② 王森然：《近代二十家评传》，第227页。

与桐城古文相比，桐城诗的影响确实不够显著。但是，桐城派诗人数量不在少数，有其独特的诗歌理论及传授谱系，并产生了一定的影响。一言以蔽之，桐城派诗歌是不可忽视的文学现象。关于桐城诗派的开创者，学界说法不一。钱澄之、姚范、刘大櫆、姚鼐，各有支持。梳理桐城诗派发展谱系，便知姚范、刘大櫆、姚鼐对桐城诗派的形成都产生了不可或缺与难以取代的作用。

首先，姚范作为姚鼐的伯父，对姚鼐的诗文以及桐城诗派的风格形成都奠定了基础。钱钟书推崇姚范，"桐城亦有诗派，其端自姚南菁范发之"①，可见姚范的诗派地位。其次，姚范、刘大櫆、姚鼐在诗歌创作上都取得不俗的成绩。姚范著有《援鹑堂诗集》七卷；刘大櫆有《海峰文集》存世；姚鼐诗作最为丰富，著有《惜抱轩诗集》十卷，《诗集外集》一卷，《诗集后集》一卷。最后，姚范、刘大櫆、姚鼐的诗学思想与诗歌风格，对桐城派很多诗人产生了深刻的影响。桐城诗派后期诗人总结姚范等人的诗学思想，形成后期桐城诗派独特的诗学理论。

王启芳《晚清桐城诗派研究》一文详细论述了晚清桐城诗派的特点。"反观清季桐城诗人的诗歌创作及其诗学思想，我们便会发现，在看似松散无序的诗坛之上，实际上亦透露着其隐在的诗歌主旨。"②她把桐城诗派的诗歌主旨概括为：一、强调反映诗人的真情实感；二、注重创作主体的素质，包括学识、品德两方面；三、学诗对象是唐宋兼学；四、好用典故，以增强诗歌的内涵与反映的情感。仔细分析晚清桐城诗派的诗歌主张，不难发现其很大程度上是对前期桐城诗派诗歌理论的总结，是将前人诗学主张的理论化、规范化，所以称其为桐城诗派诗歌主旨并无不妥。

正如前文所述，陈独秀生长于怀宁，受桐城文化滋养。陈独秀幼年接受金寿民教导，世交桐城方守敦家族，他所接受的教育与桐城派文人同根同源，是正宗的桐城派教育。桐城派对陈独秀的教育并不仅仅局限于古

① 钱锺书：《谈艺录》，生活·读书·新知三联书店，2001年版，第370页
② 王启芳：《晚清桐城诗派研究》，山东大学博士毕业论文，2014年。

文，陈独秀的诗歌也受到桐城诗的影响，仔细分析陈独秀的诗歌，可见其契合桐城诗派特点。联系陈独秀的教育经历，不难解释其中缘由。

陈独秀诗歌创作分为青少年与晚年两个时期，这两个时期的诗风迥然不同。兹择取陈独秀早期诗作，以作分析。

夜雨狂歌答沈二①

黑云压地地裂口，飞龙倒海势蚴蟉。

喝日退避雷师吼，两脚踏破九州九。

九州嚣隘聚群丑，灵琐高扃立玉狗。

烛龙老死夜深黝，伯强拍手满地走。

竹斑未灭帝骨朽，来此浮山去已久。

雪峰东奔朝岣嵝，江上狂夫碎白首。

笔底寒潮撼星斗，感君意气进君酒。

滴血写诗报良友，天雨金粟泣鬼母。

黑风吹海地绝纽，羿与康回笑握手。

陈独秀以学问为诗的倾向非常明显，符合桐城诗派强调创作主体学识的要求。诗歌极具神秘色彩，想象奇特，天马行空。采用了众多神仙、神兽与妖魔的名字，例如雷师、鬼母、烛龙等。诗中"浮山"为山名，以此为山名者众，诗人所指或许为安徽枞阳之山。"岣嵝"亦为山名，为衡山主峰。诗人不仅对中国神话故事了如指掌，对中国地理更有着深入的了解。"姚范诗有学究气，有以学问为诗的倾向，呈现出奇险的诗风。"②晚清桐城诗派注重创作主体学识，是吸收了姚范等人以学问为诗的主张。陈独秀学识丰富，以学问为诗的创作不仅符合桐城诗派的主张，更可上溯到姚范的诗歌主旨。

---

① 安庆市陈独秀学术研究会：《陈独秀诗存》，安徽教育出版社，2003年版，第24页。
② 叶当前：《论桐城诗派的两条诗学路径》，《安庆师范大学学报》（社会科学版），2017年第36卷第5期。

就此诗来说，选用多个典故。"竹斑未灭帝骨朽"一句化用舜亡故后，娥皇、女英二妃泪下，染竹成斑的故事。"羿与康回笑握手"写羿射九日与共工怒撞不周山。诗人借用典故来丰富诗歌的感情，更加生动地表达诗人的情感。在《题西乡南洲游猎图》，"直尺不遗身后恨，枉寻徒屈自由身"，出自《孟子·滕文公下》："枉尺而直寻，宜若可为也。"看似为西乡隆盛慷慨悲歌，实则以西乡隆盛自况，抒怀明志。陈独秀好用典故的原因向上追溯，与方东树略有联系。"方东树一生读书不辍，故对文史典故非常熟悉，他的诗中用典的地方甚多，经常信手拈来，与其诗恰切地融合在一起"①。方宗诚从学于族兄方东树，方东树的诗文观点必定会对方宗诚产生影响，这样的影响又在方氏家族内代代相传。陈独秀接受的教育受到方氏家族很大影响，陈独秀又与方守敦、方孝岳等人交好，在诗歌中好用典故，也实属正常。除去方东树，前期诗人姚范用典多且杂，后期诗人张裕钊也喜用典故。以此观之，喜用典故基本上是桐城诗派共同的特点。

桐城诗派在不同时期都强调诗歌创作的真实。刘大櫆认为，"古之为诗者，非以为诗也而为之，发乎情之不容已然后言，言之不足，然后歌咏之，虽里巷无知之野人莫不能为诗。"方东树标举诗歌创作以真实为基础，强调诗人的真情实感。"方东树强调诗歌创作要以切身体验和真情实感为基础，要有真性情、真怀抱，要'修辞立诚'、'言之有物'，'自见心胸面目'，要'自成一家，不随人作计'，反对'客气假象'，反对'优孟衣冠'。认为'立诚则语真，自无客气浮情，肤词长语，寡情不归之病'。②梅曾亮、姚永朴、曾国藩等人都要求在诗歌创作中反映诗人的真情，不作"伪语"。由此可见，桐城诗派自始至终都坚持主张诗歌的情感真实。

随着政治失利、被捕入狱、退居江津，陈独秀诗格内容发生变化，晚年诗歌更多地描写生活感受与凄凉心境，《寄沈尹默绝句四首》便是如此。

① 王启芳：《晚清桐城诗派研究》，山东大学博士毕业论文，2014年。
② 陈晓红：《方东树诗学研究》，复旦大学博士毕业论文，2010年。

寄沈尹默绝句四首①

一

湖上诗人旧酒徒，十年匹马走燕吴。

于今老病干戈日，恨不逢君尽一壶。

三

哀乐渐平诗兴减，西来病骨日支离。

小诗聊写胸中意，垂老文章气益卑。

诗歌整体格调较为消沉、苍凉。"湖上诗人旧酒徒"指几十年前陈独秀旅居杭州时与沈尹默等人诗酒相交的岁月，"恨不逢君尽一壶"道尽眼下友人不在身边，对友人的思念之情。"老病""病骨""垂老"是对诗人身体状况与生活状态的真实描写，而这又导致诗人"诗兴减""日支离"，凄凉无奈的心境跃然纸上。与早年的意气风发相比，晚年的陈独秀的确是体弱气卑。全诗感情真挚，真情实感充沛其中。"垂老文章气亦卑"写出了垂垂老矣、孤单年迈的诗人没有了年轻时的意气风发，唯有写出体格卑弱的诗歌。陈独秀晚年多在诗中表达真情实感，读起来令人动容，恰好符合桐城诗派诗歌表达真情实感的要求。

三、叶落归根：晚年与桐城派文人的再交往

退居江津后，在诸多朋友的帮助下，陈独秀勉强度日。寓居江津之时，桐城派末流与陈独秀并未中断联系与交往，反而为陈独秀的晚年提供了生活便利与精神慰藉。考察晚年陈独秀与桐城派末流的交往，从琐碎小事中感受二者间的纯粹友谊以及陈独秀与桐城派的和解。

陈独秀由重庆移居至江津，除去重庆天气炎热，病体难以适应以及物价高，难以维持生计外，更为重要的原因在于邓仲纯的热情邀请。邓仲纯，安徽怀宁人，邓绳侯之子。邓仲纯与桐城派之间也有亲密关系，其妻

---

① 安庆市陈独秀学术研究会：《陈独秀诗存》，第26页。

方素悌乃方守敦之女，邓仲纯是为方守敦的女婿。邓仲纯虽与桐城派没有师承关系，却有着更为亲密的姻亲关系，因此称呼邓仲纯为桐城派末流也并无不妥。在邓仲纯的热情邀请之下，陈独秀最终定居江津。邓仲纯在陈独秀的晚年生活中"身兼数职"，"扮演"了多个重要角色。

陈独秀晚年饱受高血压与胃病的折磨，身体状况日益恶化。"弟遭丧以后，心绪不佳，血压高涨，两耳日夜轰鸣，几于半聋，已五十日，未见减轻，倘长久如此，则百事废矣"①，"弟病无大痛苦，惟不能用脑，写作稍久，头部即感觉涨痛，耳轰亦加剧耳"②。邓仲纯早年在日本东京帝国大学学医，居江津时开设延年医院，小有名气。陈独秀曾在延年医院的后院居住过一段时间。"住在'延年医院'的后院的确是陈独秀希望的：一来自己可以免交房租，节省了家庭开支，二来与邓仲纯朝夕相见，便于照顾自己的病体。"③邓仲纯为陈独秀诊治身体，才使陈独秀安心工作。"所幸有邓仲纯等人的资助，并且为他检查身体，极大地控制了病情，才使得他能够潜心地读书、写作。"④邓仲纯实际上扮演了陈独秀私人保健医生的角色，为延续陈独秀生命尽职尽责。除此之外，陈独秀晚年多次更换居所，最后搬迁至交通闭塞、离城二十余里的鹤山坪。与友人信件往来时，告知友人将来信寄往江津黄荆街八十三号，此处为邓仲纯住所。邓仲纯在收到来信后再送给陈独秀，既保证了信件的安全和陈独秀对外的联系，又免去了陈独秀取信的奔波之苦。

晚年陈独秀投入更多精力在文字学、音韵学研究上，取得的成果较以往更为丰硕。在恶劣的生活条件与严重的疾病折磨下，陈独秀还未将著作整理完成，便已魂归九泉。陈独秀后事交由何之瑜处理，整理遗著是陈独秀后事中亟待完成的部分。"遗稿之整理，关于文字学及声韵学，已请魏建功教授负责整理，客约署台静农、方孝博两教授来津参加初步工作，将

---

① 中共江津市委党史研究室：《陈独秀在江津》，中国文联出版社，2002年版，第102页。

② 中共江津市委党史研究室：《陈独秀在江津》，第112页。

③ 张宝明、刘云飞：《先驱之死——陈独秀的晚年岁月》，华文出版社，2014年版，第250页。

④ 张宝明、刘云飞：《先驱之死——陈独秀的晚年岁月》，第244—245页。

遗稿中之关于文字学及声韵学者，如小学识字教本、连语汇编、古音阴阳互用例表等十余种及尚未浅编之零星遗稿，均分类登记，并抄录副本，以待出版。"[1]魏建功、台静农是陈独秀在江津时的知交好友，陈独秀又多次请二人对自己的著作提出建议。故而，由魏建功与台静农整理陈独秀的遗稿合情合理。方孝博是何许人也？由方孝博参与整理遗稿，又有何可供解读的潜台词？

方孝博，桐城人，名时弦，字孝博，方守敦之子。曾先后任教多所大学，著有《文字学纲要》《荀子选》等。整理遗稿不仅要求严肃的态度，更要有扎实的学识。陈独秀遗稿内容多在文字学、音韵学领域，邀请方孝博参与遗稿整理，从侧面反映出方孝博在文字学、音韵学领域学力不浅。而方孝博之兄方孝岳在音韵学上成就最为突出，出版多部文字学、音韵学著作。兄弟二人在同一领域成绩斐然，以事实证明桐城方守敦家族确实有关于文字音韵学的家传。五四时期，陈独秀在文化领域攻击桐城派，意图消灭以桐城派为首的旧文化。而如今，桐城派末流不计前嫌，为传播陈独秀在文字学、音韵学的成果而努力。整理陈独秀遗稿，是对其整个学术生涯的归纳，是保存陈独秀对传统文化的独特见解。陈独秀晚年对政治逐渐疏远，文字学、音韵学研究更为其看重。方孝博等人整理陈独秀晚年心血，使著作中的"陈独秀"得以永存。毁灭文化与传承文化，是对待文化两种截然相反的态度。对比陈独秀对桐城派文化的激进，方孝博整理陈独秀遗稿，传扬文化的态度，更显温情与大度。

退居江津，孤苦凄凉，垂垂老矣的陈独秀越发地"英雄气短，儿女情长"。没有了往昔的豪气与激情，更多的是回忆往事，怀念逝去的朋友。桐城派末流纷纷离世，陈独秀或写挽联，或作诗歌，以寄哀思。1939年，方守敦在桐城逝世的消息传至江津，陈独秀撰写挽联：

---

[1] 中共江津市委党史研究室：《陈独秀在江津》，第177页。

"先生已死无乡长，小子偷生亦病夫"①

陈独秀称方守敦为"先生"，而自称"小子"，既是谦虚，也是表达对方守敦的敬意。"先生已死无乡长"，指方守敦一死，桐城便再无德高望重的前辈。"小子偷生亦病夫"写出了陈独秀悲凉无奈的心情，读来令人伤感。晚年多病，故称"病夫"。生活不如人意，却又无力改变，唯有苟延残喘，故曰"偷生"。挽联追忆桐城前辈，感慨自身境遇，借挽死者写生者境况。短短一联，意蕴无穷。

方守敦去世两年后，曾为陈独秀革命事业提供帮助的李光炯也离开人世。听闻李光炯逝世消息后几日，陈独秀夜梦李光炯，醒来作诗怀念故友。李光炯在安徽公学时期，为陈独秀的革命事业提供帮助，而后前往南京监狱探视陈独秀。这位桐城派末流念念不忘陈独秀的情谊，在颠沛流离的时期更显珍贵。夜梦李光炯，是陈独秀思念郁积之故。诗作如下：

悼老友李光炯先生

自古谁无死，于君独怆神。

撄心为教育，抑气历风尘。

苦忆狱中别，惊疑梦里情。

艰难已万岭，凄绝未归魂。

诗歌赞扬了李光炯致力教育事业，自然包括创办安徽公学一事。回忆了当年狱中离别场景，历历在目。而如今梦中相见，醒来不胜惆怅，故而作诗寄情。第二句"独"字写出陈独秀对李光炯离世的伤感程度之深，暗含陈独秀与李光炯感情深厚。最后一句明写李光炯至死未能还乡，暗写自己身处艰难、思念故乡、渴望归乡却不可得的孤寂之情。

撰写挽联、创作诗歌，陈独秀不忘与桐城故旧相交往事。借诗歌、挽联寄托哀思，为桐城旧友逝去而伤感。挽联与诗歌中，蕴含了对桐城派末

---

① 安庆市陈独秀学术研究会：《陈独秀诗存》，第190页。

流的感激与尊敬。得桐城之助的陈独秀，眼见桐城故旧接连离世，也只能以这种方式来告慰他们的在天之灵。

1942 年，疾病缠身的陈独秀病逝于四川江津，结束了毁誉参半的一生。陈独秀作诗缅怀桐城故旧，在其逝世后，尚存于世的桐城派末流也以这种方式怀念陈独秀。房秩五作诗《挽陈仲甫》总结概括陈独秀一生，道出陈独秀生平。

挽陈仲甫①

纵浪人间四十年，我知我罪两茫然。

是非已付千秋论，毁誉宁凭众口传。

野史亭中虚左席，故书堆里绝韦编。

古人菲薄今人笑，敢信斯文未丧天。

盛唐山下昔婆娑，斫地悲哀发浩歌。

舌战雄能逃竖子，笔诛严更射群魔。

留人别馆三秋雨，送我晴江万里波。

往事苍茫谁与语，侧身西望泪滂沱。

全诗以回忆结构而成，分为两部分：一是陈独秀个人逸事，二是陈独秀与作者的交往。回忆往事如此清晰，可见作者对陈独秀了解之深、关心之切。最后一句感叹知己已逝，无人与语的失意。

陈独秀在晚年与桐城派末流之间并没有割断联系，以诗歌的形式寄托了对友人逝去的哀思。房秩五作为幸存于世的桐城派末流，追忆陈独秀。彼此追忆往事可见陈独秀不曾忘记、否认"得桐城之助"，桐城派末流也未因新文化运动时期的"新旧之争"而对陈独秀心存芥蒂，反而是以开放、包容的态度重新接纳陈独秀。不论是借诗追忆的形式，还是诗歌内容或蕴含的情感，都从不同的角度表达出共同的主题——陈独秀与桐城派之

---

① 吴闿生，房秩五：《北江先生诗集·浮渡山房诗存》，第356—357页。

间感情匪浅。究其原因，陈独秀本就受桐城文化濡养，又多得桐城派门人之助。五四新文化运动时期虽有激烈交战，此乃特殊时期文化斗争的策略而已。时至独秀晚年，又有桐城派末流围绕在其周围，给予情感与生活上的慰藉。加之，退居江津的陈独秀冷静思考、重新判断传统文化，不得不对属于传统文化重要组成部分的桐城派重新考量。晚年陈独秀虽未对桐城派有何褒奖之词，但与"五四"时期不堪入耳的"桐城谬种"的恶毒咒骂相比，不发一言更显得温和平淡。

小　结

通观陈独秀的生命历程，在其人生的几个重要关头都与桐城派保持着密切的联系，桐城派在陈独秀的生命中扮演了不可或缺的角色。一位是"五四"新文化运动的发起者，新派阵营的领袖；另一方是清代最大的文学流派，传统文化的代表。文化取向完全不同的双方，却有着紧密深厚的联系。由这一奇特的文学现象，揭示陈独秀与桐城派之间的因缘际会，对了解陈独秀与桐城派都有着极其重要的意义。陈独秀在传统文化濡养下成长，深受桐城文化与桐城派教育的影响。新旧斗争的时代背景下，陈独秀破旧立新，将不合于时的传统文化"请出"了历史舞台。但陈独秀与桐城派之间并非仅有对立，也有融合共通。桐城派在事业与生活上，为陈独秀提供诸多帮助，彼此之间建立了深厚友谊。晚年陈独秀冷静思考，重新认识到桐城派的价值，回归桐城。

新与旧水火不容，但却又暗通款曲。陈独秀之于桐城派的因缘际会，说明新文学与旧文学，新文化与旧文化，其实血脉相通，割舍不断。只有在传承中开放、博采众长，才能获得真正的文化更新、文明再造。

余　论

义理阐扬与义法演绎：桐城派的为文之道
——以方苞、刘大櫆、姚鼐古文为中心

"天下文章，其出于桐城者乎"！经过姚鼐不无得意的引述之后，时贤周永年的话语似乎成了数百年来桐城派最耀眼的赞词。不过，仔细寻绎，不难发现，周氏话语的核心在于将"桐城"与"文章"紧密钩连在一起。桐城之所以成派，既非诗歌，更不是小说，而是"文章"，是纯而粹之的古文；周氏一语中的，当然深契集大成者姚鼐心意。因此，"桐城文章"（或曰"桐城古文"）成了桐城派之所以形成和发展的醒目标志，更是其主盟清代文坛的核心缘由。无独有偶，晚清文治武功盖世无双的曾国藩也曾写道："国藩之粗解文章，由姚先生（鼐）启之也"。桐城派的为文之法，不仅让曾国藩这位领军人物心悦诚服地"私淑"之，其弟子薛福成更放言曰："桐城诸老所讲之义法，虽百世不能易也"。因此，桐城派的为文之法，实乃桐城家法之核心，值得重视和深究。为集中笔墨，下文聚焦义理与义法，以方苞、刘大櫆和姚鼐之古文为例，解读其中的"神理气味"。

一、义理以纯正为旨归

桐城派古文，素以"义理"纯正著称。方苞力倡为文必须"以义理浸灌其心"，"以义理洒濯其心"。集大成者姚鼐，更是直截了当，阐扬"义理、考据、辞章"三者合一说，成为桐城派为文之核心法则之一。文以载道，文道合一，的确是桐城派数百年来一以贯之的文章风格和写作规则。

不过，自周孔庄孟、《左传》《史记》、唐宋八家以降，"古文"即以散行奇句之体，不平则鸣、义正辞严而成为传统文学之"脊梁"，文以载道、文以明道，实乃"古文"之常态化特征。就此，桐城派古文（桐城文章）何以承前？何以启后？又以何种自家特色而主盟于清代文坛？细检方苞、刘大櫆、姚鼐"桐城三祖"之文集，即可为解读这一文学史现象作出"合理"的描述。

（一）孔孟程朱

"学行继程朱之后，文章在韩欧之间"。方苞门人王兆符所录的话语，精当地概括了方苞的文化理念和文学祈向，也规范了之后的桐城派作家的写作态度。方苞认为"孔孟程朱立言之功，所以与天地参，而直承乎尧舜汤文之统与。"（《方苞集》《岩镇曹氏女妇贞烈传序》）告诫天下士子，"盖古文所来远矣，六经、《语》、《孟》，其根源也。""群士果能因是以求六经、《语》、《孟》之旨，而得其所归，躬蹈仁义，自勉于忠孝，则立德立功以仰答我皇上爱育人材之至意者，皆始基于此。"（《方苞集》《古文约选序例》）然而有趣的是，方苞文集绝少阐释孔孟程朱义理之作。其文集之"卷一""读经二十七首"，"卷二""读子史二十八首"，"卷三""论说十四首"，"卷四""序二十三首"，虽然道统之气浓得化不开，但只是就若干文辞阐发其读书体会而已，与理学家论理析命之作判然有别。而那些易于抒发情志的"书""跋""赠序""寿序""纪事""哀辞""墓志铭"等文体，则更多的是以具体的叙事，表彰忠孝节义之义理，其刻意规避那些空洞说教的"审美态度"，宛然可见。《题舒文节探梅图说》，全文仅67字，文字芬芳，笔意婉约；但求仁求义之风神，凛然象外。再如《与翁止园书》，陈旧情，述新事，殷殷劝诫友人立身谨慎，远离情色。行文虽委婉曲折，但君子大义之义理，昭然若揭。

于此，继之而起的"二祖"刘大櫆，其文集述经论理之作，仅寥寥数篇。大多数篇章都是以翔实的"叙事"，揄扬儒学之风。《海帕三集序》乃为友人诗集作序，鲜少诗歌品藻，而以铺叙情志，突显其坚毅品格；由人品衬其诗品，不言自喻，含蓄蕴藉。"三祖"姚鼐，作文好尚，重叙述，轻议论，较之其师，有过之而无不及。为金榜作《礼笺序》，并无"礼"的奥义深究，而是荡开一笔，着力叙录金氏博稽精思、慎求能断的治学严谨之态，由此展示金氏不阿私于一人的儒者人格。检索《惜抱轩全集》，"议" 6 首，"论" 仅 1 首；虽也偶尔大言："程朱犹吾父师也"，但其文集绝少正面辨析孔孟程朱之理，代之而起的大都为由人物"传""记"而成的儒家人文情怀。

这样，形成了桐城派倡言"孔孟程朱"的自家特色，那就是，虽然笃信笃行孔孟程朱，视之为精神皈依和道统根基，但绝少探求性命理气之文，更乏深研经义之鸿篇大作。取而代之的是以具体的"人"与"事"，承载义理，倡扬儒学。桐城派要员乃文学家、教育家，而非理学家，由此亦可见一斑。

（二）人伦亲情

既对孔孟程朱笃信无疑，恪守坚行；但又无意于其文章而发明微言大义；那么桐城派诸家，如何倡扬其信仰呢？反复阅读并细心体察，就可发现，桐城派古文，最喜欢表彰的是儒家的"人伦亲情"，这也成为桐城派古文"义理"的一个突出内容。主要表现在三个方面：

其一，亲人之爱。叙述家族和睦温情，描摹长幼舐犊情深，在桐城诸家文集中比比皆是，大都写得神采飞扬、感人至深。方苞《弟椒涂墓志铭》以家庭琐事，深痛凄婉地讲述了手足之情。刘大櫆《章大家行略》，家常事，家常语，深情追忆祖孙依偎之态。姚鼐《方染露传》以"昨暮，吾妻为释之矣！"一语，画龙点睛，隐现传主的和美夫妻家庭生活。"神远而含藏不尽"。此类叙记，或辑录切身记忆影像，或营造传主感人场景。

前者多见于作家对亲朋好友的直观记录，后者则多为代笔墓志铭之类文字；但腾挪跌宕，家庭亲情，始终是努力寻绎和特别聚焦的高频落点。

其二，师生之情。桐城派成员大多职为教师。或许是情有独钟，在桐城派诸家文集中，记叙师生情谊亦是热门话题，别致之作层出不穷。方苞《与魏中丞定国》仅93字，虽不动声色，但奖掖及门弟子刘大櫆之匠心，溢于言表。刘大櫆《送姚姬传南归序》则是长文一篇。有弟子垂髫稚影，有圣贤"立功"解读，有典故佐证寄望，成就一篇情深意切的劝勉佳作。而姚鼐的《刘海峰先生八十寿序》则是其代表作之一。借对老师刘大櫆的赞誉，勾勒和完成了桐城派大厦的构建，其文末言其幼侍先生，"奇其状貌言笑，退辄仿效以为戏"，堪称神来之笔，尊师、敬师之情状，栩栩如生，传颂百年。师道尊严，在桐城派文人笔下，既是严肃的伦常大道，更是亲切有味的文化情怀的教育传递。

其三，友朋之义。给友人诗文集作序，为友人或其至亲撰写墓志铭、寿序等，是桐城派诸家文集中常见之文，而且数量不少。这类文章，或撷取传主人生若干片断，突出其为人风貌；或追忆二三场景，彰显其品性特征；但大都写得平淡而情浓，友朋之间的清纯信义，往往荡漾于字里行间。方苞《田间先生墓表》择取"清晨谒见"和"羞辱御史"两事，刻画钱澄之品行高洁与刚正不阿。刘大櫆《张复斋传》则以说"故事"的方式，节节描摹细节，讲述张氏为官清正的奇人奇事。姚鼐《左笔泉先生时文序》，由姚左两家世谊入手，通篇着力描述左笔泉睥睨俗世的意态风神，于其"时文"却一笔带过。仿佛作文偏题，深究之，其实君子之交，情深意切；义理纯粹而感人。

以上概括了桐城古文两类"义理"。桐城派绵延三百余年，作家近千，所作古文篇数众多；文载之道，虽然丰富多彩；但"孔孟程朱""人伦亲情"这两类"义理"，在所有桐城派作家写作中，都是积极经营并鲜明倡扬的。浏览桐城古文，触目皆是。因而，这两类"义理"，也当然成为桐城派醒目的标志。

二、义法以写实为好尚

不过，明清以降，古文写作中宣扬孔孟程朱、叙写人伦亲情，并不只是桐城派一家，其他古文家亦有好之者。但为何桐城古文格外引人注目？除上述所论相关古文"数量"庞大外，桐城派别是一家的写作技法，更是关键所在。桐城之所以成派，影响闳深，与其拥有一套行之有效的作文方法大有干系。其"义法说""雅洁说""神气说""义理考据辞章说""格律声色神理气味说"等等，既是理论又是方法，体系完整，切实可行，风行天下。陈衍曰"方姚之后，文法大明，作文甚易"，绝非虚言。其中，方苞所定"义法说"，实乃桐城派文法之基石。何谓"义法"，方苞自曰："言有物""言有序"。学界郭绍虞、关爱和等对此亦有精深阐释。本文拟换一种思路，从文章写作的情境入手，体察"义法"如何演绎，如何运作于具体的"人""事"叙述之中。通过阅读和体悟，笔者以为大体有两种方式。

（一）简笔画

所谓"简笔画"，《百科》定义为"通过目识、心记、手写等活动，提取客观形象最典型、最突出的主要特点，以平面化、程式化的形式和简洁洗练的笔法，表现出既有概括性又有可识性和示意性的绘画。"其基本特征，就是把复杂的形象简单化并显示物象的独特性。桐城古文，最擅长的就是写人叙事。其刻画人物善于在简笔勾勒之中，传达作者的道德评价和义理表达。其方法是：取其神而遗其貌。避开正面体态面貌之描绘，抓住最能揭示人物内心世界的行为、语言、情态，简单、立体并深刻地加以勾勒绘制，形神毕现地展现人物的精气神。

方苞《左忠毅公逸事》就非常典型地反映了这种写作风格。文章前半部分正面描写左光斗，撷取了三个场景，一是左光斗风雪严寒入古寺，发现一个贫穷但有才学的有志青年。二是左光斗面试时再考察，确信史可法乃"他日继吾志者"。三是左、史狱中相会，学生义无反顾，冒险深情探监；老师却反常愤怒，怒怼学生。三个镜头的勾连与演进，精炼地勾勒出左光斗在特定情境下的情态。"有情"与"无情"的"简笔画"艺术张力，呈现了这对情同父子的师生所葆有的大义与忠诚。相较于如此师生之"春秋大义"，刘大櫆《下殇子张十二郎圹铭》则写得回肠荡气，对这个十岁早殇的学生充满了怜爱。通篇聚焦于动作："盼性缓，每垂髫自内庭徐徐行，至学舍，北向端拱立，长揖乃就坐。又徐徐以手开书册，低声读；读一句视他人殆三、四句者。读毕，或归早餐，又徐徐行如来时状。"话语简单，但雅洁传神，迂缓却又令人疼爱的少年读书郎形象，刻画得栩栩如生。姚鼐《疏生墓碣》却是为一私淑弟子所作。如何表现"顾不常见"的师生之情呢？姚鼐选取了该生"临终之言"来叙述："余在江宁，生疾，亟谓其兄曰：'吾不复见姚先生矣，为乞数言识我足矣。'其秋，枝春来语余，余伤而书之，使归镌其墓上。"未见其人，得闻其声。一个勤奋好学、才高命薄的读书人影像，就由这寥寥数语的简笔勾勒，浮现出来。

刘大櫆《论文偶记》曰："理不可以直指也，故即物以明理；情不可以显言也，故即事以寓情。"桐城派古文"义法"之"言有物""言有序"，不是通过大言虚言，也不是抒情直白，而是由实实在在的言行、场景，由人物真实可靠的"逸事"演绎，有序有物，传达意旨，阐发义理。桐城派文人"能于不要紧之题，说不要紧之语，却自风韵疏淡"（《惜抱轩诗文集·与陈硕士》）；善于择取一二家常生活琐事，发掘其中的伦理纲常大道，精妙地透现人物的美好心灵。而且，大都是篇幅短小的文章，有如一幅幅素描画，风度秀整，简练传神，生动有趣，洋溢着浓烈的儒家人文情怀。

294

（二）小说笔法

桐城古文不仅擅长遗貌取神、简笔画式的人物勾勒；而且特别善于说"故事"。"小说笔法"，其实就是桐城作家常用的一种叙述方法。按理，桐城派传承《左传》《史记》、唐宋八家，乃正宗的古文流派，尤重文体之间的疆界。小说，作为俗文学之文体，更为其所排斥。方苞训示门人沈廷芳曰："南宋、元、明以来，古文义法久不讲。吴、越间遗老尤放恣，或杂小说家，或沿翰林旧体，无一雅洁者。"（《方苞集》《方苞年谱》引沈廷芳《书方望溪先生传后》）严禁小说入古文。吴德旋《初月楼古文绪论》中对文体界限的表述又进一步："古文之体，忌小说，忌语录，忌诗话，忌时文，忌尺牍；此五者不去，非古文也。"晚清桐城派要员姚永朴《文学研究法》更是将小说贬出文学之列，对小说进行了强烈的批判："情钟儿女，入于邪淫；事托鬼狐，邻于诞妄。…伤风败俗，为害甚大。且其辞纵新颖可喜，而终不免纤佻。"由此，可以推论，桐城派古文传承了古典散文的独特语言系统和体格风格，与小说泾渭分明，不能杂而混之。其实，在叙事与描写上，古文与小说同源。文学的发展，使其分别走向了雅与俗的不同轨道。以左传、史记为代表的史传文，是古文的源头之一，并且也是其经典范文。同样，左传、史记也是中国古典小说的重要源头之一。在我看来，古典小说虽云"多祖"，但史传文实乃最重要的一祖。古文与小说，在各自的成熟与独立过程中，你中有我，我中有你，相互辉映与融合，虽双峰对峙，二水分流；却同源共祖，血脉相通。泾渭分明的雅俗文体在艺术的审美统照下彼此兼容。这种特殊的文学现象，为看似泾渭分明的古文和小说，提供了某种共振和交融的机会。由此看来，古文（散文）与小说，又暗通款曲。

所谓"小说笔法"，其概念是由今人总结出来的，其实就是一种写作术语。是泛指古文，尤其是"杂传体"古文创作中类似小说描写人物、构置故事情节的种种精妙传神的写作方法和技巧。"小说笔法"，其实源之于《左传》《史记》等史传文，并非来源自小说，与小说没有多少关联；只是因为小说文体对这一笔法的出色运用和精彩表演，现代学者，因而取之以命名而已。桐城派古文家们运用这一笔法，对真人真事进行合理的剪裁、想象与增饰，使人物个性鲜明、形象生动，叙事波澜起伏，情节引人入胜。由此，叙述类的桐城古文就具有了类似小说的风味。

方苞《石斋黄公逸事》就是援"小说笔法"而行文的范例：

> 黄冈杜苍略先生客金陵，习明季诸前辈遗事。尝言崇祯某年，余中丞集生与谭友夏结社金陵。适石斋黄公来游，与订交，意颇洽。黄公造次必于礼法，诸公心向之而苦其拘也，思试之。

> 妓顾氏，国色也，聪慧通史书，抚节安歌，见者莫不心醉。一日大雨雪，觞黄公于余氏园，使顾佐酒，公意色无忤。诸公更劝酬，剧饮大醉，送公卧特室。榻上枕、衾、茵各一。使顾尽驰衮衣，随键户，诸公伺焉。惊起，索衣不得，因引衾自覆荐，而命顾以茵卧。茵厚且狭，不可转，乃使就寝。顾遂暱近公，公徐曰："无用尔。"侧身内向，息数十转即酣寝。漏下四鼓，觉，转面向外。顾佯寐无觉，而以体傍公。俄顷，公酣寝如初。诘旦，顾出，具言其状，且曰："公等为名士，赋诗饮酒，是乐而已矣；为圣为佛，成忠成孝，终归黄公。"

> 及明亡，公执于金陵。在狱，日诵《尚书》，《周易》，数月貌加丰。正命之前夕，有老仆持针线向公而泣，曰："是我侍主之终事也。"公曰："吾正而毙，是为考终，汝何哀？"故人持酒肉与诀，饮啖如平时。酣寝达旦，起盥漱，更衣，谓仆某曰："曩某以卷索书，吾既许之，言不可旷也。"和墨伸纸，作小楷，次行书。幅甚长，乃以大字竟之，加印章，始出就刑。其券藏金陵某家。

> 顾氏自接公，时自愧。无何，归某官，李自成破京师，谓其夫：“能死，我先就缢。”夫不能。用语在搢绅间一时以为美谈焉。

文章撷取黄石斋生活的两个横断面：一为面对国色美妓顾氏，黄公酣寝而无情欲。"为圣为佛，成忠成孝，终归黄公"。二为黄公在狱日诵《尚书》《周易》，书法竟，始出就刑。大义凛然，视死如归。文章以旁观者的角度，第三者的眼光，通过这两个片段，不加"褒贬"，客观叙写黄公的言行举止。同时，注重细节描写，以实录的态度，白描的手法，通过个性化的语言和行动，把笔墨的重点，聚焦于黄公特别的、常人难以企及的人生之"点"。将主观情感融于客观叙述之中，既冷静客观，又饶有趣味，虽无一句评论，却塑造了一个丰满的人物形象。结语尤俏皮，意味深长。黄公人格之魅力，感化于妓焉。例证不多，前后呼应。人物形象却入木三分，栩栩如生。

需要指出的是，桐城派古文这种"小说笔法"之风格，代代承传。不仅刘大櫆、姚鼐之古文类似"案例"为数不少，其弟子亦深谙此道。兹举"姚门四弟子"之梅曾亮一文《书杨氏婢》为例：

> 杨氏之寡妾，以贫故，不安于室，嫁有日矣。未嫁前一夕，呼其婢不应者三，怒曰："汝我婢也，何敢如是！"婢叱曰："我杨氏婢耳，汝今谁家归者？曰我婢、我婢！"妾方持剪刀，落于地，起，环走房中。至天曙，呼其婢曰："汝今竟何如？吾复为尔主矣。"婢叩头泣，妾亦泣，竟谢媒妁不行。后将嫁其婢，婢曰："人以我一言，故忍死至今，我亦终不去杨氏门。"亦不嫁。妾之夫，杨勤悫公锡绂子也。

叙写杨氏婢女，既有旁观实录，又有细节描写。通过一个生活横断面，以特征化的细节、戏剧化的场面，加上人物神态的刻画，活灵活现地表现了杨氏婢女的生命状态。因此，以一二小事，描摹人物神态，其实比长篇累牍的叙述，更传神动人，更富有艺术感染力。桐城文章于此，的确技高一筹。

　　大凡文章，都有义理，都要阐发一种思想，一种理念。即便是风花雪月，也是一种情思、欲望而已。世上没有无义理之文。怎样表述自己的思想、理念，很有讲究。桐城文章，主张将义理寓于叙述之中，通过选材，通过具体的人、事与物的描写，寄寓自己的思想和情感。由"客观"的叙述，透现义理之精光。也就是说，其"义法"之"有物""有序"，乃有机地融合在具体的人物刻画和事件叙事之中；其义理阐发与义法演绎完全地浑然一体。这就是为什么读桐城文章没有假大空感觉之缘由。当然，桐城古文所阐发、所推崇的义理，有些已经陈腐不堪（例如上文所录梅曾亮文之义理），需要推陈出新。但是，就文章写作而言，义理可以更替，技法却应当传承。在我看来，当我们不再过多在意其宣扬的"义理"之后，桐城文章之"义法"，就具有了永恒的魅力与价值。

附　录
姚鼐文章选本与文学教育述论

　　教材是教师和学生进行教学活动的重要桥梁。姚鼐在书院的文学教育活动能顺利进行，桐城派之所以传承二百余年，编选教材（选本）起到了很大的作用。姚鼐的选本分为时文与古文两种，他的时文选本秉持了归有光和桐城先辈"以古文为时文"的理念，希望通过救时文之弊纠正学风，并且大量录入批改过的学生的时文，供学习者对不同风格有所参考。姚鼐的古文选本为《古文辞类纂》，他在博取各家经典文章的同时，呈现出清晰的文统理念，既减少初学者在浩瀚文海中迷失的可能，又坚守了派别门户。

一、以古文为时文：姚鼐的时文选本

　　"时文"意为一时之文，在唐为官韵诗赋，在宋为应试经义，在明清则为八股文。时文因时而变，新的风格出现时，原先的时文便成了"旧"文。纵观明清，由于科举取士的需要，每年会产出大量的时文，但由于时文的时效性过短，流传下来的数量远不及古文，便是从一时之盛来看，时文选本、稿本的数量惊人，盖因读书者莫不作时文，而当功名取得后，此块"敲门砖"自然抛之脑后，如无需要，再不会拾起。正由于时文的时效性，通过时文选本，可以得知一时社会之风俗好尚，可以了解一时读书人之心态，可以明晰一时文章风格之走向。姚鼐多年执掌书院，和应举者朝

夕相处，出于教学的需要，自然需要编选时文来为应举者指明路径。通过观照与姚鼐相关的时文选本和稿本，既可以辨析钟山书院于乾嘉时期的学术风貌，又可以获悉姚门弟子及桐城派的发展情况，还可以隐约察觉嘉道士风、文风转变的先兆。

（一）"以古文为时文"的风尚

自明以八股取士以来，对八股文的态度大致为两种，一种认为八股只为登第之工具，早日取得功名，便可早日抛之脑后，八股的存在，使举子只知时文讲章，而不知五经三传、史汉八家，束书不读足以取仕。另一种虽然鄙夷八股举业，但能以文体的角度对八股有相对客观的评价，认为八股弊端日益显现乃是由于举子以功名利禄为目标，主张读书应为修身明理之本，八股文本身只是一种文体而已。至于如何救八股之弊，明代唐宋派文人提出"以古文为时文"的方法，其中归有光的主张更是直接影响了清朝桐城派的文章理论。"以古文为时文"成为清朝补八股文之弊的风尚，亦渐渐成为士子科考的"秘诀"。桐城派古文之所以四海皆知，与桐城派文人对时文方法的不断深入探究有很大关系，许多人既是古文名家，亦是时文高手。

归有光等"唐宋派"文人对八股文的态度较为通达，在反拨台阁体浮靡文风的同时，对八股文并不是一味批驳。明清时期，排除八股文专力发展古文是不现实的，科举取士并不只是读书人可选择的其中一条路，而是根植于生活的方方面面。从开蒙起，读的便是《四书》《五经》等儒家经典，家中长辈、塾中教师，或浸于科举，或身有功名。在所受教育以科举为导向的情况下，国家以此取士，士人以此进身，可以说无读书人不作八股，古文创作自不能免俗。在对待八股文上，既然为读书人之必备，无法割舍，归有光等人便提出"以古文为时文"之法，以救八股之弊，从文体的角度，阐明八股与古文并非二道。如果立意浅近，与道无益，与世无关，便无所谓时与古，皆为鄙陋之文。在文法的运用上，归有光的古文"既有唐宋八家古文的简洁细密，风采气韵，又吸取了八股文的章节、段落整饬、变化的特点，将古文与时文巧妙地结合在一起。"①以古文之气韵注入有格式规范的时文中，将时文看作与古文相等的一种文体，此种评价提升了时文的层次。无论是时文还是古文，都需要遵循文章写作的基本规律，当时读书人以唐宋八家作为写时文的参照，但是并不能很好的将其运用起来，以至于有些人因为厌恶时文，而扩展到排斥八家之文，要求学生专学左史之文，但是对于初学者来说，深奥的左史之文学习难度很大，如果能合理运用八家之文，不失为一件好事，况且无论是左史、八家之文还是时文，文章写作规律颇有相通之处。时文对古文的影响是双面的，由于时文格式规范，用于阐释义理，其自带的思想性质也有助于古文创作，但另一方面，由于时文为科举用文，受世俗影响极大，容易为古文带来负面影响。

清朝沿用明朝八股取士的传统，古文与时文的缘分自然得以延续。清朝士人对古文与时文关系的论述，多从提高时文境界出发，强调作文者的学识素养，无论是作时文还是古文，作文者不能以科举为目的，剽窃几句前人之言，饰以浮华文采，只为取官，批驳此等时文，也是意图纠正日益败坏的士风。明末清初时的遗民贺贻孙在《徐巨源制义序》中提出古文和时文本处于一途，是科举的存在，使士人对二者有了区分，厌薄举业者专攻古文辞来抒发情志，汲汲举业者以功利之心为文，自然时文益弊。对古文与时文，他提出二者各自有"开合操纵"之律令，若有排偶、功令、圣贤之名理的约束，不仅为时文难，以古文合时文更难。作者如果可以融裁经史百家，秉承圣贤之精神而不是拘于条目，二者自然"盖有不期而合而合者矣"，此为其"以古文为时文"之法，强调二者皆根植经史，并非以文法一途来阐释。到了清朝，将古文与时文并于一途者更多，"以古文为时文"成为一时风尚。乾隆五十四年榜眼汪廷珍在《学约五则》中借时文

---

① 王献永：《桐城文派》，中华书局，1992年版，第11页。

古文一体，来批驳士人学问之陋，如果一个人对经术之学、程朱理学皆有一定的研究，又能作出诗文佳作，他不可能"时文竟无一可观者也"，同时，如果对经书没有研究，不勤奋学习，也不阅读古人的典籍，他也不会是"工为时文者也"，写时文的目的应为学习经术理学，而不是只为了科举。对时文地位的拔高，其实是为了让士人减少学习的功利性，从而让学问更加扎实。包世臣更是将古文与时文摆在同等重要的地位，他认为"古文深，时文浅，古文疏，时文密。浅者深之基，密者疏之本，自有时文以来，时文不通而能通诗古文辞者，未之有也。故时文于读书为最要，不得以科举之业轻之"①，虽然他的本意是为了让学子不要因为举业就轻视时文，但他已经将时文作为古文的基础和本原，以深浅疏密来看待古文和时文的关系，通古文之学成为擅写时文的证明，超过了古文、时文本为两种文体类别的界限。此时"以古文为时文"其实已经在一定程度上反噬了古文创作，也表明时文在古文中得以汲取的养分在渐渐减少。

除此之外，"以古文为时文"本是写作时文的一种方法，但发展日久，逐渐成为评价一个人能力的标准。《同治九江府志》记载一名为廖鹏的嘉庆举人，称赞他"宏博渊懿，能以古文为时文，旁通子史诸书。"《咸丰庆云县志》记载乾隆年间进士刘煦，"器识阔远，能以古文为时文。"二人都曾主讲书院，从游者甚众，其原因与他们在时文一道的擅长不无关系。《道光会昌县志》记载贡生李元瑞，"以古文为时文，故笔力雄健。""以古文为时文"渐渐不再是一家风格，而是成为众多士子写作时文的普遍方法，甚至成为士子取得考官青睐的途径，成为科考的"秘诀"。《乾隆福建通志》记载一名康熙乙丑年进士汪薇，他曾任福建督学道，推崇实学，"卷必亲阅，甲乙评跋，赏识精当"，作为一位评阅人，显然其学问才力都是有水准的，如果他发现学生的"试卷中有能出入经史、以古文为时文者"，会大为高兴，认为这位学子学有根基，文章亦有所长，"必首拔而奖异之。"阅卷时如果有学生擅长"以古文为时文"，便取为第一。考官如

① 包世臣：《艺舟双楫》，清道光安吴四种本。

此，举子自然趋之若鹜。伍致璘为乾隆五年贡生，曾任永顺训导，他在《士学说》中便谴责这一乱象，"今学者惟曰：'古文鞭儿，时文锋儿'，操觚家殷勤，拿着古文骨子、时文影子揣摩人，仔细思量，则吾惟求富贵功名而已。"①当"以古文为时文"失去救时文之弊的功效，反而成为时文之弊的时候，改革便应运而生。

（二）桐城派时文传统与姚鼐的时文选本

方苞、戴名世、刘大櫆古文、时文兼备，在如何"以古文为时文"上，他们都提出了自己独特的见解，此外，他们或编选时文选本，或为别人时文选本作序。较明朝唐宋派诸人对"法"的探索，桐城派文人更重视这样的"法"如何得到合理的使用。

方苞所编《钦定四书文》一书实际上是朝廷向天下举子所树立的"八股文"的标准。由于科场鱼龙混杂，为考官和应试者设置一个参考规范，既有利于保证考试的公平性，也有利于督促学子进学。《钦定四书文》中所选文章，不少言之有物，不失为一篇好文章，此书也成为四库全书收录的唯一时文选本，将其作为士林之标准。"标准"的内容，方苞在凡例中有说明，"故凡所录取，皆以发明义理、清真古雅、言必有物为宗"②，所为的是迎合朝廷的需求，归正士风和学风，为学子提供参照。方苞曾认为制义需"清真古雅"，意义大致与"清真雅正"相同，"清"以五经之文为根基，"真"以左、马之文为准则，"古"为欧、苏、曾、王之文，"雅"为管夷吾、荀卿、国语、国策之文。文法推崇归唐"以古文为时文"。方苞为桐城派的发展奠定了方向，其后所强调古文的"义法"和"雅洁"，源头便是朝廷所推行的盛世文风。也是由于此等理念，桐城派的古文主张得以广泛传播。但是，方苞的古文创作受其时文影响，有时过于拘谨，作家个性往往被"清真雅正"所束缚。

---

① 李约修，皇甫如森纂：《嘉庆重修慈利县志》卷七，清嘉庆二十二年刻本。

② 方苞编，王同舟、李澜校注：《钦定四书文校注》，武汉大学出版社，2009年版，第1页。

姚鼐曾多次刊刻自己的时文稿，其中《惜抱轩稿》是姚鼐自己所作的时文，个别篇目后有姚范和刘大櫆的评语。《惜抱轩课徒草》同样收录姚鼐的时文，但评语则是学生所写。在敬敷书院时期姚鼐曾编过一本《敬敷书院课读四书文》。钟山书院时期则编有《惜抱轩外稿》，其中收录了很多门下学生的时文，在每篇文章标题下注有"改某某作"，文中有用圈点标明重点的句子以及断句，末尾附上受业学生互相的点评。"腊月半陈硕士过舍间，留谈竟日，伊取鼐为儿辈审改之文刻之"，姚鼐在编选此集时不是采用自己的时文文章，而是收录了学生的文章，并附上自己对文章的批改，这样可以让编选具有多样性，而且可以让学生从批改中思考，"此不如《惜抱轩稿》之枯淡，大为人情所欲得。带来数十部，取之须臾便尽，俟其再寄来，当奉寄也。"①显然姚鼐这种编选思路是成功的，书受到了热烈的欢迎。这两本是姚鼐比较看重和常用来授徒的时文集，其余还有许多有意收集的，只是没有编成集子。1803年在致陈用光信中称赞其中比较优秀的篇目，已达归有光的水平，但"此事在今日，殆成绝学"，如今科举弊端严重，科举所用的时文自然难逃腐化的命运，不但俗人只知作鄙陋的时文，"读书好古之君子，又以其体近而轻之不为。"②但实际上时文和古文都是文章，作时文与作古文对才学深厚的要求都是一样的，可见姚鼐收集优秀的时文不仅仅为了科举，还有纠时文之弊的意义。他不愿让时文沦为科举的工具，而是希望学子可以追寻古人文风，让时文发挥应有的价值。姚鼐有意收集也是在为时文初学者指明道路，他在1804年给鲍桂星寄去自己所批改的后辈的时文，认为其"似颇有益于初学耳。"③在初接触四书文的时候，如果可以有正确的参照，对将来的写作肯定是有帮助的。光绪年间刊刻的《钟山尊经书院课艺合编》和《钟山尊经书院课艺补编》是后人挑选当年钟山书院较为优秀的课艺所编成的书，其中姚鼐点评的文章

---

① 姚鼐：《与胡雒君》，《惜抱先生尺牍》，咸丰海源阁刻本。
② 姚鼐：《与陈硕士》，《惜抱先生尺牍》，咸丰海源阁刻本。
③ 姚鼐：《与鲍双五》，《惜抱先生尺牍》，咸丰海源阁刻本。

大约三十余篇，同样有用圈点标出的重点句子和标点，鲍源深于1879年所作《钟山尊经书院课艺合编》序中说"兵燹后，百物凋敝，而士之雄于文者与曩昔埒。益叹师友讲习，其流风遗泽之久而不坠如是……读其文，光景常新，勃勃有生气，故迭遭丧乱，晦而复显。而诸生之表微阐幽，掇拾于灰烬之余，其用心为不可及也。"①时文的编纂还有一定的文化意味，太平天国后，南京的儒学发展亟需重启，通过刊刻时文也能帮助学习过去的流风遗泽，稳定战后的混乱局面。

姚鼐仍延续了前辈提高时文文体地位的思路，他认为志铭和赠序在当时虽被看作时文，但韩愈作来便是古文，经艺与寿序同样被人讥为时文，归有光所作便是古文，"作古文者，生熙甫后，若不解经艺，便是缺陷。"②如果只懂时文不懂古文，便无法理解归有光之文，同时，归有光的古文理念在他的时文中亦有体现，如果只读他的古文而不读其时文，对古文学习来说也是一种缺憾。但归有光这种做法会混淆时文和古文的界限，在这方面姚鼐指出，如果一个人比较擅长时文，那他以时文为径，去追寻经义古文则会比较困难，难以理解其中奥妙，而如果一个人比较擅长古文，他胸中积累了深厚的学问，他的才气也让他在做文章时笔势痛快，那他在学写时文时，对文章写作的理解会让他事半功倍，很快学会时文的写作。所以姚鼐明白学生出于应科举与教学生的需要，必须写作时文，但学古文的时候也可以捎带时文，不用为了写古文完全放弃时文，"然此两处画开，用功亦两不相碍。"③姚鼐也并没有将古文与时文的区别划分得太清楚，只说明可通过提高古文水平来促进时文写作，将经义看作古文的其中一种类别，在"应科训徒"的时代，这也是无奈之举。姚鼐在钟山书院面对各种不同的学生，他最终的目的还是在发现人才，发挥学生的长处。想要挖掘贤才，不能只局限于一个方面，"假如其人能作时文，亦即可取"，

① 秦际唐等辑：《钟山尊经书院课艺合编》，《中国书院文献丛刊 第1辑45》，国家图书出版社，上海科学技术文献出版社，2018年版，第243页。

② 姚鼐：《与管异之》，《惜抱先生尺牍》，咸丰海源阁刻本。

③ 姚鼐：《与管异之》，《惜抱先生尺牍》，咸丰海源阁刻本。

能做出优秀时文的人，一定也积累了相当的学问，这种人有其出彩之处，而"今世时文之道，殆成绝学矣"，时文往往与科举捆绑，汲汲科举的利禄之徒，心胸狭小，写出的时文自然毫无气象，有真才学的人往往因为不愿与这种人同流合污，以致时文日坏，"由诸君子视之太卑也。"①当利禄之途和书斋之狭日益侵蚀读书人生存空间的时候，能取各种不同的人才亦是幸事，从这可以看出姚鼐所针对的并不是时文本身，而是因鄙视时文以致其益卑的局面。

（三）"清真雅正"与"词气淋漓"的调和

书院非官学，一般由当地士绅或在任官员出资创建，到了明清时期，书院的官办性质渐浓。书院走向官学化是其所发展的大势，稳定的经费来源，使得清代书院的数量远超前代。雍正时期朝廷转变了之前限制书院开办的态度，开始拨款建设各地书院，钟山书院便是其中较早建设的。书院的教育教学活动，实际上"近于私人之结社"，在山长教学中，不同的老师会有不同的偏向，而追随他的学生认可其师的偏好，久而久之，自然像结社一般形成一个有共同学术取向的圈子，如果没有"朝廷之护持，名公卿之提奖"，单靠个人的力量无法维持书院的运营，也得不到主流社会文化的认可，如果这时候"又不能与应举科第相妥洽"②，那书院便更无发展前景，难以为继，所以虽然书院是学子聚集探讨学问的地方，但实际上大部分还是以科举之学为主。钟山书院每月便有课艺的要求，在院要遵照山长的要求，而负责书院的官员也会定期来书院巡查教学情况，"师课由书院院长主持，一般每月两次。官课则由两江总督、江宁布政使等官员主持。"③并根据成绩发放膏火。"虽德行为先，器识为重，而此亦乌能少哉！况乎载道者恃此、行远者恃此，正于圣域贤关有所维系，而儒林之所赖以

---

① 姚鼐：《与鲍双五》，《惜抱先生尺牍》，咸丰海源阁刻本。
② 钱穆：《中国近三百年学术史 上》，商务印书馆，1997年版，第22页。
③ 孟义昭：《清代江宁钟山书院研究》，南京大学硕士学位论文，2014年。

鼓吹也。书院月课举业，掌教操其甲乙，督宪定之，又从而遴梓之，可谓扬华国之始事矣。"①科举所带来的不仅有报效国家的机会，更直接的是获得利禄的途径，入仕为官成为大部分读书人踏入科举的直接目标，即使有报国之志和士人气节，也极有可能在年复一年的科场八股里消磨殆尽。在迫于生计的情况下，国破家亡的明遗民尚且无法坚持不仕清朝，长于太平时代的读书人更不必提。"固然，科举考试有种种弊端，但在传统社会，科举考试毕竟是衡量一个地区文化发展、知识分子质量和人才数量的重要标准之一。"②钟山书院重视科举是自然的，清朝将"清真雅正"作为四书文的准则，即便到了嘉庆时期，受汉学影响，士子好在文中用生僻字句，朝廷取士的主要标准仍未变化，依旧以《钦定四书文》为主调，对臣子意图续选，则恐有名无实，命官员在录取考卷时，必须确立准则，细心甄别，准则便是"清真雅正"，如果文章刻意引用偏门冷僻的知识，只说明这篇文章本来就错漏百出，不过是投机取巧，"以流入浮浅者，概屏置弗录。"③此种取向，与清朝崇尚程朱理学有关，从清初到清末，朝廷对文章取向的偏好一直如此，"这一思想有其形成与延续的过程，有其强势与理性的治统内涵。"④

姚鼐一直是程朱之学的拥护者，他认为圣贤之学过于复杂难懂，但程朱却可以"审求文辞往复之情"，并通过曲折有致的方式表达出来，这与"古儒者之拙滞而不协于情"⑤不同，可以达到义理与情感的互相成就。写作时文一样要投入感情在其中，只不过此种"情"是经过改造的，符合儒家规范要求的"情"，这种"发乎情，止乎礼"的情，自然契合"清真雅正"的内涵，《达巷党人》一文的末尾刘大櫆评价说，"于圣人之道不分上

---

① 汤椿年：《钟山书院志》，南京出版社，2013年版，第47页。

② 王笛：《跨出封闭的世界——长江上游区域社会研究(1644—1911)》，中华书局，2001版，第448页。

③ 梁章钜：《制艺丛话 试律丛话》，陈居渊校点，上海书店出版社，2001年版，第31页。

④ 徐成志、江小角主编：《桐城派与明清学术文化》，安徽大学出版社，2008年版，第62页。

⑤ 姚鼐：《复蒋松如书》，刘季高标校，《惜抱轩诗文集》，上海古籍出版社，1992年版，第95页。

下，精粗处见得十分通透，故能挥洒如志，首尾浩然。"由于对圣贤之道有一定的研究，才能做到挥洒自如，而不会受情感影响，造成前后结构不平衡。姚鼐想要改变时文在读书人心中的定位，希望将时文摆在一个正当的位置。一旦将时文与利禄挂钩，久而久之，为学的目的便不再纯正，"其言有失，犹奉而不敢稍违之，其得亦不知其所以为得也，斯固数百年以来学者之陋习也。"①追求华丽辞藻的人去研究词章之学，追求考证的去研究名物注释，还有一部分厌恶义理的束缚，百般批评程朱之学，但一味抱怨不能解决问题，姚鼐对"清真雅正"文风的坚持一方面是为了迎合朝廷的喜好，另一方面，"清真雅正"的风格本身便与程朱之学相契合。姚鼐评价学生时文，"融洽经义，发引典籍，创言造意皆出自泽古之余，此等文自非翼圣诸公能为"②，姚鼐曾说他本身"素不厌弃经义"，通过经义也可以学习到圣人之学的精彩之处，同时又可以承载国家对读书人的期望，但姚鼐的"理"不是生搬硬套，他将程朱之道融于文中，使时文"印泥画沙之理，日光玉洁之辞，如读明道定性书。"③

八股文中，创作者的自我和需按圣贤之言存在矛盾，从这个角度来说，八股文更难于古文，"制以七题竟日限士"，科举考试的时间是有规定的，必须在限定的时间内写完文章，但是文章的精妙之处，不能以时间所限，而是在于"精思通神"和"率尔造极"，所以精美有风致的句子，"皆不当于锁院严鼓时求之"④，为文之妙实际上不适用于时文写作，八股文中即使是"随手挥洒"，其中也应"自中矩度"，不能以己意盖过题意，所以八股文并不是"文人之文"，而是带有一定的"学人之气"，文章围绕着题目进行论证阐发。刘大櫆时文的"神气说"在一定程度上会消解"代圣

---

① 姚鼐：《复蒋松如书》，刘季高标校，《惜抱轩诗文集》，上海古籍出版社，1992年版，第95页。

② 姚鼐：《惜抱轩外稿》，光绪十四年遂园主人刊本。

③ 姚鼐：《惜抱轩外稿》，光绪十四年遂园主人刊本。

④ 傅占衡：《清溪会业序》，《明文海》，杨讷、李晓明编：《文渊阁四库全书补遗 集部 明代卷第8卷》，北京图书馆出版社，2005年版，第72页。

贤立言"的根本宗旨，时文中的"词气淋漓"，并不与"清真雅正"并列，而是在保留时文整体风格不变的情况下与之交融。姚鼐在编时文选本时注意到了这一方面，他有意培养学生在时文中的"学人之气"，并且在收录时，选择得"古人之风"的作品，除此之外，在编自己文章为选本素材的同时，还将学生的文章删改过后编订成册，这有利于学生接触不同的风格，打开眼界。

姚鼐认为写作时文的人，如果想了解时文的"行文体格"，应根据时文题目立意，并根据立意确定遣词造句的圣人语气的方法，并不需要太多太密。而至于"行气说理、造句设色"，如果全都模仿古人的写作方法，没有自己的见解，不去揣摩文章的内涵、文章的筋骨，便会"终身不能过人也"。只做时文，会"徒自秽塞心胸、暗蔽知慧而已"[1]。四书文的行文体格相对固定，但令其出彩的"行气说理、造句设色"，姚鼐则认为需从古人处汲取营养，不应该只读四书文，将其他书籍束之高阁。姚鼐认为，写作优秀的时文，与一个人的学问积累是分不开的，"假令前辈如方百川、王耘渠诸君，舍其所学而读墨卷，亦终于诸生而已，何也？命为之也。独其文之佳恶，则非命之所主，是在有志者为之尔。"[2]文章的好坏是后天的学问积累而成，这些通过训练是可以达成的。八股文虽是代圣贤立言，但也有需要论述的部分，深厚的功底能帮助写作者找到合适的论据，让文章更厚重扎实。姚鼐对"学"的重视在后辈那也能得到证实，"昔姚姬传先生谓经义可为文章之至高，而士乃视之甚卑，因欲率天下为之，尝精选名家文为一编以迪后学。乃自先生殁，未及百年，而时文之道日益衰，独时观二三乡先生之作固超乎流俗，而多存古义，犹有姚氏之遗风焉，要其致此者，无他，昔之人学而今之人不学耳。"[3]姚鼐有意抬高时文的地位，发挥它说经的初衷，以此推进时文的改良，姚鼐的"学"不是单纯摹拟形

---

① 郑福照：《姚惜抱先生年谱》，清同治七年桐城姚濬昌刻本。
② 郑福照：《姚惜抱先生年谱》，清同治七年桐城姚濬昌刻本。
③ 龙启瑞撰：《经德堂文集8卷》卷二内集，清光绪四年龙继栋京师刻本。

似、剽窃声句，而是一种学问的积累。

姚鼐点评方东树寄来的时文说"所示文虽不甚劣，然于成化乃无一毫近处。观足下乃是以才气见长者，只可学启祯人作文，切勿躐等，致有寿陵孺子之诮耳。若必欲知成宏人文，但熟读深思秦、汉人文，真有见处，则知此亦不难……又吾尝论成宏文自是成宏之题，故吾取文必兼取后贤者，正以题有宜也。来文四篇而三篇割截题，虽真成宏人为之，岂能见其妙哉。"①姚鼐让学生学古有一定方向，他根据学生才情不同安排不同的学习方向，方东树是以"才气"见长，比较适合学习"启祯人"文，而对"成宏人"文，以他现有的条件需要继续努力，同时姚鼐指出，好文章需有好题。韩廷秀评姚鼐《侍食于君，君祭先饭》一文，"其徵引典籍皆人所共知，而行气引墨，油然发经籍之光，他人为之，未有不失之杂而无当者，以此知先生泽古之功深矣。"②引用的典籍不能为标榜自己的学问特意用冷门书籍，"读人所常见之书"一样可以写出扎实的文章，毕竟能流传下来的常用典籍已经经历过时间的考验，有其独到之处，只要愿意扎实研究，自然会有所收获。姚鼐的几种时文选本中，收录文章数量最多的是《惜抱轩外稿》，共有四册，文章作者皆是他的学生，由于作者众多，无疑增加了文章风格的多样性。虽然时文有限制，但正如方东树一样，其他不同才情、不同阶段的学生，会有不同的学习对象，写出的文章自然各有特色，这种以"作业"为"教材"的形式，让学生了解到更多的文章风格。学生互相评价的模式，也提高了他们的判断能力，对自己的时文写作同样有益。《惜抱轩时文跋》是光绪二年曾纪云所作，其中说道："予非知文者惟见于诸家讲解，外独辟蹊径，不名一格而卓然成家，实以古文为时文者。"写作时文一样需要学习各家，再形成自己的风格，这与古文的学习模式是一样的。

---

① 姚鼐：《与方植之》，《惜抱先生尺牍》，咸丰海源阁刻本。
② 姚鼐：《惜抱轩课徒草》，陈红彦、谢东荣、萨仁高娃主编：《清代诗文集珍本丛刊294》，国家图书馆出版社，2017年版，第456页。

姚鼐对"清真雅正"和"词气淋漓"的调和，最终落到了"用世"一道上。他最根本的追求并不是单单把时文写好，姚鼐所面向的始终是外界，他希望通过改良时文来达到"养士"的目的，为国家培育人才。读书人对时文的鄙视和对程朱的排斥，以及受考证风气的影响，这种局面令姚鼐非常担忧。姚鼐在《陈仰韩时文序》中说"世之文士，以文进于有司"，当今科举取士的方式，是在时文写作中"代圣贤立言"，为表达出圣贤的语气，一切不免按照"古之格度"，所以文章"枯槁孤寂"，严重脱离现实生活，不过是用来标榜自我，迎合世俗取向，实际上这违背了人情的本源诉求。至于更坏一层的"背畔规矩，蔑理弃法，以趣时嗜"①则比迎合俗目更危险。可见姚鼐"以古文为时文"的改良是有方法的，并不是一味摹仿古人，也不是完全排斥当时的风格，不近人情，更不是蔑视程朱之学以迎合潮流，他的愿望很简单，学子可以将现今和古代统一起来，以古观今，也能依今取古，将为人与为文相结合，从而可以在这世间做到"内足自立，外足应时"②，这也是文学教育赋予人的意义。姚鼐清楚地认识到时文从文体上来说只是文章的一种，去发掘时文有价值的一面，让自己做一个"内足自立，外足应时"的人即可。文如其人，文章"文体和而正，色华而不靡"，这样的人有着开阔的心胸和渊博的知识。能在受到挫折后仍旧保持本心，等待时机，这样的人，是"士信道笃自知明"③的其中一种表现，在遭遇困难时也能继续努力，为下一次机会积蓄力量，毫不气馁，真正做到悠游于世间。曾纪云读姚鼐的时文，感到"文义代圣贤立言，欲人身体力行，所以载道之具也，孔子曰：'言之无文，行而不远'使但巧于言而不良于行，不如勿言矣。今先生之文，真力弥满，融会贯

---

① 姚鼐著，刘季高标校：《陈仰韩时文序》，《惜抱轩诗文集》，上海古籍出版社，1992年版，第65页。

② 姚鼐著，刘季高标校：《陈仰韩时文序》，《惜抱轩诗文集》，上海古籍出版社，1992年版，第65页。

③ 姚鼐著，刘季高标校：《陈仰韩时文序》，《惜抱轩诗文集》，上海古籍出版社，1992年版，第65页。

穿，与刘先生无二，其特出者理法较然之中犹必按切时势而低徊慨叹，可使人泣，可使人歌，可作传家宝观，可当座右铭读，尚何言之不可行乎？昔欧、苏奏议脍炙人口，以至于今亦以所言皆可行耳，更何时与古之分哉？予虽未见先生古文，即此数十艺存天地间，已与刘、陈二公鼎足无愧云。"①因为姚鼐的时文中有"学人之风"，他像学古文一样注意吸收不同时文派别的长处，养自身浩然之气，从而使得他的文章也充满这种"气"，提高了时文的品格。胡镐评价姚鼐《不悱》一文"约圣言之指趣，抉学者之膏盲，讽诵一过，何啻暮鼓晨钟？先生此等文有益世道人心不小，非从帖括中来者所能仿佛也。"②姚鼐的格局没有局限在一篇文章当中，也没有局限在科举之中，他有自己的追求，对时文的改良目的一直朝向的是"用世"，匡扶世道人心。

由此看来，姚鼐更多的是站在教育者的角度，总结做文章的方法，尽量使文章做到"文从字顺"，这一要求看似简单，却是许多习古文者难以达到或无意忽略的。从明朝归有光，到清朝桐城派文人，他们虽然常鄙薄八股文之腐陋，但仍兢兢业业年复一年参加科考，其中可引领一时风气者，大多身有功名。在一定程度上来说，古文也依附着时文发展，桐城派文人的古文创作，始终与时文相互关联，在科举废除后，取士路径改变，又受新学影响，习古文者也同时渐渐减少。早在姚鼐时期，科举取士已经难以选拔惊世之才，只能用来引导学风，"闱墨体裁正当，亦可略正风气。若言大出类之才，自不可遇也"③，而书院每逢科举结束，学生便离开书院，书院并没有完全起到交流学问的作用，"试后人散，书院中亦自岑寂"④，姚鼐也非常了解这一局面，他知道这不是他一个人所能左右的，只能"心诚求之"。无论是古文还是时文，都脱离不了多读多写，"若科举

---

① 姚鼐：《惜抱轩时文》，光绪丙子春月桐城刘氏附刊。

② 姚鼐：《惜抱轩课徒草》，陈红彦、谢东荣、萨仁高娃主编：《清代诗文集珍本丛刊294》，国家图书馆出版社，2017年版，第436页。

③ 姚鼐：《与陈硕士》，《惜抱先生尺牍》，咸丰海源阁刻本。

④ 姚鼐：《与石甫侄孙》，《惜抱先生尺牍》，咸丰海源阁刻本。

之学，但勿为其孤冷，必不谐于时俗者，有声色使人可寻求，则足矣，得与不，要有数焉，无所容心也。"①对于时文的写作不能一味追赶潮流，必须有自己的想法和追求。姚鼐对于如何"以古文为时文"有自己的看法，在保持"清真雅正"的基础上，通过扎实的学问在文章中注入"浩然之气"，而他的时文如同古文，面向的不单单是一篇文章，更是充满各种可能性的外部世界。

二、由粗入精：姚鼐的古文选本

姚鼐在梅花书院任教时，开始编写《古文辞类纂》，此后这本书一直作为古文教材，在姚鼐的四十年教师生涯中帮助他向学生传递自己的古文理念，并引导学生踏入古文门径，找到适合自己的模仿对象，通过不断研究，最后形成自己的风格。马其昶称赞《古文辞类纂》"鉴别精、析类严而品藻当"②，它不仅仅是一本古文选本，更是一本教材，编选的文章经过仔细考量，以经典古文为主，并且舍弃详细的分类，而采用较为泛化的大分类，他为每个分类都写了溯源和类别特色，便于读者学习。此外，姚鼐的选文还兼具了艺术性，这种选择不仅体现在将辞赋类编入选本，还体现在其他文章所表现出的艺术美上。

（一）以文教人：姚鼐的编选取向

姚鼐编《古文辞类纂》最初的目的便是教学，他在扬州时，"少年或从问古文法"，在四库馆受挫的姚鼐，此时便萌生了通过文章之学，将自己的理念传递下去的理想，他说"夫文无所谓古今也，惟其当而已"③，如果可以做到这一点，那六经之书运用于今日，其中的"道"都是一样的。姚鼐这里所说的"道"不完全是指程朱理学，而是更接近他心中一种

---

① 姚鼐：《与陈硕士》，《惜抱先生尺牍》，咸丰海源阁刻本。
② 马其昶：《抱润轩文集》，宣统元年安徽官纸印刷局石印本。
③ 吴孟复、蒋立甫主编：《古文辞类纂评注》，安徽教育出版社，2004年版，第14页。

泛化的理想状态。让读书人重新发现古人之文中的"道"，并且打开眼界、开阔心胸、提升精神境界，显得如此重要，这也是姚鼐想要编选《古文辞类纂》的原因。

"极端言论虽好记且容易流传，不代表社会的发展方向与主要动力"①，选本由于编选者的喜好，在文章的选择上会容易走向一个比较狭小的范围，或者单就一种风格来取舍文章。但姚鼐则从广大学子的视角出发，选文标准符合社会文化的主流，此外还尽可能容纳更多类型的文章，从而让选本有更高的适配性。但这也不意味姚鼐表面扩大选文范围，实际筛掉不符合程朱之学的文章，相反，姚鼐则认为即使风格不同，"学之至善"的顶点会求同存异。韩愈、柳宗元、苏洵和苏轼虽然著论取向不同典籍，但姚鼐指出"学之至善者，神合焉"，能达到最高境界，其中所蕴含的道理都是同一的，而"善而不至者，貌存焉"②，即使外表光鲜，也不过徒有虚名。作为教师，如果教育出一大批文章取向一模一样的学生，实在不能称得上成功。姚鼐的学生中梅曾亮擅长骈文，出过骈文集，刘开则骈散兼备，而曾经从学姚鼐的，还有一部分学生投入汉学，对此姚鼐虽然表示惋惜，但当他们有所成就时，姚鼐仍为他们高兴。取法的派别不同，但最终的精神是统一的，都是神行境界，文章浑然天成。

《古文辞类纂》中展现了姚鼐的为学理念，姚鼐将其对文学理论的理解，汇入《古文辞类纂》一书，并在其中注入了他的文学教育理念。学子通过此书学习姚鼐古文法的同时，不知不觉受到了他学术取向的影响，"故凡守姚选者，即承其学者也"③，从这个意义上说，并不能将《古文辞类纂》看作一个简单的文选合集。文如其人，古文创作水平的高低在一定程度上和一个人的学识素养挂钩。很多古文选本是被编来迎合科举之学为主导的世俗之学，姚鼐则有意摆脱俗学理念，希望通过古文的学习可以有

---

① 陈平原：《文学如何教育：人文视野下的文学教育》，东方出版社，2021年版，第407页。

② 吴孟复、蒋立甫主编：《古文辞类纂评注》，安徽教育出版社，2004年版，第15页。

③ 王葆心编撰：《古文辞通义》，熊礼汇标点，武汉大学出版社，2008年版，第203页。

益于学问的创作。"'古文'乃是姚氏用以树立生徒'根柢'的'正学'，古文之教与经史之教同列，背后正是'古学'的期许。"①姚鼐的学问倾向是外向的，他认为学问最终必须落实到"用"上，如果古文沾染了世俗之气，用此种古文阐发的经史自然难以得到认可，古文的厘正，其实也是对学问的纠弊。姚鼐所编的诗集《五七言今体诗钞》与《古文辞类纂》取向类似，同样是为了给学习的人指出正路。熟读此书，便能对今体诗有一个大致的了解，并积累一些学问，"惟恐其多，不嫌其少"②，看似矛盾的取向其实说明，一方面，姚鼐按自己的设想尽量精简内容，以避免冗杂，另一方面，在限定范围内多录入些篇目，可以令学生学习到更多的经典佳作，积累更多的知识。如果有人以所选之外世间再无优秀的诗作来看待这本书，是走向偏狭的理解。姚鼐编纂选集本身就不是为了将所有的好诗都一网打尽，而是为了向读者传达自己的意见所向，让从学者有路径可循。

(二)《古文辞类纂》普适性特点与造成的"误读"

姚鼐本身是古文高手，教书生涯令他摸索总结出一套可用来授徒的古文理论。姚鼐在钟山书院所教授的弟子众多，还有许多通过《古文辞类纂》私淑的学生。姚鼐"本以古文擅天下大名，门下诸生多从问为文之法。他以为文法不可以空言，乃选《古文辞类纂》一书，以示旨意"③，《古文辞类纂》的传播无疑扩大了姚鼐的知名度。

直到今天，《古文辞类纂》都是非常有名的古文选本，屡次刊印出版，并在全国各地广泛流传，这在古代书籍中的传播中是非常少有的。由于其"博而不芜，约而不陋"，择选较为精当，广收文章但不繁杂，适当精简但有理有据，所以对于初学者来说有很大的学习意义，便于操作模仿，"固

① 梁树风等著，香港中文大学中国语言及文学系编：《明清研究论丛 第1辑》，上海古籍出版社，2015年版，第140页。
② 姚鼐：《与陈硕士》，《惜抱先生尺牍》，咸丰海源阁刻本。
③ 吴孟复：《桐城文派述论》，安徽教育出版社，2001年版，第112页。

无一人不读此书，无一人不受此书之益。"①虽然选取了许多文章，但根据特点将其分为十三大类，比起以往将文章分为几十种这样太细的分类，显然更容易记诵。虽然只有十三类，但分类有理有据，追溯源流，让学生能对此类文章有个大概的了解。姚鼐会将以往分为两类的文体归为一类，并总结出它们共同的规律，虽然每类文体其中会有些许不同之处，但从初学者的角度来说，可以大体上把握便可，种类分太多反而容易混淆，弄巧成拙。姚鼐在他的古文理论中提出阳刚阴柔的概念，与他的文学教育理念一脉相承，他擅长化繁为简，归纳统一，令"杂乱纷纭的风格现象能够在两大基本共性的统摄之下，变得有条理，有系统，成为一种容易被认识把握的对象"②，这种对"简"的追求一样体现在《古文辞类纂》的分类上。虽然姚鼐此种分法遭到不少诟病，但对初学者来说，在并没有对每类文章有很深的了解前，先总体形成一个可以把握的概念，比每一种都分得十分清楚要容易学习，更何况许多文体特征本身就有交叉之处。《古文辞类纂》作为教材，不仅适合于天分高的学生，更重要的是也适合广大"中材"，天分高的学生通常依靠才情挥洒便能做出好文章，但这类学生毕竟是凤毛麟角，大部分学生虽有一定才能，却找不到方法运用。

《古文辞类纂》每篇文章几乎都有圈点，不仅文章开头有，文章中也有，后来的屡次再版，仍有不少版本保留了圈点。圈点本来常用于时文之中，用于标出文章较为重要的句子，虽然一方面提高了学习的效率，但另一方面却不利于读者自己寻找文章妙处。文章本身是由人所创作的，每个人对事物的感知不同，他们的性情、识见能力，以及才学高低都是不同的，所以写出的文章自然深浅高下不一，更何况读者的能力也是不同，这就使学习情况更为复杂，所以在标注圈点时"何容取常人意中之语以平议古人至精深奥赜之文乎？此姚氏之所慎也。"③学生的情况不同，对同一篇

---

① 吴孟复：《桐城文派述论》，安徽教育出版社，2001年版，第113页。
② 马亚中：《姚鼐评传》，牟世金主编：《中国古代文论家评传（下）》，中州古籍出版社，1988年版，第983页。
③ 马其昶：《抱润轩文集》，宣统元年安徽官纸印刷局石印本。

文章的妙悟也不同，而且学生学情不同，如果在古文中贸然按己意标出重点，容易令学生对"古人至精深奥赜"之处产生错误理解。但从另一个方面来说，那些无法当面拜见姚鼐的学生，通过圈点可以更好地进行古文学习。虽然《古文辞类纂》中有姚鼐评点的文章大约仅八十余篇，但是圈点的存在，可以帮助学生了解文章的重要程度，以及文中哪些句子是值得关注研究的地方。

姚鼐在中年时期对圈点是抱有鼓励态度的，乾隆五十五年（1790）他在致陈用光的信中说，创作古文就像参禅悟道一般，在学习选本时，选本中的"评论圈点，皆是借径"[①]，圈点是写文章借径的方式，但"悟"的过程只能自己完成。同时，姚鼐的圈点不是多多益善的，圈点的关键在于点明路径，过多的圈点反而会让人混淆。所以他按照"苏、黄、杜、韩之法"，在读文章时依据此法标出，面向的也是"所尤爱诵者"，这类人对文章的认识一般比不爱诵的人深刻些，圈点对他们影响较小，反而能帮助他们理解文章的文辞和筋骨，但姚鼐依然"不敢以多而成泛也"[②]，他将圈点视为通往"不可言喻"之妙文的途径，文章的训练需要从可以看见的"粗"处入手，才能渐渐发现其"精"处。徐季雅寄文章请教姚鼐，姚鼐说，"足下年甚少，而所能如此，其志气又如此，异日成就，宁可意量？"鼓励他坚持不懈，推荐他阅读归有光标注过的《史记》，这本书对初学者的益处很多，其中的"圈点启发人意，有愈于解说者矣"[③]，如果能将这本书理解吃透，一定会有所大进。圈点的存在可以帮助人尽快达到"久为之自得"的境界，前辈的圈点一般都凝结了他们多年的文章眼光和学术关怀，对后辈是很好的启发。

姚鼐晚年对圈点的态度发生了变化，他在和陈用光探讨《庄子章义》的钞本格式时，强调不必刻意圈点，"其圈点必不可入刻，刻是时文陋体

---

① 姚鼐：《与陈硕士》，《惜抱先生尺牍》，咸丰海源阁刻本。

② 姚鼐：《与谢蕴山》，《惜抱先生尺牍》，咸丰海源阁刻本。

③ 姚鼐：《答徐季雅》，《惜抱先生尺牍》，咸丰海源阁刻本。

也。但自于前序内，云分章依萧，此则为说无病耳。"①后来再次与陈用光讨论时，又提及不刻圈点一事，"大抵刻古书必不可有圈点，又其杂取人说，要归一路乃佳。糅杂则无谓矣。"②姚鼐晚年反对文中有圈点最明显的一次是《古文辞类纂》吴本的刊刻。吴本《古文辞类纂》出版于姚鼐晚年在钟山书院时，没有圈点，而且一开始姚鼐将方苞和刘大櫆的文章删掉了，姚鼐在《古文辞类纂》中出于对桐城派古文传统的考虑，于唐宋八家之文之后，在明朝选取了归有光，而清朝只录入了方苞和刘大櫆的文章，至于魏禧、汪中等非常有名的文学家一概不录，随着姚鼐名声的彰显，以及《古文辞类纂》的传播，批评也随之而来，"外人谤议不许，以为党同乡"，认为姚鼐此举有结党之嫌，这种"结党"的批评不光有文学上的，亦有政治上的，因为"结党"一事一直被清廷所禁止，如果被有心人利用，很有可能招来祸患，所以姚鼐当时"嫌起争端，悔欲去之。"③姚鼐晚年名望益高，桐城派的名声日益响亮，姚鼐对在《古文辞类纂》中所提出的本朝以方苞、刘大櫆为主的文统脉络有所后悔，他想删掉方、刘的文章，虽然最后在弟子的强烈要求下没删成，但加入了对方、刘文章的点评。他的弟子开始参与维护这个派别的工作，《古文辞类纂》不再是姚鼐个人的作品，之后一直到民国，陆续有续作、仿作，《古文辞类纂》除去本身质量高之外，已经成为桐城派文学教育的一个符号。

《古文辞类纂》所面向的是尚未摸到古文门径的初学者，通过这本选本，可以实现古文创作由粗入精的过程，而对于天才来说，《古文辞类纂》虽然为彰显文道而择取成书，但其中的很多文章都是经典篇目，有很高的审美价值，"既可以让天赋高者放纵才情，又为普通'中材'之人明确了循序渐进的路径，抛弃了高深莫测，更没有大言欺人；对学子，尤其对'中材'学子的文学教育，很实在，很管用，也很有效。"④先对全书进行

① 姚鼐：《与陈硕士》，《惜抱先生尺牍》，咸丰海源阁刻本。
② 姚鼐：《与陈硕士》，《惜抱先生尺牍》，咸丰海源阁刻本。
③ 方东树：《答叶溥求论古文书》，《考槃集文录》，清光绪二十年刻本。
④ 吴微：《从"古文"到"古文辞"：姚鼐的文体自觉与文体融通》，《斯文》，2017年第1期。

整体把握，然后挑一个名家或者一种文体学习，尚友古人，反复吟诵，不仅能提高写文章的水平，还能提升精神境界。姚鼐以其多年为文的眼光，挑选出经典的文章供学生学习，虽然受当时社会主流思想的影响，文章选择比较中正，但总体来说呈现了一个较为完整的文章发展历程，保持了相对统一的取向。正因为他不完全以个人好恶进行编选，所以最终才能做到"超然远识，古雅有法"，能为大部分学子所接受。从文学教育的角度来说，因其于古文训练有较高的可操作性，所以享有盛誉，"为六经以后第一书，尤为海内所传诵"[①]，这样，《古文辞类纂》就成为传统文学文化教育中的优质教科书。

---

① 刘声木撰，徐天祥点校：《桐城文学渊源撰述考》，黄山书社，1989年版，第157页。

后　记

　　关注桐城派文学教育，我始于读博期间。记得一次午餐后师生闲坐聊天，导师平原先生对我说："桐城派没什么了不起，但值得深入研究。"当时听得目瞪口呆，过后咀嚼，如醍醐灌顶，颇有感悟。在我看来，桐城派之所以成派，"教育"乃核心纽带。除少数代表人物外，桐城派的大多数成员只是普通教师而已；以其文学成就和艺术水准，实难冠之"作家"名号而归入文学家之流。但他们以端正的文风、恰当的文法、优质的教材，教书育人，兢兢业业；且代代相传，一以贯之，成效卓著，由此而称誉士林，蔚为大观。作为文人，他们的文学作品大都平凡甚至平庸，缺乏亮丽的风采。但作为教师，他们负责任、有担当、有情怀；无论名传遐迩，还是布衣乡里，他们都是务实阔通的好导师；其教学方法和教育智慧，值得吾辈效法和传承。因此，从"教育"切入桐城派研究，应该是一个明智而恰当的选择。只是人生多艰，命运多舛；二十余年来，我于学术研究由当初的意气风发，逐渐"凋零"为意兴阑珊，鲜有文字奉献，愧对导师，愧对师友。尽管如此，对以"教育"观照桐城派，却始终情有独钟，念念不忘；有悟解，有思考，有观点，有思路。因此，我指导硕士生、博士生学位论文写作，大都沿着这一路数行进和展开。

本著的写作时间较长，执笔撰写者均是我指导的硕士研究生。具体执笔者情况如下：导论由吴微撰写。第一章，胡丹撰写，吴微修改。第二章，赵敏撰写，吴微修改。第三章，顾妍妍撰写，吴微修改。第四章，周桃玉撰写，吴微修改。第五章，杨璐撰写，吴微修改。第六章，胡晓阳撰写。第七章，季雪婷撰写，吴微修改。第八章，王永坚撰写。附录由王雪纯撰写，吴微修改。余论由吴微撰写。导论发表于《光明日报》"国学"栏目，余论发表于《池州学院学报》。本著初稿由王永坚编校，定稿由吴微统稿并改定。本著由于执笔者较多，行文风格各异；论证及观点或略显粗疏，或有失周全；注释错误或不当之处在所难免。敬请方家谅解并教正。

本著顺利结集，得力于参与写作的几位弟子，正是他（她）们的勤勉与聪慧，使得我的一些思路、观点和悟解，成为他们硕士论文系统的述论。本著各章，均撷取于他们的优秀硕士论文。摩挲这些文字，回眸往昔，师生之间读书、写作和讨论的场景历历在目，如在昨日。如此说来，这一文集，其实蕴涵着师生之间知识的传承，精神的沟通，情怀的寄托，生命的修行。

本著的出版得到安徽师大文学院、科研处、出版社领导和老师的帮助。特别感谢项念东教授、方锡球教授、侯宏堂教授、李伟教授、陈元贵教授的充分肯定和鼎力支持。感谢编辑老师们的认真编校和辛苦劳动。

一路走来，虽风雨如晦，却安然无恙，殆有神护焉。正值金秋十月，天高云淡，品茗兀坐，期待来年春暖花开。

吴　微

二〇二三年十月七日于芜湖左岸寓所

晚清桐城派文学教育研究

322